丹青难写是精神

CMG观察 文萃

中央广播电视总台创新发展研究中心　编著

中国国际广播出版社

本书编写人员

杨　华　张利生　窦小文　徐朝清　贾　健　闫　爽
朱元亮　李　蕾　韩春苗　任永雷　张亚东　徐　琰
郑根岭　王小珍　孙嘉瞳　肖丽林　何　琳　张思琪
降碧桐　胡姝姝　徐　克　崔雅华　崔黎黎

序　言

“丹青难写是精神。”的确，绘画最难之处是画出气质和精神。文章也是如此，以文载道、以文传声、以文化人，是一门值得上下求索的大学问。

作为推介总台亮点、讲好总台故事、观察行业热点的平台和窗口，由中央广播电视总台创新发展研究中心主办的新媒体公众号“CMG观察”，自2020年10月创建以来，聚焦国际一流新型主流媒体建设，围绕总台重大宣传报道、守正创新实践、国际传播声量、技术革新升级、专业敬业精神等，创作了一大批解读分析视角独特、表现形式生动多样的高质量稿件，充分展现了总台宣传报道主力军压舱石的重要作用、“思想+艺术+技术”的融合传播、“满屏皆精品”的生动局面，彰显了总台海内外持续跃升的引领力、传播力和影响力。

所有的评价都要在行动中获得！截至2023年2月，“CMG观察”共发布900多篇推文和相关产品，持续稳定输出优质内容，关注度、阅读量、传播效果等各项数据均攀升至同类平台前列。每一篇“10万+”推文的诞生，都见证了总台创新创意成果的闪耀瞬间、融雪化尽成江海的巧思一现。一个年纪尚轻的新媒体公众号之所以能够获得台内、业内的高度认可、一致好评，得益于自驱的执行力、独特的观察力、丰富的想象力，更得益于总台沃土滋养下的这一片欣欣向荣的新天地。

“CMG观察”两年多来创作发布的精品推文，集中展示了总台的发展成就、媒体职责和行业地位。一篇篇精心挑选的文稿，以笔酣墨饱的翔实、目光四射的创新、不蔓不枝的简洁、璧坐玑驰的精妙、涉笔成趣的灵动，掷地有声地记录了有朝气的媒体脚步、有态度的媒体声音、有力量的媒体行动，情文并茂地讲述了有传承的文化自信、有情怀的新闻理想、有温情的幕后故事，笔墨灼灼地凸显了总台人精益求精、一丝不苟、追求完美的工作精神和舍我其谁、敢战必赢、一跃而起的工作作风，为社会各界和总台员工了解总台的创新实践提供了权威案例。

见微知著，一叶知秋。70余篇的精选文萃只是一个小缩影，背后是海阔天空想、脚踏实地干的总台大舞台。总台人日复一日、弦歌不辍、薪火相传、潜心绘就的那一幅幅精品力作的“丹青画卷”，是美的，是强的，是充满希望的！

中央广播电视总台创新发展研究中心

2023年3月

目 录

第一章
登高望远 感受新时代的中国脉动

中央广播电视总台充分发挥宣传报道主力军压舱石的重要作用，用心、用情、用功传播领袖思想、讲述新时代故事，打造出一大批浓墨重彩、引人入胜的精品力作。如何把这些作品幕后创作的故事呈现给受众？我们在“大主题”中寻找“小切口”，捕捉挖掘“第二落点”，既在内容上解读出总台创作的深远立意，又力求在表达上勃发出田间地头的鲜活气息，突出亲民可感的“可读性”和“揭秘感”，为解读总台创作思路、分析经验打法探索了新路径。

慎海雄：感悟百年苦难辉煌 弘扬伟大建党精神 奋力打造国际一流新型主流媒体

百年华诞，是党的盛典、人民的节日。习近平总书记“七一”重要讲话，以豪迈的自信、激昂的壮志，庄严宣告我们党实现了第一个百年奋斗目标的丰功伟绩，郑重宣示我们党向第二个百年奋斗目标迈进的坚定决心，深刻阐述以史为鉴、开创未来的“九个必须”，向全体党员发出了为党和人民争取更大光荣的伟大号召，鼓舞和激励我们乘势而上、再接再厉、接续奋斗，在民族复兴的伟业中为党和人民建功立业。总书记的重要讲话，站位高远、思想深邃，大气磅礴、豪情满怀，鼓舞人心、催人奋进，极具震撼力与感染力，是高举旗帜、自信昂扬的政治宣言书和矢志复兴、接续奋斗的时代动员令，充分展示了中华民族正以不可阻挡的步伐迈向伟大复兴的光明前景，充分宣示了我们党带领人民踏上新的赶考之路的雄心壮志，充分彰显了习近平总书记作为大党大国领袖统揽全局、心系人民、

2021 年 7 月 1 日上午，庆祝中国共产党成立 100 周年大会在天安门广场隆重举行

擘画未来的政治担当，充分标志着习近平新时代中国特色社会主义思想的最新发展，是一篇充满真理力量的马克思主义纲领性文献，向世界昭示了新时代中国共产党人的崇高历史使命。习近平总书记“七一”重要讲话既是我们党不忘初心、牢记使命的伟大政治宣言，也是我们党团结带领人民以史为鉴、开创未来的伟大行动指南，具有十分重要的政治意义、理论意义、实践意义。

习近平总书记铿锵的讲话振奋人心，豪迈的宣言催人奋进，鼓舞我们进一步感党恩、听党话，激励我们在新征程上披荆斩棘、奋勇向前，紧跟以习近平同志为核心的党中央走好新时代赶考路。越是深入学习，越能感受到习近平总书记作为马克思主义政治家、战略家的远见卓识和博大胸怀，越能感受到习近平总书记新思想新观点新论断的伟大力量。在“七一”重要讲话中，总书记聚焦我们党初心出发、红船启航之时，寻根求本、溯源而上，首次提出并深刻诠释了“伟大建党精神”这一重大命题。这是对党的百年历史首次精神寻根，是指引我们“看清楚过去我们为什么能够成功、弄明白未来我们怎样才能继续成功”的一把“金钥匙”，需要我们每个人不断深入学习、深入思考、深刻领会。

如何深刻领悟好伟大建党精神

百年党史波澜壮阔，百年盛典光耀中华。“七一”当天，在领导机关的有力指导下，中央广播电视总台为全球观众奉上了一场大气磅礴、震撼人心、浓墨重彩的视听盛宴。总台“七一”庆祝活动相关报道首轮跨媒体总触达人次超112亿，创下多项传播纪录。其中，国际视频通讯社对外发布的直播信号和新闻素材被全球1000多家主流媒体转载转播，覆盖海外观众达16亿人次，CGTN对外发布时政特稿被1100家海外主流媒体转载2000余次、触达海外受众达10亿人次。通过总台强大的全媒体多平台传播渠道，这场盛世盛典不仅鼓舞了全党全国人民，也同样震撼了世界，让“中国共产党为什么能”再次成为国际社会高度关注、热烈讨论的话题。

党的十八大以来，越来越多的国际观察家认为，中华民族伟大复兴将是21世纪人类最重要的大事件。特别是百年变局和新冠肺炎疫情交织，让“中国之治”与“西方之乱”再次形成强烈对比，一种共识性的结论在各国有识之士眼中也越来越清晰：中国共产党的卓越领导是读懂“中国奇迹”的关键。如今的国际社会，“中共学”正在成为一门比传统“汉学”“中国学”更加热门的显学。正如前不久塞尔维亚总统武契奇接受总台专访时所言：“我认为当今世界需要看到中国共产党的强大领导力。这是习近平总书记领导中国人民拼搏的结果。中国共产党身上有许多值得我们学习之处，如何使政党、国家机构与群众休戚与共，在这方面我受益良多。我们相信可以在未来进行尝试，但是中国共产党所取得的成就是我们难以企及的。在建设美好未来的路上，我们也将视中国共产党为学习借鉴的榜样。”

越是深入历史，越能感到历史的脉动。党的百年历史是鲜活多彩、生动具体的。1921年，我们党刚刚诞生时，中华民族一派衰败凋零。国家蒙辱、人民蒙难、文明蒙尘，被西方人称为“东亚病夫”。那时候，全国钢产量只有7.68万吨，全国公路不足1万公里，全国铁路通车里程仅1.13万公里。1949年，新中国成立时，我们党接手的是一个千疮百孔的烂摊子。当时，在列入统计的世界141个国家中，只有10个国家的人均国内生产总值低于中国，我们真的是一穷二白。新中国成立后，经过社会主义建设和改革开放时期的艰苦奋斗，我国经济社会发展取得了显著成绩。特别是党的十八大以来，中国特色社会主义进入新时代，党和国家事业发生了历史性变革，取得了历史性成就。我国国内生产总值已从1952年的679.1亿元跃升至2020年的101.6万亿元，实际增长约189倍，占世界经济总量比重超过17%，稳居世界第二大经济体。人均国内生产总值突破1万美元，高于中等收入国家平均水平。高铁营运总里程达到3.8万公里，高速公路里程达到16.1万公里，5G终端连接数已超过2亿，均居世界第一。前不久，习近平总书记赴西藏考察，在专列上深入研究铁路规划问题，放眼边疆铁路网建设。总书记语重心长地说：“全国的交通地图就像一幅画啊，中国的中部、东部、东北地区都是工笔画，西部留白太大了，将来也要补几笔，把美丽中国的交通勾画得更美。”百年前孙中山先生在《建国方略》中提出的看似无法实现的美好梦想，如今正被中国共产党一一变成现实，大多方面早已远远超越中山先生当年的梦想。我们走出了一条中国式现代化新道路，创造了人类文明新形态，令世人惊叹。最令我们振奋的是，在我们党百年华诞的历史性时刻，习近平总书记向全世界庄严宣告："经过全党全国各族人民持续奋斗，我们实现了第一个百年奋斗目标，在中华大地上全面建成了小康社会，历史性地解决了绝对贫困问题，正在意气风发向着全面建成社会主义现代化强国的第二个百年奋斗目标迈进。"这是中华民族发展史上一座光芒四射、辉耀千秋的重要里程碑。在人类文明史上写下了前无古人的辉煌一页！

千年求索，百年奋斗，今朝圆梦。从百年前"跌入谷底"的危亡之秋，到今天意气风发的欣欣向荣，中华民族正以不可阻挡的步伐迈向伟大复兴。从当年"红旗到底能打多久"的疑问，到今天"中国共产党为什么能"的赞叹，"东升西降"的历史大势已不可阻挡。正如习近平总书记所言：我们绝不接受"教师爷"般颐指气使的说教。我们用自己的辉煌成就宣告了"历史终结论"的终结、"中国崩溃论"的崩溃、"社会主义失败论"的失败，越来越多的国际友人已经发现，中国共产党站在了"历史正确的一边"和"人类进步的一边"。

伟大事业孕育伟大精神，伟大精神引领伟大事业。习近平总书记深情地说："世界上没有哪个党像我们这样，遭遇过如此多的艰难险阻，经历过如此多的生死考验，付出过如此多的惨烈牺牲。"我们党为何能饱受磨难而生生不息？为何能历经百年而风华正茂？为何能不断从胜利走向新的胜利？总书记已经指出了答案："就是凭着那么一股革命加拼命的强大精神。"这股强大精神又从何而起、因何而兴、缘何而强，答案也在总书记的重要讲话之中。

问渠哪得清如许？为有源头活水来。"一百年前，中国共产党的先驱们创建了中国共产党，形成了坚持真理、坚守理想，践行初心、担当使命，不怕牺牲、英勇斗争，对党忠诚、不负人民的伟大建党精神，这是中国共产党的精神之源。""七一"重要讲话中，习近平总书记首次精辟概括了伟大建党精神的深刻内涵。这32个字，字字珠玑，字字千钧，构成一个逻辑严密、内在统一的有机整体；既有入党誓词中穿越百年融入血脉的红色基因，也有党的十八大以来总书记的深刻论述；既集中体现了我们党一以贯之的初心使命、理想信念、根本宗旨、优良作风，又充分体现了奋进新时代、迈向新征程的鲜明特征，是我们党精神谱系的历史源头、伟大开篇和高度凝练，是我们党精神特质的生动写照，是我们的安身之魂、立命之本。深刻领悟好伟大建党精神，就能够弄明白“我是谁，为了谁，依靠谁”，就能够弄清楚“我们从哪里来，要到哪里去”，就能够真正弄懂我们党创造人间奇迹的“精神密码”。

第一，“坚持真理、坚守理想”，这是对我们党百年来追求信仰的深刻诠释，就是要始终坚持马克思主义的科学真理，坚守共产主义远大理想和中国特色社会主义共同理想。习近平总书记在“七一”重要讲话中强调，“中国产生了共产党，这是开天辟地的大事变”。毛泽东同志也曾讲过，“自从有了中国共产党，中国革命的面目就焕然一新了”。为什么我们党一诞生就会让民族的前途命运产生这样大的变化，会让中国革命焕发出全新的面貌？正是因为“我们信仰的主义，乃是宇宙的真理”，因为“革命的理论”一经掌握，“革命的行动”就会爆发出惊人的伟力。前不久，总台大型文献纪录片《敢教日月换新天》就生动记述了党的先驱们在黑暗中探索、在实践中比较，最终选择了马克思主义，为共产主义奋斗终身的感人故事。辛亥革命后，议会制、多党制、总统制、复辟帝制等不同主张的300多个政治组织“你方唱罢我登场”，几乎把当时世界上流行的“主义”全都拿来试了一遍，却没有一种能为中国找到出路。直到十月革命一声炮响，给中国送来了马克思主义，才让迷茫的中国人找到了希望。陈望道在翻译《共产党宣言》时，入迷到一边蘸着墨汁吃粽子，一边感慨“非常甜”。这本薄薄的小册子，毛泽东

24集大型文献纪录片《敢教日月换新天》海报

同志看了不下一百遍。邓小平同志读后感慨万千，称其为自己的“入门老师”。习近平总书记动情地说：“如果心里觉得不踏实，就去钻研经典著作，《共产党宣言》多看几遍。”这，正是因为这本小册子蕴含着无穷的真理力量。

革命理想高于天。习近平总书记深刻指出，“对马克思主义的信仰，对社会主义和共产主义的信念，是共产党人的政治灵魂，是共产党人经受住任何考验的精神支柱”。百年来，正是因为对真理的坚持和对理想的坚守，才有了夏明翰“砍头不要紧，只要主义真”的豪迈，才有了方志敏“敌人只能砍下我们的头颅，决不能动摇我们的信仰”的誓言。进入新时代，正是在当代中国马克思主义、21世纪马克思主义——习近平新时代中国特色社会主义思想的指引下，中华民族伟大复兴呈现出前所未有的光明前景，中国特色社会主义才焕发出无比强大的生机活力。回顾我们党“坚持真理、坚守理想”的百年历史，我们就能够对总书记“七一”重要讲话中提出的那句重要论断有更深刻的体会——“中国共产党为什么能，中国特色社会主义为什么好，归根到底是因为马克思主义行！”

第二，“践行初心、担当使命”，这是对我们党百年来奋斗主题的深刻诠释，就是要始终践行为中国人民谋幸福、为中华民族谋复兴的初心和使命。习近平总书记多次强调，“我们党的百年历史，就是一部践行党的初心使命的历史”。正如毛泽东同志所言：“共产党员是一种特别的人，他们完全不谋私利，而只为民族与人民求福利。”大家都知道，在早期的共产党人中，真正因生活贫困、无以为继而投身革命的并不多。比如陈独秀、李大钊是大学教授，1917年时月薪分别为300银圆和120银圆。当时1银圆可以买到近30斤大米或8斤猪肉，“南陈北李”可谓当年真正的“高收入群体”。在总台推出的百集纪录片《山河岁月》第十四集《故人生死各千秋》中，讲述了我党先驱张太雷、恽代英和瞿秋白的故事。他们三人被称为常州“三杰”，是党内著名的“江南才子”，都出生在书香门第，家境殷实，本可以过着“文人墨客”的富足生活，但出于对苍生的大爱和对民族的责任，他们都“背叛”了自己的阶级，弃文从武、投笔从戎，把“小我”汇入“大我”之中，从才华横溢的“文人”变成久经考验的“战士”，放弃了自己人生的“小文章”，选择了民族复兴和人民幸福的“大文章”，最终为革命壮烈捐躯，令人动容。

百集文献纪录片《山河岁月》第一季海报

习近平总书记深刻指出：“一个人也好，一个政党也好，最难得的就是历经沧桑而初心不改、饱经风霜而本色依旧。”这些年，习近平总书记用自己的一言一行为我们践行初心、担当使命作出了光辉表率。1992年，习近平同志出版了《摆脱贫困》一书。他在书中发人深省地写道：“全书的题目叫做‘摆脱贫困’，其意义首先在于摆脱意识和思路的‘贫困’，只有首先‘摆脱’了我们头脑中的‘贫困’，才能使我们所主管的区域‘摆脱贫困’，才能使我们整个国家和民族‘摆脱贫困’，走上繁荣富裕之路。”2012年岁末，《摆脱贫困》出版20年后，习近平总书记冒着零下十几摄氏度的严寒，从北京驱车300多公里来到河北阜平看望慰问困难群众，看真贫、察实情，他动情地说，“没有农村的小康，特别是没有贫困地区的小康，就没有全面建成小康社会”，向全党全国发出了脱贫攻坚的动员令。8年来，总书记先后7次主持召开中央扶贫工作座谈会，走遍14个集中连片特困地区，时刻牵挂着“在奔小康的道路上，一个也不能少”，亲自谋划、亲自部署、亲自指挥，带领

14亿中国人民，取得了这场人类历史上前所未有、彻底摆脱绝对贫困的攻坚战的全面胜利，实现了中华民族几千年的梦想。2021年年初总台打造的大型政论专题片《摆脱贫困》播出后引发海内外热烈反响，正是因为对这段波澜壮阔的历史进行了生动记述，为这一“中国奇迹”立下了影像“史记”。

脱贫攻坚大型政论专题片《摆脱贫困》海报

革命年代，党领导农民“打土豪、分田地”，是为了让穷苦百姓“翻身农奴把歌唱”，不再饱受欺凌。新时代，党领导人民脱贫攻坚奔小康，同样是为了“人民对美好生活的向往”。历经百年，初心不改。回顾我们党“践行初心、担当使命”的百年历史，我们就能够真正理解习近平总书记反复强调初心使命的重大意义，“从而在新的征程上更加坚定、更加自觉地牢记初心使命、开创美好未来”。

第三，“不怕牺牲、英勇斗争”，这是对我们党百年来革命意志的深刻诠释，就是要始终保持“为有牺牲多壮志，敢教日月换新天”的豪情，锤炼不畏强敌、不惧风险、敢于斗争、勇于胜利的风骨和品质。1944年秋，毛泽东同志在张思德同志的追悼会上，以“为人民服务”为题发表了影响深远的演讲。他动情地讲到，“要奋斗就会有牺牲，死人的事是经常发生的。但是我们想到人民的利益，想到大多数人民的痛苦，我们为人民而死，就是死得其所”。据不完全统计，新民主主义革命时期，全国牺牲的有名可查的革命烈士就有370多万人。在和平年代，就有

1800多名党员干部将生命定格在脱贫攻坚的征程上。正如周恩来同志所言：我们共产党员是无神论者，但不是无情论者。革命先烈的事迹尽管我们从小就耳熟能详，但每一次缅怀都让我们热泪盈眶。2021年清明节期间，展现共产党人临终绝笔的6集纪录片《绝笔》在总台播出。烈士们的红色家书，既有对理想信念的坚守，也有对家人爱人的关切，字字滚烫、句句感人，言辞切切、催人泪下，千万网友在观看后流下热泪发出赞叹，不少人感慨："这是共产党人字字泣血的铁骨柔情。"

习近平总书记指出，我们的江山是先烈的血肉之躯换来的。在斗争中诞生、在斗争中发展、在斗争中壮大，这种英雄气概和斗争精神已深深刻进我们共产党人的基因和血脉里。总台打造的精品电视剧《跨过鸭绿江》首次全景式、史诗般展现了抗美援朝的伟大胜利。全剧把"意志叙事"作为重要驱动力，令观众极为震撼的有这样一个场景：长津湖战役中，有一连战士冒着零下20多摄氏度的极寒，坚持潜伏在雪地里，当冲锋号响起时他们却沉寂了，这连战士已经全部冻死，成为中华民族永远铭记的"冰雕连"。剧中彭德怀破例授予邱少云特等功时说出了本剧的主旨——"钢铁一般的意志，是志愿军之魂"。毛泽东同志也曾用诗意的语言总结抗美援朝战争的胜利之道：敌人是钢多气少，我们是钢少气多。我们用"钢少气多"打败"钢多气少"，靠的就是钢铁一般的意志。

电视剧《跨过鸭绿江》海报

党的十八大以来，习近平总书记在不同场合多次强调，我们党正在进行具有许多新的历史特点的伟大斗争。总书记以巨大的政治勇气、强烈的历史担当、卓越的领导能力，统揽国内国际两个大局，带领我们取得了抗疫大战、脱贫攻坚战、对美西方斗争等一系列重大胜利，书写了民族复兴的新篇章、创造了中国发展的新奇迹。总台积极响应总书记号令，疫情面前我们闻令而动、逆行出征，前后方共投入5500多人的采编播力量，先后派出216人的报道团队深入湖北防控一线，启动总额为31亿元的总台"品牌强国工程"援鄂抗疫公益行动，为打赢疫情防控阻击战贡献力量。脱贫攻坚战场上我们一方面深入践行"四力"，宣传报道党带领人民奋力斗贫魔、奔富路的伟大奇迹；另一方面履行媒体责任，推出"云招聘""公益直播带货""广告精准扶贫""乡村振兴行动"等媒体公益行动，并全力帮扶四川凉山喜德县等脱贫攻坚。面对美西方遏制打压，我们敢于斗争、敢于亮剑，建立起多个舆论斗争专班工作机制，对西方反华势力抹黑攻击、"甩锅"、"碰瓷"等言行针锋相对、迎头痛击，开展"跨洋辩论"，持续播发《央视快评》《国际锐评》等重磅评论，打了一系列胜仗漂亮仗，营造了良好的国际舆论环境。

我们每个人都是这段历史的亲历者、见证者、记录者，对习近平总书记的坚强领导和崇高威望有着深刻的切身感受。回顾我们党"不怕牺牲、英勇斗争"的百年历史，我们就能够对总书记关于"实现伟大梦想必须进行伟大斗争"的重要论断有更加清醒深刻的认识，激励我们在新时代赓续共产党人精神血脉，鼓起奋进新时代、迈向新征程的精气神。

第四，"对党忠诚、不负人民"，这是对我们党百年来政治品格的深刻诠释，就是要始终做到对党无限忠诚、对人民无限热爱，以"我将无我"的赤子情怀走好新时代赶考路。对党忠诚、永不叛党，是我们每个共产党员入党时许下的庄严承诺和神圣誓言。总台推出的百集微纪录片《红色档案——走进中央档案馆》，挖掘展现了大量珍贵的红色档案和历史文物，令人印象深刻的是井冈山时期保存下来的唯一党证：在一张已经褪色的破旧红布上，用毛笔书写着的"牺牲个人，严守秘密，阶级斗争，努力革命，服从党纪，永不叛党"的入党誓词。百年来，已经很难确切统计入党誓词究竟存在过多少版本，但不管时代如何变迁，"永不叛党"一直是不变的内容。

钱壮飞是我们党隐蔽战线的杰出代表，被周恩来同志誉为“龙潭三杰”之一。1931年4月25日，长期在敌人心脏潜伏的钱壮飞得知顾顺章叛变后，清醒地意识到自己的身份已彻底暴露，更意识到在上海的中央也危在旦夕。千钧一发之际，钱壮飞不顾个人安危，火速向中央传递情报，危难之时力挽狂澜，为中央赢得了宝贵转移时间。回忆起这段惊心动魄的历史，周恩来不止一次地提到：“要不是钱壮飞同志，我们这些人都会死在国民党反动派手里！”长征路上，得益于钱壮飞复制的敌人密码本和出色的情报工作，红军能够准确判断敌情，果断行动，跳出国民党包围圈进军贵州，但钱壮飞自己却在途中壮烈牺牲，长眠于乌江岸边。正是因为有千千万万个像钱壮飞一样用生命诠释“对党忠诚、不负人民”的共产党人，我们党才能够一次次绝境逆转、浴火重生、凤凰涅槃。

习近平总书记在“七一”重要讲话中，作出了“江山就是人民、人民就是江山，打江山、守江山，守的是人民的心”的深刻宣示，天安门广场掌声雷动，引发了海内外强烈反响。这是党的领袖对马克思主义唯物史观最鲜活最生动的表达，深刻揭示了对党忠诚与不负人民是高度统一的，“对党忠诚”的本质要求是“不负人民”，只有“不负人民”才是真正的“对党忠诚”。这是因为，我们党根基在人民、血脉在人民、力量在人民，没有任何自己特殊的利益，从来不代表任何利益集团、任何权势团体、任何特权阶层的利益。正如总书记所指出的：“任何想把中国共产党同中国人民分割开来、对立起来的企图，都是绝不会得逞的！”

“淮海战役胜利是靠老百姓用小车推出来的，渡江战役胜利是靠老百姓用小船划出来的”，近期热播的总台电视剧《大决战》，生动再现了淮海战役中由老百姓组成的运粮队、担架队浩浩荡荡支援前线的动人场景。正是这些蒋介石眼中的“乡野村夫”，汇聚成了人民战争的汪洋大海，最终把“蒋家王朝”葬送。剧中还用较多笔墨刻画了像乔三本这样的小人物——本是“国军”的乔三本开始时并不清楚“为何而战”，在我军“几进几出”，最终在党的教育下成长为一名合格的解放军战士，为了完成任务主动选择了牺牲，令万千网友感动。正是因为我们党和人民始终站在一起、为了劳苦大众打天下，才会有千千万万个“乔三本”。剧中毛泽东豪迈地向世人道出了大决战胜利的根本原因：“共产党领导的是人民解放战争，我们背后站的是千千万万的人民，这是我们人民解放军的力量之源，也是我毛泽东的信心之源。”

坚持以人民为中心的发展思想、把人民放在心中最高位置，是习近平总书记一以贯之的人民情怀。总书记青少年时代曾经在黄土高原当过知青，他这样讲过，7年插队生活“让我懂得了什么叫实际，什么叫实事求是，什么叫群众”。习近平同志到浙江上任后，在第二天召开的全省领导干部会议上说，“我在黄土地上生根、发芽，在红土地上成长、发展，是党和人民将我培养成人，我愿意在任何地方为党和人民的事业贡献自己的一切”。2019年，习近平主席在意大利进行国事访问时，向世人表达了“我将无我，不负人民”的赤子情怀，展现了共产党人的至高人生境界。“七一”重要讲话中，总书记86次提到“人民”，“人民”是永恒的关键词。从梁家河到正定，从宁德到福州，从浙江到上海，从地方到中央，总书记的人民情怀感天动地，把我们党与人民群众的血肉联系用行动作了生动而深刻的阐释。回顾我们党“对党忠诚、不负人民”的百年历史，我们就能够对总书记深厚的人民情怀有更深刻的领悟，自觉向总书记看齐，践行党的宗旨，始终做到同人民想在一起、干在一起，风雨同舟、同甘共苦，紧紧依靠人民创造新的历史伟业。

如何宣传阐释好伟大建党精神

在我们党为中国人民谋幸福、为中华民族谋复兴的百年奋斗历程中，新闻舆论始终发挥着引导人、塑造人、鼓舞人的作用，始终发挥着动员群众、组织群众与党同心、与党同行的作用。新闻战线的共产党员，武器就是我们手中的笔。这支笔的力量有多大呢？毛泽东同志曾给出了这样的评价，那就是：“纤笔一枝谁与似？三千毛瑟精兵。”毛泽东同志说，革命要靠枪杆子和笔杆子，共产党要左手拿传单右手拿枪弹才可以打倒敌人。百年来，我们党不断夺取革命、建设和改革发展的胜利，离不开人民群众的拥护支持，党的新闻工作，就是为党争取人心，把党和人民群众紧紧联系在一起的重要桥梁。百年来，我们党在与各种敌对势力的斗争中始终立于不败之地，离不开对舆论“制高点”的牢牢掌控，党的新闻工作，守护的就是舆论引导权和主动权这个阵地。

庆祝中国共产党成立100周年文艺演出《伟大征程》现场实景

一手抓枪杆子、一手抓笔杆子，一手拿枪弹、一手拿传单，高度重视新闻宣传工作，是我们党的优良传统，是我们党在革命、建设、改革、新时代各个历史时期不断取得胜利的法宝。作为党的新闻舆论工作者，我们既要学习好领会好伟大建党精神，更要宣传好阐释好伟大建党精神，更好地激励全党全国各族人民向着实现第二个百年奋斗目标奋勇前进。

盛世谱华章，盛典成永恒。做好庆祝建党百年宣传报道特别是“七一”重大报道，是以习近平同志为核心的党中央交给中央广播电视总台神圣而光荣的使命任务。我们充分发挥总台作为党的宣传报道主力军压舱石的重要作用，经过数月精心筹备，以最高标准、最周密措施、最精彩呈现，圆满完成了庆祝中国共产党成立100周年大会、“七一勋章”颁授仪式、文艺演出《伟大征程》等重要活动的直播、录制、音响保障、视频呈现等重大宣传报道任务。我们创下了自主研发高新技术应用最多、融合报道产品数量和传播数据最大、国际主流媒体采用时间最长、海外落地覆盖最广等多项历史新纪录，向习近平总书记和党中央、向全党和全国人民交上了一份优异答卷。

我们深入学习贯彻习近平总书记对总台工作的一系列重要指示批示精神，“把苦难辉煌的过去、日新月异的现在、光明宏大的未来贯通起来”，用艺术的力量呈现活生生的历史，展现历久弥坚的初心使命，精心打造了《摆脱贫困》《美术经典中的党史》《敢教日月换新天》《跨过鸭绿江》《山河岁月》《大决战》《绝笔》《红色档案——走进中央档案馆》《红色财经·信物百年》《人民的选择》《到延安去》等一大批大剧、大作，启动了“党史经典影像素材4K/8K超高清修复工程”、《全国大学生党史知识竞答大会》、《致敬国家丰碑——全国红色故事讲解员大赛》等重点项目，在技术与艺术、技术与思想、技术与受众的融合方面达到了新的高度，受到领导同志充分肯定和海内外受众广泛赞誉。

总台宣传报道能够取得这样优异的成绩，原因是多方面的，值得我们每一个人珍视，更要认真思考、好好总结。我体会，这其中最根本的一条，就是我们坚持做到从习近平总书记的重要思想、重要论述、重要指示中不断找灵感、找思路、找题材、找启迪、找答案，沿着总书记为我们指引的方向不断创新、不断突破，持之以恒追求卓越、创造一流。只要我们把总书记思想真正学懂弄通做实，真正学深悟透、融会贯通，进一步做好总台的工作就有了取之不尽、用之不竭的动力源泉。

——为什么我们能够为全球观众奉献大气磅礴、浓墨重彩、震撼人心的视听盛宴？因为我们在习近平总书记关于“守正创新，把新媒体新平台建设好运用好”等重要指示中找到了思路，积极构建“5G+4K/8K+AI”战略格局，有力有效引领新媒体新技术发展潮流。“七一”直播报道首次将高质量电影级镜头运用于直播态，首次使用总台自主研发的“天琴座”“天鹰座”索道拍摄系统，首次实现8K超高清现场实时切换制作成片，铺设了510公里的音频线缆，架设了近1000套调音设备……这些总台科技创新成果的充分运用，完美呈现了领袖风采和恢宏盛典。《伟大征程》演出大屏是当今世界文艺演出现场最大屏幕，总面积1万平方米。现

“天琴座”“天鹰座”索道拍摄系统展现庆祝中国共产党成立100周年大会现场画面

场视频呈现效果是提升晚会观感最关键的视觉元素。接到任务后，我们克服时间紧、任务重等种种困难，用不到40天的时间完成了123个演出背景、虚拟场景和33条视频短片的制作，将现场视频打造成史诗级的大片。中央领导同志对此充分肯定，指出总台接手后演出呈现效果得到显著提升，“科技+艺术”成效得到前所未有的呈现。

——为什么我们的“七一”宣传报道海外传播数据能够刷新纪录？因为我们在习近平总书记关于“以攻为守”等重要指示中找到了方向，加快提升对外传播能力，国际传播力骤升。“七一”宣传报道，同样是对总台国际传播能力建设成果的一次全面检验。经过多年努力，国际视频通讯社走出了一条借船出海、借筒传声的成功路子，取得良好效果。此次国际视频通讯社对外投送的直播信号及新闻素材，创下了发稿最快、采用最多、传播最广的重大庆典对外传播“三项史上最好”纪录，推送的总书记重要讲话素材外媒采用率达到100%，BBC、CNN、FOX等200余家海外主流媒体均转播总书记重要讲话。CGTN推出的相关报道包揽谷歌热搜榜前三，时政特稿触达海外受众超10亿人次，强势引领海外舆论场。总台记者在海外主流媒体上主动发声，频频亮相，多语种网红工作室推出精品短

总台多平台、全媒体报道庆祝中国共产党成立100周年大会

视频吸引海外网友关注。总台44种语言对外传播平台广泛开展合作传播，近百家海外主流媒体刊发总台特稿，落地实效得到大幅提升。

——为什么我们要策划推出《全国大学生党史知识竞答大会》？因为我们在习近平总书记关于“抓好青少年学习教育”等重要指示中找到了灵感，着力打造青春靓丽、朝气蓬勃、别开生面的党史大课，以“青春之我”致敬“青春之党、青春之中国”。我们综合运用视频、图片、沙画、诗词朗诵、歌舞、舞台情景剧等表现形式，采用AR、VR等技术手段，吸引了广大年轻受众喜爱。节目一经播出引发强烈反响，全媒体累计传播量超过6.65亿人次，收视率持续提升，2900多所高校的1000多万名大学生和2000万以上的社会受众积极参与，全国多所高校组织学生上好用好这堂党史公开课，为新时代“大思政课”提供了一个学习范本。习近平总书记在“七一”重要讲话中深切寄望青年：“未来属于青年，希望寄予青年……新时代的中国青年要以实现中华民族伟大复兴为己任，增强做中国人的志气、骨气、底气，不负时代，不负韶华，不负党和人民的殷切期望！”贯彻落实总书记讲话精神，总台将继续策划打造面向青年、为青年朋友“量身定制”的节目，助力党的事业赢得青年，赢得未来。

——为什么我们打造的《跨过鸭绿江》《大决战》等一系列精品电视剧能够成为新时代的英雄史诗？因为我们在习近平总书记关于文艺影视节目“在艺术水准上要有所提高，在群众满意度上要有所提高”等重要指示中得到启迪，精益求精、一丝不苟、追求完美，奋力打造“总台出品”的扛鼎之作。《跨过鸭绿江》是70年来第一次以全景式的呈现、国际化的视野，把艰苦卓绝的抗美援朝搬上荧屏的电视剧。我们学习领会总书记关于“树立正确党史观”的重要论述，有力驳斥历史虚无主义，达到了正本清源、还原本来的作用。《大决战》坚持“大事不虚、小事不拘”，打破了刻板化、程式化，既浓墨重彩地讴歌了人民解放军的英勇，又详细描写了国民党将领“无力回天”的绝望，在宏大叙事中有丰富的细节密度，在战争叙事中有饱满的人物性格。多部总台大剧播出期间，收视率和收视份额始终高居榜首。应海内外广大受众要求，我们已推出多部精品电视剧的普通话、5种少数民族语言、闽南话等版本，以44种语言在港澳及海外推广。很多网友表示，“央视电视剧的黄金时代又回来了”。“大剧看总台”的观念现在已经深入人心，“看总台、追好剧”已成为广大网友的新时尚。总书记对总台打造的精品剧目给予充分肯定，为我们打造更多大剧、大作坚定了创作信心，指引了前进方向。

这些年，习近平总书记的“红色足迹”踏遍大江南北、长城内外，他多次亲自讲述党史上的红色故事。前不久，总书记在广西考察时，讲述了红军血战湘江的故事，指出“为什么中国革命能成功？奥秘就是革命理想高于天”，强调“困难再大，想想红军长征，想想湘江血战”。前不久，习近平同志作为党的总书记、国家主席、中央军委主席到西藏庆祝西藏和平解放70周年，这在党和国家历史上是第一次。总书记用西藏和平解放70年来的历史，阐释“没有中国共产党就没有新中国，也就没有新西藏”的深刻道理，并就大力发扬“老西藏精神”“两路精神”等提出了要求。总书记的这些重要论述和率先垂范，为我们讲好党史故事、深入宣传阐释伟大建党精神提供了宝贵的思想和精神富矿。

宣传阐释好伟大建党精神，是讲好党史故事的一条重要的主题线索，是一门很深的学问，需要我们不断从习近平总书记的重要思想、重要论述、重要指示中找方向、找思路、找答案。学好用好这门“真经”，我们要在深学细研上用真心、下真功，在学深悟透上见真章、悟真谛，做到既知其然，也知其所以然，更知其所以必然，领会好总书记思想的精髓要义，在善谋、善融、善讲中不断提高能力水平，让伟大建党精神“活”起来，“动”起来，“燃”起来。

第一，宣传阐释好伟大建党精神，要在“深化”上持续下功夫。深化就是要深刻领会、精心把握丰富内涵。伟大建党精神是在伟大实践中形成的，伟大建党精神还将指引新的伟大实践。我们党在不同历史时期铸就的一系列伟大精神，既各有侧重、各具特点，又从不同方面体现了伟大建党精神的基本内涵，为我们做好宣传报道提供了丰富题材。要坚持以领袖的高度就是宣传报道追求的高度为标准，深入挖掘、深刻领会、生动阐释我们党精神谱系中的伟大精神，特别是要宣传阐释好党的十八大以来形成的脱贫攻坚精神、伟大抗疫精神、探月精神、新时代北斗精神等，与新时代的伟大成就紧密结合起来，推出一批有深度、有温度、有力度的深度报道、言论评论，创作一批叫得响、站得住、传得开的大剧、大作，打造一批让人眼前一亮、闻之一振、爱不释手的新媒体产品，精心策划《人民的小康》《走进乡村看小康》《开学第一课》《数风流人物》《向世界解读中国》等重磅产品，编撰推广融媒体图书《时代之魂——影音中的中国共产党精神谱系》等，不断擦亮“总台创造、总台制造、总台出品”这块金字招牌，持续唱响爱党爱国爱社会主义的时代主旋律。

第二，宣传阐释好伟大建党精神，要在“创新”上持续下功夫。创新是引领总台发展的第一动力。习近平总书记指出，“优秀作品并不拘于一格、不形于一态、不定于一尊，既要有阳春白雪，也要有下里巴人，既要顶天立地，也要铺天盖地”。宣传阐释好伟大建党精神，能否出新出彩，关键在创新。既要注重营造强大宣传声势，确保宣传报道持续不断、高潮迭起；也要在润物无声、引人入胜上下功夫，做到既有“大而全”，也有“小而精”，满足不同受众需求，形成“大珠小珠落玉盘”的传播态势。要牢牢把握创新这一总台工作的主基调主旋律，以“大象也要学会跳街舞”的精神风貌拥抱互联网、打造全媒体，大胆试、大胆闯、大胆干，练出更多的“独门绝技”，在创新中不断扩大影响力，增强软实力。要以互联网思维持续创新宣传阐释方式方法，不断在技术与艺术、技术与思想、技术与受众的融合方面取得新突破，真正把思想的张力通过艺术、技术表现出来，让艺术、技术借助思想的东风达到至善状态，实现融合传播、破圈传播、持续传播，让宣传报道更加生动活泼、更加有声有色、更加润物无声，推动伟大建党精神入脑入心。

第三，宣传阐释好伟大建党精神，要在“善讲”上持续下功夫。善讲就是要讲好故事。国际传播中，说教式的硬推介有时会适得其反，善于捕捉能够出奇制胜的传播点，用“看不见的宣传”才能达到最好的传播效果。习近平总书记强调要“塑造可信、可爱、可敬的中国形象”，我们前不久就持续推出云南大象北迁报道，把大象的憨态可掬和我国对野生动物的保护关爱相结合，巧妙地传播出去，赢得海外受众广泛赞叹。华语环球节目中心推出《国家公园》系列专题片，以国际通行的手法拍摄我国的生态文明进展，精美精致，被BBC买断海外播出权，在全球100多家主流电视台播出。这些节目效果很好，领导同志专门提出表扬。要传播好党的声音、讲好中国故事，关键一条就是要牢牢把握国际传播规律，在“敢讲”“会讲”“能讲”中进一步丰富讲好百年大党故事的对外传播叙事框架，以小人物讲好大道理，以小切口反映大时代，综合运用总台国际视频通讯社、CGTN

融媒体平台、44 种语言对外传播平台、多语种网红工作室等矩阵，贴近不同区域、不同国家、不同群体进行精准传播，生动讲好总书记的故事，讲好中国共产党、中国人民、中华民族的故事，讲好新时代的故事，生动诠释“中国共产党为什么能”背后的精神之源，用共产党人的崇高精神风范感染海外受众，引导他们更好地认识中国共产党和中国人民的可信、可爱、可敬，帮助国际社会形成正确的中国观、中共观。

如何传承弘扬好伟大建党精神

弘扬光荣传统、赓续红色血脉，永远把伟大建党精神继承下去、发扬光大，是习近平总书记在“七一”重要讲话中向全党提出的要求，也是党史学习教育的必修课。历史川流不息，精神代代相传。伟大建党精神犹如一块基石，支撑起百年来党的事业发展进步的巍巍大厦。1940 年，延安新华广播电台在抗日烽火中诞生，在延安窑洞中起步。80 多年来，一代代广播电视人艰苦奋斗、不怕牺牲，始终与党和人民同呼吸、共命运，鼓舞着无数中华儿女努力奔跑、不懈奋斗、追梦圆梦。

我们这条战线，有着与生俱来的鲜明红色属性，有着融入血脉的红色基因，但这个基因只有不停地弘扬传承，才能持续发扬光大。立足新起点，踏上新征程，总台作为党的意识形态重镇和国家广播电视台，如何从伟大建党精神这个源、这个根出发，让这一精神之源成为我们在新的赶考之路上的动力之源，成为我们奋力打造国际一流新型主流媒体的精神旗帜，需要我们在新的实践中不断作出新的回答。

第一，弘扬伟大建党精神，奋力打造国际一流新型主流媒体，我们要从百年党史中不断汲取忠诚的力量，不断提高政治判断力、政治领悟力、政治执行力，坚决做到“两个维护”。习近平总书记指出：“实践证明，只要全党团结成‘一块坚硬的钢铁’，就能够把全国各族人民团结起来，形成万众一心、无坚不摧的磅礴力量，战胜一切强大敌人、一切艰难险阻。”党的十八大以来最重大的政治成果，就是确立了习近平同志党中央的核心、全党的核心地位。党的十八大以来，党和国家事业之所以能取得历史性成就、发生历史性变革，最为关键的就是有习近平总书记这个坚强领导核心掌舵领航。总书记亲自谋划、亲自推进，作出组建中央广播电视总台的重大决策部署，对总台工作高度重视、十分关心，作出一系列重要指示批示，为我们掌舵领航、指引方向。总台成立以来取得的全部成绩，都是坚定不移贯彻落实总书记的重要思想和重要指示批示精神的结果，这是我们做好一切工作的根本保障。我们讲在新时代弘扬伟大建党精神，不是抽象的，而是具体的。对于从革命烽火中一路走来、于伟大的新时代诞生的总台而言，最根本的一条就是始终把忠诚核心、跟随核心、维护核心作为最大的政治，最关键的一条就是始终把“两个维护”作为总台人的最高政治原则和根本政治规矩。要自觉坚决将“两个维护”贯彻到总台工作各方面、融入宣传报道全过程，不断提高政治判断力、政治领悟力、政治执行力，做到胸怀“两个大局”、心系“国之大者”，始终同以习近平同志为核心的党中央保持高度一致，不辜负总书记和党中央的重托和期望。

第二，弘扬伟大建党精神，奋力打造国际一流新型主流媒体，我们要从百年党史中不断汲取思想的力量，深入学习深刻领会新时代党的创新理论，始终高举习近平新时代中国特色社会主义思想伟大旗帜。习近平总书记指出，“马克思主义深刻改变了中国，中国也极大丰富了马克思主义”。习近平新时代中国特色社会主义思想是当代中国马克思主义、21世纪马克思主义，是全党全国人民为实现中华民族伟大复兴而奋斗的行动指南。要坚持把学习贯彻习近平新时代中国特色社会主义思想作为终身必修课，深入学习贯彻总书记“七一”重要讲话精神，持续在学懂弄通做实上下功夫，深刻把握蕴含其中的强大真理力量和实践伟力，切实

聚力打造总台“头条工程”

用以武装头脑、指导实践、推动工作。要持续深化提升总台“头条工程”，以最高标准、最优质量、最佳效果深化提升领袖宣传报道，让习近平总书记重要思想“飞入寻常百姓家”、领袖魅力风采广泛传播全世界。要把新时代党的创新理论与习近平总书记对总台工作的一系列重要指示批示精神联系起来学习、贯通起来思考，不断从中找方法、找启迪、找答案，切实提高把握新发展阶段、贯彻新发展理念、构建新发展格局的政治能力、战略眼光、专业水平，推动总书记重要指示批示精神在总台落到实处，见到实效。

第三，弘扬伟大建党精神，奋力打造国际一流新型主流媒体，我们要从百年党史中不断汲取实干的力量，坚持守正创新、深化“三个转变”，推动总台高质量发展取得更大成效。1919年，青年毛泽东在《湘江评论》中写下振聋发聩的宣言：“天下者，我们的天下；国家者，我们的国家；社会者，我们的社会。我们不说，谁说？我们不干，谁干？”邓小平同志曾说：“世界上的事情都是干出来的，不干，半点马克思主义都没有。”党的十八大以来，习近平总书记在多个场合反复强调实干的重要意义，指出：“社会主义是干出来的，幸福是奋斗出来的。”总台成立以来，取得的每一项成绩，无不是靠一步一个脚印、踏踏实实干出来的。进入新阶段，踏上新征程，履行新使命，我们要把钉钉子精神贯穿始终，做真抓实干的行动派，持续深化总台从传统广播电视媒体向国际一流原创视音频制作发布的全媒体机构转变、从传统节目制播模式向深化内容生产供给侧结构性改革转变、从传统技术布局向“5G+4K/8K+AI”战略格局转变，抓好超高清视音频制播呈现国家重点实验室、北京科技冬奥、上海国际传媒港、海南南海之声总部、国家（杭州）短视频基地等重大项目落地实施，海阔天空想、脚踏实地干，不断焕发总台高质量发展的勃勃生机和旺盛活力，更加有力有效地履行好党的意识形态重镇职责使命。

第四，弘扬伟大建党精神，奋力打造国际一流新型主流媒体，我们要从百年党史中不断汲取人格的力量，发扬红色传统，传承红色基因，锻造一支政治过硬、本领高强、求实创新、能打胜仗的“新闻铁军”。习近平总书记在“七一勋章”颁授仪式上的重要讲话中指出，“共产党人拥有人格力量，才能赢得民心”。坚定信念、践行宗旨、拼搏奉献、廉洁奉公，百年来一代代中国共产党人以高尚品质和崇高精神，展现着中国人的志气、骨气、底气。我们要持之以恒抓好总台风气建设，勤动“婆婆嘴”、常敲“小木鱼”，对腐败问题“零容忍”，自觉做到明大德、守公德、严私德，克己奉公、以俭修身，清清白白做人、干干净净做事，永葆清正廉洁的政治本色。

总台成立以来，在历次重大活动的宣传报道中、在高质量发展的创新实践中、在全面从严治党的党性锤炼中，形成了精益求精、一丝不苟、追求完美的工作精神和舍我其谁、敢战必赢的工作作风，这是我们总台人的宝贵精神财富。要结合传承弘扬伟大建党精神，持续深化拓展总台这一精神成果，扎实践行“四力”，加快培养造就一批“大师级”名记者、名编辑、名主持人、名制片人，一批懂语言知文化、善讲中国故事的国际传播人才，一批精通新媒体新技术的全媒体人才，一批有责任敢担当、懂经营善管理的复合型人才，建强青年人才队伍，锻造一支“平常时候看得出来、关键时刻站得出来、危难关头豁得出来”的德才兼备的高素质干部队伍，更好地争创新业绩、建功新时代。

（本文根据中共中央宣传部副部长、中央广播电视总台台长兼总编辑慎海雄2021年7月30日在中央广播电视总台讲党课的内容整理，原载《电视研究》2021年第7期）

主　　编：李　蕾　张亚东
发布日期：2021年9月18日

扫码阅读原文

《求是》刊发总台台长署名文章：《解码十年》礼赞山河锦绣

时间的长河里，有些时段因其特殊意义而为历史所铭刻。新时代10年的伟大变革，在党史、新中国史、改革开放史、社会主义发展史、中华民族发展史上具有里程碑意义。

非凡10年，如何以一份景仰之心来描绘、来礼赞？

过去10年，道路自信、理论自信、制度自信、文化自信，让我们解读时代的“脑力”大大增强；过去10年，数字化浪潮席卷全国，各个地区、各行各业的海量数据，让我们丈量时代的“脚力”大大增强；过去10年，太空中的卫星、地面上

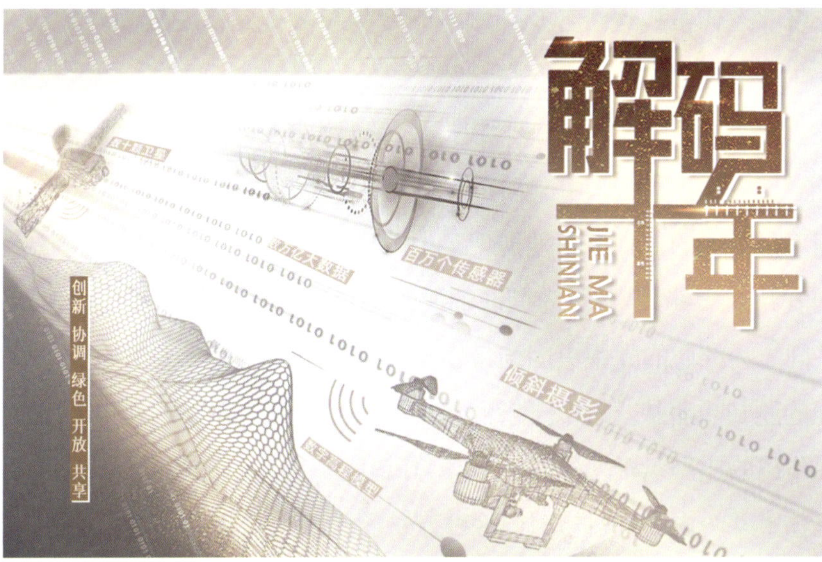

大型融媒体系列报道《解码十年》海报

的传感器遥相呼应，让我们观察时代的“眼力”大大增强；过去10年，新媒体、新应用、新产品层出不穷，让我们描绘时代的“笔力”大大增强。

“明者因时而变，知者随事而制。”作为时代发展的见证者、记录者，中央广播电视总台坚持以创新为主基调主旋律，深入推进“思想+艺术+技术”融合传播，与时俱进地以新语态阐释新思想、以新传播讴歌新时代、以新视听赞美新征程。

2022年8月9日，一档清风扑面、耳目一新的节目在《新闻联播》亮相。13集系列报道《解码十年》一经播出，即引发广泛关注和热评。作为总台迎接党的二十大的重磅作品，《解码十年》以“新发展理念”为魂，首次尝试“卫星视角+大数据调查+新闻故事”的报道方式，生动、立体地展现历史性成就和历史性变革，解开奋进路上的成就之码、力量之码、奋进之码、合作之码，让场景随着数字跃动、让人物伴着数字鲜活、让十年巨变可感可知可信可敬。节目实现融媒体传播，全网累计触达量超过60亿人次，获得社会各界一致好评。

数据说话 信而有征

党的十八大以来，在习近平总书记亲自指引下，全党全国各族人民攻坚克难，矢志奋斗，各条战线、各个领域不断发生重大变革、实现重点突破、取得重大成就。在记录时代的海量数据中，以“数”为针，揭示“数”中之“密”，讲述“数”内之“事”，探究“数”后之“道”，《解码十年》找到了解开辉煌10年密码的“金钥匙”。

数据不是单薄的，它有力地展现了中国之进的磅礴力量。“反贫困始终是古今中外治国安邦的一件大事。”为彻底解决千百年来困扰中华民族的绝对贫困问题，以习近平同志为核心的党中央团结带领全国人民组织实施了人类历史上规模最大、力度最强的脱贫攻坚战。“决不能落下一个贫困地区、一个贫困群众”，这是党中央向人民作出的庄严承诺。《解码十年》开篇就将镜头对准脱贫这一历史性难题和脱贫攻坚伟大斗争。《精准扶贫让9899万贫困人口一道迈入小康社会》《易地扶贫搬迁 960多万人迎来新生活》等报道一改宏大叙事，而是以小见大，以数字的力量诉说变化的步伐。9899万相当于世界上一个人口大国的人口总数，960多万贫困人口易地搬迁，相当于给一个中等规模人口的国家搬了一个家。通过一组组有代表性的数字，让全世界见证了中国脱贫攻坚这一人类历史上的伟大奇迹。

数据不是冰冷的，它温暖地讲述了人民之呼的奋进故事。“良好生态环境是最公平的公共产品，是最普惠的民生福祉。”《解码十年》巧妙使用对比方法，使亿万受众自豪地看到，祖国大地上空，雾霾散去，蓝天白云，繁星闪烁。10年间，全国339个地级及以上城市平均空气质量优良天数增加了39天；黄河流域治理水土流失2.68万平方公里，长江优质水断面超过97%，祖国的母亲河重焕生机；农村自来水的普及率提高了19个百分点，数以百万计的农村人口摆脱了饮水氟超标和苦咸水；9195处自然保护地，11亿亩新增林草面积，人与自然的关系正在不断重构。数字的长度标志着成就的高度，数值的提高代表着群众的幸福，数据的对比见证着历史的跨越。数字不再是简单、枯燥、冰冷的符号，而是温暖人心、激励激情的有生力量。

数据不是沉默的，它昂扬地刻画了时代之变的拼搏画卷。“伟大梦想不是等得来、喊得来的，而是拼出来、干出来的。”在《穿山越壑 向交通空白处挺进》一集中，节目采取“见人见物”的铺陈方法——在海拔4700米终年积雪的色季拉山中，司机王新驾驶中国自主研发的掘进机“雪域先锋号”，在坚硬的花岗岩地层中

系列报道《解码十年》之《穿山越壑 向交通空白处挺进》视频截图

艰难掘进，征服高寒、高海拔、特殊的地质条件，完成了迄今为止人类面临的最具挑战的铁路工程，把雪域高原带入动车时代。在中国中西部，像王新一样的普通建设者还有很多，他们奋战在横断山脉、念青唐古拉山、祁连山……一寸一尺，一块一石，砥砺前行，把一座座过去难以征服的大山巨壑变成通衢坦途，填补了中国巨幅交通网上难以触达的空白之处。蓝图不可能一蹴而就，梦想不可能一夜成真。越是美好的未来，越需要付出艰辛努力，咬定目标、脚踏实地、埋头苦干。

技术助力 破圈传播

借助于新理念、新装备、新技术、新应用，《解码十年》的视听呈现，既可以像孙悟空一样腾云驾雾、钻天入海、幻影移形，也可以像工笔画一样工整、细腻、严谨。如果说，《解码十年》创造性地展示了10年辉煌的巨大成就，那么也正是10年来全国各领域各行业丰富的创新成果，为《解码十年》的理念和实践创新插上了腾飞的翅膀。

思想为硬核，创新为驱动，融合为目标。一档精品节目得益于思想、艺术、技术的和合一体、水乳交融、浑然天成。《解码十年》的创新点在于，一是将以习近平新时代中国特色社会主义思想统揽全局与新闻报道创新高度融合。完整、准确、全面理解创新、协调、绿色、开放、共享的新发展理念，以此谋篇布局、铺陈敷设，搭建整个报道的四梁八柱。二是将影视新技术应用与艺术化节目构建高度融合。《解码十年》运用了卫星遥感、地理信息还原、航空测绘、倾斜摄影和三维建模等多种技术手段，并首次在新闻报道中使用了实景高质量数字化建模，首次将游戏开发领域中使用的虚幻引擎“跨界”应用于报道，此外还大量运用“一镜到底”的拍摄技巧。这些新技术、新应用、新方法，本身并不是难以企及的“天外秘籍”，然而将它们综合融合运用，就支撑起富于想象力的节目构思，造就了极富冲击力的“扶摇天地一镜开，山河巨变入画来”的诗画美景。三是将首创意识与工匠精神高度融合。时代发展，需要大国工匠；迈向新征程，需要大力弘扬工匠精神。对于一档精品节目而言，关键的要素是人。《解码十年》创作团队发挥了精益求精、一丝不苟、追求完美的工作精神，对数据再三分析、再三挖掘、再三剖析。如对云南省怒江傈僳族自治州福贡县统计报送的易地扶贫搬迁数据，经过大量演算分析，最终在地理信息系统的三维地图上还原了移民所有的搬迁路线，这是从来没有人做过的事。在《中国迈入创新型国家行列》一集中，制作团队从上千个倾斜摄影数据包的上亿个建筑剖面中，去瑕撷精、修残补缺、精工细作，仅后期制作就用了半个多月，最终实现了技术与内容、艺术与思想的完美融合。

运用新技术，打开新视角，带来新认知。新科技是新闻宣传事业高质量发展的强大推动力。《解码十年》充分利用高技术、强装备特点，为受众打造了新的认知视角。一是卫星视角的规模化应用，营造出一种大范围、大景深的“空间视角”，带来超乎想象的感官冲击和视觉震撼。在《让母亲河永葆生机活力》一集中，通过环境遥感卫星对数十年间黄河流域的植被进行图像捕捉，还原了黄河沿线的生态变化，让观众通过卫星视角，清晰地看到黄河沿线绿色草地与黄色沙漠之间的交界线。10年间，绿进沙退——这条“黄河绿线”，最远向西推进了150公里，凸显了黄河沿线的生态巨变。二是国家级大数据的集中调用。在各方大力配合下，节目打通50多个部委和直属单位、顶尖级大数据机构、科研院所的国家大数据库，调取数以万亿级的海量大数据，经过错综复杂的计算、推演、分析，再将分析结论以视觉艺术的形式加以呈现。在《绘就命运与共新蓝图》一集中，节目从近10年中国与全球各国的贸易交易数据中，推演出了中国走向全球供应链中心位置的历史进程。三是无人机、穿越机、手持电影机等我国自主研发高科技装备的广泛应用。高科技装备的创新应用，提升了节目的科技感、渲染力和时代性，彰显了主流媒体强大的节目制作能力和科技创新实力。

从群众中来，到群众中去，以人民为本。习近平总书记指出：“读者在哪里，受众在哪里，宣传报道的触角就要伸向哪里，宣传思想工作的着力点和落脚点就要放在哪里。”主流媒体应始终坚持以人民为中心的工作方向，守正创新，拥抱数字化，拥抱互联网。一是紧扣时代脉搏，把握时代潮流，展现时代风采，把“群众喜不喜欢，爱不爱看”作为出发点。《解码十年》在采访广西环江毛南族自治县下南乡党委副书记、乡长谭红耀，新疆和田地区于田县达里雅布依新村村民艾巴提·阿不都拉，四川凉山州昭觉县三岔河镇三河村党支部副书记洛古有格时，制作团队请三位嘉宾以手机自拍的方式，以第一人称、第一视角介绍了各自家乡在易地扶贫搬迁前后的变化。三位嘉宾的自拍很“潮”，画面很生动，起到了画龙点睛的作用。二是紧贴群众生活，放下架子，扑下身子，卷起袖子，甩开膀子，把“向人民学习，拜人民为师”作为根本点。在《易地扶贫搬迁 960多万人迎来新生活》一集中，来自云南省怒江傈僳族自治州福贡县托坪村安置点的居民罗德军过去的家在高黎贡山上，出门一个来回要走整整一天。节目组跟着他一起体会出门不易，并在镜头设计上，从罗德军之前居住的破旧的茅草屋一下子拉到整个怒江大峡谷，使观众对当地居民搬迁情况一览无遗。三是紧紧把握受众的收视心理、满足群众的视听需求，把群众的生活习惯、欣赏习惯作为落脚点。检索《解码十年》网友留言，最醒目的关键词是“震撼”。节目创新叙事表达，大幅度提升了画面内容承载力、主题表现力和视觉冲击力，呈现气象万千、焕然一新的高质量视听体验，特别是满足了年轻受众对强大视觉冲击效果的强烈需求。在《中国迈入创新型国家行列》一集中，深圳前海的呈现画面以三维地球开场，随后利用卫星从太空视角观察10年变化，当镜头推近到城市上空，倾斜摄影技术生成的三维模型，真实还原了这里几十平方公里的设施分布，并在模型与航拍之间实现虚实结合的无缝衔接。五项技术的融合使用，带来了视觉的全新体验。

以新促变 以融致用

习近平总书记指出：“惟创新者进，惟创新者强，惟创新者胜。”创新是媒体的内在气质、本质需求和高质量发展的不竭动力。《解码十年》将10年的伟大成就转变为具体鲜活的故事，是党的创新理论转化为节目创新创造的生动实践。

走具有民族特色的思想引领之路。“努力创作无愧于我们这个伟大民族、伟大时代的优秀作品。”新时代呼唤新作品，出新出彩就是要紧紧抓住内容创作这个“牛鼻子”，就是要坚持思想引领这一制胜法宝。一是要始终坚持从习近平总书记的重要思想、重要论述、重要指示中不断找思路、找启迪、找答案。总台成立以来的丰富实践深刻启示我们：只要真正把习近平新时代中国特色社会主义思想学懂弄通做实，进一步做好宣传报道工作就有了取之不尽、用之不竭的动力源泉。无论何种节目形态，都要突出思想引领，让习近平新时代中国特色社会主义思想和总书记的领袖魅力风采“飞入寻常百姓家”，奏响时代的强音，吹响时代的号角。二是在博大精深的文化宝库中获取创作灵感。“只有把美的价值注入美的艺术之中，作品才有灵魂，思想和艺术才能相得益彰，作品才能传之久远。”近年来，总台出品的《典籍里的中国》《国家宝藏》《中国考古大会》《寻古中国》《美术经典中的党史》《荣宝斋》《诗画中国》等一大批精品力作，受到了广泛好评，发挥了主流媒体文化传播主阵地、主渠道、主力军的重要作用。主流媒体应不断提升作品的精神能量、文化内涵、艺术价值，让更多思想性、艺术性、观赏性俱佳的精品内容带领受众“乘风好去，长空万里，直下看山河”。

走具有世界领先优势的技术创新之路。充分利用高新技术的前沿优势，加快推进全链条、全方位、全领域融合创新。全媒体时代，谁掌握了科技发展主动权，谁就掌握了媒体变革发展权，谁就能够在未来媒体格局中引领潮流。放眼全球传媒业，中国正在成为技术高地、创新高地、人才高地。我们应紧紧抓住当前全球科技创新正处于空前密集活跃期这个关键时机，趁势而为，深入实施“5G+4K/8K+AI”战略，突破国外技术垄断，增强新技术自主研发能力，加快推进技术应用创新，实现技术发展由跟跑并跑向领跑的战略性转变，让技术创新在全球媒体竞争中一马当先、一枝独秀、一骑绝尘，在确保安全播出和网络安全的前提下，为精品节目生产提供强大的技术支撑力。

走具有主流媒体特色的融合发展之路。一是逐步形成融媒体传播优势。要将优势资源向新媒体集聚，奋力打造充满创新、浑身创意、满目希望的新媒体、新平台、新内容，深化一体化传播模式，提升融媒体传播效果。二是构建网络舆论场上的“新打法”。在形式上，以攻为守、主动作为，绵绵发力、久久为功；在内容上，以有风骨、敢亮剑、接地气的新语态持续“引爆”舆论场，通过大量形态多样、鲜活灵动的融媒体产品，在互联网上形成排山倒海般的传播声势，达到“奇外无奇更出奇，一波才动千波随”的传播境界。《解码十年》在《新闻联播》播出后，总台新媒体平台立即依据各自特点，以视频、图文特稿、《主播说联播》、话题设置等形式，全方位开展新媒体矩阵传播。央视新闻官方微博主话题#解码十年#累计阅读量超2.9亿，登上微博热搜置顶位，相关稿件跨平台总触达量达57.8亿人次。一组组传播数据彰显了主流媒体强大的引领力、传播力、影响力。

满眼生机转化钧，天工人巧日争新。艺术的高度取决于思想的厚度，技术的精度决定了艺术的广度。只有坚持思想、艺术、技术的高度融合统一，不断激发节目创作灵感、增强思想精神内涵、丰富艺术表达和渲染手段，把思想的张力通过艺术、技术表现出来，才能不断创作出大气磅礴、震撼人心、气势如虹、力透纸背，站得住、叫得响、传得开，让人民群众爱不释手、历久弥新的精品力作。总台将始终坚持以习近平新时代中国特色社会主义思想统领一切工作，不断深化“思想+艺术+技术”创新实践，不断实现融合传播、破圈传播，奋力打造具有强大引领力、传播力、影响力的国际一流新型主流媒体，以实际行动迎接党的二十大胜利召开，为实现中华民族伟大复兴的中国梦作出新的更大的贡献。

（本文作者为中共中央宣传部副部长、中央广播电视总台台长兼总编辑慎海雄，原载《求是》2022年第19期）

主　　编：李　蕾　贾　健　张亚东
发布日期：2022年10月1日

扫码阅读原文

覆盖全球所有国家和地区！252亿人次！总台党的二十大报道刷新多项传播纪录

2022年10月16日至22日，中国共产党第二十次全国代表大会胜利召开。10月23日，新一届中共中央政治局常委同中外记者见面。北京成为全球舆论强磁场。中央广播电视总台全力以赴、全神贯注、尽锐出战，浓墨重彩展现大会盛况。最高标准、最严要求、最好效果，报道数据刷新多项传播纪录！

最广覆盖范围——首次实现覆盖全球233个国家和地区，68种语言破纪录全球传播。

最大触达规模——总台党的二十大相关报道在自有平台跨媒体总触达252.01亿人次。

最多转播转载——总台直播信号和大量新闻素材被全球133个国家和地区的1818家海外主流媒体转播报道超4.2万次。

最热互动话题——央视新闻微博开设党的二十大相关话题，总阅读量突破147亿。

海外广、准、全
对外传播实现历史性突破 党的二十大最强音响彻全球

对外传播连创纪录。总台国际视频通讯社向全球媒体发布党的二十大开幕会等12场直播信号和大量新闻素材，全球133个国家和地区的1818家电视台及其新媒体平台转播总台报道达4.2万次，总时长450小时46分58秒，各项核心传播数

据连连刷新对外传播纪录。

美欧地区集中突破。美欧地区共有950家电视台采用总台提供的直播信号和大量新闻素材进行转播报道，占转播报道电视台总数的73%，累计播出1.98万次。总台多语种主播、记者与国际主流媒体直播连线160余次，发表署名文章360余篇，尤其是在BBC（英国广播公司）、英国天空新闻台、彭博社等美西方主流媒体广泛发声。总台CGTN发布的《二十届中共中央政治局常委同中外记者见面》英语、法语、西班牙语直播特别节目，均冲上谷歌视频搜索第一位。

68种语言破纪录全球覆盖。在已有44个语种的基础上，总台通过合作传播将大会报道语种数量扩展到68个，成功扩大大会报道全球覆盖面。在脸书、优兔、推特、TikTok、Reddit等主要海外社交平台推出1500多个特色产品，总阅览量超4.64亿，互动量超1353万。

总台创新策划51项党的二十大主题媒体活动引发强烈反响。在美国、英国、法国、俄罗斯、巴西、阿根廷、沙特阿拉伯、日本、肯尼亚、印尼等国家，总台以论坛、研讨会、影像展、圆桌会等多种形式，积极宣介党的二十大精神。“新征程的中国与世界”美国专场研讨会被北美地区主要国家的100多家主流媒体转载引用。

总台记者走进泰国大众传播机构MCOT ThinkingRadio FM96.5电台、阿联酋迪拜电视台、肯尼亚Spice FM早间直播节目、今日俄罗斯电视台，多角度介绍中共二十大

总台记者在海外媒体密集发声。大会期间，总台多语种记者走入海外媒体演播室，多角度介绍大会相关内容，并通过直播连线、发表署名文章等方式持续在海外媒体发声，有力传递“只要共行天下大道，各国就能够和睦相处、合作共赢，携手创造世界的美好未来”的中国声音。多国主流媒体对总台报道给予赞赏与肯定，表达了加强合作的意愿。

多个“首次”开拓合作传播新格局。总台首次与东非地区发行量最大的英文报纸《民族报》合作推出中非合作整版专栏，相关国家政要在专栏中表达了对中国共产党执政理念和中国发展模式的高度赞赏；首次与巴基斯坦主流英文报纸《国民报》合作推出党的二十大专版，引发当地舆论热烈反响；首次打通西巴尔干多家主流媒体机构的通道，将党的二十大报道推送到阿尔巴尼亚国家广播电视台RTSH等10家当地主流媒体。

1000余位国外政要、专家学者和意见领袖通过总台表达高度关注和积极评价。总台充分调动海外报道资源，采访1000余位国外政要、专家学者和意见领袖，相关人士衷心祝愿中国新征程取得新成就。

最优画、光、声
全景呈现开幕会盛况 身临其境展现大会现场

经典镜头意蕴深长。总台全新引进T8新型伸缩摇臂、大型升降塔等特种设备，精心构图，拍摄了总书记与党徽党旗同框、大礼堂眺台巨幅标语与满天星交相呼应等大量经典镜头，以最高品质记录党的二十大珍贵历史影像。

在二十届中共中央政治局常委同中外记者见面会上，总台首次通过动态接力拍摄，完整展现大门开启、总书记入场、挥手致意、发表讲话等集体亮相的全过程；首次综合采用最新型超高清转播车、大型伸缩摇臂、全新高倍镜头，从宏大视角展现600多名中外记者云集现场、世界目光注视中国的恢宏场面。

《新闻联播》播出中国共产党第二十次全国代表大会盛况

最佳光影极致呈现。总台对直播灯光系统进行一体化升级改造，针对会场关键区域优化灯光布置，提高布光精确度、增强灯光造型能力，使画面质感柔和通透，色彩层次丰富细腻，以最佳光影效果呈现大会现场盛况。

在中外记者见面会上，总台首次在人民大会堂金色大厅搭建大型专业灯架，采用灯光布设、党旗置景、镜头效果一体化设计，以最佳构图呈现习近平总书记在党旗映衬下发表重要讲话的历史画面。

饱满音质直抵人心。总台创新升级现场转播音响系统，增设立体声制式话筒、小振膜电容话筒及手杆话筒等拾音扩音设备，使声音清晰度、聚合度、力量感效果更加坚实。习近平总书记的重要讲话清晰有力，会场掌声热烈响亮，有效传递出大会团结奋进、昂扬向上的气象风貌。

最高量、质、效
矩阵式、立体化传播 党心民心同频共振、心心相印

新媒体观看量创历史新高。开幕会直播在总台各新媒体平台阅读播放量达

8.72亿，创历史新高。在微博、微信、快手、B站（哔哩哔哩）、知乎等多平台总观看量超6.2亿，直播单场观看量、单场同时在线人数、央视新闻粉丝增长量均创历史最高纪录。闭幕会特别报道，新闻发布会、记者招待会、“党代表通道”直播报道，累计触达超11.38亿人次。习近平总书记的鲜明宣示、重大论断掷地有声，燃遍全网。

“满屏皆精品”形成强大舆论声势。16集大型政论专题片《领航》仅网络触达人次即达55.1亿，相关微博话题登上抖音、快手等平台热搜榜125次。20集时政微纪录片《思想的力量》全网总触达人次超35.8亿。专题片《解码十年》通过总台29种语言全球落地，全网总触达人次超60亿。大型融媒体报道《江河奔腾看中国》累计触达11.63亿人次。

围绕党的二十大宣传，总台高标准高质量制作大批精品力作

创意融媒体产品可亲可感直抵人心。“时政微纪录”系列产品叙事凝练、情感充沛，其中《时政微纪录丨聚焦二十大：直抵人心的声音》在总台“百城千屏”项目所在的城市地标、乡镇村庄、边防哨所等27个标志性点位，同步记录全国各地实时收看新一届中央政治局常委同中外记者见面的场景。《时政Vlog丨最受瞩目 中外记者见面会来了！》等一批时政Vlog（视频日志）、有声海报、思维导图、

组图、长图、手绘特稿、图文海报等创意视觉产品在多平台置顶推荐，触达用户规模超18.9亿。

微博话题数量创单项重大时政报道之最。央视新闻相关微博总阅读量突破147亿，频频占据热搜榜首位。#新一届中央政治局常委同中外记者见面#等3个微博话题阅读量超10亿。

最佳时、度、效
新闻+评论传播二十大最强音 港澳台媒体广泛转发

重点新闻栏目精准排播。《新闻联播》《新闻和报纸摘要》等重点新闻栏目开栏播出“二十大时光”系列报道，在总台各平台跨媒体触达10.13亿人次。《焦点访谈》播发系列专题节目《奋斗 新的伟业》，深入阐释解读党的二十大报告内容。新闻频道播发5集专题片《这十年》，全网总触达24亿人次。

评论言论产品掷地有声。《央视快评》《国际锐评》《时政新闻眼》《主播说联播》《联播+》《玉渊谭天》等连续播发30余篇重磅评论言论产品，以国内国际多重视角，权威解读党的二十大精神。其中，创新推出《AI描绘110万字外媒报道里的未来中国》，运用多模态大数据技术，检索了全球500家媒体、超110万字的大会报道内容，借助AI（人工智能）绘画直观呈现美国、英国、印度等不同国家和地区眼中的“中国式现代化”。

港澳台媒体广泛转载。大公报、文汇报、香港明珠传媒、香港印象、活在香港、香港立场传媒、香港观察、粤澳传媒、两岸热点、新台时报等港澳台媒体大量转发转载总台优质特稿，反响热烈。

主题鲜明、内容丰富、形式多样

“思想+艺术+技术”融合传播

国际一流新型主流媒体

总台将持续做好各项工作

沿着党的二十大指引的方向

踔厉奋发，勇毅前行

主　　编：韩春苗　徐　克　张亚东

发布日期：2022年10月27日

扫码阅读原文

《领航》总导演闫东：用激情拥抱时代 以责任打造精品

听到“领航”两个字，你会想到什么？

“一艘万吨级的大船，迎着波涛巨浪，在大海中航行。它可能面临着各种各样的风险与挑战，但也有无限前景，给我们留下了诸多的创作空间。”

这是中央广播电视总台大型电视专题片《领航》总导演、制片人——总台社教节目中心特别节目部主任闫东的答案。

“浩渺行无极，扬帆但信风。”中国共产党引领“中国号”巨轮乘风破浪的姿态，无比昂扬。

十六集大型专题片《领航》海报

追根溯源 扎扎实实地梳理这十年

从庆祝中华人民共和国成立70周年的《我们走在大路上》，到庆祝中国共产党成立100周年的《敢教日月换新天》，闫东此前已有多部大型专题片的创作经验。这次创作，有何不同之处?

“之前两部片子的时间跨度较长，有很多内容是我们这代人没有经历过的。但《领航》描绘的非凡十年，我们创作者和许多观众都身处其中并为之奋斗，切实体会到了这十年的巨大变化。”闫东说。

越是熟悉，越难描摹。他们要做的，不是对这十年成就进行简单叠加和罗列，而是要追根溯源，扎扎实实地重新梳理这十年。

五个多月的时间里，《领航》创作团队反复学习、调研、探讨，依据党的十九届六中全会审议通过的《中共中央关于党的百年奋斗重大成就和历史经验的决议》，确定全片以系统概括习近平新时代中国特色社会主义思想核心内容的“十个明确”为主干，融入新时代历史性成就和历史性变革的十三个方面内容。

第一、二集《掌舵远航》《科学指南》，开篇提纲挈领，重在凸显“两个确立”的决定性意义，展现习近平新时代中国特色社会主义思想在新时代伟大实践中彰显的强大真理力量。

从第三集《逐梦先锋》到第十五集《自我革命》的13集内容，深入挖掘新时代党和国家事业取得的历史性成就、发生的历史性变革。

第十六集《踔厉奋发》，汇聚中国这十年，尤其是2022年的难忘瞬间，聚焦展现新时代中国人民自信自强、昂扬奋发的精神气质。

闫东说：“每一个主题词都是鲜活的，带着画面时时跳动在我们眼前，让我们非常感动，甚至激动。”主创团队还借助“高分”系列遥感卫星和视觉特效，带来“观古今于须臾，抚四海于一瞬”的视觉震撼，将这种鲜活最直观地呈现给受众。

在时空的经纬上，习近平总书记走遍14个集中连片特困地区的足迹、中国高铁线路图、“六廊六路多国多港”的互联互通架构等，线条清晰可见，彼此勾连成势，描绘出新时代中国发展的广阔空间。

在非凡十年里 定位个人与时代的交集

政论情怀，故事表达，这是闫东的创作理念。伟大变革的磅礴线条，由无数鲜活的奋斗故事勾勒而成。要选择哪些故事，有什么选择标准？闫东说："要让每个人都能在自己发展的坐标系中，定位到与时代、与国家、与习近平总书记的交集。"

早从2022年春节开始，《领航》创作团队便开始了对故事的挖掘。摄制团队分10组赶赴全国22个省市区的97个乡镇（街道）拍摄，采访近百位人物；资料保障小组从总台音像资料馆下载了1004小时、共15594条独家资料。

> 近平是一个好后生，他能受下罪、能吃下苦……
>
> ——第一集《掌舵远航》
>
> 他把羊放到山坡下面去吃草，他就坐在那地埂旁边看书……
>
> ——第二集《科学指南》
>
> 我就给猪啰啰啰，他也啰啰啰……
>
> ——第九集《美好生活》

影像资料结合亲历者的回访视频，还原了习近平总书记"甘入苦海挑重担，以身许国为人民"的点点滴滴，让观众听着亲切、看着暖心。据统计，全片共引用习近平总书记影像片段675处，同期声106处。其中，147处画面、41处同期声为首次公开。

此外，创作团队还寻访十年间的重要成就和典型人物，挖掘出近160个人物故事，讲述个人与国家命运的紧密相连。

第五集《改革攻坚》，国家医保谈判加紧推进，让患有脊髓性肌萎缩症的儿童仔仔，通过医保用上了原本昂贵的救命药诺西那生钠。每一个生命都值得被珍惜，每一个小群体都没有被放弃。

第十四集《胸怀天下》，在浙江义乌创业的约旦商人穆德，从3万元人民币起家做外贸，如今将义乌小商品出口到了约旦、阿尔及利亚、摩洛哥等13个国家和地区。“一带一路”倡议给沿线国家创造了实实在在的经济社会效益。

用东方美学 传递影像中的文化自信

国产纪录片要当好“国家的相册”，非凡十年的影像记录，应该具有怎样的气质？闫东说，不仅要用影像来讲故事，更要融入独具东方美学的元素，体现出中国文化的思辨意识和哲学思考。

节气，是中华民族的古老历法，更是文化和智慧的积淀。从2021年的小雪到2022年的寒露，刚好是《领航》的创作周期。

“我们享用着祖先为人类贡献的智慧，也想将节气融入片中，用影像传递中国的文化自信。”主创团队将十年砥砺奋进绘写的壮美画卷，与传统节气建立可亲可感的连接，为这十年增添了来自中华文明的厚重注解。

2017年4月20日，雨生百谷，万物复苏，邛崃山拥有了新的名字——大熊猫国家公园，新时代生态文明建设欣欣向荣；2021年5月21日，物至此时，小得盈满，浙江梅林村构建全国首个共同富裕村级评价体系，共同富裕道路上的获得感和幸福感扑面而来。

虚实相生，无画处皆成妙境。在片头片尾的设计上，主创团队从中国传统艺术的“虚”与“实”汲取灵感。

片头以艺术“虚写”。连续三天的拍摄，将中国共产党历史展览馆内的五组雕塑，化成了在时代浪潮里乘风破浪的领航巨轮，配上习近平总书记铿锵有力的话语，体现出中国人民踔厉奋发、团结向上的昂扬姿态。雕塑是凝固的瞬间，在片头用雕塑呈现这十年，恰恰增加了片子的体量和厚重感。

片尾以场景“实写”。新时代的中国，处处有丰收的喜悦、奋斗的欢歌。主题曲《今朝》，汇聚了新中国成立70周年、庆祝中国共产党成立100周年文艺演出、北京冬奥会、香港回归祖国25周年等影像实录，伴着歌词中层层递进的八个“知道”，让观众在“实实在在”的尾声中感受到江河壮丽、国泰民安的幸福。

团队邀请六位词作者分头创作《今朝》歌词，优中选优，确定歌词后，旋律就展开了翅膀。7月10日，中央音乐学院院长俞峰指挥交响乐团和合唱团近160人，录制完成了近60分钟的原创音乐。闫东说："老中青三代师生的合唱，也在讲述着属于他们的十年故事。"

《领航》的全部创作力量有近700人，分为撰稿、导演、资料、外拍、后期、视觉设计、音乐、新媒体、修复、制片等10个小组，制作周期326天，拍摄行程4万多公里，整理文字材料40多万字……近一年时间里形成的28版脚本，是创作之路最踏实的见证。

闫东说，这是一次"举全台之力"的创作。总台台长精心部署，众多部门通力合作，形成一股强大的创作合力，在完成重大创作使命的同时，更实现了全新的艺术追求。

如今又到小雪节气，回顾整个创作历程，闫东感慨："我们作为总台的一员，作为35年的纪录片一线工作者，我无怨无悔，我很幸福！片子最终有这样的反馈，这一年值！"

接地气、有灵气、能共情，温度传到了心里，精神才能落地生根。历史记录人民创造，山河见证掌舵领航。闫东说："我们既是时空的连接者，也是时代的记录者。"新时代新征程，总台一步一个脚印，忠实记录、创新阐释、深情礼赞，讲述关于这个时代的故事。

今朝多美好

伟大的新时代知道

明朝多美好

壮丽的共和国知道

主　　编：崔黎黎　降碧桐　张亚东
发布日期：2022年11月23日

扫码阅读原文

《征程》导演组手记丨走新路才有新风景

中央广播电视总台大型纪录片《征程》是一部回首“追梦十年”奋斗史、心灵史的纪录片，是一部用鲜活故事刻画出的新时代群英谱。

在拍摄过程中，总台台长先后多次对导演组提出具体要求，如何让影片拥有“直抵人心的力量”成为导演组首先要考虑的问题。

大型纪录片《征程》海报

《征程》总导演在复盘时说：“总台参与创作的同志把握方向与坚持导向的能力肯定是没问题的，但讲对方向还要用对方法，能不能引人入胜，达成‘飞入寻常百姓家’的宣传效果，是非常现实的挑战。目标导向和问题导向，指向的都是报道的亲和力、有效性。其实，很多时候是自己吓自己，谁也没说不行，上级也不断鼓励你要创新，但自己脑子里条条框框太多。”

《征程》片头三句话：“追梦路上，到中流击水，舍我其谁；路上有你，风雨泼墨写春秋；大道同行，山河落笔续华章。”第一句，也是《征程》创作者要努力闯新路的内心写照。

《征程》专门设计了视觉主图，用向前冲的光带体现逢山开路的闯劲，用强烈的明暗对比体现成绩来之不易，用绵延群山体现“人到半山路更陡”、要“一仗接着一仗打”。这是创作者对“征途漫漫，惟有奋斗”的艺术表达。

《征程》之难，难在拍摄思路、拍摄手法如何创新，难在表达方式、素材内容如何取舍。

具体有三：

破题难。《征程》要有较高的思想性，但又不能以常规方式来表达，还要有创新性。以全面梳理形成综述，集纳已有精彩案例成为论据，再拍摄一些新的内容进行补充，这是一条有效且熟悉的创作之路，但《征程》导演组不想这样做。如何解放思想、打破常规、别开生面？

路径难。《征程》应该充分体现历史成就，但又不能通过论述的方式，要不着痕迹，通过普通人的个体故事以小见大、点面结合来呈现。

实施难。《征程》要采用纪录片方式，但采访对象这十年的高光时刻又往往不是现在进行时的。

山就在那儿，不能守成走老路，要另辟蹊径，走出新路。《征程》的创作也是一个不断翻山越岭、寻找创作新路径的过程。此路曲径通幽，有曲折、多起伏，但毫无疑问，见到了更多新的风景。

专题片“不落窠臼、不落俗套、引人入胜”，这既是领导同志的要求，也是做节目的根本遵循。我们需要在这里找方向、找启迪、找答案，做到耳目一新、别开生面，让党的创新理论在通俗化、生动化、具象化的传播过程中引发更多受众共鸣，加强节目的亲和力、有效性。

《征程》团队通过深刻领会习近平总书记“多宣传报道人民群众的伟大奋斗和火热生活，多宣传报道人民群众中涌现出来的先进典型和感人事迹”的重要指示精神，明确了主体内容是什么。

在策划阶段，团队还特意找出这些年来总书记发表的新年贺词反复学习，结合总书记“增强吸引力和感染力，让群众爱听爱看、产生共鸣”的重要指示精神，明确了表达方式是什么。

《征程》以“我们都是追梦人”为方向，以“人民群众是真正的英雄”为主线，以牢记嘱托、积极作为、攻坚克难、成就梦想为主题，努力讲好中国基层新实践的奋斗者故事，构成追梦十年群英谱，书写生生不息的人民史诗。

有好的主张，还要有好的表达。《征程》找到了发现“靶心”、聚焦“靶心”的创作方法，努力突破文件框架，解开与文件逻辑和范畴一一对应的关系。

经过认真研究，主创团队决定从习近平总书记的话语里找灵感，形成每一集的“主题靶心”。比如，《攻坚的脚步》一集，瞄准“第一书记要真扶贫，扑下身子在这里干”。《先锋的模样》一集，紧扣“平常时候看得出来、关键时刻站得出来、危难关头豁得出来”。《强军新风貌》一集，瞄准“能打仗、打胜仗是强军之要”这个靶心，来展开新时代提高信息化和体系作战能力的故事。

《征程》要见人见事见情感见精神，讲攻坚克难的努力、一波三折的过程、酸甜苦辣的感受，但只讲故事、没有道理不行，光讲好故事、没有思想高度也不行。为了时代成色更充分，十年脉搏更清晰，《征程》强化了导视的创作，在导视中先进行“主题亮相”，讲清楚本集故事与时代命题、大政方针的关系。

正片集中精力保持故事讲述的流畅感和完整性。加宽、加厚、加高的信息，也要随时柔性、巧妙加入，把个体奋斗、地方或部门新举措与党和国家的战略一起共振起来。节目结尾段再进行整体的跃升，体现思想性。

如：志合者，不以山海为远。从基础设施“硬联通”到规则标准“软联通”，再到同共建国家人民“心联通”……沧海横流，更当阔步人间正道。

把“一带一路”倡议与逆全球化思潮结合起来讲，针对某些势力的脱、断、堵的情况，强调“通”和沧海横流，更能体现“一带一路”倡议的远见卓识和中国价值。

受众在各平台留言说：

“强烈推荐！……这种优质纪录片值得分享！”

“节目有高度有温度，搭天线、接地气。”

“感受到一个个人物的个人魅力和家国情怀！”

“没有高调没有空谈，用真实触动心灵。”

“没想到讲普通人的纪录片也好看，朴实动人，这样的宣传节目应该再多一些！”

《征程》全部20集节目均被全网置顶，不少移动优先或二度创作的短视频全网观看量上千万，与纪录片《征程》有关的话题全网阅读量超30亿；《求是》杂志、《光明日报》等刊发文章充分肯定，认为“《征程》作为新时代的群英谱、中国基层新实践的壮丽画卷，视野广、选材准、转化透、人物活、情感暖，用精彩瞬间、感人细节、标志性成果，勾勒出十年时代成色”。

把故事做充分、做具体、讲得有声有色有形，让人看到英雄气概，让人坚定信心，让人众志成城，这才是《征程》的意义。

主　　编：徐　克　张亚东

发布日期：2022年11月24日

扫码阅读原文

匠心好剧丨总台《山河锦绣》致敬伟大脱贫攻坚精神

中央广播电视总台出品、史诗般呈现脱贫攻坚伟大历程的原创自制电视剧《山河锦绣》，2022年11月15日在总台央视综合频道首播即拿下实时直播关注度第一，用真情和暖意展现出中国扶贫事业的历史性成就。

电视剧《山河锦绣》讲述了西部山区两代人在中国共产党领导下，前赴后继向世代贫困宣战的故事，以全景视角和感人情节，多维度、艺术性地展现中国扶贫事业取得的历史性成就。

电视剧《山河锦绣》海报

导演余淳在分享创作感受时说："还记得6月份，也是在这间会议室举办的开拍启动仪式上，仪式都结束了，总台台长又叫住我们几个主创说'你们要记住，村支书只能说村支书的话，不能说省委书记的话'。我至今记忆犹新。我理解这句话的意思是让我们一切向真实靠近，真情实感、脚踏实地，我们也一直是按照这个创作理念来进行创作的。"

全景式展现脱贫攻坚
口音、服装、道具都能怎么用

时间跨度长达30年的电视剧《山河锦绣》是一部全景式、立体化的作品，讲述了20世纪90年代初的中西部山区，赵、柳两个不同姓氏的村庄因为一场天灾合并成一个村子，村支书赵书和对由自然灾害和两个村子多年积怨等造成的贫困现状痛心疾首，一心想改变家乡贫困的面貌。同时，他还要处理好与以柳大满为代表的柳氏村民之间的关系。

当年曾经跟随父亲下放到村子里的国文对这片土地有着深厚的感情，他与赵书和、柳大满在少年时都是好友。国文进入政府部门工作后，始终关注着村里的情况，让这片土地摆脱贫困也是他多年的夙愿。三个人做出各种努力和尝试，两代人前赴后继投身扶贫事业，最终使村庄彻底摆脱了贫困。

为了真实地呈现这个故事，该剧制片人赵倩介绍："《山河锦绣》以陕南地区为原型，为了保证真实度，选取的演员绝大部分是西北籍，用'陕人陕语'来体现农村戏的原汁原味。"

即便个别主演不是西北人，他们也在每天努力学说陕西话，"每天疯狂练习方言，连做梦都是陕西话"。

"很像，很有味道！"这是该剧的第一视觉感受。剧中每个演员都"灰头土脸"，风吹日晒的皮肤、黄斑遍布的牙齿、充满岁月风霜感的服装……负责服装的工作人员表示："本来需要给服装上加汗渍，但演员们都非常敬业，基本上汗湿了都不脱衣服，长期下来衣服上就形成了天然、真实的汗渍。"

为拍剧修了条路
这是一个“良心剧组”

波澜壮阔的脱贫攻坚战，是人类减贫史上的伟大壮举，是中华民族复兴征程上的重要里程碑。

“我们把这一段波澜壮阔的历史进程浓缩在剧中的柳家坪，从最真实的生活出发，走进生活深处、从平凡中发现伟大，把对‘人’的塑造放在第一位，以多元视角讲述一个有温度、有深度、有高度的精彩故事。”导演余淳表示，“这部剧的拍摄只有一条路可走，那就是真实，从剧本、人物、事件、制作等各个层面都要真实。”

《山河锦绣》里有一个情节是村里修了一条小路。尽管这不是重场戏，但剧组并没有选择借景拍摄，而是切切实实花了资金和人力，在当地修了一条真实的水泥路。这样的“较真之举”不仅高质量完成了剧集画面拍摄，还为当地村民做了一件好事。不糊弄、不敷衍、追求真实的《山河锦绣》也引发热议，被网友赞为“良心剧组”。

同样“较真”的还有大场面拍摄。《山河锦绣》开篇讲述了半山村遭遇泥石流，村民连夜冒雨转移的情节。为了呈现真实的受灾场景，剧组选择在崎岖的山地实景拍摄。

现场统筹张迪介绍：“山区地势复杂，下了雨更没法走。这场泥石流戏拍了三个大夜，上百人冒着大雨排队转移，浑身湿透，在泥水里一遍遍地走，鞋踩到泥里都拔不起来。从晚上8点拍到凌晨2点多，直到拍出最真实、最震撼的受灾转移效果。”

为拍剧种20亩水稻
这部剧里还有哪些数字

手扶拖拉机、二八自行车、花床单、老式电风扇、墙壁上“家养一只兔，不愁油盐醋”的时代标语……剧中这些细节真实可见，以小见大的细腻影像高度还原，强烈的带入感让受众重回那个充满激情的建设年代。

为了更好地还原历史背景，《山河锦绣》在破题之时进行了大量的前期调研。主创团队先后采访近百位扶贫工作者，在陕西西安、渭南、宝鸡，河南平顶山，贵州黔西南等多个省市、数百个村落实地采风，行程近万公里。

全组角色演员近百人，特约演员近500人，群众演员达5000人次。置景方面，《山河锦绣》总场景将近500个，为体现同一地点的历史变迁，还需要多次翻景。同时根据剧情需要，剧组种植了20亩旱改水稻。制作扶贫资料近2000份，全剧道具使用量高达几十万件。

《山河锦绣》跨度近三十年，剧中的人物生活发生了变化，演员的状态要变，生活场景、人物造型都得跟着变。

造型指导宋跃表示：“剧中人物的变化是非常微妙的，不能直接从一个农村人变成了城市人，这样不切实际，也不真实，这种变化是年代质感上的变化。”为此，该剧塑造了不同阶段4000余组人物造型，共使用服装达20000余件，以细腻呈现每个人物不同阶段的生活状态。

真实温暖有力量

用心用情创精品

大剧看总台

共赏《山河锦绣》

主　　编：徐　克　王彩臻　张亚东

发布日期：2022年11月19日

扫码阅读原文

自己的饭碗，自己端！

纪录片《端牢中国饭碗》海报

小麦的品种自主率达到100%；蔬菜人均占有量是世界平均水平的3倍；生猪饲养量约占全球一半，同时饲养着世界上最多的羊、鸡、鸭等畜禽，人均肉类占有量超过世界平均水平；世界上唯一一个养殖量超过捕捞量的渔业大国，10年渔业总产量连续位居世界第一；粮食产量连续8年稳定在1.3万亿斤以上，人均占有量远高于国际公认的400公斤安全线。

这些中国人饭碗中各种令人惊叹的数据，在纪录片《端牢中国饭碗》中首次全方位得到盘点。从主粮到蔬菜、肉禽、蛋奶、水产等副食产品，这部由中央广播电视总台与自然资源部、水利部、农业农村部、国家粮食和物资储备局联合摄制的16集大型系列纪录片，通过不同主题内容集中展现了粮食安全在任何时候都是“国之大者”。

数据显示，纪录片《端牢中国饭碗》在总台央视综合频道和财经频道播出后，累计触达受众4.85亿人次。在新媒体端，推出的衍生短视频播放量超2696万，#中国人确实有点种菜天赋在身上的# #中国产出了全球几乎全部杨梅#等56个话题登上热搜榜单，超1700家媒体跟踪话题，话题总阅读量超6.8亿。

从政策性支持保障，到生活中息息相关，这样一部全面解读中国特色粮食安全之路、全景展现新时代我国粮食及重要农产品生产取得非凡成就的纪录片，缘何引起广泛关注?

“大食物观”：粮食安全一个都不能少

不仅有耕地良田、种子粮仓，还关注瓜果蔬菜、蛋奶鱼禽。与以往关于粮食的纪录片不同，《端牢中国饭碗》首次以纪录片的方式系统梳理了我国粮食安全发展取得的成就，深度围绕“大食物观”，将“中国饭碗”的视角从“陆地粮仓”投向“海上粮仓”等。

16集纪录片每集一个篇章，有的关注传统口粮生产，如《守望麦田》《稻花飘香》《金玉满仓》；有的关心老百姓餐桌食材的多样性，如《耕海牧渔》《蛋奶充盈》《栽培菌菇》；还有的聚焦粮油结构调整优化，如《抓牢油瓶》。

中国人民靠勤劳的双手自力更生，从森林江河中获取食物，从动植物、微生物中获取热量、蛋白。在这样一部有鲜明主线贯穿始终的纪录片里，农业的不同领域、不同品种被紧紧凝聚在一起，展现出千百年来中华民族希望依靠辛勤耕耘奔向美好生活的朴素愿望。

只有深入调研才有发言权。总台纪录片《端牢中国饭碗》摄制组先后到全国28个省、自治区、直辖市，走访124个区县，历经大半年时间，拍摄了中国四大主粮产地，77个种养殖基地，邀请了60余位权威专家学者对中国粮食安全政策进行专业解读，让观众充分了解中国特色粮食安全之路如何越走越稳健、越走越宽广。

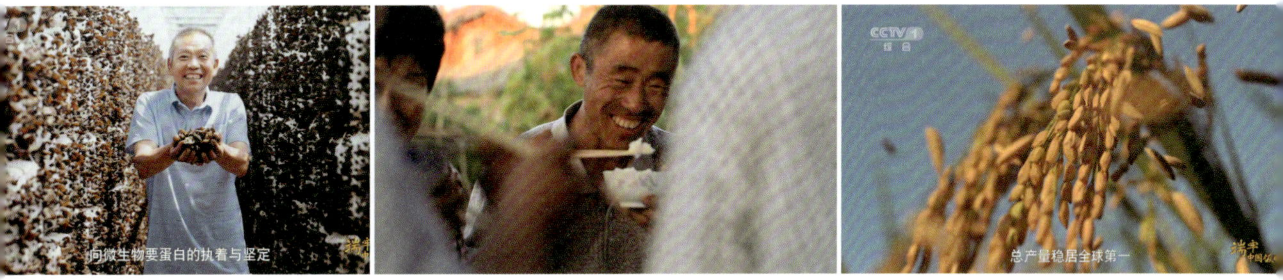

纪录片《端牢中国饭碗》截图

“推出这档系列节目，在真实记录和呈现我们餐桌丰富、饭碗充实的背后，是十年来中国在粮食安全领域取得的一系列成就。”制片人张越表示，这是一件“非常值得让大家了解和感受的事情”。

“菇勇者”：抽象主题还要具象表达

为了对这些到访之地进行充分呈现，创作团队运用了超高清拍摄、超微距拍摄、探针运动镜头、长焦航拍、航拍延时等各类拍摄方式。

比如第八集《栽培菌菇》中，超高清、超微距的食用菌延时拍摄让大家见证了蘑菇的生长之美。对“蘑菇先生”采集云南野生菌的多角度实地跟拍，更让镜头前的人也随之开启了一场“菇勇者”之旅。

在典型故事选取上，总台纪录片《端牢中国饭碗》不局限于一时一地、一餐一饭，而是遍布四季、遍及南北，把对粮食安全的全面梳理，转化为深入人民生活中的真实场景。既突出在管理、科研、种植、养殖、质检、仓储等一线努力拼搏、兢兢业业的工作人员，也通过走进家庭、厨房、餐厅寻找到享受美食的普通人，捕捉芬芳食物旁他们的言语、动作、神态。

谷物基本自给、口粮绝对安全的底气，食材选择丰富、三餐五味俱全的幸福，在精致而震撼的镜头语言中，化作真切的美食、美景与笑容。生动的事实加上丰富的数据，显示出中国粮食产量稳步增长、粮食储备能力显著增强、居民健康营养状况明显改善等一系列成就，有力回答了“谁来养活中国”的问题。

“吃得好”：这是一份珍贵的历史底稿

日子越过越好，饭碗越端越牢。中国依靠自身力量端牢自己的“饭碗”，用仅占世界9%的耕地面积和6%的淡水资源，生产了世界近四分之一的粮食，养活了占世界五分之一的人口，实现了由“吃得饱”到“吃得好”的历史性转变。如何才能把这种转变背后的成因展示出来?

在6个多月的创作中，主创团队将百余件近十年来中央、各级政府、各部委的报告、文件、相关法律法规分门别类，进行专题学习，组成了90多人的顾问团，并邀请不同领域的60多位权威专家进行解读，力求内容权威、准确、专业，为后人留下中国这十年粮食发展之路的珍贵历史底稿。

《光明日报》认为，纪录片《端牢中国饭碗》向广大人民群众全面解读了十年来中国粮食安全方面所取得的巨大成就，作品向世界有力回答了“谁来养活中国”的问题。

《农民日报》发表评论文章称，该片“把顶层政策设计与基层生动实践巧妙融合，实现了宏大主题的个性化表达”。

网友共情赞叹：“中国的劳动人民真的是很伟大的，其实也是通过这样的一部纪录片，让我们感受到把每一颗粮食种好，收获每一份粮食的喜悦，是多么难能可贵的事情。”

一粥一饭，当思来之不易。十年来，大国粮仓的根基一步步夯实，中国依靠自身力量端牢自己的饭碗，这既是中国人民自己发展取得的伟大成就，也是为世界粮食安全作出的重大贡献。

《端牢中国饭碗》

只有起点

没有终点

扫码阅读原文

主　　编：徐　克　张　越　张亚东
发布日期：2022年12月19日

@所有人 您收到一张“CMG车票”：沿着高速看中国 风景这边独好

五一假期来啦！您是不是已经“身未动，心已远”了呢？

无论是饱览祖国大好河山，还是尝遍各地美食、感受风土人文，中央广播电视总台出品的融媒体报道《沿着高速看中国》统统都有！这个五一假期关注央视新闻频道、央视新闻客户端，足不出户，尽览河山。

2021年4月6日起，总台共派出31路车队，超过100辆车，14组编导团队，百余名记者，《沿着高速看中国》将持续76天。这里面到底有什么“宝藏”呢？

总台新闻频道特别节目《沿着高速看中国》海报

记者参与"直播中的直播"
即兴报道获网友点赞

节目中，在报道"山东临沂：全国规模最大市场集群"时，记者加入当地正在进行的直播电商节，与商户共同展开了一场"直播中的直播"。惊不惊喜，意不意外？

进入商户的直播间后，记者首先通过试吃板栗，来与网友互动，直播中还不忘提醒网友收看央视新闻频道。记者的即兴宣传和轻松活泼的带货方式，被网友称赞"这届记者真优秀！"

主播除了带货，还能给您带路，引入他媒体主播做探访报道，跨媒体合作"奥利给"！

快手网络主播"月亮姐姐"，作为导游，带领网友探访苏州阳澄湖高速公路服务区，大家纷纷被"种草"；主播"小雨"打卡"熊猫高速"，用轻松愉快的方式"解锁"了成雅高速。每期特别节目引入一条网络主播Vlog，打卡高速线路上的特色地。网络主播的趣味分享，大大增强了新闻节目的互动体验。

何岩柯的rap（说唱）、王音棋的歌声，情不自禁地融入《沿着高速看中国》当中，被网友制作成短视频在网上传播，俘获了网友们的一大批赞。

此外，演播室多个话题都从个体故事切入，主持人参与互动#你走过哪条高速路#，严於信分享了"小时候和妈妈一起走的那条路"以及"自己参加工作后去援藏的那条路"，郑丽分享了家乡小铁路变迁的故事。主持人将自己的故事和才艺带入报道中，也是总台新闻报道接地气之举。

被主持人花式播报"圈粉"？
稳住！还有大招

为配合《沿着高速看中国》特别报道，总台新闻频道通过与交通运输部合作，首次使用交通运输部最新交通线路图，制作了《高速小贴士》系列短片。

内容方面，短片聚焦于所选线路的基本信息，解锁中国高速公路背后的常识；形式方面，短片通过借助全国卫星地图，参考交通运输部提供的最新交通线路图，绘制了全国交通路网图动画，由线及点、由点带面，轻轻松松，解锁你向往的高速路。

带着《高速小贴士》，来上一场说走就走的旅行吧。

《中国之路》是为《沿着高速看中国》特别节目量身打造的系列短视频，力争每集都是一个好听好看的小故事。

为了制作系列短视频《中国之路》，总台联合地方台，统筹调度多达20个省、市、自治区的地方资源，精心选择了14条独具特色的公路进行拍摄，形成了此次《中国之路》的节目集群。短视频统一使用主题曲《在路上》作为背景乐，既呼应了特别节目的主题，也营造出一种轻松昂扬的氛围感。“大屏”视频“小屏”化，加持节目的可视性。

除了有视觉上的盛宴外，节目中还首次使用了广播音频，悄悄把你的耳朵“叫醒”。

耳朵和眼睛，总有一个在路上。在4月24日的特别节目中，新闻频道与中国交通广播合作，电视与广播实现完美融合，总台这一创举又上了新高度！

立意出新，一路开花。走今日“中国路”，看百年“奋斗路”。

内容做深做实 形式推活出新
融媒宣传推广

融媒体报道《沿着高速看中国》，将电视节目的新闻内容和亮点，同步在网络平台推出，做好二次话题传播。截至2021年4月24日，由央视新闻主持的微博话题#沿着高速看中国#高居热搜榜首，阅读量达2.9亿，4.9万人参与讨论。

《沿着高速看中国》于4月6日启动，每周六10点（5月1日至5日每天10点）在央视新闻频道、央视新闻客户端、央视频、央视网推出直播特别节目，并在全网其他合作媒体平台投放。

总台新闻新媒体中心作为新闻频道的重要网络发稿平台，提前设计央视新闻的推送方案，做好内容对接工作，重要节目预告适时推送，带动全网关注，营造现象级传播。

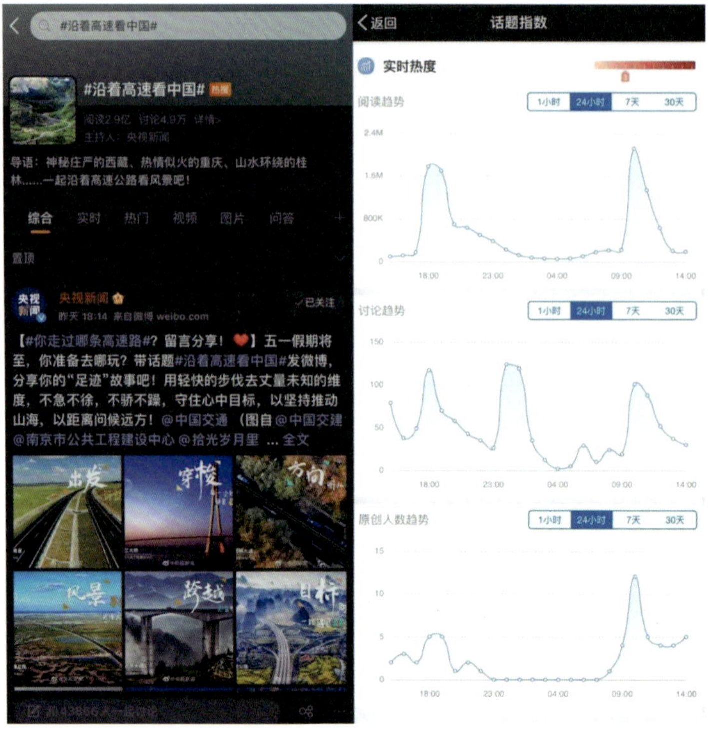

《沿着高速看中国》首次尝试大型节目网络推广，传播效果用数据说话

截至2021年4月19日，《沿着高速看中国》相关内容在总台平台跨媒体总触达人次为1.98亿。其中，电视端相关新闻报道累计观众触达人次1.24亿。《新闻联播》播出的《沿着高速看中国丨京昆高速：沿小康大道 看千里变迁》全国并机总收视率为3.69%。4月16日至18日13时，相关内容在央视新闻客户端、央视频、央视网及总台两微（微博、微信）账号中总阅读浏览量达7373万。

《沿着高速看中国》将持续到6月下旬，紧扣庆祝建党百年主题，以全国高速路网为经纬，串联起红色印记、发展亮点、风景名胜、文化遗产、感人故事，融入建党百年征程、改革开放进程、决胜全面小康、生态文明建设、文化传承发展等时代元素，让您大饱眼福！

撰　　稿：尹庚午
主　　编：马媛媛　孙好为
发布日期：2021年5月1日

扫码阅读原文

重温历史：尘封70年开国大典彩色影像揭秘

73年前，毛泽东主席在天安门城楼庄严宣告：“中华人民共和国中央人民政府今天成立了。”这个画面定格了历史长河中的永恒瞬间，一直激励鼓舞着亿万中国人民。

在大多数国人的记忆中，开国大典画面都是黑白的，而且镜头不多。直到3年前，在中华人民共和国成立70周年和中俄建交70周年之际，俄罗斯朋友为中国准备了一份走心且极其珍贵的礼物——一部名为《重生》的纪录片。大家惊喜地发现，里面有开国大典的彩色画面。

历史原因，这些珍贵的彩色影像已经尘封了70年。它们是如何重见天日，回到人们视野中的呢？

开国大典彩色影像珍贵史料截图

缘起：一次合作“唤醒”尘封的宝藏

2018年5月，中央广播电视总台台长慎海雄赴莫斯科走访了全俄国家电视广播公司。在这里，总台台长和全俄国家电视广播公司总裁奥列格·多布罗杰耶夫进行了近两个小时的交流。这虽然是两位国际媒体集团带头人的第一次会面，但是两位资深新闻记者出身的领导从第一句话起就找到了共同语言。

多布罗杰耶夫向慎海雄讲述了全俄国家电视广播公司与中央广播电视总台联合制作的一系列反映中国当代特别是中共十八大以来发展成就的纪录片，还向慎海雄介绍了其中最为俄罗斯观众所熟知的两部片子——《俄罗斯与中国——欧亚之心》和《中国梦——复兴之路》的导演、全俄国家电视广播公司历史频道总监阿列克谢·杰尼索夫。

慎海雄当即向多布罗杰耶夫建议，2019年是中华人民共和国成立70周年和中俄建交70周年，总台和全俄国家电视广播公司应当加强合作，进行联合制作。多布罗杰耶夫非常支持慎海雄的提议，表示这个项目将是杰尼索夫团队下一阶段的重点工作方向。

当时，杰尼索夫刚刚制作完纪录片《中国梦——复兴之路》。2018年初，他为这部影片查找历史素材时，在俄罗斯国立电影照片资料档案馆发现了大约200盘60多年来无人问津的胶片资料，据说是1950年在苏联播出的《中国人民的胜利》和《解放了的中国》的纪录片团队留下的素材，但是根本没有人知道这些胶片的具体内容是什么，入库的大部分记录单上也只是简单写了摄影师和地名，甚至储存胶片的铁盒都要用工具撬开。

敏锐的直觉告诉杰尼索夫，这是一个未被开采的富矿。但因为《中国梦——复兴之路》播出在即，没有时间仔细地对这些胶片进行研究，杰尼索夫随即将相关情况报告了多布罗杰耶夫总裁。

当多布罗杰耶夫向慎海雄说到这一情况时，慎海雄台长当即表示这是十分珍贵的史料，总台愿意出资共同加以数字化整理。双方一拍即合，并着手组建团队。在过了一个月之后，俄方告知，俄总统府获悉此信息后，决定在中华人民共和国成立70周年之际，由总统出面，将其作为国礼直接赠送给中方。

俄方赠送的这份国礼为何如此沉甸甸？

淘金：像乘坐时间机器穿行中国70年

1949年9月，苏联派出两组纪录片团队前往中国，其中一组由导演瓦尔拉莫夫率领，负责拍摄《中国人民的胜利》；另一组由导演格拉西莫夫带领，负责制作《解放了的中国》。在近一年的时间里，他们将中国共产党胜利的画面定格在一盘盘胶片之上。

这次摄制工作全部使用彩色胶片，在当时堪称史无前例。每部影片包含约8分钟的场景，记录了1949年10月1日开国大典现场的珍贵影像。遗憾的是，这两部纪录片1951年在苏联上映后不久，就随着1953年斯大林的去世被封存，以至于开国大典还存在彩色影像这件事，在很长一段时间内都被人遗忘了。

终于，杰尼索夫开始了对这200盘资料的深入研究。有一段时间，他几乎天天泡在俄罗斯国立电影照片资料档案馆，一帧一帧地观看已经发黄变色的胶片正片。

俄罗斯国立电影照片资料档案馆成立于1926年，坐落在莫斯科西北郊外的莫斯科州红山区，办公大楼和储存资料的设施是在1953年建成的，到处充满了历史的气息。对专业的研究人员来说，档案馆本身就是一个还没有解完的题目，不少早年的资料没有被保存下来，有些虽然存世，但是还没有真正被发现和研究。俄罗斯国立电影照片资料档案馆目前的藏品有照片资料1221234件、电影资料255213件、电影作品46195部，覆盖了从19世纪下半叶至今的苏联、俄罗斯，以及其他国家社会、政治、经济和文化生活事件。全俄国家电视广播公司是目前唯一可以在俄罗斯国立电影照片资料档案馆长期开展研究的媒体，很多珍贵的历史画面都是通过杰尼索夫的挖掘整理，才最终得以和观众见面。

即便见过很多大场面，杰尼索夫还是在研究这200盘资料的过程中被震撼了。据杰尼索夫后来回忆，他就好像乘坐着时间机器，穿行在已经逝去的时光里：70年前的影像和他亲眼看到的当代中国之间的巨大变化，让他更好地理解了70年间中国走过的道路。制作纪录片《重生》的创意，也自然而然地产生了。

由于资料实在太多，杰尼索夫和团队直到2019年上半年才基本完成了胶片的编目和整理工作，并开始思考挑选出哪些最终展现的画面，并将它们有逻辑性地串联在一起。

合作：这些影像是两国人民共同的财富

2019年4月，多布罗杰耶夫应邀赴北京参加中央广播电视总台主办的“一带一路”5G+4K传播创新国际论坛，和慎海雄再次见面。

2019年4月22日，中宣部副部长、中央广播电视总台台长慎海雄（右）在北京会见全俄国家电视广播公司总裁多布罗杰耶夫（左）

会面的时候，多布罗杰耶夫向慎海雄展示了一小段杰尼索夫的最新工作成果——彩色版中国人民解放军渡江战役和解放上海的高清修复画面，并提出了俄方与总台联合制作纪录片《重生》的设想。

这是俄方首次向中国同行透露有这样一批彩色影像资料的存在。慎海雄再次表示支持，强调这批素材非常珍贵，希望尽快开展共享与合作。

仅仅过了不到两个月，为迎接习近平主席对俄罗斯进行国事访问并参加圣彼得堡国际经济论坛，全俄国家电视广播公司在其新闻频道24小时连续播出与总台联合制作的《平“语”近人——习近平喜欢的典故》（俄语版）。

慎海雄和多布罗杰耶夫在莫斯科共同出席了节目的开播仪式。双方认为，这一节目在习近平主席到访俄罗斯之际播出，不仅为俄罗斯民众领略习近平主席的思想和魅力打开了一扇直观的“窗户”，也能让俄罗斯民众以一种新颖的方式了解中国文化经典。

两国媒体的合作当然不仅限于这一个节目的播出。慎海雄和多布罗杰耶夫第二天在圣彼得堡进行了近一整天的深入交流，从两国的历史、文化谈到携手在国际舆论场维护公平正义，发出中俄声音，深化总台和全俄国家电视广播公司的合作。这两位国际媒体集团带头人还特别关注了杰尼索夫对历史资料整理的进展，以及总台如何对纪录片《重生》赴华拍摄采访给予协助。

2019年8月，杰尼索夫携团队赴北京进行纪录片《重生》最后的拍摄和采访工作。这时候距离他发现这批资料已经过去了近一年半的时间，大部分所需影像的数字化和高清修复工作已经基本完成。在此过程中，又挖掘出了大量记录1949年开国大典的彩色影像，使得他对这部影片的制作投入了更多的心血。

在总台相关部门的支持下，杰尼索夫在中国的拍摄工作顺利完成，8月中旬返回莫斯科，进行纪录片的最后制作工作。

9月16日，《重生》第一集在俄罗斯24新闻频道播出，大量首次披露的开国大典彩色影像立刻引发中俄媒体和网友的广泛关注。多布罗杰耶夫致信慎海雄，表示全俄国家电视广播公司在中华人民共和国成立70周年和中俄建交70周年之际播出这部纪录片，是献给中国人民的礼物，这些影像不仅是两国人民友谊的象征，也是两国人民共同的财富，全俄国家电视广播公司愿意将影片无偿提供给总台进行剪辑和播出。

9月23日，《重生》最后一集在俄罗斯完成审核入库后，总台驻俄罗斯负责人同步从杰尼索夫手中拿到了该片的完整资料，并以最快速度转交总台制作团队。

9月30日，该片中文版登陆总台央视纪录频道，与广大观众见面。

缘续：携手谱写更精彩的友好交往新篇章

《重生》在包括总台央视纪录频道在内的多个频道黄金时段和新媒体平台播

出，片中大多数镜头为首次披露，如开国大典、中华人民共和国成立后首次中共中央政治局会议，以及喜气洋洋的北京市民，呈现出苏联摄影师眼中一个生机勃勃新中国的万千气象。

该片播出后，观众反响热烈，收视成绩喜人，为庆祝中华人民共和国成立70周年献上了一份独特的生日礼物。

如今，珍贵的开国大典彩色影像在中国共产党历史展览馆大屏播放，吸引参观者纷纷驻足流连，回味这段让中国人民永远珍藏的历史记忆。

尘封70年珍贵影像的重现，不仅见证了中俄人民的深厚情谊，也是总台与全俄国家电视广播公司等俄罗斯媒体不断深化合作的成果，是慎海雄与俄罗斯媒体同行及友好人士多年来紧密互动、相知相交的缩影。

2021年5月12日，在全俄国家电视广播公司开播30周年之际，慎海雄在北京以视频方式会见多布罗杰耶夫，并向对方赠送了中国水墨重彩画《顺风顺水图》，祝贺全俄国家电视广播公司开播30周年。双方畅叙友谊、共谋合作，并就国际媒体环境交换意见。

2022年8月26日，总台和俄罗斯驻华使馆联合主办的“中俄影像交流展播活动”启动仪式在北京举行，慎海雄与多布罗杰耶夫等共同启动展播活动。活动期间，总台精品节目《经典里的中国智慧》《解码十年》《看中国》等，在全俄国家电视广播公司等俄罗斯主流媒体进行展播，向俄罗斯观众展示真实、立体、全面的中国，进一步加深中俄两国人民之间的相互了解和传统友谊。

相信在中俄媒体人士的共同努力下，双方的友谊定会跨越时间和空间而历久弥新，携手谱写更精彩的友好交往新篇章。

（本文原载《中国电视报》2022年10月13日第39期）

撰　　稿：王　斌　郭燕燕
主　　编：韩　平　张亚东
发布日期：2022年10月13日

扫码阅读原文

开局之年 看奋进的中国

2023年来了，这是全面贯彻落实党的二十大精神的开局之年。

沐浴着新年的第一缕阳光，在街头巷尾、在商场集市、在工厂车间、在科研实验室……是热气腾腾、是车水马龙、是争分夺秒、是全力坚守；全国各地、各行各业，都铆足了劲儿，要把经济发展的节奏拉上来……美好，就在这人人向往的人间烟火里；希望，就在这生机勃勃的中华大地上。这，就是咱中国人朝气蓬勃的精气神儿！

央视新闻客户端推出《开局之年看中国》主题报道

捕捉开局新气象，记录时代最强音。中央广播电视总台央视新闻客户端推出《开局之年看中国》主题报道，充分释放新媒体融合传播的优势，以特别直播、视觉产品、短视频、评论等形式，带着网友们在新年伊始感受了一把中国力量、中国活力和中国温度。

截至目前，微博主话题#开局之年看中国#累计阅读量已超2.6亿，相关直播在线观看量6561万，《开局之年看中国丨每一颗汗水浇灌的种子 都会在春天发芽》等十余条内容获得全网置顶推荐，网友留言互动热烈，构筑起了线上线下"同心圆"。

开局之年，我们看到了一个怎样的中国？

迎着第一缕阳光，出发！

观看《开局之年看中国》最大的感受，便是它感性，既浪漫，又温暖，安抚着每一颗渴望爱与关怀的心灵。天安门广场的五星红旗迎着朝阳、云南梅里雪山的日照金山、上海金山区的粉红色日出……镜头里的每一场日出，都呈现出新年的希望与美好。

港珠澳大桥的新年第一缕阳光

这缕阳光中，有全国各地的乡土风情。江西婺源的村民们"晒冬"迎新年，腊味飘香；东北的市民们在街头围着黏豆包、油炸糕，期待从美食中吃出好兆头；全国各地机场大厅里的人流熙熙攘攘，等待归乡……新年的气息，包裹着追求美好的甜蜜与力量。

这缕阳光中，更有中国人奋进的身影。在江苏，企业和招商人员“包机出海”抢订单，推动新项目落地生根；在浙江，政府机构鼓励本土企业“走出去”，吸引海外企业“请进来”，营造良好营商环境；在吉林，全国产能最大的碳纤维生产基地里，员工们正在用奋斗为节日增添特别的色彩……

《开局之年看中国》感人细腻：既能看到过去一年里大家的不易，也能看到充满希望的小细节。它就像冬日里的暖阳，有忠实记录，亦有感性抒怀，用国人最平凡的一件件小事，让网友产生了强烈的共鸣。

加把劲、加油干！

《开局之年看中国》不仅是“心思细腻”的，更是“嗅觉敏锐”的，它抓住了多地市场呈现的回暖迹象，捕捉中华大地上“加把劲、加油干”的欣欣向荣景象。

跟着直播镜头，逛浙江金华蔬菜批发市场，看“菜篮子”里物丰货足、年味也足；到上海快递配送中心，跟着快递小哥开启“送送送”模式；看正在抢工赶订单的沈阳汽车配套产品制造企业，每小时可生产43套汽车座椅……

一批重点工程建设的“进度条”也在不断刷新：未来首都市民的“科技会客厅”——中关村论坛永久会址主会场，正赶工期；荆荆高铁重要节点性工程——新建荆州站北站房，正冲刺项目主体结构封顶；“空中丝路”新驿站西安咸阳国际机场，三期扩建工程正在如火如荼建设中……

在经济回暖的大背景下，普通百姓的热闹场景也随之而来。微视频《“年夜饭基本订满了”丨开局之年看中国》记录下了这些顾客最真实的感受：“到人多的地方，大家认识的、不认识的能聚在一起，感受到生活的快乐。”“我觉得咱们中国人无论生活还是经济，都非常有韧劲儿。”

镜头里，我们看到了什么？《开局之年看中国》主题海报通过9个关键词——活力、生产力、实力、潜力、创造力、发展力、动力、魄力、凝聚力，盘点了中国各个领域的发展成绩，对此做出了回答：大国重器彰显中国实力，我国经济长期向好的基本面依然不变，14亿多中国人同舟共济、众志成城的凝聚力始终都在。

全力以赴，提振信心在行动！

开局之年看中国，关键看精神焕发、英雄辈出、特别有神采的中国人。

新年到来之际，14亿多中国人收到了国家主席的美好祝福，更激发起奋进的力量。央视新闻客户端稍后推出的系列特稿及评论文章，将这股奋进之力接续传递：《央视新闻2023年新年献词丨开局知奋进 中国再出发》展望了我们如虹的新征途，加满开新局、开好局的精神气；《国际锐评丨2023，中国送给世界一份宝贵的新年礼物》，强调一个与世界共赢的中国，将为全球繁荣发展注入更多正能量；《热评丨开启新一年的中国 开启更美好的生活》围绕各地迎新年的景象，为网友们加油打气，以持续不断的奋斗，把宏伟目标变为美好现实。

经济报道短视频“提振信心在行动”系列对接沟通重庆、江苏、浙江等十几个省市，根据各省经济发展特点，多维度展现各地强经济的力度，记录开局之年的信心之源：每一个鲜活生动的故事、每一条走心的经验背后，都有一群脚踏实地、真抓实干的中国人。

截至目前，前八期报道推出后被全网置顶转发，网友纷纷留言点赞“不懈努力的中国人”，祝福“2023新的一年，经济好、国运兴隆、世界太平”，并表达支持“让中小企业活起来”“奋发有为，行稳致远；勇于担当，勇挑大梁”！

为了更美好的明天，每一位奋斗者都在担起各自的责任。如何展现个人的拼搏奋斗与国家的发展紧密相连？央视新闻客户端“全屏传播联盟”发起“开局之年看中国”主题行动，制作“全力以赴 你会很酷”“全力以赴 大展宏‘兔’”“全力以赴 干劲‘卯’足”三组海报，在30座城市10万张大屏滚动播出，引来了众多网友真挚热情的留言：“心往一处想，劲往一处使，中国人民就可以创造更伟大的人间奇迹”“齐众心、汇众力、聚众智，同心共圆中国梦”……

开局之年看中国，看的是中国经济的“加速度”，看的是咱中国人用“力”写下的新征程。

《开局之年看中国》：30 座城市 10 万张大屏，激发“全力以赴”的中国力量

“明天的中国，奋斗创造奇迹。”“明天的中国，力量源于团结。”“明天的中国，希望寄予青年。”

大河奔流，绵长壮阔；人间烟火，最抚人心。《开局之年看中国》激活了我们对未来的信心与憧憬，凝聚起了万众奋斗的团结之力。与时间赛跑的中国，正在以“敢教日月换新天”的魄力，一步一个脚印地将梦想变为现实。

撰　　稿：赵　静　张　洋　于莎莎
主　　编：降碧桐　王　竹　张亚东
发布日期：2023年1月9日

扫码阅读原文

年度观察丨新风正当时 总台满眼春

盼望着，盼望着，2023的脚步近了，年末小结的时间到了。

岁末冬藏之时，观察君（“CMG观察”微信公众号的自称）即日推出系列年终盘点，与各位回望总台这一年，静候春暖花开日。

说起总台这一年，绕不开的关键词便是创新。总台台长反复提到，要牢牢把握创新这一总台工作的主旋律，加快推进全链条、全方位、全领域创新，努力实现“满屏皆精品”。今年，创新不仅是总台工作的主旋律，更是总台在市场波动与不确定性面前实现“乱云飞渡仍从容”的压舱石。

在新冠肺炎疫情反复、市场发展承压、降本增效成为共识、互联网媒体加速“攻城略地”的大背景下，总台坚持守正创新、敢闯敢干，从融媒体报道到精品节目，从对外传播、平台建设到技术创新、内容经营，各项工作交出了新风扑面、新意满屏的成绩单。

融媒报道创新：
新语态阐释新思想 新传播礼赞新征程

2022年，总台在党的二十大、全国两会、北京冬奥会、香港回归祖国25周年、卡塔尔世界杯等重大宣传报道中，策划推出一批创意十足、寓教于乐的融媒体产品，创新开启解读报道新样态、打开评论报道新格局、探索专题节目跨界新方向，以全方位、矩阵式、立体化传播屡次刷新传播纪录，让主流声音潜移默化“入耳”“入心”。

新解读：产品可读性进一步增强

总台围绕习近平总书记重要讲话、党的二十大报告等，不断升级解读类产品的呈现形态与互动形式，使其信息传递效率更高，用户理解效果更好。《"五项重大原则"，一段视频了解》《一段视频，了解什么是中国式现代化？》《一段视频，了解全党必须牢记的五个"必由之路"》《二十大报告给青年的寄语》等"视频+金句"产品，从重大原则、青年使命等不同主题对党的二十大报告进行归纳解读，兼顾全方位与轻量化，总触达用户数超7.7亿。《看两会·字有深意》《财经rap说两会》《AI描绘110万字外媒报道里的未来中国》等视频，则分别从汉字、说唱、AI等形态"新入口"与解读"新出口"切入，实现重要报告的趣味解读。

新评论：评论类产品向垂直化进阶

总台持续擦亮《央视快评》《国际锐评》《玉渊谭天》等言论评论品牌，同时借由《大湾区之声热评》《总台海峡时评》《台海快评》等区域评论栏目以及CGTN多语种评论，推动主流声音深入重点地区、覆盖国际舆论场。围绕全国两会、北京冬奥会等，总台还设置《两会热评》《冬奥快评》等评论专栏，聚拢垂直圈层受众。《CGTN漫评》《国际漫评》《诗评冬奥》等栏目使用大量漫画、海报、诗歌类评论，增加新闻评论的可看性与可读性。

新内容：全类型片库与主题报道笔墨互为

2022年，总台围绕重大主题，密集上线专题片、纪录片、特别报道等全类型节目片库。如围绕党的二十大，总台打造《领航》《征程》《追光》《思想的力量》《雄安 雄安》《中国大区域》《为了更美好的生活》《奋进新征程 建功新时代》《端牢中国饭碗》等一大批精品节目，覆盖理论阐释、军队建设、区域经济发展、乡村振兴等多个侧面。

新表达：融媒体报道凸显"价值+"特征

总台通过形态微创新、元素多叠加，进一步丰富融媒体报道的价值含量，使其与受众形成更为多元的情绪共振点。“种花家这十年 一路生花”“声声入心！二十大报告有声海报来了”“划重点！一套题带你学习二十大报告”等交互小游戏、互动答题产品，让受众在丰富的感官体验中感悟主流价值。

MV（音乐短片）等表达形式也备受喜爱，新年期间总台制作推出的《我们同唱一首歌》引发两岸民众热烈反响，全平台阅读量达3.1亿；7月份，总台为迎接香港回归祖国25周年制作的歌曲《紫荆花盛开》，在48小时内跨平台触达受众超10亿人次。

精品节目创新：
“满屏皆精品”引领大国文艺风范

2022年总台不懈推进全链条、全方位、全领域精品节目创新，着力实现“满屏皆精品”的良好态势，不断提升精品节目的内容厚度、人文浓度与制作精度。不仅让“总台出品”的金字招牌深入人心，同时也以思想高度、情感温度、网感趣味为这一年生动立传。

文化类节目：从高站位、宽视野创新诠释“何为中国”

2022年，总台文化类节目精彩创意接续不断，爆款之作频频亮相，以优秀的视听语言生动回应“何为中国”“是以中国”之问，为内容市场树立新的风向标。《典籍里的中国》第二季采用电影工业制作模式，以瑰丽视听效果解读古代典籍及人物；《诗画中国》以“诗画合璧”的全新样态与视角，在诗画和鸣的长卷中展陈中国，带来全新的文化体验。

总台文化类节目的题材也多点开花，样态出彩翻新，如纪录片《“字”从遇见你》以“萌”（网络流行语，指可爱）态动画讲述汉字来源及流变，被网友称为“高质量电子字典”；戏曲研学节目《拿手好戏》则通过创新视听表达吸引年轻圈层接触戏曲，让传统戏曲再度焕发新彩。

《鲜生史》《一馔千年》《荣宝斋》《艺术里的奥林匹克》等，使传统饮食、文玩、奥林匹克等文化走入大众视野。此外，总台还全面布局春节、元宵、清明、端午、七夕、中秋、重阳等重要节日节点，打造全年不间断的文化盛宴；配套晚会推出的《古韵新声》系列节目，则通过一物一曲展现中华文明的源远流长。

电视剧方面：全景呈现家国情怀、时代发展与青春活力

2022年，总台在继续保持主旋律大剧精品化输出之上，不断开拓多题材、多行业剧目，充分体现坚持精品化、年轻态的高质量发展态势。

总台全面探索乡村振兴、家庭教育、军旅、体育、抗疫等各细分领域，关注社会重要行业，引领主流价值向各领域传播。

开年大剧《人世间》以周家人的跌宕起伏展示中国翻天覆地的社会变化，从开播至收官热度居高不下；近期热播的扶贫题材电视剧《山河锦绣》，因直面贫困的写实剧情、接地气的人物塑造和富有质感的场景道具获得各界好评。

《玫瑰之战》《关于唐医生的一切》等职业类力作以温暖笔触勾勒人物群像，《大山的女儿》《运河边的人们》等则成为展现乡村振兴成果的独特窗口。

总台剧目还注重塑造新时代奋斗者蓬勃向上的精神风貌。如《大山的女儿》以时代楷模黄文秀为原型，展现新时代砥砺奋进的青春楷模形象；《大考》讲述疫情、洪灾影响下的高考故事，弘扬青年一代在新时代的热血力量。

总台优质剧目《人世间》《大山的女儿》《大考》海报

特色节目矩阵方面：晚会与网综面貌焕新 “young”系列青春不断

总台晚会矩阵深度关联中华文化渊源与时代前沿，凸显文化与时尚兼具、科技与人文同行的特点。2022年总台春节联欢晚会（简称“春晚”）中还原古代名画风采的舞蹈《只此青绿》，借古今穿越迅速走红，引发网友二次创作热潮。2022年总台中秋晚会（简称“秋晚”）与神舟十四号航天员的“天地互动”，在致敬航天精神的同时也暗合了“天涯共此时”的文化意境。

“young”系列也再展新颜，以创意表达塑造青春“强磁场”。《开工喜央young》《周末新花young》《这young的夏天》《这young的世界杯》《花young新生活》《不一young的卡塔尔》均围绕“内核青春”再次提升青春触达力。

“young”系列网络综艺《周末新花 young》《这 young 的世界杯》海报

纪录片方面：创新推出大电影 用高视听感描绘大美中国

2022年总台纪录片以真实呈现、巧思架构加上技术创新，用心、用情展现祖国风貌、抒写伟大时代，特别是美食类、自然类纪录片再攀高峰，切实反映我国大美山河与市井生活，不断强化纪录片的内容魅力。

如《航拍中国》第四季借助俯瞰视角拍摄，将视觉体验向“沉浸”方向提升，使受众感同身受山河壮美；自然类纪录片《万物之生》则通过8K超高清技术，极大提高了云南生态之美的呈现效果。

同时，总台不断与电影“握手”推出最新成果：即将推出的大电影《飞越苍穹》使用8K太空摄像机，展现超高清太空珍贵画面；《北京人：人类最后的秘密》采用电影手段再现人类进化历程，带领受众展开一段震撼的史前探寻之旅。

纪录片《航拍中国》第四季、《北京人：人类最后的秘密》、《飞越苍穹》海报

对外传播创新：
打出创新形态、创意网感的国际传播“组合拳”

总台充分发挥44种语言、CGTN融媒体平台、多语种网红工作室、国际视频通讯社、海外总站等对外融合传播优势，狠抓重大新闻首发、独家报道，全面强化对外传播的创意形态“组合拳”，不断拓展海外“朋友圈”，通过网感传播带动“好感传播”。截至目前，总台在海外三大社交平台累计粉丝规模达5.43亿，初步形成了“千树万树梨花开”“大珠小珠落玉盘”的良好传播态势。

总台报道屡屡成为全球唯一信源

2022年总台不断锤炼国际舆论斗争战术战法，大力优化国际突发事件快速反应机制，全力争取在全球重大突发事件报道中的“第一定义权”。

如围绕俄乌冲突，CGTN报道员在炮火中赶赴一线，客观公正地展现战地真实状态，为公众及时传递一手资讯。

围绕佩洛西窜访台湾，总台在24分钟内连续全网首发7条中国官方声明、谈话、公告等内容。总台在国际舆论斗争中大胆亮剑、铿锵发声，连续策划推出《连少年儿童都保护不了，美国政客有何资格谈“民主”“人权”？》《看美政客怎么解释他们给新疆编织的这个弥天大谎！》等一大批报道、评论，多角度揭批美国人权虚伪面目，有力有效反制美国恶意诋毁。

以网感传播带动“好感传播”

总台不断贴合全球“Z世代”的信息接收喜好，以强互动、新潮感等特点使中国故事的讲述更加青春鲜活，形成了网感传播与好感传播并重的对外传播内容矩阵。

如2022年，CGTN基于Web3.0技术，融入AR（增强现实）、VR（虚拟现实）、网页3D引擎等，面向海外年轻受众推出融媒交互产品《中国故事盒子》，以未来感十足的形式讲述中国故事，获全球阅读量2071万。

打好传播“组合拳” 让媒体外交展现新能量

2022年总台发挥主流媒体优势，在对外传播形态上守正创新，用论坛、研讨会、影像展、圆桌会、直播活动等形态打好传播“组合拳”，通过广交海外朋友、建立友好合作关系，着力构建更广泛的国际舆论“朋友圈”。

在党的二十大胜利闭幕后，总台推出58场“新征程的中国与世界”系列境外媒体活动，向世界宣介中共二十大精神；与沙特新闻部联合主办2022中国—阿拉伯媒体合作论坛，搭建中阿交流合作优质平台，为升华中阿友谊作出媒体贡献；围绕中国与阿根廷建交50周年，主办中国阿根廷人文交流高端论坛，国家主席习近平同阿根廷总统费尔南德斯分别向论坛致贺信。

在《生物多样性公约》第十五次缔约方大会（COP15）开幕之际，总台发起“全球行动倡议——2022全球发展在行动”，包括联合国秘书长，IMF（国际货币基金组织）总裁，圭亚那、厄瓜多尔、玻利维亚的三位国家元首在内的数十名重量级嘉宾通过总台多个平台，向全球发出呼吁，倡导可持续发展理念。

总台策划的“新征程的中国与世界”美国专场研讨会被北美地区主要国家的100多家主流媒体转载引用

平台建设创新：全媒体传播矩阵加快提质升级步伐

2022年，总台以“大象也要学会跳街舞”的精神风貌打造全媒体矩阵，加快从传统广播电视媒体向国际一流原创视音频制作发布的全媒体机构转变，在移动端发展浪潮中不断增强流量吸引力与用户留存力，让主流声音唱得更响、传得更广。

新媒体旗舰平台内容传播力、用户覆盖力、品牌影响力再升级

在丰富的内容与强大的版权资源加持下，总台形成央视新闻、央视频、云听、央视体育、央视财经客户端等多点支撑的新媒体旗舰平台矩阵。其中央视新闻、央视频与云听客户端均获评国家广播电视总局推出的“新时代 · 新品牌 · 新影响”广电媒体融合新品牌。

2022年，央视新闻客户端推出超1200个全球全国首发，已成为“源新闻”首发第一平台。天宫课堂、珠峰科考、万米深海等多场特别直播报道观看量超亿次，各类新闻报道品牌、新闻类短视频彰显使命担当，扎实树立全网新媒体直播第一品牌。

央视频客户端则围绕全年顶尖体育赛事增强平台社交属性，在观赛体验和互动玩法上下足功夫，通过样态多元的衍生内容专区为受众提供多元视角，为体育内容、顶级赛事传播强势赋能，撬动超高流量。

云听客户端则以内容产品为基础，以定制化及场景化服务、版权运营权为增量，多方位推动平台覆盖力提升，用户量已突破1.6亿，在音频市场牢牢占据“领头羊”地位。

CCTV-8K超高清频道开播 “百城千屏”项目落地
满足受众极致视听体验

总台积极探索视听体验升级、服务范围升维。CCTV-8K超高清频道的开播，实现了“科技冬奥·8K看奥运”的目标要求，带来极具震撼感、现场感的观赛享受。“百城千屏”公共大屏项目则助推北京冬奥会、总台秋晚、卡塔尔世界杯等重大IP（知识产权）在多场景的高清传播，形成全新的传播空间矩阵。

提高对重点区域的传播覆盖
带动新一轮“湾区热”

2022年总台“大湾区之声”新媒体全新改版上线，推出《信息直通车》《湾区Daily》《湾区观察》等资讯、评论专栏，以及《湾区Q&A》《谈股论金》《探文观港》《华夏原创金曲榜》等独具湾区特色的专栏，进一步提升平台的服务性、贴近性。

以全球化视野搭建媒体服务平台
彰显总台国际一流新型主流媒体的责任担当

总台还搭建“融媒体定制化服务平台”，在现有视频新闻素材内容服务的基础上，全力打造集内容交换、内容展示、业务交流、全球合作媒体需求定制及海外报道员功能于一体的全媒体互动服务平台。

制播技术创新：新技术看总台 前沿技术实现开创性探索

2022年总台围绕“5G+4K/8K+AI”战略格局，不断追求前沿技术的开创性探索，在应用场景、转播技术、跨界应用、“智慧”媒体等领域多次实现视听新技术的首次应用，逐渐形成“新技术看总台”的行业观察热点。

新场景：超高清电视制播技术实现从并跑到领跑

2022年总台积极开展4K/8K电视演播室制作系统等关键设备系统研发，与有关部门联合发布《超高清视频产业发展行动计划（2019—2022年）》《8K超高清大屏幕系统视音频技术要求》，通过关键技术研发、制定行业标准等，进一步强化高清频道的运用，推动超高清技术不断向全新场景拓展。

北京冬奥会期间，总台推出全球首台8K+5G超高清视频全业务转播车，积极打造高铁5G超高清演播室，在多场馆内架设8K摄像机，让4K/8K技术成为总台重大体育赛事的转播标配。在卡塔尔世界杯中，总台首次在CCTV-16推出4K超高清世界杯转播，还通过“百城千屏”公共大屏项目在户外大屏播出。

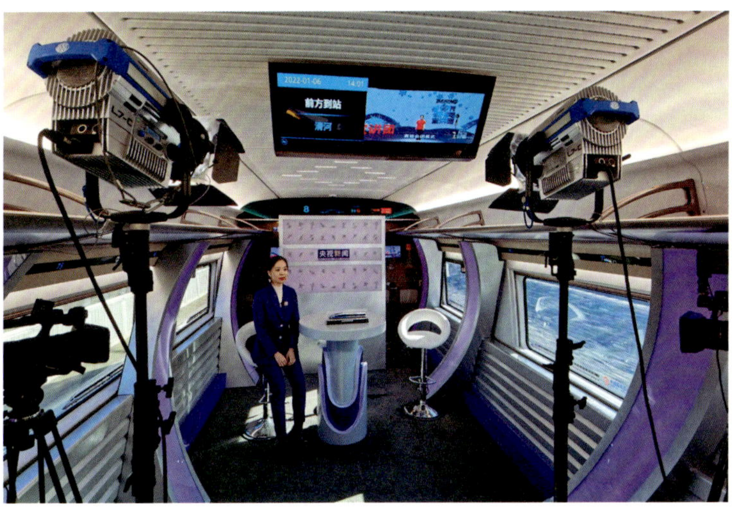

总台在冬奥高铁列车上的5G超高清演播室

新科技：技术赋能 升级视听体验

2022年总台直播也融入更多科技，开启了全新的报道视角，留下了一幅幅构图新颖的历史性画面。在党的二十大报道中，总台首次在金色大厅搭建大型专业灯架，一体化设计镜头，创新采用T8新型伸缩摇臂、大型升降塔、新型高倍镜头等，以最高品质记录下总书记与党徽党旗同框、大礼堂眺台巨幅标语与满天星交相呼应等大量珍贵镜头。

在北京冬奥会报道中，总台创新推出的4K超高速轨道摄像机系统“猎豹”以出色的实时高速跟踪能力成为焦点；而超高清AI“时间切片”系统等技术则分别将运动员转瞬即逝的动作切割成图片，开启360度无死角的观赛模式。此外，顺应移动端用户观看习惯的竖屏模式也被总台运用在2022年春晚、卡塔尔世界杯直播中。

总台创新推出4K超高速轨道摄像机系统“猎豹”（左）、超高清AI“时间切片”系统等技术，将运动员转瞬即逝的动作切割成许多瞬间图片

新跨界：打破虚实边界 拓宽视听空间

总台节目、报道对于虚拟现实技术的运用，使受众更充分地沉浸在内、享受其中。在香港回归祖国25周年报道中，总台推出的《直播大湾区》大型融媒体节目，采用全息影像、XR/VR等新技术，设计了AR沙盘等极具视觉冲击和艺术美感的视觉效果。融媒体报道《解码十年》以数为媒，首次在新闻报道中使用了实景高质量数字化建模以及游戏开发领域中的虚幻引擎，全网触达人次超60亿。

新智造：扩大AI实践运用 内容生力军上新

2022年总台将AI技术综合纳入内容生产流程，不断提升内容生产的速度和品质。在北京冬奥会报道中，总台通过AI剪辑系统，第一时间为用户提供精彩视频回看。在两会报道中，总台推出拥有超自然语音、超自然表情的超仿真主播“AI王冠”。在卡塔尔世界杯期间，总台推出专属3D版AI虚拟形象智能语音助手“央小云”，为球迷提供全天在线的赛事引导服务。

经营创新：
广交朋友 内求增效 外寻赛道

2022年在多重因素交织下，传统广电经营面临巨大挑战。总台则在自身优质内容资源加持下不断革新经营造血能力，强化“品牌强国工程”作为链接点的作用，以融媒体经营为理念整合大屏+小屏、广告+版权等资源优势，为市场输出了营销创新解决方案。

打法创新：拆分化解 合纵连横 一类IP多种打法

2022年总台围绕优质独家资源，不断创新打法。对于同一类型IP产品，也能够做到区分打法，综合效益最大化。

如围绕2022年总台春晚，总台将传统互动项目“抢红包”升级成“红包+奖品”组合，累计互动近700亿人次；“竖屏看春晚”也凭借2亿的观看量实现了创新增收。围绕卡塔尔世界杯，总台以三步走营销计划吸引有意愿的客户，使其在任何时段都能买到定制化的世界杯营销产品。围绕北京冬奥会，总台凭借报道资源、版权资源及CCTV-1、CCTV-2、CCTV-5、CCTV-5+和央视频等多维度平台矩阵，形成全新的双奥广告资源经营体系，广告收入与上届冬奥会相比上涨19倍。

模式创新：围绕知名IP 以内容共创体现企业需求

总台一方面继续通过参观企业、现场体验、分享社会活动和抽奖等互动方式搭建有层次的定制直播合作框架，另一方面在《人世间》《山河锦绣》《典籍里的中国》《山水间的家》等大IP中增强与企业的“软合作”力度，让企业深层次参与到节目中，将单纯的广告投放变成有温度的合作共赢。

赛道创新：探索版权营销、会员变现、数字藏品等维度实现资源价值最大化

在版权产业快速发展、版权保护意识逐渐增强、版权竞争日益白热化的行业趋势下，总台授权央视频深度开发版权资源，探索版权+宣发、版权+产品、版权+运营的多元内容生态开发，助力总台打开新媒体融合传播产业新价值。

在自有平台领域，总台不断探索会员变现模式。通过创新会员权益玩法、开发类型化内容+会员抽奖活动、迭代积分商城产品及售卖模式等，拉动会员新增长，成为总台经营新亮点。

此外，2022年总台以潮流玩法打开营销新思路，积极入局虚拟现实行业，探索打造数字藏品发售平台——央数藏（YSC），尝试新的变现模式。

守正创新 奋发有为

心中有数 手中有策 行动有力

扎实推进总台事业产业高质量发展

贯彻落实党的二十大精神

确保开局之年“开门红”

扫码阅读原文

主　　编：王　莹　降碧桐　张亚东
发布日期：2022年12月27日

第二章
近悦远来 世界正在倾听中国的声音

在国际传播领域，中央广播电视总台谋划“整体战”、打出“组合拳”、奏好“交响曲”，在国际舆论场上抢首发、敢亮剑、争独家，声音越来越响、地位越来越高、朋友越来越多。“莫愁前路无知己，天下谁人不识君”，总台如何做到国际传播力持续骤升，我们不断总结经验、凝结思考。一次次讲好中国故事的背后，既有舆论斗争中的以攻为守、针锋相对，也有好感传播里的软萌可爱、循循善诱，更有国际各界知华友华朋友们的相知相伴。“大珠小珠落玉盘”“千树万树梨花开”，我们记录下这些动听的声音，这些花开的时刻。

慎海雄：精彩的世界需要听到多彩的声音

4月20日，2021年联合国中文日活动暨中央广播电视总台首届海外影像节在日内瓦举办线上特别活动，以促进中文作为联合国官方语言的广泛使用。本次活动由中国常驻联合国日内瓦办事处和驻瑞士的其他国际组织代表团、联合国日内瓦办事处以及中央广播电视总台共同主办。中宣部副部长、中央广播电视总台台长兼总编辑慎海雄在北京发表视频致辞，向全世界学习汉语、热爱中文、关注中国的朋友们发出邀约。以下是演讲实录——

瓦罗瓦娅总干事、陈旭大使，全世界学习汉语、热爱中文、关注中国的朋友们：

大家好！我在北京对本次联合国中文日活动暨中央广播电视总台首届海外影像节表示热烈的祝贺，感谢朋友们的参与和支持。

今天是中国传统的二十四节气之一的谷雨，联合国中文日特意选在今天别有意趣。谷雨承载了春去夏至的美好，代表了万物生长的景象，纪念了“仓颉造字”的创举。汉字是中国文化的根基，中国典籍《淮南子》说，“昔者仓颉作书，而天雨粟，鬼夜哭”，也就是说，中国人认为汉字的诞生是惊天地泣鬼神的大事，足见汉字在中国人精神世界中的神圣位置。

当今世界，越来越多的海外人士爱上了汉字。大家知道，汉字是世界上最古老又很年轻的文字——说它古老，在于5000多年前它就已经出现在华夏大地；说它年轻，就是这种古老的文字至今还在使用。在3000多年前，中国殷商时期的甲骨文中的许多汉字沿用至今。古老的汉字跨越了千秋万代，在人类的文化星空中依然熠熠生辉。

文字是文化的载体，汉字之美，美在看得见的象形艺术，美在听得见的铿锵音韵，美在书得妙的颜筋柳骨，更美在中华文明5000多年的历史变迁。

在世界文明的大花园里，不一样的文字和语言传递着不一样的文化魅力。雨果的法语，维吉尔的拉丁语，《鲁拜集》的古波斯语等，其背后都蕴含着各异其趣的文化传承。

2014年3月，习近平主席在联合国教科文组织总部的演讲当中强调，文明因交流而多彩，文明因互鉴而丰富。他说，世界上有200多个国家和地区，2500多个民族和多种宗教。如果只有一种生活方式，只有一种语言，只有一种音乐，只有一种服饰，那是不可想象的。

一位法国汉学家也曾经说，他一生至爱的四个汉字是“和而不同”，这四个字来自春秋战国时期的《论语》。的确，它完美阐释了中国人对待世界的哲学：美美与共，和而不同。

女士们、先生们、朋友们，参加今年活动的有德国埃森伯乐高级文理中学中文合唱团的同学们，有亲身感受中国百姓摆脱贫困的英国网红司徒建国，还有许多来自不同国家的朋友们。你们学做麻辣烫，习练太极拳，写汉字，诵古诗，用亲身感受、亲眼所见、亲耳所听，讲述着文明中国、现代中国、青春中国的动人故事。这是向世界寄出的一封青春的书简，传递疫情“寒冬”必将过去、美好“春天”必将到来的信心；这是在联合国舞台上谱写的一首“春之声”交响曲，唱诵不同文明因多姿多彩而百花齐放。

今天，也是中央广播电视总台首届海外影像节大奖揭晓日。如果说文字展现的是一种静止的美，那么影像则是利用视觉语言和光影符号表达出的跃动之美。在这里，我祝贺所有获奖和参与的朋友们！你们用同一种语言，让世界听到了不同的声音，而“多种声音，一个世界”正是联合国所追求的多元文化的境界。同时，我们也特别欢迎更多的海外人士来中国走一走、看一看。正如一位海外视频博主所言：“只有去过，感受过，你才知道现在的中国真正的样子。”在这个数字化、全球化的时代，文字、语言和影像将以崭新的方式构建起沟通世界的桥梁。

谷雨，是春天之雨。中国清代的诗人郑板桥有一句诗，“正好清明连谷雨，一杯香茗坐其间”。每逢谷雨，在我的家乡中国浙江省的湖州，人们经常会停下忙碌的脚步，围炉赏茶，鉴品香茗。古代先贤的诗句如此巧妙地契合了现代人的心境与生活。此时此刻，唯愿大家怀着同样悠然闲适的心情，共同见证语言文字穿越时空、传递文化、延续文明的力量。

中国人说，一年之计在于春。愿所有人在此刻种下春天的希望，相信期待大家的，将是丰收的欣喜。

祝愿联合国中文日活动圆满成功！愿我们再次相聚！谢谢大家！

（本文根据中共中央宣传部副部长、中央广播电视总台台长兼总编辑慎海雄2021年4月20日在联合国中文日活动暨中央广播电视总台首届海外影像节上的视频致辞整理）

主　　编：韩春苗　李　蕾　张亚东
发布日期：2021年4月20日

扫码阅读原文

慎海雄：让奥林匹克之光在“力与美”中闪耀

中央广播电视总台奥林匹克频道及其数字平台开播一周年了。冬奥赛场的欢呼犹在耳畔，冬奥热情的余温持续不减。

一年前，总台奥林匹克频道及其数字平台开播上线，习近平总书记发来贺信指出，“奥林匹克频道要通过奥林匹克运动和文化传播，讲述中国体育故事、弘扬中华体育精神，加强国际体育交流合作，推动我国同世界各国文明互鉴、民心相通”。

总书记的贺信为奥林匹克频道的开播赋予了极其重大的意义。这再次表明，奥运的含义已经远远超出了一个国际性的体育赛事。奥林匹克从欧美走向亚太、从西方走向东方，史无前例的“双奥之城”北京，镌刻着中华民族踔厉奋发、笃行不怠的非凡历程，更推动着世界不同底色的文明在奥运盛会上达到“美美与共”的历史巅峰。

一年来，我们以总书记贺信精神为指引，深挖奥林匹克精神内涵，创作了《艺术里的奥林匹克》《冬奥山水间》《奥秘无穷》等一大批高品质的体育文化节目，让艺术之美贯穿于热血沸腾的体育故事之间。

就在上个月，国际奥委会发布了一份由其委托进行的研究报告，称北京2022年冬奥会的全球转播观众人数超过20亿，世界各地的观众在由奥委会授权的频道上观看了总计7130亿分钟的奥运会报道，与2018年平昌冬奥会相比增加了18%，达到了史无前例的规模和成功。在奥林匹克频道开播一周年之际，国际奥委会主席巴赫先生向总台发来贺信，盛赞总台为推动奥林匹克精神作出的贡献。

总台央视奥林匹克频道及其数字平台推出大批高品质体育文化节目

这份成绩单，让总台倍感自豪，这是从总台“思想＋艺术＋技术”这棵融合实践的参天大树上结出的丰硕成果，更彰显出中国的体育故事无与伦比的精彩丰富，让20亿全球受众收获激情与感动，凝聚团结与共识。

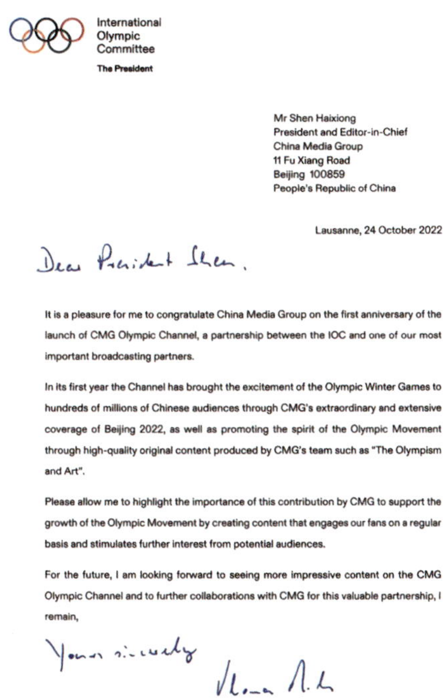

International Olympic Committee
The President

Mr Shen Haixiong
President and Editor-in-Chief
China Media Group
11 Fu Xiang Road
Beijing 100859
People's Republic of China

Lausanne, 24 October 2022

Dear President Shen,

It is a pleasure for me to congratulate China Media Group on the first anniversary of the launch of CMG Olympic Channel, a partnership between the IOC and one of our most important broadcasting partners.

In its first year the Channel has brought the excitement of the Olympic Winter Games to hundreds of millions of Chinese audiences through CMG's extraordinary and extensive coverage of Beijing 2022, as well as promoting the spirit of the Olympic Movement through high-quality original content produced by CMG's team such as "The Olympism and Art".

Please allow me to highlight the importance of this contribution by CMG to support the growth of the Olympic Movement by creating content that engages our fans on a regular basis and stimulates further interest from potential audiences.

For the future, I am looking forward to seeing more impressive content on the CMG Olympic Channel and to further collaborations with CMG for this valuable partnership, I remain,

Yours sincerely

尊敬的慎海雄台长：

我非常高兴祝贺中央广播电视总台奥林匹克频道开播一周年。总台是国际奥委会在全球最重要的媒体伙伴之一，双方友好的合作关系至关重要。

奥林匹克频道在开播的第一年里，已经通过精彩卓越的转播报道向亿万中国观众生动呈现了激动人心的北京2022冬奥会，同时依托《艺术里的奥林匹克》等高质量原创节目大力弘扬奥林匹克精神，收视人群不断拓展扩大。

请允许我特别强调，总台对于奥林匹克运动发展的支持意义重大，总台创意十足的节目和持续的传播，将会吸引更多观众爱上奥林匹克运动。

展望未来，我期待在总台奥林匹克频道中看到更多令人印象深刻的节目，也期待双方进一步深化宝贵的合作关系。

巴赫

国际奥委会主席巴赫贺信原文及译文

中华民族自古就以强身健体为荣。春秋时期读书人必须学的“君子六艺”，即礼、乐、射、御、书、数，射和御两项都属于体育活动。也就是说，早在2700多年前，体育已是一种“习艺”的表现，体美合一的理念始终浸润在中国文化历史的长河中。

伟大古老的文明总是相映相通。中国的春秋百家争鸣时期，正值奥林匹克文化在古希腊孕育，人类对体育和艺术的共同追求超越了时空与国界。从公元前444年举行的第84届古代奥运会开始，文艺比赛就被列入奥运会的正式比赛项目，诗人、画家、音乐家、戏剧家、雕塑家共同为奥运会献上一场艺术的盛宴。通过艺术表现人类追求极限的雄心、对澎湃生命力的颂扬、对公正与和平的礼赞，早在两千多年前便深深地烙印在奥林匹克的基因中。

艺术和体育是看似不关联但时时交融交汇的两条河流，共同汇入人类文明之河。艺术与体育的一个个交汇点就是最具活力的创新点，也是洞察体育文化的观测点。总台从这一点深挖，在“力与美”的交界处开掘新意，创作出了精品节目《艺术里的奥林匹克》。

得益于总台近年来“思想+艺术+技术”的融合创新，节目将演播室打造成一间虚拟的艺术馆，充分运用数字动画、3D建模、虚拟现实等技术手段，让原本静态的艺术作品“活”起来。敦煌壁画描摹的操舟竞渡，青铜器上记载的西周射礼，一件件具有上千年历史的艺术作品，让观众在今与古的时空交响里，感悟热血体育中的艺术之魂。

站在体育与艺术的双坐标上，我们力求诠释出二者相融相通的哲学内涵。从体育的视角重新审视艺术，大大拓宽了艺术的题材和研究范围；从艺术的视角重新审视体育，肢体之外彰显的是人类共通的价值情怀。《艺术里的奥林匹克》将艺术作品化为珍珠、体育精神编为金线、历史时代为其打磨，最终为观众捧上一部气韵生动、贯通中外的文艺精品。这又何尝不是另一种艺术创造？

犹记北京冬奥会开幕式的点火仪式上，代表着世界各国的小雪花共同守护着一簇“微光”。“微火虽微，永恒绵长，生生不息……北京冬奥会的冬奥之火就是一捧光明永驻、直入人心、连接你我、一起向未来的奥林匹克之火。”作为这段解说词的执笔者，回忆起创作之时中华文化独有的浪漫在笔尖上如泉涌般跳跃而出，那种激情与感动，始终记忆犹新。

这前所未有的艺术创意，正是中国对奥林匹克文化根系下全人类共同价值的生动诠释。习近平总书记在二十大报告中强调，“深化文明交流互鉴，推动中华文化更好走向世界”。我们深感职责使命重大。“浩渺行无极，扬帆但信风”，总台将扎根深厚的中华文明沃土，沿着人类文化艺术的璀璨星芒，求索“美美与共，天下大同”的美好未来，用一个个节目、一份份创意，让新时代中国故事、让中华体育精神和奥林匹克文化传得更远、讲得更美！

（本文摘自中共中央宣传部副部长、中央广播电视总台台长兼总编辑慎海雄2022 年11月15日在中央广播电视总台奥林匹克频道提质升级座谈会上的讲话）

主　　编：韩春苗　张亚东
发布日期：2022年11月15日

扫码阅读原文

总台直击阿富汗：现场，现场，还是现场！

“每平方英里都有一千个悲剧”，这是美籍阿富汗裔作家卡勒德·胡塞尼在小说《群山回唱》中描写喀布尔的一句话。往事并不如烟，阿富汗的苦难，今日仍在上演。

2021年夏，在阿富汗这片常年被战火炙烤的土地上，当多家西方媒体因局势恶化而先后撤离时，充满恐慌和紧张的街头依然有记者坚守一线，他们手中的话筒上有着醒目的标识：CCTV，CGTN。他们是总台的记者和报道员，在利益盘错、举世瞩目的阿富汗现场，给全球受众多一双眼睛，多一双耳朵，多一个视角，多一种声音。

站在阿富汗现场，总台在持续记录。

总台记者在阿富汗边境 直面塔利班士兵

2021年8月15日，塔利班进入喀布尔，阿富汗一夜变天。此时，位于阿联酋迪拜的总台中东总站记者第一时间请战，要求奔赴喀布尔，但是，机场军事管制，民航停飞，所有的境外记者根本无法进入。

在与阿富汗接壤的巴基斯坦，总台亚太总站伊斯兰堡站迅速配合响应。既然阿富汗无法入境，那么边境口岸就是最近的报道切入点。阿富汗边境有一南一北两个国际口岸，半岛电视台记者率先赶去南部口岸，试图绕过军事管制入境采访，然而消息传来，记者们不仅在边境被扣下检查，连器材也被一并没收。

兵贵神速，但欲速则不达。总台亚太总站伊斯兰堡站没有贸然行动，而是尽快联系巴基斯坦军方，选择了最新被接管的北部国际口岸。凭借着中巴两国的“铁杆”情谊，迅速打通军方，得到采访许可。记者崔如一路从伊斯兰堡途经白沙瓦，驱车到达阿巴边境的托尔罕姆口岸。

一到现场，崔如就迫不及待想下车报道，却硬是被同行的男同事拦在车里，怕她出现意外。

“摄像师和外籍翻译死活不让我出来，说你一个女记者，既没穿罩袍，还出来工作，这样暴露在外面，从着装到意识都是违背他们理念的，万一一枪打了你可怎么办？这样，我们先出去扫空镜，探探情况。”

作为从业20年的资深新闻工作者，好不容易到了现场，崔如绝对不甘于这次的报道只采集到几个空镜，她在车上先躲了半个小时，然后带着忐忑紧张的心情下车，坚持出镜。站在阿富汗的国境线以内，身边就是荷枪实弹的塔利班武装，巨大的压迫感扑面而来，但崔如很快镇定下来。

总台记者崔如在阿富汗和巴基斯坦两国交界处报道

“一个拿枪的阿富汗士兵见我往里走，看上去惊讶又兴奋，向我挥手，还露出了笑容，我也顺势挥了挥手，示意我要在这工作一下。这个小互动让我稍微镇定下来，没那么紧张了。那个士兵看到我要出镜，立马特别配合地摆起了标准的站岗姿势，我开机之前他还没那么标准呢。”

崔如说，看到自己这个中国人，面前的塔利班士兵有的觉得新鲜又兴奋，有的特别配合地摆姿势，有的拒绝拍摄冲她瞪眼，也有的看上去平静、无所谓。但是，没有一个人来伤害她。

“外籍摄像师跟我开玩笑说，你这个外国人要是在过去，肯定就是重点绑架对象。但是我知道，我不会有危险，一是巴基斯坦军方也在这里把守，塔利班方面知道，我们是巴方请来的客人；二是他们掌握了政权之后需要得到世界的承认，他们明白，中国跟西方不一样，中国不会做扭曲事实的报道。”

崔如说，作为一名中国记者，自己该做的就是看到什么就说什么，不去随意评论，也不被西方媒体的观点带着走。

“西方媒体报道说，阿富汗边境口岸一天有3万多难民出逃，经过几方核实，绝对没有这么多。我所看到的情况是，好多阿富汗人都要回家了。有个在口岸开汽车零配件店的巴基斯坦人，他跟我说，美国人走了，不打仗了，之前在这边避难的阿富汗人都已经拖家带口回老家了。我也看到出关的人不少。可是你看西方媒体怎么报的，说‘喀布尔沦陷了’‘我们失去了阿富汗’，他们还在哀叹。”

崔如唯一的遗憾，就是没有用自己的眼睛去看到更多的东西。

“外籍摄像师说万一我牺牲可怎么办。我说你不要想这么多，一想多了什么都干不成了，干脆是死是活都不要想。现在在整个阿富汗周边，最有可能实现入境报道的，就是我们‘巴铁’的边境。我们的判断是准确的，我们也完成了在阿富汗境内的来自中国籍记者的报道。”

外籍报道员 逆行坚守喀布尔一线

在持续肆虐的疫情和紧张的时局下，包括美联社、路透社在内的许多媒体记者早已撤离阿富汗，能进行现场报道的大多是本地的报道员，而就连他们也多数都撤走了，几乎没人敢上街从事报道工作。此时，总台多名本地报道员却逆行坚守，冒着生命危险采集第一手独家报道。

“那天夜晚，塔利班入城，而后迎来的第一个清晨，显然已不同于之前的无数个清晨了。天哪，喀布尔街头的景象于我而言简直是一部电影：怎么可能呢？仅在两周之内，一切都重新回来了，警察、阿富汗政府、政府机构……以及一切。”

这是CGTN在喀布尔的外籍报道员默哈德（化名）对8月16日喀布尔的描写。

默哈德发回的独家画面在推特上引发不小的反响，有人拿着视频打听其中的记者是谁、住在哪里，他家可能随时被搜查。他的摄像师已经有好几天联系不上了，其实当地不少记者和摄像师都已设法搬家并关闭了联络方式。身处险境的默哈德已经无法外出进行采访了。

CGTN后方在确保默哈德安全后，迅速联络了CGTN本地报道员、阿富汗当地最大通讯社的视频记者卡维兹（化名）。人脉广泛的卡维兹不仅找到了愿意合作的摄像师，还通过自己的关系找到了塔利班发言人的联络方式。

总台报道员卡维兹（右）在餐馆采访塔利班指挥官

21日，卡维兹终于克服信号困难，在喀布尔街头做了首场脸书直播，虽然在断断续续的信号中，直播只持续了差不多30分钟，但这是对喀布尔日常生活难得的直观展现。

就在当天，卡维兹第三次尝试前往机场报道，虽然他知道那里的情况很危险，他的摄像师之前也被警告赶紧离开，不然就要吃枪子儿，但是记者的本能还是驱使着他往新闻第一现场不断前进。

卡维兹不是孤身战斗，在总台统筹指挥下，总台的外籍报道员结成一张强大的新闻网，将一手现场消息汇集到一起，传递给全世界渴望了解阿富汗真实情况的受众。

卡里姆·法耶兹、奥贝德和阿吉麦勒坚守总台喀布尔记者站，数次走上街头出镜报道。在与塔利班正面接触时，他们表明自己供职的是客观公正的中国媒体，从来不报道虚假新闻，得到了对方的信任。

总台报道员奥贝德（左）在阿富汗首都喀布尔采访遭美军轰炸的居民

扎姆莱（化名）连续5天做了十几档直播连线，几天不眠不休，从未有半句怨言。在19日下午的一次连线中，身后传来激烈而密集的枪声，枪声越来越近，扎姆莱坚持做完连线。网友赞叹：“这就是央视记者，处乱不惊。”

哈米杜拉·哈米迪获得了参加塔利班新闻发布会的机会，并现场提了两个问题。在塔利班进入喀布尔的首个发布会上，哈米迪为总台传回一手现场报道。

海迪卡（化名）身在阿富汗第二大城市坎大哈，通过记者手记的方式分享阿富汗见闻。她写道：“一颗炸弹在我们家附近爆炸，我们在车库躲了一整晚。有那么一刻，我以为我要死了，一切都结束了。那是我人生中最糟糕的夜晚，整整一夜都在震惊和枪声中度过。”这是一名记者身在战乱中最真实的写照，恐惧着，也报道着、记录着。

总台亚非中心普什图语部记者席猛说：“很多人忽略了阿富汗其实是一个被称为‘东方瑞士’的美丽国度，那里有连绵不绝的雪山、晶莹剔透的湖泊、云朵一般的羊群。阿富汗缺乏自己的史书，古代对阿富汗中世纪历史最详细的记载正是来自中国，其中，玄奘的《大唐西域记》成为国际学界公认的最有价值的资料。历经千年，该书仍然对研究古代阿富汗考古历史有着不可或缺的作用。”

历史是当时的现在，现在是未来的历史。从古丝绸之路到今天，我们对阿富汗的记录还在继续，客观、公正、准确。

撰　　稿：崔　如　茆　丹
主　　编：韩春苗　张亚东
发布日期：2021年8月23日

扫码阅读原文

突发！独家！直击几内亚军事政变

当地时间2021年9月5日8时许，几内亚首都科纳克里多地枪声大作，持续约1小时。军队封锁道路，居民禁止外出，转瞬之间，局势突变！

风云乍起，总台各中心迅疾出手，各平台紧急联动，直击报道几内亚！

速度！ CGTN英语新媒体突发报道领先众多西方媒体，电视端从监看获取消息到开启配备同声传译的电视直播连线，仅用一个半小时。新闻中心国际部与非洲总站核实准确后，《东方时空》于20:07首播滚屏新闻。

总台非洲总站驻达喀尔站记者（右一）在几内亚采访新几内亚联盟党主席迪奥·巴尔德

重磅！当地时间9月5日晚，CGTN法语报道员在事件发生8小时内，独家专访政变领导人马马迪·敦布亚，独家专访几内亚多方势力高层代表，客观、真实传递各方声音。

现场！新闻中心统筹协调，国际交流局做好保障，总台前方记者、报道员、通讯员，冲破局势和疫情下的重重关卡，在赶往下一个新闻现场的路上星夜兼程。非洲总站记者成为唯一进入科纳克里的中国记者。

横跨一万多公里和八小时的时差，提前布局、埋线千里，总台凭借日益坚实的海外报道力量和千锤百炼的国际报道应变能力，让总台声音、中国声音无处不在、无时不有。

今天，且听观察君表一出：西非风云起，大事看总台！

报道时效 疾如雷电

北京时间2021年9月5日18:03——

在枪声传出后两小时内，总台CGTN英语新媒体发布消息“几内亚首都传出激烈枪声”，领先路透社、彭博社、BBC等众多西方媒体。

20:20——

CGTN法语部与科特迪瓦报道员妮雅郛蕾、几内亚通讯员、当地中资企业取得联系，第一时间核实消息。

21:30——

CGTN英语电视端监看到关于几内亚总统被控制的消息，突发报道应急机制迅速启动。法语部“几内亚政变”特别报道小组成立，第一条来自几内亚的音视频采访21:40就回传至北京。

23:00——

在CGTN法语部推荐联系嘉宾、同声传译等资源备齐后，CGTN英语电视端成功开启直播连线，配合演播室同传。此时距收到监看消息仅一个半小时。

北京时间9月5日晚，CGTN法语北京总部特别小组与西非达喀尔制作室、科特迪瓦报道员三方联动，度过了一个无眠之夜。

北京总部遥控指挥，同时负责选题策划、稿件修改、视频审定、安排播出。

西非前方团队不断回传的文字、视频、图片、电话采访等，经北京值班团队处理后，火速输送给总台各语言平台。

在节目编排上，CGTN法语部紧急做出调整：重磅专访、现场报道、直播连线……各种形式齐头并进。从9月6日开始，CGTN法语频道每日20点新闻开辟“直击几内亚”版块，连线前方报道团队，播发最新消息。

CGTN欧洲、非洲、北美区域制作中心接力直播报道，6日零点第一时间拿到总统孔戴被控制和武装叛军演讲等画面。

独家专访 力逾千钧

回顾9月5日全天，最重磅的一条报道，是对政变领导人、几内亚特种部队中校马马迪·敦布亚的独家专访。

当地时间5日晚，总台科特迪瓦报道员妮雅邬蕾调动其在几内亚的报道资源，仅在政变发生8小时内，就回传了政变领导人、几内亚特种部队中校马马迪·敦布亚的独家专访。采访中，敦布亚介绍了发动政变的原因以及孔戴总统的现状。

第一天部署神速，总台独家专访逐步展开，权威报道，掷地有声。CGTN英语广播记者苏毅就几内亚国内局势、新政府组建、几中合作等话题，独家专访几内亚总统经济顾问穆萨。

当地时间8日，CGTN报道员妮雅邬蕾独家专访几内亚主要反对派领导人、几内亚民主力量同盟主席塞卢·达莱因·迪亚洛以及几内亚人民联盟副秘书长塞库·那那·希拉。

当地时间10日，总台报道员妮雅邬蕾采访西非国家经济共同体委员会主席让-克劳德·布鲁。

流亡科特迪瓦将近一年的几内亚前总理、共和力量同盟主席西迪亚·杜尔于当地时间10日返回几内亚首都科纳克里，旨在参与政变军方宣布的全国协商。总台报道员妮雅邬蕾对西迪亚·杜尔进行了独家专访。

当地时间13日，总台报道员妮雅邬蕾采访联合国秘书长西非和萨赫勒问题特别代表穆罕默德·萨利赫·安纳迪夫。

总台报道员妮雅邬蕾（右）独家专访几内亚前总理、共和力量同盟主席西迪亚·杜尔

真相是媒体的生命。可靠的新闻、权威的信息，体现着媒体的责任和素养。

总台系列独家专访，与几内亚各方势力正面对话，客观公正、不偏不倚地呈现各方诉求，以及对团结、和平的共同期待，在国际舆论场发出真实权威、力逾千钧的中国声音。

这些独家专访中，我们总能看到总台报道员妮雅邬蕾的名字。她的故事，总台记者、报道员、通讯员们的故事，让我们继续往下看。

奔赴现场 心有壮志

信任 把独家专访的机会交给总台

当地时间6日，几内亚政变领导人发布公告，称陆地和空中边界已经重新开放。可以去几内亚了！总台科特迪瓦报道员妮雅邬蕾接到指令，第一时间冲破局势和疫情下的重重关卡，带着CGTN话筒标飞抵科纳克里。

妮雅邬蕾是总台报道员，是半个几内亚人，也是一个三岁孩子的母亲。尽管依依不舍，但能回到自己的出生地，追踪可能是西非地区2021年最重要的新闻事件之一，她又觉得自豪，浑身充满了干劲。

来到几内亚，她见到了并肩作战的伙伴。总台达喀尔制作室已经找到几内亚当地资深媒体人巴尔代作为通讯员，在科纳克里随时接应。

每天一条直播连线、一条独家专访、一条图文报道。凌晨2点休息，早上8点准时和北京总部特别小组团队开会，安排一天的工作内容之后立刻出发，这是妮雅邬蕾和巴尔代在几内亚前方的日常工作节奏。

6日开始，他们共回传了6条独家专访。

巴尔代利用当地人脉资源给了妮雅邬蕾巨大的支持。总台在国际报道中客观公正的中国立场，以及CGTN“看见不同”（see the difference）的宣传语，也让当地政界人士和民众抱有好感。几内亚各方高层都愿意优先考虑CGTN的采访。

几内亚前总理西迪亚·杜尔10日返回科纳克里时，CGTN法语部第一时间获知消息并和他取得联系。杜尔拒绝了所有其他媒体（包括法国国际电视五台）的邀约，把独家专访的机会给了总台CGTN。

最难忘的采访场景是西非国家经济共同体代表团与政变军方的会见现场。西共体委员会主席让-克劳德·布鲁原本拒绝所有媒体采访，经过总台通讯员巴尔代的不断协调，布鲁最终同意下车做40秒的总结性发言。在场几十家媒体、近百位媒体人一拥而上，总台报道员好不容易才拍下了采访的画面。

现在，妮雅邬蕾和巴尔代还在奔赴一个又一个新闻现场。总台还有更多记者、报道员、通讯员，正和他们活跃在同一片土地上。

CGTN非洲区域制作中心第一时间派出塞内加尔记者德斯里·科依，提前紧急做核酸检测，航班恢复后的第一天赶往几内亚，次日马上回传出镜报道。

持续直击几内亚大事现场，采访各方政要、民众和学者。新闻发生的地方，一定有总台记者的身影！

一定要准确 一定要及时 一定要安全

9月5日事件发生后，几内亚陆空边界关闭，航班全部取消。

总台台长立即要求总编室、CGTN、非洲总站、亚非中心、新闻中心、新闻新媒体中心、国际交流局等部门，迅速启动热策划，保持阿富汗报道中所展现的优势，抓独家、抓首发、抓深度。

总台非洲总站立即启动重大突发事件应急响应机制，打破各记者站常态分工，与国内各部门深度联动，以一切能采取的方式触达几内亚现场。

准确核实，及时播出。科纳克里枪声刚刚响起，总台新闻中心国际部监测到相关信息，第一时间与非洲总站准确核实前方真实情况。

20:07，《东方时空》滚屏新闻首播消息。随后，《晚间新闻》播出视频画面报道。《24小时》《午夜新闻》先后与总台非洲总站下辖南非约翰内斯堡站记者曲晟进行直播连线。

第一时间，回传稿件。局势突变，当地中国公民安全牵动人心。非洲总站与新闻中心国际部彻夜沟通，第一时间采访到中国驻几内亚大使馆发言人岳少文。前方回传的报道迅速在《朝闻天下》6日6点时段播出，是国内中文媒体首发对几内亚大使馆的音频采访。

非洲总站远程采访在几内亚的中国公民，回传报道后一个多小时，迅速在《朝闻天下》8点时段播出，成为国内媒体首发对在几内亚中国公民的视频采访。

人员未到，保障先行。总台国际交流局和非洲总站不以山海为远，共同为即将赴几内亚采访的记者安排疫情防护、安全保障、紧急救治等必要事宜以及人员设备设施，为记者安全顺利采访保驾护航。

唯一进入几内亚首都科纳克里的中国记者

设在几内亚邻国塞内加尔的总台达喀尔记者站，成为离几内亚最近的地方之一。在边境封闭期间，达喀尔站记者韩蓄一边用直播连线、电话采访、Vlog等方式报道几内亚局势，一边暗自蓄力，守候一个纵身跃入新闻现场的机会。

好消息终于来了！几内亚重新开放边境，在几内亚恢复与塞内加尔航线之际，非洲总站派韩蓄赶赴科纳克里，他用Vlog记录了从艳阳高照的达喀尔飞到电闪雷鸣的科纳克里的全程见闻。

抵达后，他成为首位也是唯一一位在科纳克里报道几内亚政变的中国记者。

当地时间10日，西非国家经济共同体代表团抵达科纳克里与政变军方代表进行商谈。由于局势不稳，信息混乱，整个几内亚记者圈都不知道代表团和政变军方究竟在哪一个酒店展开会谈。

总台记者韩蓄奔赴科纳克里报道几内亚政变

韩蓄和他的塞内加尔摄像师以及当地通讯员丝毫不敢休息，马不停蹄转场确认每一个可能的地点，最终成功在会谈酒店的最佳角度，拍摄到了政变领导者敦布亚的重要镜头。

在西非国家经济共同体代表团看望完孔戴离开军营时，现场乱成一团，总台小分队突破重重“包围圈”，抢占拍摄角度最好的车窗窗口位置，获得了对西非国家经济共同体代表团重要成员、加纳外交与地区一体化部长博奇韦的独家采访。

在政变和疫情的双重阴影下，几内亚首都科纳克里实行非常严格的媒体管控政策，在街上拍摄，不管是使用摄像机还是手机，均会遭到军警和普通百姓的阻拦。

几内亚是第一个同新中国建交的撒哈拉以南的非洲国家。近年来，中几全面战略合作伙伴关系快速发展。在几内亚的中资企业和华侨华人众多。作为此次在几内亚报道政变的唯一一张“中国面孔”，韩蓄充分利用当地资源，特别安排了几内亚当地华商陪同，还邀请了一名当地警察同行，重访了政变事发地、各方交火地，探访了当地人民的生活。

尽管拍摄过程免不了阻碍，但报道的顺利和安全还是在最大程度上得以保障。大家都说，目前几内亚局势已经趋于平静，大部分商店已经重新开门营业。

记者拍摄的视频发出后，很多当地华侨华人说，总台从几内亚发出的中文报道，让远在祖国的亲人们放心了很多。

国际新闻报道像是一场拉力赛，车手和领航员只有步调一致，才能取得胜利。

总台在几内亚乃至整个西非地区和全球各地的报道力量，一跃而起，冲锋陷阵；后方团队把控节奏，运筹帷幄，有力指挥保障。

从9月5日几内亚军事政变开始到9月15日，10天内总台前方记者发回的独家报道已被英国天空新闻台、法国24台、法德公共电视台、意大利TGCOM24电视台、南非广播公司、巴西旗手电视台、墨西哥千禧电视台、安哥拉国家电视台等39个国家和地区的54家电视频道以及欧洲新闻交换联盟、澳大利亚广播公司YouTube（优兔）账号等10个新媒体平台采用。

中国诗人杜甫在诗中想象
"安得壮士挽天河，净洗甲兵长不用"
期盼止干戈、休战乱
几内亚民歌《大象》
同样唱出人民对和平的向往
"太阳刚升起，大地放红光
大地变得年轻又美丽
大象安然走过大树林
如今黑暗快消散"
……
西非风云起，大事看总台
真实记录，客观报道
总台的镜头
染不上充满偏见的灰尘
和平与关怀的阳光
便透进来

撰　　稿：朱　丹　王波涛　韩　蕾
主　　编：胡妹妹　薛凯元　崔黎黎　张亚东
发布日期：2021年9月16日

扫码阅读原文

揭底佩洛西：《玉渊谭天》三连发

2022年8月2日至3日，美国众议长佩洛西窜访台湾，公然挑衅。千钧一发之际，总台台长直接点题谋划，总台新闻中心统一部署建立专门协调机制，总台新媒体言论评论品牌《玉渊谭天》协同配合、尽锐出战，挺进一线舆论战场。

“故善战者，其势险，其节短。势如彍弩，节如发机。”

在抢首发、争独家的同时，《玉渊谭天》协同总台报道矩阵，精细制定战术策略，本着“打蛇打七寸”的原则，穷追此次事件的核心人物——美国众议长南希·佩洛西，连发《不同视角看佩洛西窜访台湾 正在上演的拆台大戏》《【深谭】丑闻缠身的投机分子，佩洛西》《【深谭】佩洛西，一个被金钱政治扭曲的危险女人》三个融媒体产品。三连发犹如三发重炮，痛击卑劣政客佩洛西，在海内外舆论场产生热烈反响。

蓄势待发，抓准节奏，抢占先机，一击命中！

第一发 先发制人
霸榜热搜 揭露佩洛西背后的破碎美国

佩洛西窜台消息曝光后，引发国内舆论强烈愤慨，在美国也出现了强烈质疑与反对的声音。

在总台新闻中心部署下，《玉渊谭天》密切协同总台军事新闻部、亚太总站，持续追踪佩洛西动向，明确出手时机，在佩洛西行前，率先推出第一发短视频《不同视角看佩洛西窜访台湾 正在上演的拆台大戏》，先发制人，起底佩洛西，详尽呈现出其窜台决定在美国国会成了“亲痛仇快”的党争新戏码。

《玉渊谭天》推出短视频抨击佩洛西窜访台湾

“口头保证十年功，行为拆台一分钟。”视频以佩洛西窜台决定在美国引发的诸多“诡异”现象为抓手，揭露了美国国内利益集团林立、四分五裂的政治现状，这与全体中国人民坚定维护国家主权的团结一致，形成了强烈对比。

兵无常势，水无常形。在创作过程中，《玉渊谭天》整理分析了上百家海外主要媒体对此事的报道，收集了上万条来自境内外社交媒体平台的网友评价，不断感受舆论场复杂情绪的微妙变化，不断调整报道的心态、时态、语态。在佩洛西窜台消息曝光之时推出，先发制人。

《玉渊谭天》与总台新闻新媒体中心密切配合，央视新闻微博、抖音、视频号第一时间发布，引领了全网全平台话题。相关话题词登上央视频首页推荐、微博热搜第一、腾讯新闻热榜、B站首页推荐及PUSH（消息弹窗）推荐，单个视频全网触达量超过3亿人次。微博平台内播放量近1500万，为站内现象级爆款产品。B站播放量近300万，居于B站全站同类内容前列。

《玉渊谭天》视频的原创观点“佩洛西访台为一己私利”等，被CNN（美国有线电视新闻网）深度引用播出。

从安克雷奇中美高层战略对话及中美天津、苏黎世、罗马会晤，《玉渊谭天》与总台北美总站、欧洲总站多次紧密配合，全网独家直击中美高层会晤现场，引全球媒体瞩目，到BBC、《南华早报》、《联合早报》等全球主要媒体关注并频频引用《玉渊谭天》观点，《玉渊谭天》始终坚持独家与深度，主动作为、敢于亮剑，开创了一种主流媒体拥抱互联网、挺进国际舆论主战场的新模式。

第二发“深谭”追踪
全网置顶 揭批佩洛西寄生的金钱美国

佩洛西开启所谓“亚洲行”后，其行程、航线等信息成为不少媒体关注的重点，《玉渊谭天》深度文字评论品牌“深谭”继续锁定佩洛西，集中火力输出。

8月3日，“玉渊谭天”微信公众号首发报道《【深谭】丑闻缠身的投机分子，佩洛西》，阅读量迅速突破10万，全网置顶。该报道以故事化的叙述和历史纵深的视角，揭露最近“烦心事很多”的佩洛西，靠打“台湾牌”为自己谋取政治地位的动机。

8月4日，佩洛西窜台结束。总台领导亲自创作，确定了“金钱政治”的核心主题，撰写了佩洛西“追逐一切于己有利的机会，不惜损害国家利益”的核心观点。《玉渊谭天》“深谭”继续深入追踪，推出《【深谭】佩洛西，一个被金钱政治扭曲的危险女人》，再次全网置顶。该报道总结了贯穿“民主党筹款之王”佩洛西政治生涯的逻辑——政治为家族利益服务、为金钱服务。

两篇“深谭”报道，完整地剖析了一个被金钱政治扭曲的美国政客形象，揭露了美国政治桎梏和制度之弊，道出了美国政治底色和流水线式政客本色。

“深谭”报道全网总触达量近5亿人次，报道设置的“丑闻缠身的投机分子”这一标签深入人心，多家国内外主流媒体以此为角度进行再创作。“投机分子”等词，成为知乎、今日头条、抖音、百度等平台用户在佩洛西相关报道下的评论热词。

能迅速推出深度报道，来自《玉渊谭天》对相关议题的持续关注。

策之而知得失之计。自2021年开始，“深谭”持续追踪美台勾连的罪恶之源。10月发布的《【深谭】2758号决议：50年没变，未来也不会变！》，系统梳理了包括佩洛西在内的操弄台湾议题的三代美国政客，全景式剖析了美国政客炒作台湾议题的本质；同月发布的《美国会保卫台湾？先看看落入陷阱的台积电吧》，展现美国政客对台热络表象下的真实意图。

从最早报道中美经贸磋商被BBC中文网刊文报道，到“溯源美国”系列报道的调查方式打疼美国媒体软肋，被VOA（美国之音）刊文分析，《玉渊谭天》始终深耕中美报道领域，一步步击中西方话语痛点，一次次有力扭转国际舆论风向，“中美大事看谭天”的品牌标识逐渐进入全球视野。

第三发 穷追猛打
全球声讨 昭示佩洛西窜台惨淡下场

佩洛西窜台离开后，招致全球声讨。一场闹剧的收场，代价必须要由挑起闹剧的人承担。

《玉渊谭天》穷追猛打，于8月4日晚，推出第三发——《佩洛西，行将落幕》，揭示佩洛西此行“未谋其利，先受其害”，给台湾留下“烂摊子”，并最终以140多个国家的政府以及多个国际组织的反对惨淡收尾，有力打击了佩洛西的气焰。

在视频创作过程中，《玉渊谭天》以采访为先，先后对话多方消息人士和知情人士，充分展现佩洛西遭全球唾弃的真实底色。基于常年对美跟踪观察，拨开迷雾看本质，透视了美国金钱政治的肌理。

视频一经发布，迅速登上微博热搜，获得各大央媒转载，相关话题词登上微博热搜、抖音热榜，单个视频全网触达量近1亿人次。同时，系列视频采用幽默犀利的表达方式，如“他们是爱台币”“把关注给自己贴在脸上，把国家信誉踩在脚底”“佩洛西窜访一遍，听取骂声一片”等，在B站、微博及各大平台引发网友广泛共鸣和互动。

深度“三连发”！从不同侧面详尽透视佩洛西窜台行径的真实动机，痛批其将个人私利凌驾于国家利益和世界和平之上的丑恶嘴脸。

爆款“三连发”！发发命中用户知识需求和情绪焦点，总触达量超45.5亿人次。三个产品全网置顶，引领媒体解读报道，刷屏全网热搜热榜，充分展现舆论引领力。

全球“广泛发”！针对佩洛西窜台行径，《玉渊谭天》在各关键节点，适时适度、梯度精准释放中方行动信息，先后播发了20余个重磅拳头产品，多个产品被全球主要媒体转载，成为舆论反制的前哨站和特种兵。

总台CGTN、亚非中心、欧拉中心、亚太总站、国际视频通讯社等多平台、多渠道、递进式传播中国声音与行动，第一时间将《玉渊谭天》内容转化为英语、日语、德语、意大利语等20种语言。《玉渊谭天》播发的佩洛西相关内容和观点，被BBC、CNN、CNBC（美国消费者新闻与商业频道）、FOX（福克斯）、德国电视一台、法国24台、意大利广播电视公司、日本NHK（日本放送协会）等69个国家和地区的705家电视台及新媒体平台采用。

总台起底佩洛西的报道，是国际传播中最有力量的声音。截至2022年8月5日，已有160多个国家发出了正义的声音，纷纷谴责佩洛西窜台是严重的挑衅，是非常鲁莽和不负责任的，而且都表示将坚持一个中国原则，支持中国维护国家主权和领土完整。

擒贼王、打七寸，讲故事、揭本质。连下三剂“猛药”，拆穿佩洛西之流的堂皇假面，透视美国金钱政治的破败肌理。截至本文发稿止，《玉渊谭天》已有约230篇报道被全球共计769家媒体使用超10900次。这是总台国际传播引领力、传播力、影响力的直接体现，更是中国声音和中国力量的现实投射。

任何人，都不要低估14亿中国人民的意志和决心！

撰　　稿：李忠利　孙　戈　李　悦　薛　斌
　　　　　孙静萱　李文琪　张雅琦
主　　编：胡姝姝　张亚东
发布日期：2022年8月7日

扫码阅读原文

总台拍大象 全球来围观

上回书说到，云南的一群大象可可爱爱出街逛吃，一不小心成了动物圈新晋“顶流”，在总台和中外媒体同行的温情注视下，从全世界“路过”（见本书第四章所收《整整齐齐“象”前进 可可爱爱来报道》）。

今天，观察君继续聊聊大象一家子，看看总台的大象报道，是如何丰富大象的真实“象”设，还原大象本来的形象，同时让各国媒体和网友看到一个温柔包容的中国。

我的可爱，world萌！♡

世界发现：这群大象不仅仅活在“设定”里

朝发村庄，夕至泥塘，喝喝小酒，晃晃悠悠。

好家伙！这难道就是传说中的“绿蚁新醅酒，红泥小火炉”？

总台这一拍一播，全球没怎么见过大象的网友突然觉得，这群大家伙，跟自己想象的样子，好像有“亿点点”差别……

各国文艺作品中的大象，是这样的：

中国作家柔石记述，鲁迅先生曾说，人应该学一只象。第一，皮要厚，流点血，刺激一下，也不要紧。第二，我们强韧地慢慢地走去。在和许广平的通信中，鲁迅经常以“小白象”署名，有时还要再画上一只小象。

英国作家吉卜林笔下，大象是森林的造物主，它们用鼻子从深水里拖出丛林，它们用象牙犁出松软的沃土与长流的溪流，它们用壮硕的脚踩踏大地，大地溢出泉水，它们用鼻子吹气，大地生出林木。

墨西哥作家阿雷奥拉笔下，大象来自时光深处，是最后一个陆上重型机器的样本，裹在它的帆布套子里，并且拥有智慧与记忆。

迪士尼电影中，大象有时是百兽之王沉默而忠诚的追随者，有时又会忽扇着巨大的耳朵乘风飞翔。

无论在哪里，大象的形象关键词总围绕着团结、坚强和智慧。而这次，在总台的镜头中，云南这家子的“象设”可是“皮”了不少。

聪明忠诚？破坏力强？软萌可爱？其实这些特质都不矛盾。

每一个人都是独立的个体，每一只大象当然也都有各自的性格。生活不是文学艺术，咱们逢人别戴“滤镜”，遇事莫谈“设定”。

只要像这群大象一样结成“命运共同体”，大家团结一致共同前行，整整齐齐达成目标，比什么都强。

世界发现：一次象和人互相包容的友善邂逅

大象突然闯入人类的生活，不只是人类对它们充满好奇，对它们而言，人群、房屋、汽车……这些也都是“新事物”。

大象对人类世界的懵懂探索，有时会带来些小麻烦。

但就像大度的云南老乡说的，“没有关系，没有关系，我们很欢迎，大象头一次来，吃点喝点不算什么事”。

当然，大象造成的损失，政府也会出面“埋单”。

一起来看看，镜头记录下的这场象与人的“亲密接触”。

云南人民：你来了 我远看

正如“云南特产”——吃了就能看见“小人跳舞”的神奇菌子，云南人的日常生活被一群大象误闯，也突然变得有些“奇幻”。

CGTN贴心整理了大象出行的时间线，看着这部《大象去哪儿》公路片的更新节奏，简直可以拍成一部连续剧了。

这两周，全网对这群大象的讨论经历多个高点。

从去年3月离开西双版纳勐养子保护区算起，大象们已经“离家”一年多了，在长途跋涉里经历了“16+1-2”的增员又减员，经历了闯县城、饮酒醉、爬沟过坎、紧急救援，度过了波澜起伏的“象”生。

大象一路遇见许多友好的云南老乡。为避免惊扰它们，老乡们大多站在高处，只远远地与大象打了个照面，轻轻祝福：再见啦，旅途安全顺利！

日本TBS（东京放送）电视台直播节目采访的昆明小哥说：“要是能在街上见到大象，想去看看，多开心啊。”这位小哥，万一真看到了，可不要离得太近哦。

各国“吃瓜”群众：你遛弯 我下饭

总台拍大象，全球来围观。各国媒体同行和网友都放飞了旺盛的“吃瓜”欲，不仅每天密切关注大象公路片的最新进展，还提出各种奇思妙想，认真地为大象们操碎了心。

这个象群可能突然激活了在祖先曾居住过的广袤土地上游荡的本能。

——《南华早报》

它们发现，农作物比森林里的寻常食物好吃多了。

——《纽约时报》

微博网友：大象估计是想去昆明参加联合国《生物多样性公约》第十五次缔约方大会。它们去得有点早。

——BBC

微博网友：它们睡觉时会着凉吗？想给小象盖被子。

——CNN

总台的大象报道，被BBC、CNN、FOX、法国24台、德国之声、意大利广播电视公司、加拿大广播公司、日本NHK等75个国家和地区的803家电视台/频道以及网络新媒体平台采用；G7国家的媒体数量占比达73%，G20国家的媒体数量占比达81%。

自2021年6月初以来，总台记者已经有100多人次在国际主流电视台出镜连线，介绍此次云南大象出游。

6月9日，总台西班牙语记者还应邀连线了拉美区域的大媒体南方电视台，向远在地球另一边的小伙伴们重点介绍了中国愿和各方共商生态保护大计，打造“人与自然生命共同体”的美丽愿景。

看着这群大象，时间也变慢，云朵也变懒。让我们慢慢陪伴它们的旅途，多给它们一些空间，继续向全世界传递善意和温暖。

大象：

“我的可爱，world萌！”

扫码阅读原文

主　　编：胡姝姝　张亚东

发布日期：2021年6月12日

总台朋友圈 这次定位中东

2022年12月5日，在首届中国—阿拉伯国家峰会召开前夕，由中央广播电视总台与沙特阿拉伯王国新闻部联合主办的2022中国—阿拉伯媒体合作论坛在沙特拉开帷幕。

22个阿拉伯国家的政府官员和媒体代表参加，150余位嘉宾出席，沙特新闻部次大臣化身现场“导演”，阿拉伯国家广播联盟秘书长身着民族服饰盛装致辞，也门新闻部副部长主动参与策划，数十家阿拉伯媒体热情采访中国团队……

这是中央广播电视总台为首届中国—阿拉伯国家峰会量身打造的媒体外交舞台。与会嘉宾以“加强交流互鉴，推动构建中阿命运共同体”为主题，热烈讨论、凝聚共识。中阿媒体为本次论坛共结一心、共谋一事的热情，放大了中国媒体的传播声量。

并肩携手 勠力同心

不断加强中阿友好交流，是历史的延续，也是时代的呼唤；是阿拉伯国家的期盼，也是中国的长期主张。尽快搭建起中国与阿拉伯国家媒体交流合作的优质平台，是总台义不容辞的责任。

志合者，不以山海为远。总台台长提前部署，拍板确定论坛主题并发表主旨演讲。从2022年9月起，前方工作组以真诚温暖的态度、细致不懈的努力和高度认真的责任感，主动拜会、邀请每一位阿方嘉宾。特别是以11月举办的阿拉伯广播电视节为契机，向阿拉伯国家广播联盟秘书长等多位高级官员当面发出邀请、介绍情况，赢得对方参会的积极态度。

2022 中国—阿拉伯媒体合作论坛现场

总台人悉心筹划、真诚邀约，让论坛得到了阿拉伯国家嘉宾前所未有的认可和普遍支持，22个阿拉伯国家都有嘉宾出席。不少与会嘉宾在得知筹备周期紧张后，尽最大努力修改个人日程来配合论坛时间，主动表示愿意提供协助，为论坛举办出谋划策。

沙特新闻部次大臣两次来到论坛彩排现场观摩，甚至化身“导演”，与总台前方工作组一起布置现场，对展示内容逐字推敲。最终呈现的效果让次大臣满意且惊喜，当即决定追加沙方参会人员名单，邀请几乎所有沙特媒体负责人参与论坛。总台前方工作组随即将原有座位布局从每排9—10座增加到17座，并细心地为每位与会者制作了名签。

各位与会嘉宾也高度重视本次论坛。沙特商务大臣兼代理新闻大臣马吉德・卡斯比为参与论坛紧急协调时间，推掉当天重要活动，身着阿拉伯传统礼服发表致辞、全程参会。

远在突尼斯的阿拉伯国家广播联盟秘书长阿卜杜拉希姆・苏莱曼，特意穿着苏丹传统特色服饰参会，以不同于往常西装革履的形象，展现了阿拉伯国家独特的文化魅力。

手掐尺量 细节为王

论坛圆满举办的背后，是总台前后方的密切配合，细致入微地做好各项工作。本次论坛，前方工作组需要协调22个阿拉伯国家的政府部门、媒体机构，联络诸多国际专家学者，并与总台多个后方部门对接，既要跟进论坛现场，又要完成好首届中阿峰会的报道工作。

论坛进入倒计时，一个个“小插曲”又接踵而至。

12月份，因中国和沙特均有密集的政府活动，论坛时间需要动态调整。前方工作组为确保论坛最大传播效应，在总台和沙特新闻部间持续协调，最终将论坛提前到12月5日举办。

而此时，利雅得会议场所一室难求。前方工作组几乎跑遍了利雅得所有的会议厅、宴会厅，现场勘察、手掐尺量，选定颇具阿拉伯传统风情的多边形会场后，反复调整座椅布置，并特意请会场方准备传统的阿拉伯咖啡和茶点。这些细节，受到与会嘉宾的一致称赞。

因会期临时变更，原本预定筹备现场的3天时间缩短为2天，但设备进场和安装调试、流程彩排与内容审校等各项工作却一样未少。此前准备的视频和动画需要反复修改、包装、导出、传输，每一次修改都需要克服国内外5个小时的时差，每一次传输和下载都要经历数小时的等待。

为保障论坛万无一失，前方工作组将原本需要一整天的设备装台压缩到十几小时完成，同时利用PPT和视频投影提前在酒店模拟演练，完善流程细节，培养团队默契。

由于总台前方团队还需要保证覆盖卡塔尔世界杯及其他新闻报道，虽然负责跟进整个论坛的团队只有十几人，但工作依然井井有条。大家已历经各类国际报道和活动现场的实践，施展出了十八般武艺，在同声传译、导演导播、现场布景等多项工作中自如切换。

总台常年的国际一线新闻报道工作，早已让前后方团队成员练就了闻风而动、一跃而起、无缝配合的本领。

前方虽然人力有限，但北京后方随时增援。自论坛筹备的第一天起，从联系协调到内容审校，从人员支持到技术筹备，每个步骤、每个细节，前后方都做到了精准、高效的协同配合。总台团队在一次又一次的国际重大报道活动历练中，已经形成了一套成熟、稳定、可靠的“整体战”做法。

八音合奏 终和且平

在各方的共同努力下，本届论坛成功齐聚中阿嘉宾，中央广播电视总台与阿拉伯国家广播联盟共同发出《中国与阿拉伯国家深化媒体交流合作倡议》，倡导中国与阿拉伯国家媒体机构加强互学互鉴，恪守媒体职责，深化交流合作，为推动中阿战略伙伴关系迈上更高水平作出媒体贡献。

与此同时，阿拉伯国家媒体的现场报道和广泛关注，让这场论坛进一步开花结果。利雅得一时间成为总台带头的中国媒体发声主场。

在论坛现场，30余家中东主流媒体进行现场直播和报道。论坛结束后，多名总台记者被当地媒体簇拥采访，对外发声，同心展望推动构建中阿命运共同体。

论坛召开之后，持续获得阿拉伯国家多家主流媒体广泛关注。沙特国家电视台、沙特国家通讯社、沙特《中东报》《欧卡兹报》《国家报》、埃及《金字塔报》、科威特《祖国报》、巴林《海湾消息报》等数十家阿拉伯国家主流媒体对论坛进行了直播和报道。沙特代理新闻大臣、沙特广播电视局首席执行官等不少阿拉伯与会嘉宾，也在社交媒体上对论坛进行了推介。

借助本次论坛，总台的阿拉伯媒体朋友圈再次扩大，在众多中东国家和地区发出掷地有声的中国声音，为中阿媒体加深友谊写下浓墨重彩的一笔，更搭建了中国与阿拉伯国家乃至阿拉伯各国间沟通协作的友好桥梁。

未来，总台的朋友圈还将有哪些新动态？敬请期待！

主　　编：降碧桐　徐　克　赵　兵　张亚东
发布日期：2022年12月12日

扫码阅读原文

总台朋友圈：近者悦 远者来

2023年1月6日，在土库曼斯坦总统谢尔达尔·别尔德穆哈梅多夫对我国进行国事访问之际，中央广播电视总台台长与土库曼斯坦国家电视广播电影委员会主席签署了《中国中央广播电视总台与土库曼斯坦国家电视广播电影委员会新闻合作备忘录》。习近平主席与别尔德穆哈梅多夫总统共同见证了双方签署这项合作文件。

新年伊始，总台的朋友圈就“上新”了，不仅为新一年的国际媒体合作迎来开门红，更是让人倍加期待“一带一路”倡议提出10周年来结出的累累硕果。

自2022年2月以来，总台在不到一年时间内已达成8项签约合作：分别与土库曼斯坦国家电视广播电影委员会、沙特广播电视局、老挝新闻文化旅游部、蒙古国家公共广播电视台、泰国民众联络厅、印尼国家广播电台、阿根廷公共媒体国务秘书办公室、阿联酋通讯社签署合作协议、合作备忘录、合作谅解备忘录等。

过去这一年极不平凡。中国在新征程上阔步前行，积极同世界各国相互交融、相互成就，世界各国同样也以多种方式同中国展开合作。媒体合作便是其中之一，它是实现国与国之间人文交流、互通互鉴的重要桥梁。

国际形势波谲云诡之时，总台依然能够稳中求进，频频达成媒体合作，靠的是什么？

主动策划 积极作为
这是总台“交朋友”的姿态

机者如神，难遇易失。在“交朋友”这件事情上，总台充分彰显了大国媒体的敏锐嗅觉，围绕元首外交等活动，主动策划，积极拓展媒体合作。总台既有

“请进来”，也有“走出去”，“交朋友”的脚印沿着国家外交的足迹前行。

党的二十大闭幕不久，习近平主席开启繁忙的“元首外交月”，除在国内会见蒙古国、老挝等多国领导人外，还出席二十国集团领导人峰会、亚太经合组织领导人非正式会议等，意义重大，举世瞩目。

尽锐出战，配合元首外交。总台统筹全台资源，充分发挥强大的国际报道网络优势，在紧锣密鼓做好元首外交相关报道的同时，与多国主流媒体远程推进签约合作事宜。总台与多国媒体的签约合作，也被多国列入元首重要双边活动成果，丰富了元首外交的成果内涵。

2022年12月7日至10日，习近平主席应邀出席在沙特阿拉伯首都利雅得举行的首届中国—阿拉伯国家峰会、中国—海湾阿拉伯国家合作委员会峰会并对沙特进行国事访问。总台先后举办“新征程的中国与世界”中阿媒体研讨会及2022中国—阿拉伯媒体合作论坛。后者更是争取到阿拉伯国家嘉宾前所未有的认可和支持，实现与全部22个阿拉伯国家的嘉宾深化交流对话、凝聚媒体共识。

回到2022年初，北京冬奥会不仅吸引着全世界的目光，更是向全世界展示中国的窗口。总台提前部署，主动作为，以多种方式巩固、加深媒体合作，配合主场外交，扩大北京冬奥会在全世界范围内的影响力。

北京冬奥会开幕前夕，由总台主办的首届全球媒体创新论坛开幕，以“共享科技冬奥”为主题，吸引了来自78个国家和地区的145家媒体机构和国际组织负责人参会，共话技术创新，共商媒体合作，共享冬奥盛事，搭建起一个碰撞智慧、探讨合作、共谋发展的交流互鉴平台，以期与全球媒体共同奏响“更团结”的和谐乐章。

国际奥委会主席巴赫向首届全球媒体创新论坛发来祝贺视频

稍后，在多国元首出席北京冬奥会开幕式和相关活动之际，总台先后与阿联酋通讯社、阿根廷公共媒体国务秘书办公室签署相关合作协议，积极回应对方长期以来的强烈合作意愿。

值得注意的是，这样的合作并非“单向主动”，而是“双向奔赴”。据了解，与印尼国家广播电台签署合作备忘录得到了印尼驻华使馆及印尼信息与通讯部的大力支持，双方在一周之内便就备忘录文本达成共识，并远程完成签署。

主场外交，积极作为；客场搭台，运筹帷幄。无论哪种姿态，都从容坚定、主动友好地发出铿锵有力的中国声音。

引领力 传播力 影响力
这是总台“交朋友”的底气

总台“交朋友”，具体要做哪些事?

简单概括：建立常态化合作机制，在内容交换、联合制作、人员互访、技术交流等方面开展广泛合作。

近年来，总台积极开展对外合作，对双边媒体交流合作发挥示范引领作用，有力推动了双边关系的发展。以蒙古国为例，2019年，蒙古国家公共广播电视台加入总台“丝绸之路电视共同体”，在节目联播、节目交易、国际合拍、频道经营等方面与总台展开合作。

老挝新闻文化旅游部同样与总台长期保持着良好的合作关系。此前，总台曾与老挝国家广播电台合作创办了万象调频台FM93，与老挝国家电视台合作首创老挝综合访谈类电视栏目《新视点》，与老挝国家电影局联合举办“露天电影院——中老优秀电影巡映”公益活动等，得到老挝各方积极评价。

桃李不言，下自成蹊。近年来，总台作为国际一流新型主流媒体的实力日益彰显。

在中美高层战略对话、阿富汗局势等重大国际事件报道中，总台现场采编的独家新闻画面屡屡成为全球信源，被欧美主流媒体大量引用、转发。党的二十大相关报道更是首次实现覆盖全球233个国家和地区，68种语言的破纪录全球传播，直播信号和大量新闻素材被全球133个国家和地区的1818家海外主流媒体转播报道超4.2万次，实现对外传播的历史性突破。

对于东京奥运会、北京冬奥会等重大体育赛事报道，总台以“5G+4K/8K+AI”为技术引领，在承担多项公共信号制作任务的同时实现更高的制作水准，传播效果让世界瞩目。据统计，20.1亿人通过广播电视和数字平台观看了北京冬奥会，奥运社交媒体在赛事期间的互动量达到32亿，打破了以往的奥运会纪录。

在内容创作方面，总台扎实推进“思想+艺术+技术”融合创新，从《经典咏流传》《典籍里的中国》《艺术里的奥林匹克》《国家宝藏·展演季》等节目，到《人世间》《人生第二次》等影视剧、纪录片，总台多部作品走向海外，荣获亚广联奖（亚洲—太平洋广播联盟奖）、奥林匹克金环奖等国际大奖，彰显出“美美与共”的审美旨趣，带领全球感受中华文化的魅力。

以上种种，是总台强大引领力、传播力、影响力的体现，也是总台进一步拓展朋友圈的底气。

深化交流 赓续友谊
这是总台“交朋友”的期许

仔细梳理可以发现，总台2022年的签约伙伴中，既有老挝、蒙古国这样的长期合作伙伴，也有印度尼西亚这样首次建立常态化合作机制的新朋友；既有阿根廷国家通讯社、印尼国家广播电台这样的国家级主流媒体，也有沙特广播电视局等政府部门。

从媒体间的合作上升至媒体与政府间的合作，双方合作关系更加紧密稳固，对签约国的影响也将进一步增强。总台遍及全球的好友圈不断扩大，背后是深化全球媒体合作、促进文明互鉴与民心相通的格局和胸襟。

志合者，不以山海为远。在总台签约期间，多国元首都提到了关于深化人文交流的重要意义。毫无疑问，总台是巩固国家间人民友谊、合作，增进彼此了解的重要桥梁和使者。

2022年2月，为表彰总台转播报道北京冬奥会取得的成绩和总台与国际奥委会的长期合作伙伴关系，国际奥委会主席巴赫向总台台长颁发国际奥委会主席奖。

与阿根廷公共媒体国务秘书办公室签约后不久，阿根廷总统费尔南德斯通过阿根廷驻华使馆向总台台长赠送阿中建交50周年纪念邮票，感谢总台对两国人文交流所作的贡献。

2022年9月，总台与阿根廷公共媒体国务秘书办公室联合主办的中国阿根廷人文交流高端论坛在北京举行，国家主席习近平同阿根廷总统费尔南德斯分别向论坛致贺信。两位元首都提到，希望双方媒体深化合作，为两国人民福祉和世界发展作出更大贡献。

从北京冬奥会到卡塔尔世界杯，总台一次又一次与国际媒体同行携手，续写着温暖友好的合作篇章，传递着“同此凉热”的民心相通。

未来，总台的朋友圈还会上哪些“新”？期待总台讲好更多可信、可爱、可敬的中国故事，让更多暖意跨时空、跨纬度，抵达更多国际受众的内心，与全球媒体一道，为构建新时代人类命运共同体贡献媒体力量。

主　　编：降碧桐　张亚东
发布日期：2023年1月6日

扫码阅读原文

点赞超4亿！比美加总人口多！
总台直播孟晚舟归国引全球关注

千余日夜尽，晚舟终归航。

经中国政府不懈努力，当地时间2021年9月24日，孟晚舟女士乘坐中国政府包机离开加拿大，在北京时间25日晚抵达深圳，回到祖国怀抱。

首发快讯、独家视频、全程直播……跨越上万公里的飞行距离，十几个小时的飞行时间，这条归家的路，总台大小屏直播报道一路相随，与数亿双眼睛一起，守候晚舟归航的时刻。

央视新闻推出孟晚舟回国独家新闻报道

全网首发 期盼归途平安

北京时间9月25日10点29分05秒，总台央视新闻客户端全网首发第一条稿件《独家视频丨孟晚舟即将回到祖国》。微博网友感慨：“不懈努力这四个字承载的可太多了。”

随后，央视新闻客户端与总台新闻中心、北美总站、广东总站密切配合，用17条全网首发首推的独家快讯，记录下这场归途的每一程、每一步。

1028天，走过最迷惘的黄昏，即将迎来璀璨星光。这是一场靠斗争赢得的巨大胜利，亿万颗心共同鼓动，期待孟晚舟再次踏上祖国土地的时刻。

为了迎接这一刻，早在飞机抵达深圳宝安机场的4小时前，总台就开启了独家直播。

独家直播 牵动亿万人心

在深圳机场大家怎么迎接孟晚舟？飞机现在飞到哪儿了？我们等不及飞机降落的那一刻，总想听到更快、更近的消息。

25日晚，《新闻联播》播出“孟晚舟即将回到祖国”的动态消息。21:40，总台新闻频道打破常规编排，推出《总台独家直播丨晚舟，欢迎回家！》直播特别节目。新闻中心派出报道团队赶赴深圳，与广东总站协调配合，迅速搭建直播系统，为总台各平台提供公共信号。

机场塔台与包机的空中通话“祖国永远是你最强大的依靠”，走出舱门的孟晚舟与国旗同框，“那一抹中国红”的国旗飘扬……直播中，每一句话语都含情，每一个画面都走心。

总台演播室特约评论员实时解读评论，用有力的核心观点为直播画面写下注脚。

在飞机抵达深圳的4小时前，总台新闻新媒体中心早早开启直播特别节目《总台独家直播丨晚舟，欢迎回家！》，整场直播持续5小时。

有了总台新闻中心和广东总站的独家直播信号，有了塔台内、核心停机坪上的记者连线，即使飞机还在归途，我们也可以随时从直播画面看到停机坪的迎接人群，从航路图上看到飞机此时身处何地。

截至25日23时，《总台独家直播丨晚舟，欢迎回家！》总观看量近4.3亿。其中，在央视新闻新媒体平台观看量近2.75亿，刷新了央视新闻各平台最高观看人次、最高同时在线等多项纪录。

央视新闻微博根据直播内容设置的多个话题，冲上热搜榜单。其中，#欢迎孟晚舟回家#阅读量超4.7亿，#孟晚舟将抵达深圳# 阅读量超4.7亿，#孟晚舟回到深圳#阅读量超9.8亿。

《总台独家直播丨晚舟，欢迎回家！》多个相关话题冲上热搜榜单

9月26日，中宣部副部长、中央广播电视总台台长兼总编辑慎海雄披露，孟晚舟回家的央视直播报道，引发了全国网民热烈反响，仅中央广播电视总台下属的央视频、央视新闻客户端、央视网等新媒体平台上，点赞总人次达4亿，超过了美国和加拿大的总人口。

这就是民心所向，是人民的力量！

全球守望 传递中国信念

万里归途，万众期待。来自总台的直播信号、新闻素材，跨越重重山海，向世界展示一抹绚丽的中国红，传递中国人心中的信念之火。

总台国际视频通讯社紧急协调前方资源，采用卫星和网络两种方式，全程对外发布孟晚舟乘机抵达深圳机场的直播信号，信号时长29分钟。美联社、法新社、路透社、欧广联向其全球媒体用户全程转发。加拿大广播公司、加拿大最大的商业电视网CTV全程转播了孟晚舟走下飞机、发表感言的直播信号。

截至26日19时，总台国际视通对外发布的“孟晚舟回国”直播信号和新闻素材被路透社、美联社、法新社引用进行多语种发稿，被美国哥伦比亚广播公司、美国公共广播公司、BBC、英国天空新闻台、法国24台、德国电视一台、意大利广播电视公司、加拿大广播公司、西班牙国家电视台、全俄国家电视广播公司、卡塔尔半岛电视台、日本NHK等58个国家和地区的322家电视频道，以及柬埔寨东盟头条新闻网、印度WION新闻频道YouTube账号等69个网络新媒体平台转播报道。外媒播出时长是发布信号和素材时长的48倍，G7国家媒体数占54%，G20国家媒体数占63%。

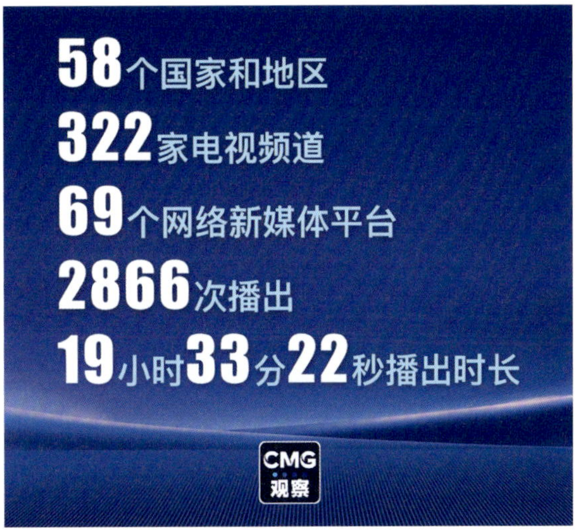

总台国际视通对外发布的“孟晚舟回国”直播信号和新闻素材传播效果

月是故乡明，心安是归途

中秋的月饼尚有余香

国庆的花篮已经亮相

愿漫天繁星、万家灯火

和总台的声音一起

为归航的一叶晚舟

拂去尘土泥泞

披上流云彩霞

回家了！平安了！

扫码阅读原文

主　　编：胡姝姝　徐　克　张亚东

发布日期：2021年9月28日

超3400家外媒报道！总台“新征程的中国与世界”系列活动火爆海外

中国新征程，世界新机遇。在中国共产党第二十次全国代表大会胜利闭幕后20天内，中央广播电视总台迅速集结，集中海内外资源、调度海内外力量，以“新征程的中国与世界”为题，充分发挥44种语言优势，对外连续推出51场系列媒体活动，向世界宣介中共二十大精神，在全球形成了强大的传播声势。

51场媒体活动——面向全球10场、北美地区1场、欧洲地区15场、拉美地区4场、亚洲地区15场、非洲地区6场，范围广、影响深、效果强。

3400余家境外主流媒体直播和报道——不断深化与国际主流媒体的合作，传播效果前所未有，中共二十大的国际影响力巨大。

2.3万余人参与——包括政府官员、国际组织负责人、智库专家、业界学者及媒体机构代表线上线下参与活动。

超18亿人次触达规模——社会各界广泛赞誉，国际社会对踏上新征程中国的正向预期和信心极大增强。

学思践悟 躬行践履 总台党代表带头宣讲

总台3位中共二十大代表，以媒体人的初心和真心促进交流互鉴，用能理解、易接受的话语抓精髓、理要义，向世界讲述新征程上的中国智慧、中国方案、中国力量。

总台台长设计策划“新征程的中国与世界”系列媒体活动，并在总台主办的“中国影像节”非洲展播季活动中，向非洲国家和地区人民宣讲中共二十大精神。二十大代表安晓宇、康辉分别以线上方式参与多项宣介活动，结合自身工作内容，向不同国家和地区受众解读中共二十大精神。

总台3位中共二十大代表分别向海外宣讲中共二十大精神

精准传播 有效传播
充分宣介中国式现代化的世界意义

总台不断深化与国际主流媒体合作，超过3400家境外主流媒体对“新征程的中国与世界”中共二十大精神系列对外宣介活动进行实时直播或大篇幅报道，在所在国家和地区产生了良好传播效果。这是前所未有的，足见中共二十大的强大影响力。

针对G7国家精准传播 在美国首都华盛顿率先开展活动

在中共二十大胜利闭幕次日，总台即在美国首都华盛顿推出首场活动——总台“新征程的中国与世界”美国专场研讨会。与会者对中共二十大所传递的“中国式现代化”等信息给予高度关注和热议，认为这是对世界可持续发展的重要启迪，活动报道被北美地区约100家媒体转载转引。

随后，总台主办的《中德大咖谈：新征程 携手共赢》电视论坛节目在德国首都电视台播出；推出欧洲专场研讨会暨电视论坛特别节目，来自英国、德国、丹麦、希腊等欧洲多国知名专家学者出席；举办日本专场圆桌会、中日学者云对话；中意经贸交流对话会被意大利《米兰财经报》等30余家主流媒体播发报道。

总台聚焦新征程上的中国为世界提供新机遇、中国式现代化助力全球发展的意义、坚定信心唱响中国经济“光明论”等议题。通过一场场卓有成效的交流活动，总台有效实现G7国家精准传播。

总台相关活动在G7国家落地实效显著。美联社、美国全国广播公司（NBC）、美国广播公司（ABC）、美国哥伦比亚广播公司（CBS）、美国American Press、美国雅虎网、美国主流财经媒体*Benzinga*、美国《华盛顿日报》、美国《西南日报》、加拿大主流媒体*Canadian Insider*等百余家北美主流媒体，以及英国新闻网、伦敦环球网、法新社、法国《创业》媒体集团、德国Welt电视台、德国首都电视台、意大利《米兰财经报》、意大利埃瑞亚通讯社、日本Record China网站等多家G7国家主流媒体播发总台“新征程的中国与世界”系列媒体活动相关报道。

以宣介中共二十大为契机 积极开拓欧洲、拉美地区“朋友圈”

在捷克、匈牙利等欧洲国家，总台主办多场各具特色的系列宣介活动和专场研讨会，阐释了中国始终坚持守正创新，给发展中国家走向现代化提供新途径，给世界上既希望加快发展又希望保持自身独立性的国家和民族提供了新选择。

在拉美地区，在系列宣介活动和“新征程的中国与世界”秘鲁专场研讨会、巴西专场圆桌会和阿根廷专场电视论坛等活动中，总台积极宣介坚持人民至上等中国理念蕴含的世界观和方法论，结合地区特点，向国际社会展示面对深刻复杂变化的国际形势，中国共产党引领中国新时代十年的伟大变革。

总台在欧洲、拉美地区的朋友圈迅速扩大。总台主办的“新征程的中国与世界”系列宣介活动在俄罗斯金砖国家电视台、捷克24小时新闻网、黑山国家广播电视台、塞尔维亚贝塔通讯社、阿尔巴尼亚NOA通讯社、北马其顿《晚报》、波兰《论坛报》、罗马尼亚《国家信使报》、克罗地亚今日奥西耶克网、巴西旗手传媒集团、阿根廷国家通讯社、智利合作广播电台、秘鲁《秘鲁人报》等多家主流媒体落地播出，得到欧洲、拉美地区受众对中共二十大精神的理解和认同。

深入交流 广泛覆盖亚洲、非洲地区国家受众

在土耳其、尼泊尔、菲律宾等亚洲国家，总台先后举办系列宣介活动，重点阐释中国始终坚持人民主体地位、发展全过程人民民主，中国共产党秉持以人民为中心的理念，为世界各国树立了榜样。

总台还联合柬埔寨参议院、柬中关系发展学会，在柬埔寨参议院举办专题研讨会；联合越共中央党校越南胡志明国家政治学院，共同举办中越理论研讨会；沿中老铁路深入老挝三个省份，与老挝当地政府联合举办专题研讨会。

在非洲地区，总台先后举办多场系列宣介活动以及“新征程的中国与世界”南非专场研讨会和肯尼亚专场对话会等活动，结合共建“一带一路”、构建人类命运共同体等，全面展示习近平新时代中国特色社会主义思想饱含深厚的天下情怀与责任担当。

亚洲、非洲地区国家受众覆盖广泛。总台在土耳其举办的中共二十大精神宣介相关报道被土耳其《共和报》等上百家主流媒体转发，覆盖超八成土耳其人口。坦桑尼亚国家电视台等多家坦桑尼亚主流媒体对中共二十大精神宣介活动进行了全面报道，覆盖坦桑尼亚全部人口。尼泊尔光线电视台、尼泊尔都市电视台、菲律宾环球新闻访谈电台等多家主流媒体还对相关宣介活动进行了全程直播。

此外，印度、老挝、柬埔寨、越南、印尼、菲律宾、尼泊尔、缅甸、加蓬、

喀麦隆、阿尔及利亚、刚果（布）、刚果（金）、贝宁、肯尼亚、赞比亚、坦桑尼亚、布基纳法索、马里、卢旺达、科摩罗、毛里求斯、尼日尔等亚洲、非洲国家和地区的主流媒体也积极转载转引总台宣介活动相关报道，助推中共二十大精神广泛传播。

形式多种 样态丰富
深入解读中国新发展 为世界提供的新机遇

多措并举加强沟通 向国际社会展现中国价值

围绕“高质量发展是全面建设社会主义现代化国家的首要任务”“加快构建新发展格局”“人类命运共同体”等话题，总台以系列电视主题论坛、发展对话会等方式，邀请美国、英国、法国、西班牙、比利时、挪威、南非、俄罗斯、尼日利亚、毛里求斯等多国政要、国际组织负责人和知名专家学者，多视角、多维度解读中国扩大高水平开放的决心不会变，同世界分享发展机遇的决心不会变，开放的中国是世界的机遇。

同时，总台创新推出线上宣介活动、首档演讲类融媒体产品《论中国》，采用TED演讲方式，解读中国式现代化、全过程人民民主、文化自信、促进世界和平与发展等中共二十大重要议题，生动展现中国坚持经济全球化正确方向，共同营造有利于发展的国际环境，中国发展离不开世界，世界发展也需要中国。

创意活动巧妙安排 海外青年群体对中国充满期待

总台联合中国人民大学国家治理与舆论生态研究院共同发起“新征程上的中国”全球民调。数据显示，超过八成的受访青年（30岁以下）赞同中国共产党提出的“以人民为中心”的发展理念，普遍赞赏中国式现代化是全体人民共同富裕的现代化。

此外，总台还主办“全球青年说：中国发展与青年机遇”电视论坛，发起多语种“全球青年意见领袖新发展论坛”系列活动，邀请全球青年共同关注探讨中共二十大精神。

“全球青年说：中国发展与青年机遇”电视论坛

在塞尔维亚，总台举办“新征程 新未来”中塞青年论坛暨“多彩青春”中国—中东欧国家青年影像活动展映会。与会嘉宾围绕中共二十大后迈上新征程的中国为世界青年带来新机遇等话题进行了深入探讨，共同分享“多彩青春”中国—中东欧国家青年影像活动成果。

精准设置连续发布 超七成G20国家主流媒体转载总台特稿

围绕中共二十大精神宣介活动，总台连续发布的多篇英语特稿，被来自美国、英国、德国、加拿大、肯尼亚、印度等53个国家和地区的雅虎财经、市场内刊、每日领袖、美国加州旧金山市电视台、《拉格兰奇日报》、《索尔兹伯里邮报》、德国财经新闻平台FinanzNachrichten.de、加拿大*CG Magazine*、印度印亚新闻社、孟买Hello Mumbai网、新加坡CXO Exposure网、《肯尼亚时报》等近700家海外主流媒体转载。其中，G20国家媒体494家，占比超七成。

共情共鸣 成效斐然
多国人士高度评价中共二十大报告

总台“新征程的中国与世界”中共二十大精神系列对外宣介活动举办期间，

柬埔寨副首相贺南洪向“中柬共命运 携手新征程”专题研讨会发来贺信，热烈祝贺习近平当选中共中央总书记。

老挝人民革命党中央宣传部副部长、中央机关报《人民报》总编辑万赛·达温雅，阿根廷驻华大使牛望道，南非驻华大使谢胜文，以及西班牙、捷克、英国、亚美尼亚、日本、菲律宾、伊拉克、肯尼亚等多国人士通过多种方式积极评价中共二十大对中国及世界的深远影响。

海外网友点赞总台系列宣介活动。柬埔寨网友留言：“应该多组织类似研讨会，让我们了解在当前形势下柬中关系的发展情况。”菲律宾网友留言：“这场活动太棒了！非常感谢你们分享的观点！”几内亚网友评论：“很有意义的发言，非中人民始终在一起。”意大利网友留言：“中国的高水平对外开放对世界来说意义非凡。希望中国越来越强大！”法语网友评论：“中国为所有希望摆脱绝对贫困的国家作出了榜样。很显然，其他一些国家的领导人应当秉持互利共赢原则，摒弃地缘政治博弈。”

讲好中国故事

传播好中国声音

展现可信、可爱、可敬的中国形象

为新时代新征程党和国家事业发展

提供强大舆论支持

总台正在加强国际传播能力建设

全面提升国际传播效能的路上

踔厉奋发、勇毅前行

扫码阅读原文

主　　编：徐　克　李　蕾　张亚东

发布日期：2022年11月13日

超162亿人次！总台春晚热四海 全球共享中国年

农历除夕，中央广播电视总台《2023年春节联欢晚会》如约而至，为海内外亿万观众送上了一道红红火火中国年的文化大餐。海内外传播效果均创历史新高，全媒体累计触达162.16亿人次，173个国家和地区的1000多家媒体进行同步直播和报道。

多语播发，近悦远来——总台通过68种语言对外新媒体平台，联动全球173个国家和地区的1000多家媒体对春晚进行同步直播和报道。

千屏闪耀，炫动全球——总台春晚正片或宣传片陆续登陆海外1642块户外

《2023年春节联欢晚会》现场

大屏和院线银幕，点亮世界多个知名地标，其中欧美国家984块，实现春晚宣介“海外千屏”突破。

好感传播，可感可亲——总台CGTN全平台共发布春晚相关报道3334条，全球阅读量超过4.79亿；多语种主持人、主播发起的“兔子手势舞”创意新媒体传播活动，全球阅读量突破3.4亿。

全球覆盖 “中国春晚我们都在看”

美国有线电视新闻网（CNN）通过美国本土频道、国际欧洲/中东/非洲频道、国际北美频道和国际亚太频道及其网站、客户端，持续播出总台春晚宣传片、春晚主题海报等，全球范围内覆盖超过3.95亿用户。

日本最大的视频网站Niconico通过日语同声传译的方式同步转播春晚实况，约13万人同时在线，节目好评率达93%。

截至2023年1月26日，据总台国际视频通讯社统计，总台兔年春晚相关视频被69个国家和地区的371个电视台引用播出1767次。其中，G7国家的电视台数量占比达54%，G20国家的电视台数量占比达65%。覆盖国家和地区数、采用媒体平台数、外媒采用数和外媒播出总时长较2022年春晚发稿均有大幅增长。

找准文化共鸣点 让外国友人看懂春晚

总台快速编译制作英语、西班牙语、法语、阿拉伯语、俄语等10个语种的兔年春晚精编版节目，为海外受众量身定制解说字幕，解读节目的匠心设计和鉴赏角度，介绍相关典故和时代背景，精心设问创造趣味交互体验，强化春晚内容的深度传播。多国相关机构和主流媒体负责人纷纷称赞春晚精编版制作水准优良，为当地观众带来了耳目一新的文化感受和视听体验。

截至2023年1月26日，总台兔年春晚精编版已在俄罗斯大亚洲电视台、今日哈萨克斯坦通讯社、印度尼西亚NTV等30多个国家的主流媒体播出。节目还通过总台搭建的“融媒体定制化服务平台”等多种渠道在全球120多家主流媒体陆续播出。

屏屏闪耀 “海外千屏”点亮中国红

春节期间，总台春晚正片或宣传片首度登陆海外1642块户外大屏和院线银幕，其中欧美国家984块。总台2023年春晚吉祥物“兔圆圆”首次登陆美国纽约、华盛顿、洛杉矶等五大城市772块主流院线的电影屏幕。接地气的祝福直达海外民众，为影院增添了中国春节欢庆吉祥的氛围。

总台春晚宣传片首度亮相纽约时报广场纳斯达克大屏、温哥华加拿大广场，并在美国职业篮球联赛（NBA）比赛现场、洛杉矶好莱坞中国剧院、英国伦敦特拉法加广场等著名旅游景点播放。阿联酋迪拜世博城、南非曼德拉广场、肯尼亚内罗毕繁华商业区、俄罗斯莫斯科市政府音乐厅等地的10块地标性大屏直播了春晚节目。

总台新春灯光秀连续四年在世界最高建筑阿联酋迪拜哈利法塔、连续两年在巴西累西腓零点广场精彩上演，并首次点亮美国帝国大厦、埃塞俄比亚商业银行新总部大楼、俄罗斯莫斯科奥斯坦金诺电视塔等近100处世界知名地标。

埃塞俄比亚商业银行新总部大楼总台灯光秀

迪拜哈利法塔总台灯光秀

纳斯达克大屏播放总台 2023 年春晚宣传片

巴西累西腓零点广场总台灯光秀

纽约最热门旅游景点之一的联合国总部访客中心大屏播出总台春晚动画宣传片，联合国多名副秘书长和中国常驻联合国代表张军等出席活动推介春晚。总台海外总站在美国、俄罗斯、意大利、阿根廷、迪拜等国家和地区举办了12场“千人观看春晚直播”等形式多样的特色媒体活动。

“超级夜看春晚”新样态送上新祝福

总台CGTN全平台延续打造《2023超级夜看春晚》特别节目品牌，连续5小时不间断直播，将《声声慢》《一片茶的环球旅行》等多语种原创节目与春晚精品节目有机结合，以国际视角推介中华优秀传统文化，获19家海外媒体直播或转播。

《2023超级夜看春晚》特别节目《全球政要贺新春》邀请联合国秘书长古特雷斯和法国、奥地利、俄罗斯、哈萨克斯坦、马来西亚等多国政要及驻华大使，讲述他们对中国春节的美好记忆，并向中国人民致以美好的新春祝福。

总台 CGTN《2023 超级夜看春晚》特别节目

新春来学手势舞 融媒活动吸引全球受众

CGTN多语种主持人、主播在社交媒体平台发起“兔子手势舞”线上挑战活动，全球阅读量突破3.4亿。总台40多个语种的近百名主播陆续推出《这是中国每年最火的节目》《小白兔为何登上春晚大舞台》《这份特殊的“年夜饭”，咱们不见不散！》等特色节目，向海外受众重点推介总台春晚精彩内容和中国春节传统文化。

68种语言密集传播 全媒体矩阵宣介春节文化

总台通过68种语言平台快速编译播发春晚报道，多语种记者、主播通过走进外媒演播室、记者连线、接受采访等多种形式登上50余家海外主流媒体平台，宣介总台春晚特色亮点、中国春节传统习俗。

巴基斯坦公共电视台播放春晚后采访总台伊斯兰堡制作室负责人

欣享盛宴 超千家海外媒体密集报道

总台多语种对外传播平台与海外总站紧密联动，向海外受众推荐总台春晚及春节文化。截至2023年1月26日，全球超千家海外主流媒体积极转载转发总台春晚相关报道，称赞总台春晚传承中华文明，为全球受众献上中国文化盛宴。

一抹中国红，一缕春意浓。亮相全球的总台春晚，已成为传播中华文明、讲好中国故事的重要窗口。全球受众及媒体的高度关注和广泛好评，汇聚了各国人民的期待和善意，让本届春晚乃至整个春节格外喜庆欢腾。

春晚舞台上，《一带繁花一路歌》将“一带一路”沿线国家的代表性花卉与经典歌曲，串联进了中国民歌《茉莉花》中。总台春晚也正像一朵“茉莉花”，不仅刻在了中国人的春节DNA里，也成为世界对于中国的文化记忆。

花开中华 美美与共

明年春来 期待再会

扫码阅读原文

主　　编：降碧桐　韩春苗　徐　克　张亚东
发布日期：2023年1月27日

第三章

匠心独运 让精品之作持续喷涌而出

用“思想+艺术+技术”的力量形成“满屏皆精品”的生动局面，始终是中央广播电视总台努力的目标。艺术的高度取决于思想的厚度，技术的精度决定了艺术的深度，只有坚持思想、艺术、技术的高度融合统一，不断激发节目创作灵感、增强思想精神内涵、丰富艺术表达和渲染手段，把思想的张力通过艺术、技术表现出来，才能不断创作出站得住、叫得响、传得开的精品力作。当一个个独家、独特、独创的精品节目赢得赞誉时，我们追问“总台的精品节目如何炼成”。“总台出品”金名片背后的成功密码，值得我们不断探索，且琢且磨。

我们为什么要策划《典籍里的中国》

牛年新春，《典籍里的中国》甫一开播，就创下同类型题材的收视新高。新媒体传播后，节目还变身“网红”，带旺一波“典籍热”。

《典籍里的中国》第一季《尚书》海报

这，其实在我们的意料之中。马克思在评价希腊艺术和史诗时说过，希腊艺术和史诗仍然能够给我们以艺术享受，而且就某方面说还是一种规范和高不可及的范本。“上有迢迢河汉，下有滔滔江水。”我们这个伟大的民族立于世界民族之林，生生不息；我们灿烂的中华文明源远流长、历久弥新，一个重要奥秘就是文以载道、以文化人。而典籍，正是中华文化永不枯竭的源头活水，是永远给中华儿女以精神滋养、提醒我们不断进行精神反刍的范本。

所以，节目火起来，我们高兴；典籍“活”起来，我们更自豪。

“人能弘道，非道弘人。”谁都知道中华文化源远流长、博大精深，历经上下五千年而文脉不绝，根本在于一代代华夏子孙典籍为媒、薪火相传、接续前行。在我们的古汉语词典里，韦编三绝、汗牛充栋、洛阳纸贵……中国古人往往用赞美、敬佩的词语，称颂典籍的魅力和文化的传承。习近平总书记说，古诗文经典已融入中华民族的血脉，成了我们的基因。这些经典的无形内核便是中国精神，有形载体就是中华典籍。

记得一年前在中央广播电视总台的一次编务会议上，大家讨论精品选题时，我提出了一个久蕴于心的建议：能不能打造一个弘扬中华优秀传统文化经典的栏目，比如《典籍里的中国》？当时大家都认为是可行的。我提出这个建议，不仅仅出于一名文科毕业生的个人喜好。我忘不了30多年前刚进大学时的那一幕：中文系老师与新生见面，研究古典文献的老先生们大多步履蹒跚，其中一位还是用椅子抬进来的。后来我和同学到一位老先生家里拜访，刚惊叹于琳琅满墙的各种线装典籍，不料老先生感慨道：他的身后，孩子们会把这些书卖到废品回收站的。老先生痛心于子女未能传承其业。

优秀传统文化是中华民族的根和魂。老先生的痛，让人警醒。如果典籍高悬在象牙塔，尘封在藏书馆，即便散落在教科书中，却没有人自觉赓续文脉香火，那不是随着岁月流逝而丢掉根和魂吗？

决不能！“中华优秀传统文化是我们最深厚的文化软实力，也是中国特色社会主义植根的文化沃土。”进入新时代以来，以习近平同志为核心的党中央站在实现中华民族伟大复兴的高度，深刻洞察中华优秀传统文化与中华民族发展的内在关系，对中华优秀传统文化作出新的判断、新的概括和新的定义，赋予崭新的时代内涵，体现了高度的文化自信。习近平总书记强调，“中华文明绵延数千年，有其独特的价值体系。中华优秀传统文化已经成为中华民族的基因，植根在中国人内心，潜移默化影响着中国人的思想方式和行为方式”。党中央对传承弘扬中华优秀传统文化的一系列举措，在全社会点燃了中华文化创造性转化、创新性发展的强大引擎，中华优秀传统文化的生命力、影响力、凝聚力和创造力不断增强。

新时代，中华优秀传统文化迎来了灿烂的春天。与此同时，如何解读好、传播好中华优秀传统文化？“以古人之规矩，开自己之生面”，这对于宣传思想文化工作者而言，既是重大机遇，更是一大挑战。

由此，我想到了典籍。文化典籍往往是优秀文化的集大成者。上下五千年、纵横八万里。浩如烟海的中华传统典籍，从四书五经到二十四史，从孔子、孟子、老子、孙子、墨子、韩非子到文学、史学、哲学、经学、中医等，从盘古开天地、女娲造人到神农尝百草、仓颉造字，从精卫填海、后羿射日到嫦娥奔月、愚公移山……博大精深的中华文化经典，将中华儿女的民族品格、民族精神高度浓缩在字里行间，凝聚成中华文化生生不息、绵延不绝的历史长河。

文化如水。中华文明看似柔和，实则坚强。这也从一个侧面，回答了为什么古代印度、古代埃及、古代巴比伦等文明古国早已进入了博物馆，唯有中华文明历经五千年风吹雨打，依然挺立、生机勃勃，在人类文明的灿烂星空中闪烁着耀眼的光芒。知来处，明去处。正是中华文化典籍的代代传承，中华民族历经磨难而坚强屹立，中华文明饱经沧桑而薪火相传。

观成败、鉴得失、明是非、知兴替。优秀典籍，既是中华民族的共享记忆，也是我们与历史的精神接续；既见证了我们的昨天、观照着我们的今天，也将福泽我们的明天，福泽中华民族后世千年。我们感到，从优秀典籍入手传播传统文化，是一个比较好的切入点。今天的中国已经快速进入互联网时代，人们阅读的便利性、丰富性已经超过历史上的任何时期。虽说“书当快意读易尽”，然而，我们也要扪心自问：今天的中国，到底还有多少人在安安静静地阅读传统经典？又有多少人读得懂、读得进传统典籍？

再辉煌的文化，一旦失去传承就必然衰败。作为重要的传播阵地，中央广播电视总台在传承弘扬中华优秀传统文化方面责无旁贷，必须与时间赛跑。总台成立以来，我们连续推出《经典咏流传》《中国诗词大会》《国家宝藏》《中国地名大会》等一大批弘扬传承中华优秀传统文化的精品节目，都获得了社会的广泛认同。不少节目还在欧美国家畅销。我们从中也领略了从中华优秀传统文化中汲取创作灵感的强大力量！

非常感谢我们的创作团队和国家话剧院、中国历史研究院，是你们以创新的手法，将传统经典搬上了荧屏，让不同年龄段、不同知识面的中国人看到了我们辉煌的过往，并且深深被吸引。晦涩难懂的许多典籍，通过时尚新颖的电视节目，让厚重的历史与现代的头脑碰撞，用当代的方式与历史握手，让人感觉到愉悦可亲，让观众尤其是年轻人喜闻乐见，让“典籍活起来”。经典不再“高冷”，节目成为爆款，这就是创新的魅力！

书里乾坤大，心中日月长。我们坚信，典籍是国之瑰宝，不能只是“活”在藏书馆、“活”在学者的论著中，还应该“活”在年轻人心中。《典籍里的中国》，就是典籍的传播者、转化人，在浩如烟海的典籍中探赜索隐、披沙拣金，通过电视独具优势的语境转换，让更多人爱上典籍，自觉传承中华灿烂文化。

益智增德，如沐春风。《典籍里的中国》告诉我们，中华文化，绝不是晦涩艰深的古董，而是集中储存在典籍、至今仍然指引今人思考我们从哪里来、到哪里去的思想宝库。“吾生也有涯，而知也无涯。”中华文化典籍是古圣思想的载体，是先贤智慧的结晶，绝不是象牙塔中泛黄的辞章，不是沉睡的故纸堆，而是我们这个民族血液中永远保持鲜活生命力的文化基因，是中华文明长河永远奔腾不息的文化密码。

优秀文化是人类共同的语言。中华传统典籍是讲好中国故事的独特资源。优秀典籍一直是吸引国际汉学家濡染中华文化的磁石。瑞典学院唯一会中文的马悦然先生当年的汉语入门读物就是《左传》；荷兰著名汉学家高罗佩曾经翻译过竹林七贤嵇康的《琴赋》；公元9世纪，白居易的《白氏文集》就已成为东瀛皇室争读之文献……今天的中国，正在走近世界舞台的中央，传统经典正是我们与世界进行文明交流互鉴的一大优势。

世上没有登不尽的山，只有读不完的典籍。苏东坡有云，要“发奋识遍天下字，立志读尽人间书”。我们卷帙浩繁的文化典籍，是五千年象形文字垒起的一座座精神高峰。多攀登这样的精神巅峰，登高望远，于我们个人，可以拓展拓宽自己的人生长度和宽度；于我们民族，可以夯实精神厚度，进而“为天地立心，为生民立命，为往圣继绝学，为万世开太平”。

“站立在960万平方公里的广袤土地上，吸吮着中华民族漫长奋斗积累的文化养分，拥有13亿中国人民聚合的磅礴之力，我们走自己的路，具有无比广阔的舞台，具有无比深厚的历史底蕴，具有无比强大的前进定力。中国人民应该有这个信心，每一个中国人都应该有这个信心。”习近平总书记的重要论述，指引我们履职尽责，创新再创新，继续用新的传播方式扬中国精神、传中国文化。

“知之者不如好之者，好之者不如乐之者。”《典籍里的中国》是我们探索传统典籍当代化传播的一次有益尝试，但绝不是唯一的一次。与古圣先贤对话，跨越时空交流，让我们不断以创新传播中华文化经典，致敬我们的先人！

（本文作者为中共中央宣传部副部长、中央广播电视总台台长兼总编辑慎海雄，原载《求是》2021年第5期）

主　　编：张亚东
发布日期：2021年3月1日

扫码阅读原文

慎海雄《求是》刊文：我们为什么要策划百集《美术经典中的党史》

美术与歌咏一样，是人类最古老也是最活跃、最具创新精神的文化活动。美术更是人类文明史的重要内容，艺术地展现着人类文明的历程。“莫把丹青等闲看，无声诗里颂千秋。”在具象的丹青世界，人们通过点线面、色彩等视觉艺术手段，传播着文化、记录着变迁、诉说着历史，让人类文明千古流芳。

“笔墨当随时代，犹诗文风气所转。”百年以来，我们这个世界发生的影响最深远的一件大事，莫过于中国共产党的诞生以及她领导中国人民艰苦奋斗所书写的惊天地泣鬼神的壮丽史诗。经过百年持续奋斗，中国共产党团结带领中国人民从积贫积弱、四分五裂中崛起，成功地实现了从站起来、富起来到强起来的伟大飞跃。中国共产党的百年，是领导中国人民英勇奋斗、书写传奇的百年，是中国人民为争取民族独立和人民解放而前赴后继、顽强拼搏的百年，是中华民族从一盘散沙到团结如钢、踏上全面建设社会主义现代化国家新征程的百年。百年征程，涌现出许许多多气吞山河的英雄事迹、感人瞬间、壮美图景。这场伟大变革，是美术创作最宝贵的生活源泉。

“我见青山多妩媚，料青山见我应如是。”祖国山河的天翻地覆，最直观地表现在美术创作之中。一代代中国美术工作者以笔墨丹青追魂摄魄，记录百年巨变、描绘百年党史，留下了一大批经典之作。生于斯、长于斯的众多中国美术工作者，自觉投入到记录和描绘这场百年大变革的历史洪流中，将我们党伟大历史征程凝聚于壮阔恢宏的丹青画卷，通过具有史诗品格、震撼心灵的美术经典，塑造人物、表现历史、描绘现实，成为中国共产党百年奋斗史的生动注脚。

“天以生气成之，画以笔墨取之。”百年党史美术经典，以鲜明的具象性和强烈的艺术张力弘扬中国精神，既描绘带领中国人民开天辟地、改天换地、顶天立地的大党之伟，也洋溢着昂扬向上、奋进不懈、开拓创新的气象之美；既深刻反映中华民族的历史巨变，也生动描绘共产党人的精神图谱。这些经典名作思想精深、艺术精湛，提振了一代代中国人的精气神，展现出强健的艺术生命力。

在喜庆建党百年的日子里，能不能将百年美术经典中的这笔财富整理出来，与我们党的历史相辉映，从美术作品的角度解读红色历史？当我提出《美术经典中的党史》这样一个选题，请中央广播电视总台社教节目中心的同志们论证其可行性时，得到的反应是热烈的。在国家博物馆、中国美术家协会、中央美院，以及京、沪、粤等省级画院的支持下，在各位党史研究工作者和美术大家的帮助下，社教节目中心的同志们居然不到两个月就拿出了样片，成为主流媒体中第一档开播的反映我们党百年征程的专题节目。节目通过美术经典，展现中国共产党从红船起航到奋进新时代的伟大征程，诉说中华民族伟大复兴之路上的动人故事，播出之后反响热烈。

总台百集特别节目《美术经典中的党史》海报

“精益求精，一丝不苟，追求完美。”中央广播电视总台的职业精神，在这次百集《美术经典中的党史》策划和创作中得到了充分体现。既为经典，必须经得起时间的检验。国家组织的历次重大历史题材美术创作的经典，不同时期艺术家独立完成的名作，成为我们聚焦的重点。《五四运动》《井冈山会师》《长征》《强渡大渡河》《艰苦岁月》《地道战》《北平解放》《开国大典》《歌唱祖国的春天》《江山如此多娇》……各个时期涌现出的许多精彩的党史题材经典名作，都在节目中得到展现。总台的电视创作者们通过立体呈现效果，带给观众耳目一新的审美感受。如运用手绘素描等虚实结合的特效，加大对故事细节的挖掘与呈现；运用AR、VR等技术，打造数字效果奇观，让观众获得了全新审美体验。

《美术经典中的党史》第15集《南泥湾》海报

我们精选的党史题材美术经典作品，以饱含激情的画笔，以正大气象实现了对党的历史的审美建构，以最强劲的雄浑和刚毅，视觉再现党领导人民砥砺奋进的光辉历程，将我们党的丰功伟业，化为永恒的丹青华章。百幅美术经典，如一颗颗珍珠，串起了我们党的百年峥嵘；如一幕幕恢宏壮阔的视觉史诗，让我们党百年奋斗的精神标识在历史和艺术的长河中熠熠生辉。

习近平总书记指出，中国不乏史诗般的实践，关键要有创作史诗的雄心。“胸怀千秋伟业，恰是百年风华。”盛世丹青写史诗，这些美术经典就是一部部壮丽动人的视觉史诗，真实、细腻、生动地为百年大党的伟业与风华立传。这一幅幅震撼人心之作，如同历史之镜，照见中国共产党人带领人民走过的苦难辉煌，彰显信仰之美、崇高之美、人性之美，让人更深刻地理解党魂、体味民心。

“东风随春归，发我枝上花。”每一个春天都孕育着希望。牛年新春，在庆祝我们党百年华诞的日子，重温这一幅幅经典作品，聆听专家学者讲述作品背后的党史故事，每个人都能强烈感悟到一代代艺术家力透纸背的高超艺术感染力。我想，这就是经典永恒的魅力。

让我们向党史经典作品致敬！向我们的艺术家致敬！

（本文作者为中共中央宣传部副部长、中央广播电视总台台长兼总编辑慎海雄，原载《求是》2021年第6期）

扫码阅读原文

主　　编：闫　爽
发布日期：2021年3月16日

是，以中国！

——慎海雄谈《寻古中国》

寻古问今，文物传情。中华大地积淀着人类文明旅程中最悠久和绵长的文明精华。1921年，仰韶遗址的惊艳现世，叩开了中华文明的寻根之路，将中国历史从夏商时期向前推进了至少2000年，一举打破了西方认为“中国历史没有石器时代”的谬论，也标志着中国现代考古学的诞生。

整整一百年过去了。一代代中国考古人跋山涉水、风餐露宿，在地层中寻古探源，在故纸里钩深索隐，与古人对话，和先贤交流。百年筚路蓝缕，都在为追寻一个共同答案：我们是谁，我们从哪里来，我们的文明源起何处？

生为中华儿女，我们是幸运的。在这块广袤富饶、厚重丰美的土地上，我们历代先人创造的伟大文明，至今绵延不绝。百年以来的现代考古，通过发掘出无数默默无语的中华文物，无时无刻不在告诉世界：源远流长的中华文明是如此壮丽多彩、如此博大精深、如此奥秘无穷！

再辉煌的文化，一旦失去传承就必然衰败。从丰富的文化遗产中发掘出辉煌的中华民族精神，既是我们保护、传承文化遗产的意义所在，也是让文化遗产“活”起来的重要路径。如何传播好中华文化、传承好民族精神？“以古人之规矩，开自己之生面”，这对于宣传思想文化工作者而言，既是重大机遇，也是使命责任。

中央广播电视总台成立以来，我们从传统文化宝库中探骊得珠，持续打造精品力作，连续推出了《国家宝藏》《中国国宝大会》《典籍里的中国》《中国考古大会》等一大批传承弘扬古典文化的精品节目，不少节目还在欧美国家受到热捧。

今年故宫的开年大展，就是我们在国家文物局指导下，联合故宫博物院共同举办的特展“何以中国”。这个展览，把全国30家博物馆的130余件国家级文物集中到了故宫文华殿，让观众在斗室之内观中华乾坤之大，俯仰之间度文明源流之长，创造了“一票难求”的参观热潮。我们也从中领略了从中华优秀传统文化中汲取创作灵感的强大魅力。

就在上周，习近平总书记在新疆考察时强调：“文化认同是最深层次的认同。要端正历史文化认知，突出中华文化特征和中华民族视觉形象。”今天，总台再开新题，创作大型系列纪录片《寻古中国》，把视线从博物馆直接带到考古现场。这是我们深入贯彻落实习近平总书记关于弘扬中华优秀传统文化系列重要指示精神的又一具体举措。首批将推出《古蜀记》《玉石记》《云梦记》《寻夏记》《河洛记》《稻谷记》等6个专题，真实生动记录“上穷碧落下黄泉”的考古探源过程和心路历程。

纪录片《寻古中国》海报

《寻古中国》将总台“思想+艺术+技术”的创作水准再次推向高峰。我们将充分运用XR+、自由视角、大场景3D扫描等新技术，带来大片级的视听盛宴。我们将不满足于对文物古迹的展示，而是以独特的提炼和解读，力求实现凝结其间的深层思考。

《寻古中国》既要像侦探，把零珠片玉的历史线索，通过推理想象和数字建模，最大限度地还原为历史现场；又要像翻译，把晦涩难懂的符号元素，以清新的文风和年轻时尚的表达，为观众道破玄机；同时还要像一位哲人，引领今天的受众如何理解和感悟华夏古人的人生观、宇宙观，感知中华民族的精神内涵。我们有信心，这场别开生面的寻古之旅，必将带领观众放飞奔腾的想象力，跨越时空，触摸烟火，与华夏先人同喜怒、共哀乐，形成心灵的激荡。

重器凝万古之志，典籍汇千载之思。当总台持续推出中华传统文化节目的时候，就是中国国家媒体对“何以中国”持续不断的回答，也是对“中华民族何以伟大”“中华文明何以不朽”持续不断的回答。

依然记得总台打造的精品文化节目《国家宝藏》第二季的最后盛典上，17位博物馆馆长共同吟诵了一首《何以华夏 何以中国》的诗篇，其中就有这样的诗句：“华夏是历史也是现在，中国是家邦更是信仰。”“是以华夏，是以中国，是以传承，是以辉煌。”我也希望以今天的我们，以一份份创意、一件件作品，永不停歇地追寻和讴歌我们先贤所创造的伟大文明！

涓滴汇海，必有所成。终有一日，一如我们凝视祖先的辉煌历史一样，我们能满怀自豪地说出：“是，以中国！”

（本文摘自中共中央宣传部副部长、中央广播电视总台台长兼总编辑慎海雄2022年7月19日在《寻古中国》启动仪式上的致辞）

主　　编：韩春苗　张亚东
发布日期：2022年7月20日

扫码阅读原文

总台好“戏”连台 精品力作永远有大市场

“又见神仙节目！不愧是央视出品！”“华夏经典，弦歌不辍”“昨晚看一遍，今天看一遍，看一遍哭一遍”——从大年初一到大年初三，中央广播电视总台天天好戏连台，《典籍里的中国》《中国诗词大会》《经典咏流传》等文化经典系列成为节日里的热点。观众赞不绝口，无数网友化身为“自来水”，一次次把相关节目送上热搜。

《典籍里的中国》第一季《尚书》剧照

“天地风霜尽，乾坤气象和。”新春佳节，万象更新，如果说亿万国人在美味佳肴中一饱口福，满足的是味蕾之需，那么一档档精品力作则是令人眼前一亮的文化盛宴，带给观众的不仅是丰富的视听体验，更是饱满的精神享受。

在《典籍里的中国》，我们懂得了何谓“为往圣继绝学”；在《中国诗词大会》，我们赏析着诗词之美，“便引诗情到碧霄”；在《经典咏流传》，我们又一次获得了精神洗礼，对“天行健，君子以自强不息；地势坤，君子以厚德载物”有了新的认识。

无论是让人发思古之幽情的《典籍里的中国》，还是“用一场诗词盛会，迎接万象更新”的《中国诗词大会》，乃至“用歌声点亮英雄精神的火炬，为我们照亮前进的路”的新一期《经典咏流传》，这些文化经典系列颇受好评，再次说明只要作品好，自然有掌声，精品力作永远有大市场！一档节目好不好，观众最有发言权。触达观众的心弦，戳中他们的泪点，由共情升华为共鸣，便能赢得持续喝彩。这些文化经典系列频频“出圈”，成为节日文化消费中的一大亮点，乃至成为业界关注的文化现象，原因其实并不复杂。

《经典咏流传》第四季“致敬英雄”海报

有品质

以《典籍里的中国》为例，无论是精彩的情景再现，还是宏阔的背景音乐，或者是“老戏骨”的精湛演绎，都让人大呼过瘾。此外，节目创新颇多，比如全新设计的270度立体舞台，营造出多空间、沉浸式的“故事讲述场”，带给观众独特感受。

有情怀

每一个文化经典系列都以优秀的传统

文化为载体，“不动声色”地展现着文化魅力，传递着家国情怀。无论是伏生“我一生护《尚书》还于天下，无憾矣！”的感言，还是许渊冲先生以“云观众”的身份亮相《经典咏流传》舞台，深刻诠释“自强不息，厚德载物”的内涵，都让人感受到文化的力量，生发出热爱文化的自觉。

有抱负

华夏九州从何而来？只“留”清气满乾坤与只“流”清气满乾坤，二者有什么区别呢？“自强不息，厚德载物”有什么深意？《典籍里的中国》《中国诗词大会》《经典咏流传》一一告诉了观众答案。这不是单向度传递，而是良性互动。好节目能够给观众以精神滋养，观众反过来对优秀传统文化更有拥抱的热情，有网友说“新年立一个flag：多读书”即是明证。

中华文化源远流长，积淀着中华民族最深层的精神追求，代表着中华民族独特的精神标识。这些文化经典系列深受欢迎，最深层的原因在于，越来越多的人意识到，中华优秀传统文化是中华民族的“根”与“魂”。无论走多远，我们都不能丢掉魂，不能忘记根与本，不能隔断精神命脉。实现中华文化的创造性转化和创新性发展，既需要薪火相传、代代守护，也需要与时俱进、推陈出新。

“春风如贵客，一到便繁华。”如果把一档档精品力作比喻成一缕缕春风，那么我们便欣喜地看到，好节目让我们如沐春风，带给我们更强烈的文化自信，不仅凝聚起全体中国人的文化情感，也寄寓着中华民族的深沉追求。“愿我华夏民族自此生生不息，愿九州生民永世昌宁”，这是每个中国人的朴素共识；担起传承文化血脉的责任，我们义不容辞。

撰　　稿：余安康
主　　编：张亚东
发布日期：2021年2月16日

扫码阅读原文

温暖了我们的 常常是我们自己

“你是那夜空中最美的星星，照亮我一路前行……阳光总在风雨后，乌云上有晴空，珍惜所有的感动，每一份希望在你手中……”

这是2023年中央广播电视总台春节联欢晚会上的一个合唱节目。歌曲《早安隆回》和《阳光总在风雨后》串烧起来，便有了一个充满希望的名字——《早安，阳光》。

从快递员、清洁工到医护人员、消防员，从医生、护士到农民、牧民，参与《早安，阳光》合唱的是来自各行各业的普通人。经过这些百姓歌手们的真诚演绎，歌曲传递出了质朴暖心的真情，也引发了观众的共情和共鸣。

总台《2023年春节联欢晚会》节目《早安，阳光》

同唱一首歌 “最美颜色”组合从哪里来

“天使白”“消防橙”“守护蓝”“志愿红”……《早安，阳光》的参演人员，由全国各行各业百姓歌手联合中国残疾人艺术团、苏尼特右旗乌兰牧骑、北京大学第一医院组成。

百姓歌手从哪里来？他们都是热爱春晚、关注春晚的普通人，对舞台有向往，才艺也得过硬。为此总台“倾尽家底”，从《星光大道》《黄金100秒》《越战越勇》等节目中推荐了5年来最好的素人选手，再经过一个月的遴选，最终确定了约40人。

我们看到许多曾在新闻中出现的身影：惊艳时光活出精彩的“旗袍奶奶”冬日光、播音腔朗诵《再别康桥》的“守山大叔”于新伟……他们对生活的热爱，曾给网友带来许多感动和鼓励。

苏尼特右旗乌兰牧骑是新中国第一支乌兰牧骑，他们在广袤辽阔的草原上以天为幕布，以地为舞台，扎根生活沃土，服务牧民群众，在新冠肺炎疫情防控期间还变身志愿者“大白”。当这支“红色文艺轻骑兵”的代表意外收到来自春晚的邀请函时，还在极力求证：“是中央电视台那个春晚吗？你们不会是假冒央视的吧？”

还有中国残疾人艺术团，部分演员曾参加过北京2022年冬残奥会开闭幕式的演出，他们的励志故事本身就十分契合《早安，阳光》的主题。北京大学第一医院医护团队的加入，则是最后的惊喜。刚刚过去的日子里，医护人员是最辛苦的，他们守护了我们身体的健康，为我们支撑起一片晴空。这个舞台上，他们是不可或缺的存在。

这些百姓歌手绝大多数是第一次登上春晚的舞台。第一次走进一号演播大厅的他们，都好奇得像孩子一样，感慨“原来这个舞台长这样，在电视里面看觉得老大老大了”……还有人让对方掐自己一下，看看是不是在做梦。春晚，让百姓的梦想照进了现实。

当“微电影”遇上“大合唱”

“微电影《我和我的春晚》+合唱《早安，阳光》”的组合，是春晚主创团队最早在搭建整台晚会架构时就有的想法。

《我和我的春晚》是一部反映部队退伍军人生活的微电影。主角张建国，年轻时是一名军人，电影的第一个画面就是部队的奖状。张建国的“春晚梦”便是源于边防哨卡。在大雪中，“班长”吴京的一句调侃，触动了张建国心中小小的念想，他一辈子都记着班长的话。电影对张建国军旅生涯的细致着墨，让许多观众为春晚节目组的真诚所打动。

总台《2023年春节联欢晚会》微电影《我和我的春晚》截图

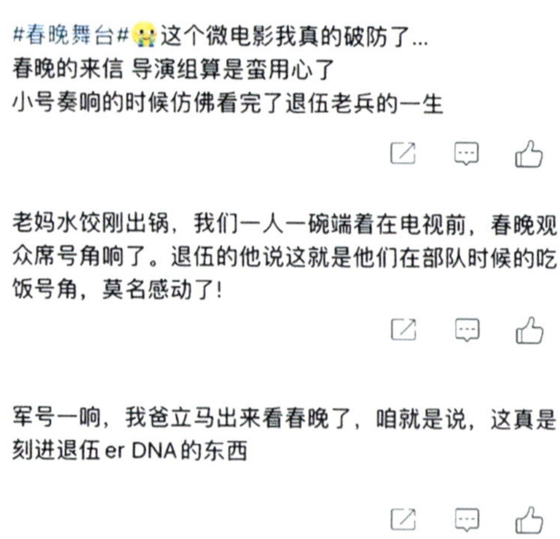

微电影《我和我的春晚》网友评价

现实中，张建国的饰演者金长勇年轻时也是一个兵，他19岁当兵，在沈阳空军某部地勤部队待了4年，这期间就有一段时间是在炊事班。与扮演角色有着高度相似的军旅经历，让金长勇表演起来自豪又自信，他在接受总台记者采访时表示，自己的青春给了国家，大好时光留给了部队，这种付出让他自豪，正因为这段经历，所以“拍摄起来我没有受太多约束，就是演自己的现实经历”。

电影中，有着“春晚梦”的退伍军人终于走上舞台；现实里，退伍老兵金长勇坐在春晚现场，激动地抹着眼泪。这时，观众席上另一个“张建国”吹响了《早安，阳光》的小号序曲。这位名叫李春甫的小号手，从1971年到1978年，在空降兵某部也当了八年兵。

“三位老兵”共同完成了春晚和中国军人之间的一次浪漫链接。和平岁月、家国同庆的日子里，最可爱的人都隐藏在岁月静好之后，在春晚喜庆祥和的节目呈现中，包裹着中国军人的血脉涌动。他们的身影投射到舞台上那些同样热爱春晚、关注春晚的百姓歌手身上，他们是最真实的存在。一声军号，巧妙完成了从梦境到现实的转换。

大合唱中，《早安隆回》和《阳光总在风雨后》的组合让人惊喜又感动，昂扬又温暖。但最初，主创团队选择的其实是另一首耳熟能详的老歌《我们的生活充满阳光》。

据导演组回忆，在春晚歌曲创作审听的过程中，总台台长提出：《我们的生活充满阳光》是一首好歌，但是放在春晚上与过去一年里的社会生活和百姓情感状态相链接，就显得不够准确，也不太合时宜。慎海雄台长当即提议，如果用《阳光总在风雨后》，其意境或许是更准确的表达。春晚要提振人民的信心，无论经历怎样的风雨，生活一定能迎来阳光。他还要求导演组关注一首网上正在走红的《早安隆回》。这两首歌如果混搭得体，可能更能准确把握当今中国人的情感脉络。台长还建议，各行各业的人们登台演唱时，要采用亲切自然的肢体语言，尽情展现历经风雨后中国人阳光、自信和活力的这一面！

于是，歌曲的改编创作和舞台呈现重新启动。最终，《早安隆回》和《阳光总在风雨后》两首歌中最引人入胜的精华段落共同汇聚成了《早安，阳光》。这再次印证了春晚面向的是14亿中国人的“人民的春晚”，人民喜欢，就是春晚创作的金标准。

最难一关 保留百姓歌手的真实感

都说春晚舞台压力最大，14亿人目光交汇之处，谁又敢说自己不紧张？为了舞台的完美，参与《早安，阳光》演出的百姓歌手排练了近两个月的时间。

保留百姓歌手的真实感，是主创团队认为最难的一关。节目没有制作复杂酷炫的舞美设计，而是努力追求一种真诚、朴实的感觉。据节目的责任导演毕波介绍，“演出服”都是百姓歌手自己的日常着装，细心的观众可以发现，衣服上的名牌、警号等都是真实的。

苗族民歌传承人翠翠喊出“我的祖国越来越好”，乌兰牧骑哼出悠扬的蒙古族长调，“土家稀奇哥”组合唱得极具民族特色……节目用一种自然的“不整齐”，让百姓歌手在合唱中展现出属于自己的色彩。

在视觉传达上，主创团队也选择了“克制”。红幕布打造的殿堂感，以及幕布打开后漫天星光汇聚成的阳光，都与主题十分契合。观众得以看清百姓歌手幸福的面庞，认真感受他们希望传递的力量。

排练近两个月 他们有“团魂”了

从一开始的“云排练”到最后的入台合练、联排，近两个月的时间，每个演员都对自己高标准、严要求，丝毫也不松劲儿。

68岁的李春甫是第一个亮相的，开篇那位帅气的吹号大爷就是他，退休前他是中国国际航空公司的一名乘务员，年轻时还在空降兵某部当过八年兵。也许正是当兵的经历，让他对待任何一个细节都一丝不苟。身姿怎么站会更挺拔，军号举起多少度更有美感，吹号用多大的劲儿才合适，他反复琢磨。没事儿就对着镜子练表情、纠姿势，一遍又一遍，尽管他的表演其实只有十几秒。他认真的身影令主创团队感动不已。

为了让平凡的梦想观照到更多层面的人群，主创团队考虑通过展现“残健融合”的理念将残疾人艺术团元素融入节目。恰巧此时，总台台长将网络上热传的《早安隆回》手语版转发给了导演组，这无疑坚定了节目的编排方向。在排练过程中，大家互帮互助，你教我手语，我给你搭把手，处处洋溢着激情闪耀、平等温暖的氛围，整个节目的表演也越发丰满。

随着排练的推进，阿卡贝拉这种无伴奏合唱的形式也更见真诚，人声模仿各种乐器，我为你伴奏，你为我伴奏，彼此交流融通。节目导演毕波回忆说，每一次脚步的靠近，每一次手臂的张开，每一次目光的对视，都仿佛传递着演员对同伴的加油和鼓劲儿，都仿佛看到有“团魂”在熊熊燃烧。

观众席上的彩蛋 台上台下都圆梦

细心的观众可能已经留意到，节目演出时，观众席上有一位热情的观众，一直在激情洋溢地跟唱。他正是《早安隆回》的创作者袁树雄。袁树雄是湖南省隆回县的一名基层音乐人，看到自己的作品被呈现在舞台上感到热血沸腾。在接受央视新闻采访时，他说“感觉自己在做梦”。

镜头同样敏锐地捕捉到，观众席上微电影里饰演张建国的金长勇大爷，也在不住地抹眼泪。光影转换之间，他又从老张做回了老金，老张的春晚圆梦之旅，又何尝不是老金的春晚圆梦之旅呢？喜悦的泪，为自己，也为舞台上共同圆梦的大家。

春晚总导演于蕾说，作为中国人必不可少的“年夜大餐”，春节联欢晚会从它诞生之日起，就是一个人民的舞台。“它从一开始就是要和全国的老百姓一起联欢的。今年春晚，我们从创作伊始就希望能把这种人民性外化出来，强化它的原生逻辑。播出后很多观众都在说‘微电影+《早安，阳光》’这部分特别有新意，非常感动。这其实都是在创作之初整个主创团队特别想要追求和实现的事情。”

回望2023年的总台春晚，无论是《早安，阳光》《小哥》《是妈妈是女儿》《你好，陌生人》《花开忘忧》等节目的呈现，还是邀请“八一勋章”获得者、最美新时代革命军人代表等拜年送祝福的环节，这台晚会的主角，其实是每一位善良温暖、认真生活的中国人。

正如总导演于蕾所说，“春晚的联欢，来自人民。当全体民众为此欢腾、为此感动，才是我们最大的成功，才是我们最该做的事情”。

撰　　稿：孙莲莲　韩　平
主　　编：韩春苗　崔黎黎　张亚东
发布日期：2023年1月24日

扫码阅读原文

《经典咏流传》:“和诗以歌” 致敬英雄

诚既勇兮又以武，终刚强兮不可凌。

身既死兮神以灵，魂魄毅兮为鬼雄。

2021年4月4日，在《经典咏流传》第四季第八期节目的舞台上，黄龄豪情唱响一曲《楚魂》。两千多年前屈原笔下的《九歌·国殇》，这首悲壮慷慨的烈士祭歌，同样也是一曲浩气贯虹的英雄赞歌，经过音乐上的全新演绎，点燃了荧屏前一颗颗滚烫的爱国心。

廖昌永、撒贝宁、康震、王嘉宁（从左至右）带领观众在“浸享经典”的过程中致敬英雄

“天地英雄气，千秋尚凛然。”在清明节这个特殊的日子里，大型文化音乐节目《经典咏流传》第四季，以独特的“和诗以歌”方式，带领我们一起缅怀英雄

先烈，追忆先贤豪杰。

五千年文化，三千年诗韵。中华民族是崇尚英雄、成就英雄、英雄辈出的民族，英雄的人物、英雄的事迹、英雄的精神镌刻在无数经典作品中，代代流传、卓绝千古。《经典咏流传》第四季以“致敬英雄”为主题，带领我们在“浸享经典”中致敬不同时代的中国英雄，在与历代英雄的隔空对话中，唱出大气磅礴的豪迈之美与奋进之气。

以英雄赞歌 回应建党百年和时代呼唤

2021年新年，《经典咏流传》第四季在总台央视综合频道开播。第一期节目就开宗明义：“有一种生命，叫诗词，有一种光芒，叫英雄。”由此，点亮了新一季节目“致敬英雄”的主题。

2020年，我们众志成城，同心战“疫”；2021年，我们将隆重庆祝中国共产党成立100周年。站在“两个一百年”奋斗目标的历史交汇点，重温一首首流传千古的英雄赞歌、一个个感人至深的英雄故事，可谓正当其时。

“《经典咏流传》不仅在纵向上挖掘五千年中华文明中的经典之作，更是在横向上打通14亿中国人的情感共鸣，致力于打造一个有深度、有高度、有广度的‘文化殿堂’。”总策划许文广说。

泱泱中华，上下五千年，纵横千万里，无数英雄人物的事迹和精神铭刻在文本里，蕴含在经典中。在节目嘉宾北京师范大学文学院教授康震看来，《经典咏流传》“和诗以歌”，赋予传统经典以全新的生命力和传播力，是对传统文化的一种创造性转化和创新性发展。

以英雄为魂，以经典为骨，以极具创新思维的音乐演绎为血肉，节目“不仅着眼于诗词传唱，更力求使爱国情怀和英雄精神以一种润物无声的形式深入人心，成为激励每一位中华儿女奋勇前行的强大力量”，制片人田梅说。

音乐人满怀敬畏之心 用音符再塑经典

《经典咏流传》第四季深度挖掘不同时期、不同维度的英雄情怀，没有朝代限制，没有文体限制，为精神而歌，为人物而歌。

“什么是英雄呢？在国家危难之际，总有一些人挺身而出，舍身为国，屈原、岳飞、文天祥……他们是英雄；也总有一些人以诗笔刻风骨，以文字传精神，杜甫、王维、苏轼……他们亦是英雄；还有一些人坚定理想，不屈不挠，毛泽东、周恩来、李大钊……他们也是英雄。”许文广说，“对英雄的理解是多元的，我们无法定义‘英雄’的条件与标准，但他们背后一定有着一脉相承的刚毅底色与中国脊梁，这个时代在呼唤英雄，但是英雄并不遥远，也许就在身边，也许就是你自己。”

“英雄是在最关键的时候，挺身而出的那个普通人；是在祖国最需要的时候，敢于献身的我们身边的每一位兄弟姐妹。”康震说。

从音乐的创作者到传唱人，每一个人对这个舞台都充满了敬畏之心，对每一个字、每一个音都反复斟酌，思考如何才能对得起“经典”二字，如何能够创造出经得起“流传”的价值，如何才能表达出“英雄精神”的底色。

资深唱将谭咏麟传唱了苏轼的词作《定风波》。他对这首作品做出了极具现代感的改编——飞扬的电吉他、节奏感明朗的打击乐，让昂扬之气尽显；清朗、曼妙的木吉他与弦乐，则代表灵魂世界的通透、泰然。

为了诠释好毛主席的词作《蝶恋花·答李淑一》，谭维维在创作阶段经过了反复的修改，直到录制前一天才确定了演唱的版本。

综合多元艺术手段 打造“浸享经典”氛围

节目里，珍贵的影像资料、老照片、老物件等被一一“请”上舞台，将英雄人物的故事娓娓道来，经典歌曲与故事交相辉映，让爱国与热血的精神感召在新时代重耀光芒。

一沓毛主席从未收到过的缱绻家书，一沓在杨开慧烈士生前卧室里藏了52年的手稿。经典传唱人谭维维强忍眼泪捧起这份家书缓缓倾吐：“我要是能忘记你就好了！”字字情深，如泣如诉。

经典传唱人俞灏明注意到，抗日烈士、诗人陈辉《为祖国而歌》的手稿里有很多涂改的细节，反复推敲的字里行间，自然流露出一位青年炽热的爱国情怀。

周恩来总理的侄女周秉德女士被邀请至现场。在她的讲述中，身患重病的总理为国为民宵衣旰食，令人心疼。如今，我们终可以骄傲地说一句："这盛世，如您所愿。"

央视4位主持人康辉、朱广权、撒贝宁、尼格买提与节目嘉宾康震、廖昌永围坐倾谈，再议李大钊之《青春》的画面，在观众心中久久难忘。加入探讨的不仅有在座的几位老朋友，还有通过"云连线"加入的"云观众"。田梅表示，"会客厅场景+云连线"的设置，让"传统经典的魅力得以最大限度地释放"。

《经典咏流传》第四季的舞台设计不仅美，而且更着意于通过视觉冲击传递给观众经典的魅力和精神内核。比如谭维维在传唱《蝶恋花·答李淑一》时，顶灯制造出如同纪念碑一般的视觉效果，给予观众相当静默却刻骨铭心的体验。

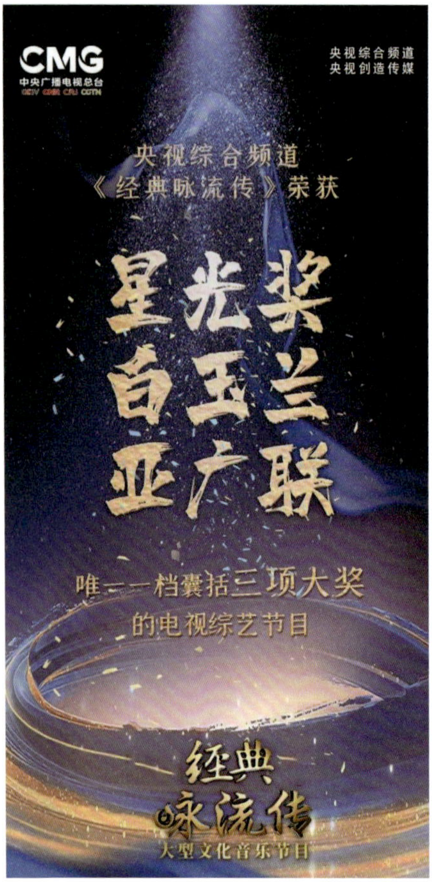

《经典咏流传》成为唯一囊括星光奖、白玉兰奖、亚广联奖三项大奖的电视综艺节目

"3D沉浸式"是新一季《经典咏流传》立足全媒体时代为观众打造的"浸享诗词"音乐体验。许文广说："《经典咏流传》不只是致力于打造内容层面的'文化殿堂'，也在积极营造一种以音乐和诗词为载体的沉浸式的'文化氛围'，在大屏小屏的联动下，让中华优秀传统文化直抵每个人的心灵。"

以精神力量
传递正向能量和前行动力

开播以来，《经典咏流传》不仅在观众口碑和传播度上取得了不错的成绩，更是成为唯一囊括星光奖、白玉兰奖、亚广联奖三项大奖的电视综艺节目。

第四季节目又从节目立意、内容升

级、模式优化、融媒体创新等方面实现了全方位突破。#小撒读杨开慧托孤信# #方志敏烈士遗骸22年后因脚镣被认出#等话题引发众多网友的评论和转发，这些故事所传递的精神力量也为他们的生活注入了正向能量和前行动力。

时代的潮流瞬息万变，但经典文化的共同情感从未改变，节目居高不下的收视热度以及由此诞生的一个个热搜，其实也是在告诉大家，经典没有被尘封，年轻人不仅在看，也正参与其中。更多不受圈层壁垒和时空限制的英雄情怀，正在书写新的集体记忆。

“中央广播电视总台作为传播中国声音、展现中国形象的主流媒体，不但是宣传的主阵地，也是传播先锋文化、主流文化、传统文化的主阵地，‘推动中华优秀传统文化的创造性转化和创新性发展’一直是我们前行的方向。”许文广说。

田梅说：“我们希望通过丰富的精神内涵与向上向善的价值表达，让每一个华夏子孙在聆听经典召唤的过程中，感受中华文化的强大向心力；让每一位中华儿女在品读中国故事的过程中，感受民族精神的磅礴伟力，传唱英雄风骨的不朽华章。”

主　　编：孙莲莲　马媛媛　沈　玉
发布日期：2021年4月7日

扫码阅读原文

《中国诗词大会》：胸怀诗意 处处逢春

连续数日，#为向阳怒放的生命点赞#刷屏了！

在《2022中国诗词大会》第四期节目《遇见》中，17岁的听障女生王逸玘用一段手语版的《将进酒》感动了众多网友。那句自信而坚定的“天生我材必有用”，成就了本季诗词大会舞台上最为慷慨激昂的回响。

17岁的听障女生王逸玘在节目中展示手语版《将进酒》

2022年3月14日，由中央广播电视总台与教育部、国家语言文字工作委员会联合主办的《2022中国诗词大会》在总台央视综合频道迎来收官，来自家庭团的铁道警察学院治安学系大三学生姜震摘得总冠军。

连续十期的精彩放送，让观众一次次在优秀传统文化与火热时代生活的精神激荡里，感受中国诗词的古韵新妍。

《2022 中国诗词大会》海报

今天，我们为什么要亲近、学习和传承诗词？

在长达七年的温暖陪伴中，《中国诗词大会》不断让观众深刻领悟到：重拾诗词，不是为了社交文化的“面子”，而是关乎心灵家园的“里子”。在心为志，发言为诗，当悠久的经典和朴实的生活结合起来的时候，必会迸发出最为美妙又最具力量的精神颂歌。

人生自有诗意：
从平凡大众身上 看见源于文化基因的精神美学

古典诗词大家叶嘉莹先生曾说，中国诗词有“弱德之美”。

“弱德”不是软弱，而是如水一般温润有力。无论婉约抑或豪放，诗词都在传递同一种美德：在人生接踵而至的磨砺里，你承受，你坚持，你要有自己的操守，你要完成你自己。

在过去六季《中国诗词大会》中，无论是“外卖小哥”雷海为，还是“上海民警”陈曦骏，诗词给予他们的最大回报，不是万众瞩目的夺冠时刻，而是一种典雅、平和、坚韧而又持久的力量。

这种源于中华民族精神深处的君子之德，给予了他们巨大的慰藉和鼓舞。

《2022 中国诗词大会》进一步放大时代的取景框，节目秉持“以人民为中心”的创作原则，让更广阔的群体参与进来。

每期节目伊始，“现场百人团”和“云中千人团”以诗寄情、对词言欢。气象万千的共同抒怀里，古老的文化喷涌出青春勃发的时代气韵。

节目以诗词为载体，跨越时空的藩篱，超越圈层的代沟，汇聚平凡大众诗心盎然的高光时刻，展示他们自信饱满、昂扬进取的奋斗姿态。

他们中，有坚守在泰山执行应急搜救任务的消防员，有诗词为伴，从此不再孤独；有带着家人投身驻村工作的急诊科医生，在“绿树村边合，青山郭外斜”的田园生活里，更加坚定了自己的人生选择；有在任何地方都可以背诗的新时代石油工人，他在诗词中，找到了和千百年前的古人相似的壮志豪情；有热爱诗词、自学古筝的建筑工人，一路走南闯北，犹如诗意侠客；有两度立功的“00后”边境缉毒女警，诗词的力量支撑她度过了许多艰难的时刻……

年仅20岁的姜震在摘得本季桂冠之后，父亲姜方程寄语道：“我希望从今天开始，你要不忘你当初学习诗词的初心，把诗意人生走下去。这次总冠军，又是一个新的开始。雄关漫道真如铁，而今迈步从头越。”

诗词是志的倾诉，是情的升华，是美的陶冶。《2022中国诗词大会》不断强化“人生自有诗意”的认知，它让我们看到，从孩子到老人，从城市到乡村，从大地到天空……诗词从未远离中国人的生活。

今天，依然有那么多平凡的人们，在诗词春风化雨的滋养下，强健心灵，冲破庸常，抵达了精神世界的远方。

万物皆可诗词：
与生活紧密连接 打开波澜壮阔的“时代诗词图鉴”

在七年驰而不息的创作跋涉中，《中国诗词大会》以益智竞赛为核心模式，不断拓展知识的深度、思想的浓度和视野的宽度。

2022年，节目密切围绕“江山”“少年”“燃”“遇见”“稻香”“韵”“天地”“味道”“飒”“出发”这十大极具时代质感的主题，囊括了建党百年、全民抗疫、逐梦太空、冬奥盛会、科技攻坚、治沙造林、致敬英雄、文物保护等丰富而具体的内容，不断拉近诗词与现实的距离。

万物皆可诗词——这是本季节目带给观众最为强烈的感受。

形容《觉醒年代》中的陈延年、陈乔年两位烈士，可用“壮夫思报国，志士窃忧时”；铭记苏炳添在东京奥运会田径赛场上留下的高光时刻，当属“雄关漫道真如铁，而今迈步从头越”；怀念一生没走出稻田的袁隆平院士，王立群老师借用《七律·到韶山》，道出深情无比的“喜看稻菽千重浪”，吃米不忘育种人；为奋战在冰天雪地中的中国南极科学考察队献上祝福，“太平世界，环球同此凉热”再合适不过了……

如何用诗词的方式介绍冬奥项目？用诗词来形容“麻婆豆腐”和“宫保鸡丁”这两道家常菜，你会选择什么？古诗词里竟有和冰激凌高度适配的表达？一系列脑洞大开又生动妥帖的“古为今用”，一次次令观众感叹传统文化历久弥新的魅力。

具体到表现模式，内容和技术的有机结合，让《2022中国诗词大会》体现出鲜明的创新思维开放性和视听体验丰富性。

一方面，节目通过“创意知识题”“诗词小剧场”“身临其境”“千人千问”“画中有诗”等倡导现实运用的答题形式，既从时代之变、中国之进、人民之呼中萃取题目，展现中华历史之美、山河之美、文化之美，又引导各位选手从自己的知识储备和生活阅历出发，用诗词点赞时代、点睛生活、点题人生。

另一方面，节目搭载镜前虚拟、千人连线等先进的呈现手法，让诗词的触角走向浩瀚苍穹和神州大地。

从技术加持下亭台楼榭、草长莺飞、山川湖海的场内视觉景观，到走进大好河山、连线一线岗位、直击奋斗现场的外景呈现……节目犹如打开了一幅波澜壮阔的“时代诗词图鉴”，既有流动的风景，更有缤纷的生活。

诗心飞向太空：用彰显文化自信的高燃仪式 开拓文艺的新境界

在最后一期节目《出发》中，《2022中国诗词大会》独创“带诗词上太空”的电视呈现。

航天英雄杨利伟担当出题人，邀请选手用诗词问候在太空出差的三位中国航天员。

“现场百人团”手书自己喜欢的与天空、梦想、飞翔有关的古诗词，集合成诗图册《飞向太空的诗》，赠送给三位航天员，让古老的浪漫在宇宙回荡！

这是一份来自祖国大地的美好祝福，更是彰显文化自信的高燃仪式。可以说，《2022中国诗词大会》通过与时代热点的创新结合，进一步开拓了诗词文化的新境界，引领了诗词表达的新风尚。

只要胸怀诗心，生活处处逢春。又一年《中国诗词大会》落幕了，其所引起的关于民族文化基因的深切共鸣和感知追寻，必将持续热烈。

撰　　稿：宝　华
主　　编：张亚东
发布日期：2022年3月20日

扫码阅读原文

一联难倒天下英雄！总台财经节目中心征集下联引轰动

总台财经节目中心发布关于“种”的楹联征集令，在“武林”之中广泛流传

观察君最近了解到，“武林”之中正广泛流传着一份关于“种”字的楹联“征集令”。

有可靠消息证实，在“征集令”发出的6天时间里，共有47296条下联汇集到了中央广播电视总台央视财经客户端和央视频。

虽然至今尚未有贴切的下联出现，但有一众“好汉”为亲朋好友摇旗呐喊，声势滔天，“征集令”早已响彻“武林”。单一个“种”字能有如此能量，真可以说是“一字千金”。

意蕴浓郁 “种”字背后藏深意

短短六字上联，为什么能够引得天下英雄一争短长？有人告诉观察君，这六字上联其实是总台台长慎海雄所出，一定不会是个简简单单的文字游戏，欲寻求破解之道，还是要从上联背后的立意下手。

就在这时，观察君发现有一位“好汉”提及了那位有着“禾下乘凉梦”的“袁老侠客”——袁隆平。想到袁老墓后的巨石上镌刻着的那句“人就像种子，要做一粒好种子”，观察君似乎明白了“侠之大者”不在于“居庙堂之高”或“处江湖之远”，而在于时刻忧国忧民、为国为民。总台台长是不是也想通过这六字上联给大家提个醒：种源安全事关国家安全，粮安天下，种子为基。

一粒米，至少需要上百天的时间，经过数十道工序，才能从谷粒变成盘中餐。再想到总台派出的一支精兵强将历时9个月，跨越中国、巴西、菲律宾等多个国家，走遍国内19个省区的29个城市和乡村，采访拍摄了上百位人物，最终制作出我国首部全面展现种源安全的纪录片《种子 种子》，这六字上联说的定然是国家粮食安全的根基问题无疑了。

上联背景有如此深意，下联自然不能太随意。观察君先和大家一起破了题，如果还是没什么灵感，不如抓紧时间来总台央视财经频道，看看总台为我国种源留下的宝贵国家相册吧。

大型纪录片《种子 种子》海报

格律工整 妙笔生花见真章

比武讲究见招破招、见式破式、套式还招，对对联也需要字数相等、词性相同、结构相应、平仄相对，半点马虎不得。

比如耳熟能详的《声律启蒙》:“云对雨，雪对风，晚照对晴空。来鸿对去燕，宿鸟对鸣虫。三尺剑，六钧弓，岭北对江东……”不仅诵读起来朗朗上口，还可以扩充词汇、锻炼修辞。

说回咱们的六字上联。“种”字有三个读音：一读zhǒng，名词，种子；二读zhòng，动词，播种；三读chóng，形容词，幼稚。根据这三个读音，上联可以划分出两种含义、四种读法。

看到这里，观察君也有所领悟，下联是不是也要找到一个有多种读音的汉字呢？顺手翻翻字典，汉字里的多音字可真不少，再看看动词、名词、形容词……还是下马认输比较简单。

观察君还发现，在众多下联里的确有不少“有点意思”的答案，但仔细品读又感觉“差点意思”。所谓高手过招胜负就在毫厘之间，还请诸位务必慎之又慎。

zhǒng zi zhòng zhǒng zhǒng zhòng
1. 种 子 种 种 种 种

zhǒng zi zhòng zhòng zhǒng zhǒng
2. 种 子 种 种 种 种

以上两种寓意种下种子,收获万千丰物。

zhǒng zi zhòng chóng zhǒng zhòng
3. 种 子 种 种 种 种

zhǒng zi zhòng zhòng chóng zhǒng
4. 种 子 种 种 种 种

以上两种寓意种下幼种,孕育生长希望。

关于“种”的六字上联的两种含义、四种读法

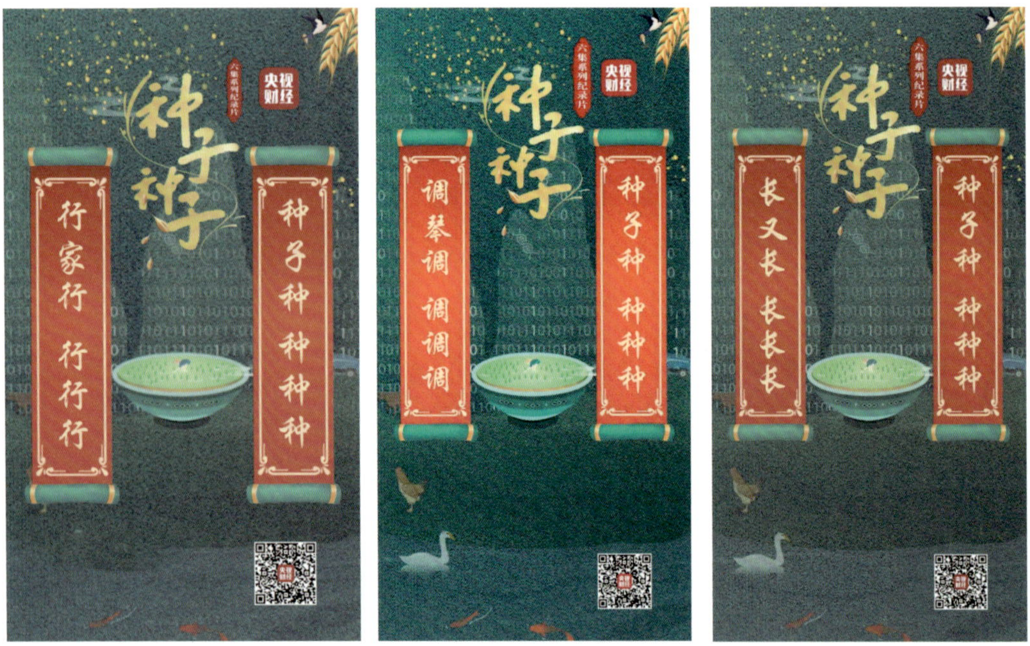

网友们提交的“报名表”。高手过招，胜负就在毫厘之间

还有一点小提示：“趣巧对”也并不只局限在多音字上。山外有山，人外有人，观察君真想看看究竟是哪位“武功高强”的“英雄好汉”最终能一举夺魁呢？

重在参与 千奇百怪就是玩

除了正式提交“报名表”外，还有人直接在“征集令”下认真留了言。这种抛砖引玉、舍己为公的精神也必须鼓励一下，而且其中确实有不少巧思之处，观察君在这里也和大家分享一二。

数次数，数（shuo四声）数（shu三声）数（shu四声）

单于单 单单单 chányudān shàndānchán (单于chanyu落单，一个姓单shan的百姓使单于落单）

想了一晚上想了一个，但是总觉得有点生硬了，不像原句很流畅 和hé和huó面，和和和（huóhuóhé）（héhuóhuó）柔和的和面 和hé和huó面，和和和（hèhéhuó）（hè huó hé）附和着大家一起和面

种子种，种种种；长的长，长长长。
zhǒngzizhòng, zhòngzhǒngzhǒng;
zhǎngdecháng, zhǎngchángcháng。

网友们在“征集令”下认真留言，抛砖引玉

看高手过招更是提高自身能力的好机会。几位“练家子”碰到了一起可以说是相见恨晚：有人好学，有人会教，有人虚心发问，有人舌灿莲花，来言去语说个不停，相处融洽好不热闹。

台上有人拼的是内功招式，台下有人玩的是消遣娱乐。比如有位“一字派”“好汉”给出的下联：“中中中，中中中”，虽然内容不太“中”，但也代表了很多人期盼中彩票的美好愿望。

还有总爱“皮”一下的“动画派”、擅长“梦中神游”的“梦游派”、有话直说的“实诚派”……在“一粒种子”的带动下，总台“征集令”把曲高和寡的“华山论剑”变成了一场“武林同道”齐聚一堂、切磋交流的“英雄大会”。

网友们在“征集令”下留言

当然，六字上联能引发如此热烈反响，既离不开中华文化的博大精深，更离不开经济社会的飞速发展。在刚过去的二月份，前有北京冬奥会上“爱凌温韭斩滑雄”，后有总台《种子 种子》“种子种，种种种”，对此，你是否已经有了“应对”之法？

你我都是一粒种子

总台也是一粒种子

愿我们一起生根发芽

一起破土而出

一起茁壮成长

扫码阅读原文

主　　编：徐　克　张亚东
发布日期：2022年3月2日

《吾家吾国》：一封写给“大家”的情书

2021年9月17日，神舟十二号成功着陆，举国欢庆。9月19日一早，央视新闻客户端发布《吾家吾国》节目片段，让观众认识了101岁的中国自动化科学技术研究开拓者陆元九老先生。

中国科学院院士、中国工程院院士、“七一勋章”获得者陆元九院士（右）接受主持人王宁采访

国庆节前夕，家国同庆，《吾家吾国》节目以家为底色，以国为根本，怀着满腔家国情怀，于9月30日正式开播。

“对于中国航天人来说，99分也是不及格。”

陆元九老先生在节目里的这句回答，早已成为中国航天人一以贯之并且为之奋斗的严格标准。

9月30日晚，《吾家吾国》节目开播，首期节目通过富有温度的真诚对话，陪伴全国人民重温了许多重要的历史时刻。当这位为中国航天事业倾尽一生的老人，坐在轮椅上讲述着自己曾经遭受的屈辱和见证的中国的昌盛，引得万千受众热泪盈眶。

看到央视新闻的微博下“他值得被所有中国人记住”的评论被网友纷纷点赞，这档全新形式的纪实访谈类节目看来已经紧紧地抓住了受众的心。《吾家吾国》以一种人民群众感同身受的形式，传递出这个国家乃至这个时代坚定的信念感。

一直想看这种类型的纪实，不打扰科学、文化学者们的生活前提下，能用一次访谈让公众了解到学者们默默付出这恒久的伟大

昨晚恰巧在电视上看到了这个节目，印象最深的一个点——已经百岁的陆院士，书桌上贴有这样四个“不”：不急＋不恼＋不懒＋不馋。活到老，自律到老。高山仰止，景行行止，虽不能至，心向往之

一个走向世界的民族，必须自尊自立，自信自强，中国就是世界的榜样！为自己是一个中国人而自豪！

没有这些伟大的科学家们夜以继日的付出，就没有我们国家强大的国防力量，有了你们，我们国家才能平安幸福！辛苦你们了，国家国宝！祝福你们身体棒棒哒！

他们老了气质都还与众不同，独特而质朴的知识文化分子气质，尤其是清华美院的老太太，老了都还美美的，头发白得很有型。果然是腹有诗书气自华，人的面相和气质是随着内心境界不断变化和沉淀的

《吾家吾国》节目播出后部分网友的评论留言

与此同时，《吾家吾国》通过新媒体传播，紧扣时代脉搏，兼顾流行性与内容价值，做到了正能量访谈故事传播效果的行业标杆。随热点即时启动，发掘高审美话题，为传统媒体转向全媒体传播，提供了一条新思路。

硬核内容软着陆

《吾家吾国》是由中央广播电视总台“宁听”工作室打造的一档针对“国之大家”的挖掘式纪实采访节目，以“为人民留史，为社会留记，为人物立传”为初心，对我国党史、国史及历史事件中的重要相关人物，进行全方位的影像记录。

访谈是一种故事的提炼，好的访谈，寥寥数语便能生动活泼地提炼出人物的高光，带给观众深刻共情。《吾家吾国》中跟随式、沉浸式的采访，话题精准，提问细腻，这源于节目组对受访者的深度了解。

节目播出内容情感真挚，呈现细致。在第五期采访北京大学中文系教授、中国比较文学学科奠基人乐黛云老先生的过程中，主持人王宁推着轮椅带老先生重游北大，二人在阳光下开怀大笑的温馨场景直抵人心。采访团队的充分准备和谦恭姿态是面对“国之大家”时内心敬重的外在展现。

庞大的数据库资料，跨越城市与时间纬度的素材采集，以及对于受访者的高度尊重，加上诸多小细节的打磨，构成节目本身“肉眼可见”的诚意，不仅让受访者内心有温暖，也让观众在观看节目时卸掉了距离感，亲切又动人。

习近平总书记指出，文艺是时代前进的号角，最能代表一个时代的风貌，最能引领一个时代的风气。《吾家吾国》犹如时代风骨，为社会传递着正能量风气的同时，也成为当下年轻人的“精神养料”。

节目嘉宾除了101岁的陆元九先生外，栾恩杰、郑小瑛、常沙娜、乐黛云等嘉宾也是八九十岁的高龄。在央视新闻平台上，《吾家吾国》将德高望重的“大

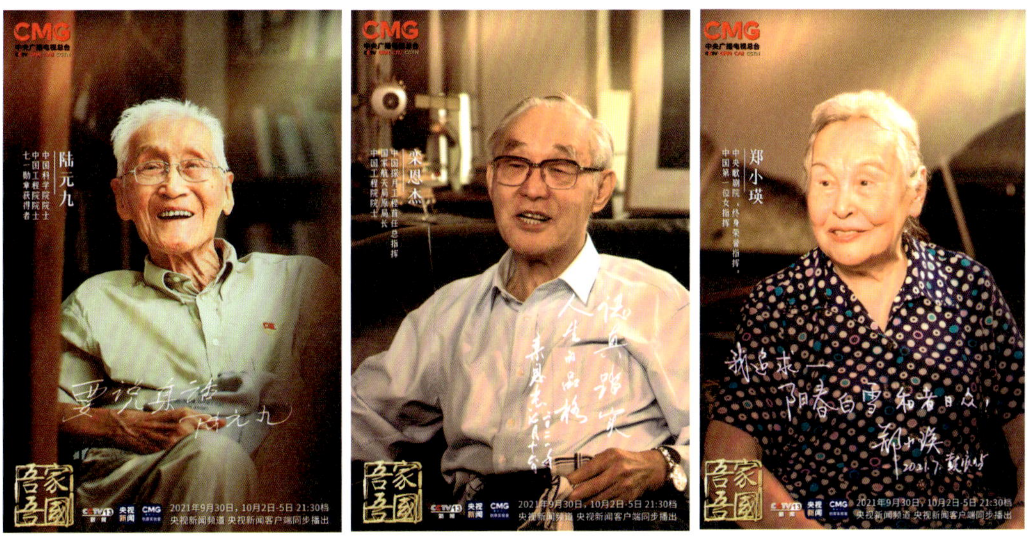

《吾家吾国》节目采访嘉宾

家”还原为日常生活中的“爷爷奶奶、爸爸妈妈”，建立起一条非常珍贵的对话通道。

跨时代影像存档

据统计，仅2021年3月，就有六位科学领域的两院院士陨落，此前的三个月，还有三位院士离开，他们的名字理应妇孺皆知，砥砺人们奋发前行。

基于此背景，《吾家吾国》的出现犹如及时雨，填补了此类节目的空缺。对“国之大家”的采访，体现出节目自身的价值态度，功在当下，利在千秋。

在已播出的五期节目中，受访对象都见证过中华人民共和国从站起来、富起来到强起来的巨大飞跃。

101岁的陆元九老先生曾被美国百般阻挠，险些无法回国。81岁的栾恩杰老先生在2020年嫦娥五号着陆时，不顾劝阻要在-30℃的户外亲眼见证“嫦娥回家”。他们倾其一生都在“燃烧”自己，怀着实现家国情怀的使命与荣光，像火炬一样照亮着今天的年轻人。

《吾家吾国》的受访者与观众之间有着巨大的年龄差异，但因为内容的精准切入，弥合了时间的距离。当代年轻人在B站用“弹幕”刷屏“致敬”“感谢”“泪目”的时候，我看到曾经的时代与当下的中国瞬间融合。

《吾家吾国》的使命已跨越时间纬度，节目将这些“宝藏人物”更立体化地记录下来，使这些“思想财富”更完整地保留下来，让他们的智慧、思想、情感影响更多的人，让更多受众可以不负家国，不负此生。

强共鸣家国情怀

从群众中来，到群众中去，《吾家吾国》令人钦佩的一点，正是受访者从不高高在上。

除了采访内容展示国士们专业领域的高度外，节目对他们普通人的平凡生活侧写、对他们家庭生活的细节发掘、对他们参与社会生活的种种展现……像星星伴月亮一般，一笔一画书写着他们人生的平凡与伟大。

101岁高龄的陆元九老先生至今保留着已过世妻子房间的原样，90岁的乐黛云老先生和丈夫汤一介到了暮年还留存着互送礼物的习惯，90岁的常沙娜翻着家庭相册聊着过往……一幕幕画面，让观众在看到他们个人成就的同时，也看到了他们的普通生活。

《吾家吾国》节目采访嘉宾

先有人再有家，先有家再有国，“吾家吾国”四个字，将个体、家庭、社会、国家的关系层层递进阐述，“为人民留史，为社会留记，为人物立传”，极具前瞻性的视角描绘出生动又形象的“国之大家”，真切又动人。

节目在国庆期间已播出五期，引发当代年轻人频频讨论并为之叫好。老先生们的精神品格与节目的至真至诚为网友们所称赞，激起一波又一波的“追更”“学习”热潮。

一代人有一代人的奋斗，一代人有一代人的困惑，《吾家吾国》的影响在当下，而利在未来。希望这档节目能够帮助年轻人解答困惑，找到人生的方向，从而找到自己的精神信仰。同时，也希望这些中国顶级“大家”们的思想与精神，如江水般长流，如灯塔般长明。

主　　编：张　雪　张亚东
发布日期：2021年10月8日

扫码阅读原文

总台新春大剧《人世间》：史诗质感是怎样炼成的

中央广播电视总台重磅推出的新春大剧《人世间》自2022年1月28日开播以来，获得了良好的传播效果，单集最高收视率达1.73%，最高收视份额达7.4%。截至2月11日，CSM全国网平均收视率1.4%，平均收视份额5.88%，创CCTV-1近三年来电视剧平均收视率和收视份额新高，口碑好评不断涌现。

在该剧收获的众多好评中，“史诗感”成为高频词。那么，《人世间》是如何实现史诗感的？又是如何让观众近距离感受这份史诗感的？

电视剧《人世间》海报

历史事件共振个人命运
有温度的平凡史诗

《人世间》并非简单地将时代当作一个静态的、供人物进行活动的“背景”，而是把时代揉进了每个人物的生活日常乃至命运转折中，这就让《人世间》的故事格局有了本质上的提升。

剧中呈现的分别团聚、婚姻恋爱、人生选择也不再仅仅属于人物个体，而是浸透了时代的痕迹，成为大时代变迁下无数平凡百姓的人生缩影。

正如编剧王海鸰所言，中国人近50年来经历的奋进征程与不懈追寻，实现了民族复兴和个体发展，这是一段非常值得书写的历史；但在剧中，种种改变中国，乃至改变世界的大事件都是通过发生在周家人身上的小故事呈现在观众面前的。

剧集以周家人面临的“大的纠结”为开端，刻画出时代发展背景下，平凡人的命运之路也在悄然发生改变。

故事开篇，周志刚远赴西南参与“大三线”建设，周秉义则前往兵团，他们在时代号召下，毅然前往远方，但面对周蓉和周秉昆谁应该留城的问题时，内心对家人难以割舍的亲情又让他们陷入纠结。在此后的剧情中，观众越发能感受到，随着时间的推移，普通人对美好生活的向往在悄然中不断增长，只需一声开放与进步的号角，他们的勤劳和智慧就能创造出无穷的财富。

很多人对史诗感的一个误解是，史诗感的来源似乎只能是所谓的宏大叙事。但实际上，这只揭示了问题的一个方面，真正的史诗感源于微小个体的命运和宏大历史连通、交界的瞬间。

新华社刊文评价称，《人世间》就是平凡中国人的人间事，透过它，我们得以看到平民百姓在宽广温厚的中国大地上，火一样地爱着、拼搏着、随着万物生长的坚强模样。

电视剧《人世间》海报

年代氛围映衬人物形象
有质感的社会史诗

在故事内容和讲述方法之外，《人世间》的史诗感还来源于“物”和“人”两大层面。具体来说，剧中对物理空间的营造和人物形象的塑造，从整体上再现出一个年代的风貌，让观众身临其境，全身心地进入“另一个世界”，感受这个世界的变革与发展。

首先，剧集对各处生活空间的描绘都具有强烈的年代感。观众可以跟随剧中人物的脚步，走进那个年代独有的生活空间，这里呈现了当时很多普通中国人的日常生活场景，例如木材厂、酱油厂、土炕平房、公共浴池等。其中，尤以对城中棚户区“光字片”的展现最为到位。观众既可以看到周家简易砖混结构的房屋和室内陈设，也能从出门倒废水以及郝冬梅父母来拜访周家前，周志刚张罗大家打扫厕所等细节中，看出这种房屋缺乏最起码的上下水设施。

具有这样特征的居住区，在新中国成立后许多靠重工业兴起的城市中广泛存在，和不少曾住过平房的老一辈城市居民的记忆非常契合。

又如，周秉昆和蔡晓光讨论春节买肉的时候，提及凭票购买的猪肉和不凭票购买的猪肉居然难得地“一个价”，种种细节都让《人世间》所呈现的世界更加生动可感，也让观众从一帧帧镜头中，获得对那个年代的具体认知。

对于一般的影视作品而言，只需要着重笔墨写好主要人物即可，但作为一部旨在呈现社会变迁全貌的史诗大剧，就需要在人物之外，也力求对人群的主要特征进行真实描绘。

在《人世间》的故事中，观众能看到工人、知识分子、干部等各个群体的生活状态，并与他们的内心世界产生共鸣。

人民网评价，《人世间》对准了改革中的工人阶层和普通大众，创作与演绎的视角因此愈加朴实真切，展开了一幅以东北地区为基轴、以点带面的国家时代变迁全景图。

这里不得不提及的是剧中“老戏骨”们的强大演技，正是有了他们的诠释，剧中的人物才既具有很强的代表性，又避免了扁平化和静态化，展现出多层次的个性感。

比如，丁勇岱饰演的周志刚，在面对山体透水的难题时毅然决断的眼神，在受到嘉奖时缓步离去的背影，将一个老工人的担当、对名利的淡泊和主人翁意识展现得淋漓尽致。他因女儿周蓉的不告而别，一怒之下与其“断绝关系”，却又在过年前跋山涉水地看望女儿，在面对生活窘迫的女儿和女婿时，周志刚紧锁的眉头里，糅合了埋怨、心疼、忧虑等多种情绪，让人看出他在倔强的外表下那含蓄而浓烈的父爱。

多维口碑突破受众圈层
普适性的情感史诗

在剧集市场日渐分众化的当下，越来越多的作品在创作之初就定准了目标受众，通过精确的内容来满足其特有的需求，借此在竞争激烈的市场上赢得一席之地。

然而，电视剧《人世间》的“野心”不止于此。该剧通过多维度的内容锤炼，突破了不同年龄段观众之间的圈层壁垒，再度实现了合家欢的观剧模式。

剧集热播以来，不断有网友表示，在看到历史课本中一个个冰冷的名词映射到极具真实感的人物生活中时，就能感受到剧集宏大的气魄；也有网友评价，该剧“每一个故事情节背后都反映了特定历史事件，环环相扣的矛盾冲突与家国统一的叙事方式相结合的讲述方式值得认可”。

此外，《人世间》的故事扎根于真实的社会生活，也为该剧赋予了同题材作品中难得的幽默感。剧中，勤俭持家的李素华给人高马大的周秉昆强行套上二姐周蓉的毛裤，让不少观众在爆笑的同时，也想起了自家老人们改不掉的节俭习惯，带入感极强。

值得一提的是，剧集强大的主演阵容，让对演技和人物塑造日益挑剔的年轻观众感到非常过瘾。在播出期间，#被宋佳下跪哭戏整破防了# #被殷桃演的郑娟整破防了# #人世间实现了老戏骨自由#等话题频繁登上热搜榜单，有力证明了《人世间》高水准主演阵容呈现出来的国剧水平。

与此同时，《人世间》用朴实沉稳的写实笔法，真实再现了半个世纪以来中国社会的历史风貌，让老一辈观众也能看到自己的青春岁月，勾起他们的集体回忆，掀起了全年龄层的追剧热潮。

有不少观众都提到了这个春节和家人共同追剧的美好经历：“和爸妈一起看，爸妈都说想起了自己年轻时候的故事，非常感动！”“晚上在央视一套和爸妈一起看《人世间》，成为新年家庭集体活动！”

著名文艺评论家、中央文史研究馆馆员、中国文联原副主席仲呈祥表示：“《人世间》的这种强烈的艺术魅力，令其具有了培根铸魂、化人养心的教育作用和美育功能。”归根结底，《人世间》的人气破圈，不仅来源于内容破圈，更来自价值破圈。

整体来看，《人世间》能营造出一种富有魅力的史诗感，是该剧主创在三个层面上共同努力的结果：从“事”的层面上，它描绘了横跨五十年的时间里，对大多数个体命运产生影响的重大历史事件；从“物”的层面上，它展现了从东北到西南、从城市到山区的广阔生活空间；从“人”的层面上，它以周家这个工人家庭为中心，辐射了彼时中国社会各个群体的生存状态。

用导演李路的话说，“温暖是永恒的主题”。在这个“原子化生存”状态不断加深且人们越发习惯于此的时代，《人世间》试图向观众表示，生活在同一家庭、同一社区、同一社会的人与人之间，依然有着不可割舍的情感联系，能够为彼此带来温暖。这样的价值观，击中了人们内心中共同的柔软之处，成为《人世间》在这个分众化时代最强大的核心竞争力，也是《人世间》一剧的社会担当和时代意义。

主　　编：张亚东
发布日期：2022年2月13日

扫码阅读原文

新闻结束之后　文艺如何开始

——《故事里的中国》尽显“南山风骨”动人景象

《故事里的中国》第二季第三期于2020年11月14日播放《钟南山》专集，由中央广播电视总台央视综合频道联合央视创造传媒有限公司、中国国家话剧院共同推出。

节目以一个个“首度揭秘”“一手曝光”，加上多角度拼图还原和沉浸式场景重现，呈现出真实、立体、生动的钟南山院士的形象。大胆创新的戏剧舞台，用青年钟南山和当下钟南山“一呼一吸之间”的信念接力，让“南山风骨”以独特的美学演绎再度感动观众。

《故事里的中国》第二季第三期，主持人撒贝宁采访钟南山院士（右）

立体讲述中国故事：
去往“山的另一面” 领略全民记忆背后的风景

《故事里的中国》决定用一期节目讲述钟南山院士的故事。在这期节目里，钟院士的传记作者叶依、秘书苏越明、学生张挪富、长子钟惟德，从各自不同的侧面，带来他们平实的分享。主持人撒贝宁还专程去广州拜访了钟院士，在他工作及生活的地方进行面对面采访。

“新闻+文艺”是《故事里的中国》最为鲜明的特征，这让节目在不失艺术感染力的同时，还兼具了事实的揭秘性。节目靠着翻山越岭的执着，带领观众去往“山的另一面”，在“横看成岭侧成峰”的广域视角中，辟出更为开阔的叙事场域。

以2020年1月18日钟院士临危受命夜驰武汉，在高铁上的那张小憩照为例，这张刷爆全网的照片已经成了全体国人的共同记忆，但大家并不清楚这张照片是由谁拍摄的，当时发生了什么。《故事里的中国》向来擅长深挖“故事背后的故事”。这就有了秘书苏越明在节目中详细披露那天钟院士马不停蹄的工作状态，即便是短短十分钟的闭目养神，他也没有睡着，眉头紧皱，仍在思考措施。“当时我看到整个车厢就只有他这么一位已经头发花白的84岁的人，我心里特别不忍，然后拿出手机，拍下了这一幕。”当风暴远去，人们回过头来听离钟院士最近的人讲述那时的惊心动魄，除了心疼，还是心疼。

平凡处见可贵，细微处见精神，而真实自有万钧之力。

不出意料，《钟南山》这期播出之后，许多由节目曝光的细节引起热烈反响。密密麻麻的行程表，妻子在篮球场上独自投篮等他回家吃饭的孤独影像，儿子喊话父亲“以后可以准时一些，多点回家”的催泪一幕……360°直击观众内心的每一寸柔软。

当晚，#钟南山儿子希望父亲能看到的视频# #钟南山等了妻子8年才完婚#两则话题火速登上微博热搜榜第一和第三，#妻子球场上投篮等钟南山回家# #钟南山家“非典”时期的钉子还在# #钟南山说年轻一代是好样的#等节目亮点持续引发刷屏。次日，#钟南山疫情期间日程表#登上微博热搜榜第二，更多话题仍在持续发酵。

创新完成美学转化：借由跨时空结构和第三方视角 浓缩荡气回肠的“南山风骨”

《故事里的中国》首创了“戏剧+影视+综艺”的综合表达方式，如果说第一季是站在经典文艺的巨人肩膀之上，每一场的戏剧呈现都有经典为依托，那么第二季则大胆丢掉“拐杖”，尝试用原创的方式去打造属于新时代的经典文艺，体现出当下的文艺工作者“为时而著，为事而作”的自信与自觉。

《钟南山》当期的戏剧环节，集中喷薄出节目的艺术创新能量。这段表演以强大的现实理解力、时空驾驭力和情感表现力，进行了用“艺术真实”传递“时代真实”的美学转化。

在节目戏剧总导演田沁鑫的引领下，本次舞台首度由两位演员共饰一个角色。外形青春阳光的韩东君，代表着新中国成立初期的年轻的钟南山；气质朴实沉稳的王学圻，再现的是先后奋战在2003年“非典”战场和2020年春新冠肺炎疫情一线的钟南山。

整场表演从钟院士和秘书苏越明临危受命，从广州高铁站出发切入，主线是钟院士逆行出征武汉，串联了他在高铁餐车上小憩、在武汉作出肯定存在“人传人”的论断，以及领誓战“疫”一线火线入党宣誓仪式等名场面。同时，舞台巧妙地借由苏越明的第三方视角，呈现了大量的闪回场景和穿插叙事，让内容在时空中流动起来，主舞台穿梭于车站、高铁和医院之间，副舞台则在“非典”时期的病房、金银潭医院的会议中心以及钟院士的家之间辗转。

最后，年轻的钟南山和现在的钟南山在跨越时空的“一呼一吸之间”，完成了一场“救助生命，永不放弃”“融化自己，成就他人”“坚定信念、永不言败”“继续奔跑，看清方向，向前”的精神接力，仪式感被推向高潮。

不过半小时的舞台表演，一气呵成地回溯了钟南山的心灵成长史和人生奋斗史，荡气回肠地浓缩了亲情、爱情、师生情、战友情对他人格的塑造、精神的滋养。当观众看到王学圻老师“神还原”的“高铁照”，以及置景真实遵循钟院士在广州的家，连门框上“非典”时期留下的钉子都没有放过，大呼“细节满点”“太有诚意”。

舞台的高级感，不但在于高度浓缩、逼真还原，还在于节目用大胆的想象，在真实和艺术之间找到了平衡点。借由跨时空结构和第三方视角，舞台展露出两条明暗交织的叙事线：第一条叙事线，明讲危难之际的逆行出征，暗讲钟院士为何会成为这样有担当、有风骨的“无双国士”；第二条叙事线，明讲钟院士本人，暗讲他的精神如何感召和指引像苏越明这样的年轻一代。这两条线，其实都是精神的接力。

艺术作品的感染力，在于生活的温度、情感的浓度、思想的深度，在于足以穿透时空的强悍的精神力与强烈的责任感。发生在2020年的这场全民战“疫”，激荡了无数国人的心灵世界。《故事里的中国》把这种激荡变为充沛的激情，交出了一份不负期待的优秀作品。

纵深重走“记忆之路”：新闻结束的地方 就是艺术开始的地方

致敬新时代最闪亮的星，这是《故事里的中国》第二季肩负的重要使命。

在庚子新春之际，《故事里的中国》第二季首期将湘西十八洞村“精准扶贫”的故事搬上荧屏。从第二期的黄文秀，到这一期的钟南山，以及接下来还将呈现的南仁东，都是这两年获得国家荣誉勋章的时代英雄。在《故事里的中国》主创团队看来，滚烫的现实生活，给了文艺创作以无穷无尽的创作宝库，等待着节目去挖掘、去讲述、去演绎，去用文艺的方式发出嘹亮的回响。

中国文艺评论家协会副主席、中国传媒大学博士生导师张德祥对《故事里的中国》第二季所做的探索，给予了高度评价。他说：“新闻结束的地方，往往就是艺术开始的地方。对当代先进人物进行艺术化叙事，能够让我们走进人物内心，真正从逻辑和情感上了解新闻背后的故事，进而形成对时代的深刻感知。”

相对于新闻所追求的客观真实，戏剧更趋于一种艺术真实，而这也是《故事里的中国》第二季能够让人耳目一新的关键。于是，我们看到了《扶贫路上》把对黄文秀的挂念与祈愿寄托于黄色蝴蝶的美好意象，看到了《钟南山》中两个

“钟南山”跨越时空的精神和鸣。

思想家汉娜·阿伦特说：“除非经由记忆之路，人不能抵达纵深。”我们在时光的走道里走的次数越多、范围越广，对当下的认识就会越深刻——诚如《故事里的中国》，于时间的缝隙里小心翼翼地打捞着被遗漏的珍贵，也让文艺和现实碰撞出激越的交响。我们无法预知节目是否会成为未来的经典，但这份为时代画像、立传、明德的全力以赴，已足以动人。

撰　　稿：宝　华
主　　编：王　莹　韩春苗　李　蕾
发布日期：2020年12月5日

扫码阅读原文

江山如画书不尽　《荣宝斋》中更风流

人生非金石，岂能长寿考？

奄忽随物化，荣名以为宝。

要问中国古人把什么看得比生命还重要，毫无疑问就是“名声”二字了。子曰：“君子疾没世而名不称焉。”荣名之说，在中国古籍里多有记载。《战国策》有“恶小耻者不能立荣名”，《淮南子》有“死有遗业，生有荣名”，可见人生于世，唯恐荣名不立。

人如此，品牌也如此。中国的百年老字号已经难得，而要坚持350年把信誉放在第一位恐怕更势比登天。沧海横流方显英雄本色。“永远不能卖假的。”荣宝斋文房用品经营部原经理袁良在中央广播电视总台拍摄的五集纪录片《荣宝斋》中的这句话掷地有声。能在世事沉浮中屹立不倒，这块金字招牌的底色就是诚信。

圣手云集　更有神乎其技

斋，戒洁也。古人将书房称作“斋”就是为在其中正心清净、修身雅致。历史上有名的“七录斋”“求阙斋”“十驾斋”“抱残守缺斋”都是书斋主人为言志、寄情、明愿、自勉而取。荣宝斋则取“荣名为宝”之意，足见其对名声的爱惜。

纪录片《荣宝斋》海报

不是书房胜似书房。在荣宝斋里，站一隅之地可遍览古今笔墨丹青，于方寸之间能体悟养性修心之道。这可不是空穴来风，当代大书画家启功就曾将这座“艺术博物馆”奉为导师：“我从荣宝斋的墙上学到多少有关书画方面的技能，又在它的座位间见到多少前辈名家，受到他们多少教导和鼓励！”

也正因如此，无论是齐白石、张大千、溥心畬、黄宾虹，还是吴昌硕、徐悲鸿、傅抱石、关山月，往来荣宝斋中的大多都是能在中国近现代艺术史上留下浓墨重彩一笔的宗师级人物，他们与荣宝斋之间剪不断、理还乱的感情一直为世人所津津乐道。

除了各路名人大家外，荣宝斋的各位“当家”也是功夫了得，堪称现实版的全员“扫地神僧”。有慧眼如炬、能辨真伪的鉴定专家，有熟谙木版水印，能复刻达到“次真迹一等”的技艺大师，有功力深厚还愿倾囊相授的书画大家，更有国家级非物质文化遗产代表性传承人。大家配合得天衣无缝，这自然也离不开荣宝斋一代代的薪火相传。

从初代传奇掌柜庄虎臣，到拓展字画交易业务使荣宝斋声名大噪的王仁山，从将《江山如此多娇》临摹得以假乱真的孙树梅、米景扬，到以王辛敬为代表的

“画郎中”们，有了上一代的沉稳忘我，就会有下一代的笃行不怠。在一代又一代的传承与创新中，荣宝斋正向着更辉煌的未来走去。

意境深远 还靠镜头映现

张怀瓘在《书断》里说：“书者，如也，舒也，著也，记也。”张彦远在《历代名画记》中开宗明义：“夫画者，成教化，助人伦，穷神变，测幽微，与六籍同功。”足见书画在中华文化中举足轻重的地位。

古往今来，中华文明的精神本质淋漓尽致地体现在了中国书画的行云流水之中。荣宝斋的收藏颇丰，横跨唐宋及至当代，被冠以“民间故宫”之称。想必每一位在斋中亲眼看到流传已久的名家巨作的人，都会由衷感叹大家技艺的鬼斧神工。用总台纪录片《荣宝斋》总导演刘帆的话就是，“有一种‘朝圣’的感觉，我真的是诚惶诚恐”。

但如果没有机会直面观摩，如何才能真切地感受到蕴藏在中国书画当中的深远意境呢？不妨来这部总台纪录片里看一看。

比如张大千先生在“师法自然”时期创作完成的长近6米的《华山云海图》，即使面对面也难以一览全貌。但如果把摄像机搭在大型电子轨道上，就可以将中国画多视线焦点的特点展现出来，让观赏者的焦点随画面移动而移动，在动静结合之中清晰感受奇峰怪石之间的霞光万丈，颇有身临其境游华山的感觉。

江山本似画，沉醉笔墨中。有了探针镜头，就可以在独特的主观运动视角中穿越“质地绵韧、光洁如玉”的纸筒，欣赏由笔墨砚台组合而成的江山画卷。

都说百闻不如一见，那就来《荣宝斋》中看看8K高清投影和无影棚配合话剧形式是如何让人穿梭时空的。在历史情境的真实还原再现之中，仿佛亲临清朝末年北京琉璃厂大街，旁观一家小小文房四宝店在乱世洪流之中破旧立新、开启历历传奇。

除了技术装备够精良外，拍摄技巧也要跟得上。为了让拍摄效果悠游柔转，制作团队特意将灯光透过水面打到画作之上，配合粼粼水波，帮助观赏者在古色古香中体味中国书画的韵味。

在保护文物和高水准制作的双重要求下，制作团队兵分五路进行拍摄，每天多则拍摄四五幅，少则拍摄两三幅，最终用时两个半月完成了这部几乎能代表半部中国艺术史的纪录片。

创新传承 一起踏上征途

除了有形的奇珍异宝外，斋中还坐拥两项国家级非物质文化遗产“绝技”——木版水印和装裱修复。

吴带当风，曹衣出水。中国画最善于用线条表现物体，用深浅明暗表现远近层次。所以木版水印如何展现出细致的线条和墨色的变化？一幅不大的作品为什么需要几百块木版？一块木版能用几次？分区、描摹、雕刻、上色、复制，完成这些看似简单的步骤又有哪些难点？

纸寿千年，绢寿八百。再典雅秀逸的画卷也经受不住时间的侵袭。所以装裱修复如何让老画新生？明朝周嘉胄又为什么在《装潢志》里说“古迹重褾，如病延医，医善则随手而起，医不善则随手而毙”？“精、严、新、顺”的四字评价分别代表什么？

总台纪录片《荣宝斋》为感兴趣的各位详细地解答了这两项无形之技艺是如何发展和传承下去的。

把大家心领神会的非遗技艺工序化、阶段化是让人了解它最好的方法之一。凭借着对中华文化的热爱和多年的制作经验，总导演刘帆把这两项非遗技艺拆解成可量化、可视化、可讲述化的多个环节，让“外行人”也能看“门道”。

说起让普通人更接近艺术，总台纪录片《荣宝斋》特意在最后一集中介绍了印有齐白石《九秋风物图》的艺术桌旗、与故宫携手推出的“金榜题名”系列文具以及最受年轻人喜爱的《潮人YEAH宴图》等一系列斋中精品文创，为的就是希望借助镜头的力量，将高雅艺术带进大家的生活，让中华文化传承下去。

言有尽而意不绝。总台纪录片《荣宝斋》每集名字的第一个字连接起来就是

“荣宝斋文脉”，那么中华文明的文脉又是什么呢？从《周礼》的礼、乐、射、御、书、数，到诗书画印、诗词歌赋，中华文明的重心一直都是文化。想了解中国是什么样的国家、中国人民是什么样的人民，来研习一下中国文化就可以了。

这就是总台要做的事情。

我们是中国文化的见证者

我们是中国文化的记录者

我们是中国文化的传承者

我们是中国人

主　　编：徐　克　张亚东
发布日期：2022年8月11日

扫码阅读原文

《大师列传》：“丹青”背后是“丹心”

文艺是时代前进的号角，是时代精神的浓缩与见证。2022年9月30日，中央广播电视总台大型文化节目《大师列传》播出，央视频、央视网等新媒体平台同步上线，郑小瑛、王明明、范扬、陈家泠、贾广健、冯大中等6位艺术大家先后与观众共享“为山河写照、为人民抒写、为时代画像”的艺术人生。

大型文化节目《大师列传》海报

2500多年前，孔子曾评价《诗经》“可以兴，可以观，可以群，可以怨”。传世经典往往承载着社会、心理、文化、文艺的多重价值，将《大师列传》归为某种节目类型，也是不易之事：它既有访谈节目的样态，又有人物专题片的内核，更有艺术赏析的风采。如何让如此丰富的文艺内涵“飞入寻常百姓家”？《大师列传》独辟蹊径，承续了司马迁于《史记》中开创的“列传”之体，以呈现新时代的艺术作品与名家故事。

看《大师列传》，可带上一份好奇心遨游艺海。几近失传的“没骨画法”缘何再现？中国交响乐诗篇《土楼回响》远赴德国、法国、奥地利、意大利，如何“在关公门前耍大刀”并取得轰动性成功？大门上的铅油斑驳怎样化作“冰裂纹皴”技法，让《苏醒》一举摘得全国美术作品展览银奖？精致的观赏性、严谨的理论性与客观的史学评判相辅相成，使艺术家的人生故事拥有了文艺评论和美学教育价值，更有利于向社会大众进行广泛传播。

除了再现当代艺术史中的高光瞬间外，节目在影像设计上也颇具巧思，一展艺术作品的生动气韵与精妙细节。得益于总台近年“思想+艺术+技术”的融合创新，节目首次使用270°绿箱，结合实时渲染的虚拟场景，打造出兼具艺术感染力、技术创新力和丰富想象力的世界。艺术形象在此“活了起来”，鱼鸟跃然灵动、山水氤氲华滋，中国艺术独有的意境之美扑面而来，观众得以沉浸式地体悟人物访谈、入画赏析、大师论道，在今与古的时空交响里感悟艺术之魂。如果说琳琅满目的名家作品已让观众大饱眼福，《大师列传》以高新影像技术将它们又“画”了一遍。屏幕，成为传统艺术的崭新画布。

看《大师列传》，也可带上一份敬畏心走进历史。节目以“列传”入题，便不仅要讲人物生平，更要讲述“心灵的证据”，将人物还原到历史洪流之中，提炼出人物的精神、魅力与时代价值。如果说精美的艺术作品解答了“何为大师”，艺术家的人生故事则诠释着“何以大师”。

然而，“触目横斜千万朵，赏心只有三两枝”，如何将6位艺术名家的漫漫人生路凝练为30分钟的节目，并让观众突破一己经验的边界，借由他人的故事展翅飞翔？取舍升华间，方见功力。《大师列传》采用与司马迁写《史记》类似的笔法：一方面截取人物最富于戏剧性的高光时刻，以此展现人物“如何成为自己”；

另一方面借由专题片、主持串联和作品评点，以此展现人物“如何认识自己”。经由这两点提炼，“时代”成为个体选择的宏观背景，“个体”也成为时代洪流的一抹亮色，故事的静水流深中才翻涌起了艺术史的璀璨浪花，人物便可脱离扁平的“忆往昔”或单调的“生平事”，而以立体、鲜活、饱含情感的形象，带着历史的厚重与启迪，自然地融入观众心中。因此，贾广健决定自学时用木板搭起的“画桌”、冯大中专攻在小学课堂“跑进心里”的猛虎、陈家泠自述“我的青春从70岁之后才爆发”才会如此真实动人。古人常讲“诗画相融”，《大师列传》的“诗”是历史之诗，亦为心灵之诗，以此为根，“寓情于艺、以艺言志、以艺抒情”方显现出十足真诚、百般启迪。

看《大师列传》，还可带上一份家国心共迎未来。搭心桥、立心志，节目既有“入诗情画境，写时代新风”之意，也有“让世界听见中国”的时代内涵。汉唐盛世，塑造了文化雄风；宋元繁荣，成就了艺文风雅。当下，我们身处百年未有之大变局，文艺正是变革时代精神思想的萃取与审美理想的锻造。在中国文艺界从“高原”走向“高峰”的征途中，我们一方面要“向前看”，看到新时代的中国全面提速了中华民族伟大复兴的历史进程，新时代的中国发生了一系列历史巨变与奋进诗篇，从时代之变、中国之进、人民之呼中提炼主题、萃取题材；另一方面也应“回头望”，望向或雄浑壮阔、或雅静舒逸的艺术作品背后，前辈大家的匠心诚意和文艺文脉的精神传承。

在《大师列传》中，每位艺术家都分享过这样的“接续时刻”：李苦禅留意到6岁的王明明，亲自带他去家中看画；陈家泠从恩师陆俨少的“八面出锋”笔法中获得启发，创造出“走、守、漏、透”的用笔技法；范曾鼓励侄子范扬“如果拿起一张纸、一支铅笔，你的物质条件就跟米开朗基罗、拉斐尔和达·芬奇一样”；抗日“七君子”史良等前辈曾为郑小瑛写下“幸运的小瑛，你要学着，追赶着！担负起中华儿女应有的责任来，才是真正的救国”的话语。文艺创作虽是极个体的事，但接续奋斗在华夏大地上始终步履不停。一代代文艺工作者用心用情地描绘中华历史之美、山河之美、文化之美，倾情抒写中国人民奋斗之志、创造之力、发展之果，这必然是造就文艺大家的时代，也是产生文艺大家的时代。

好奇心、敬畏心、家国心，最终汇聚为“当今艺术应该有高峰、当今艺术必然有高峰”的自信心。《大师列传》不是简单的人物生平写照，它将艺术作品化为珍珠，将接续传承编为金线，以时代风雨为其打磨，终为观众捧上一幅骨秀内含、气韵生动的文艺精品，这何尝不是另一种艺术的创造?

古人云:“以铜为镜，可以正衣冠；以古为镜，可以知兴替。”《大师列传》以人文之美、艺术之光、影像之新，或可再为其添加两句:“艺为水以涤心灵，人为峰以向未来。”新时代的艺术工作者，定将不负丹青、不负人民、不负时代。

撰　　稿：吕　帆

主　　编：降碧桐　徐　克　韩春苗　张亚东

发布日期：2022年10月7日

扫码阅读原文

《一馔千年》：咬一口历史，好吃吗？

看书，也能猛咽口水。会这样做的肯定不止观察君一个人吧？

古诗“夜雨剪春韭”，要做汤还是做馅？“桃花流水鳜鱼肥”，该清蒸还是酱焖？曹操刘备煮酒论英雄，配了几碟小吃？《韩熙载夜宴图》摆了哪道硬菜？真可谓：

漫卷诗书喜欲狂，
津津有味欲亲尝。
思接千载调鼎鼐，
空对故纸叹渺茫！

然而，还真有一档节目到古籍中去寻找“被遗失”的千年美味，把渺茫难求的古代饮食扎扎实实还原了出来。在触发味蕾的那一刻，将观众拉回到古人的生活情境中，感受他们的快乐与忧愁、想念与期待。

这就是中央广播电视总台的饮食文化探索节目《一馔千年》。

“馔”（zhuàn），是饭食之意，还有陈设饭食、品尝饭食之意。这档节目，不只是呈现历史美馔，还要教你做、请你品。主持人朱广权化身餐厅老板，率领一众大厨，查考古籍中的传奇食物，带你乘着香味畅游千年时光。在“一馔千年”这家餐厅里，剧场、餐桌和厨房的叙事交替上演。

总台饮食文化探索节目《一馔千年》海报

《清明上河图》有多好吃？——用考古的态度做菜

在《清明上河图》里逛吃一天，能尝到什么？

坐标开封，时间北宋。追忆汴京繁华的《东京梦华录》中，有一道“假蛤蜊”，听着好玩，可惜只记了个菜名。一番查找，终于在宋代《事林广记》里，发现了烹饪方法：“用鳜鱼批取精肉，切作蛤蜊片子，用葱丝、盐、酒、胡椒淹共一处，淹了别煆汁熟食之。”

鳜鱼切成蛤蜊肉状，腌过之后，用虾熬鲜汤烫熟。火候恰恰好，才能模仿蛤蜊脆嫩的口感。汴京不靠海，《后山谈丛》记载，皇宫内吃的蛤蜊每枚千钱，连宋仁宗都感叹消费不起。河鱼河虾价格便宜，以假乱真，让想吃海味的人，轻松实现蛤蜊自由。

古装剧里出现的“孙羊店”，有其历史原型，如果去探店，能点哪些菜?《饮膳正要》中有一道“盏蒸羊”:“寻羊背皮或羊肉”，“用杏泥一斤、松黄二合、生姜汁二合同炒，葱、盐五味调匀，入盏内蒸令软熟”。

羊肉加杏泥，好吃吗？苏东坡还说了，羊肉要蒸到十分软烂，“食之以匕不以箸”，不用筷子夹，而用勺子舀！带着好奇，节目中真把菜做出来了，效果如何？简直是:

羊肉溜舌滑且畅，
黄杏解腻更增香。
遥思东坡游历处，
共吟赤壁神思扬！

一道羊肉的背后，还折射了北宋时期皇室为了节俭提出的“饮食不贵异品，御厨止用羊肉”的口号。

查考古籍费工夫，把纸面的东西落地，更不容易。宋代人气冷饮“荔枝膏”，这就让大厨们伤透了脑筋。古籍里“乌梅半斤”“沙糖二十六两”，写得明明白白，可照方抓药、熬煮浓汁，却怎么也结不成膏。原来是计量单位搞错了：宋代的一斤实际上是640克。

不只是佳肴硬菜，哪怕是佐餐酱料，也有一番考究。元代《事林广记别集》中记载的“一了百当”：取杏仁、胡椒、姜桂等，用麻油炒香，再加入官桂、腊糟、酱、马芹。往热汤面里一拌，嘿！明明素料，肉香却起，小罐一装，灵魂伴侣。

为了做成这一道道美馔，大厨们寻章摘句、旁征博引，又并非纸上谈兵、花拳绣腿。煮鱼汤是不是开水下锅？熬糖要到什么火候才脆而不焦？如何让羊肉软烂到用勺子舀？都是真刀真枪、“亲测有效”。

还原郑和西洋探“鲜”之旅——尝出历史沉浸感

单单翻阅古籍食谱，还远远不够，节目主创认为：“更需要回到历史现场，设身处地查考，当时能找到什么食材？能使用什么器具？”通过点馔、论馔、庖馔、品馔、演馔等流程，带领观众迈入千年历史，共品人间至味。

比如，跟随郑和的船队下西洋，沿途能吃到什么？

随行人员写下的《瀛涯胜览》和《西洋番国志》记录了郑和航线上诸多热带水果：芭蕉、椰子、榴梿、山竹、波罗蜜，那么当时也许就能吃到用这些食材制成的“春兰秋菊”。

郑和到访过盛产胡椒的古里国（在今印度沿海），船队中有专门养鸡鸭的舱室，还携带了明代宫廷常用的广锅。以此推测，做一份胡椒“辣炒鸡”，合情合理。这份“旅行餐”一入口，仿佛感受到海风拂面，听见帆索窸窣。

明代的“细棋子面”，“薄切如细棋子，以筛隔之……汤中煮熟……暴燥留取渐用”。状如棋子，做熟晒干，想要吃时，用开水一冲即可。明代后期，自然灾害频发，行旅之人泡好方便快捷的“细棋子面”，热气冲上脸颊，不禁鼻子一酸，这是寒凉世界里难得的人间温暖。

滚滚红尘，沧桑巨变，在这些精致的美食中，我们依然可以透过视觉和味道，重返大明风华，和古人保持心意相通。

为淹没在岁月中的平凡人立传

饮食，是人生的倒影，因而“馔”也能成为“传”。无论是一代帝王乾隆，还是文化巨擘杜甫，都有说不完的美食故事。但节目主创更希望，将普通人请到舞台中央，正如导演所说：“无穷无尽的平凡人，往往是大历史的群众演员，但千百年来灿烂的饮食谱系，却正由他们创造。”

节目中的好几道菜，出自明代《宋氏养生部》。作者宋诩讲述，他的母亲从松江到京师，探访学习“乡俗烹饪所尚”，“遍识方土味之所宜”，“得天下味之所同”，后来口传心授给自己，才著成此书。这位母亲作为食谱的真正作者，连全名也没留下，但她博闻勤奋、巧思机敏的形象，却活在书中一千多道美馔里。

一道菜肴，出锅入口，所经人手，何止庖丁？忙碌吆喝的店铺老板、提篮送饭的跑腿闲汉，无不连缀起人们的一日三餐。“闲汉我出马，索唤到您家”，“闲汉”相当于古代的外卖小哥，他们穿街过巷、买果送瓜，不仅是美食行家，还能舌灿莲花。大汗淋漓跑了一天，终于能到州桥夜市犒劳自己，“凉水荔枝与君饮，琼林冰室消暑愁”。刚下班的“打工人”看到这里，都要会心一笑吧？

跟随节目，在锅碗瓢盆之间，还见证着社会进步和时代变迁。一小撮“盘兔”，背后是宋代榨油、冶铁技术发展带动了炒菜的推广；胡萝卜、黄瓜、马铃薯，反映的是中外文化频繁碰撞和物种的大交流。

一馔千年，主角是馔，场景也在转。幕后人员透露，摄影棚特别安装了旋转舞台，设置了30多个摄影机位，以此展开一轴长卷，让古人的生活场景，在观众眼前徐徐展开。借由煎炒烹炸，还原人间烟火。

有网友评价：“这才是‘真’文化大餐啊！”那“馔”出来的，不仅仅是典籍中的食物，往往还是我们心中的柔软，承载着我们对家乡、对故土的渴望。这节目，不但把人看饿，更能把人看哭。

这一馔

从千年中寻访

终捧出“新炊间黄粱”

数千年

到一馔里品味

正恰似“一举累十觞”

撰　　稿：鲁子奇
主　　编：韩春苗　张亚东
发布日期：2022年12月9日

扫码阅读原文

年度观察丨忽如一夜春风来 千树万树梨花开

临近年末，观察君注意到两个新闻。

一个是中央广播电视总台大型文化节目《典籍里的中国》斩获第27届电视文艺星光奖优秀电视综艺节目奖。一档节目，两年内拿下上海电视节白玉兰奖、亚广联奖、年度广播电视创新创优节目，并入选“五个一工程”，可谓收获满满。

另一个是总台2023年春晚发布吉祥物“兔圆圆”，以迄今发现的世界最早的兔形动物“安徽模鼠兔”为原型，创作出极具文化底蕴的生肖兔形象。作为春晚首个官宣新闻，一只兔子就把春晚故事的跨度溯洄至6200万年前，这直接把我们对2023年春晚的历史文化期待感拉到满格。

岁寒之时，总台携着传统文化的诗意与暖意，静候春来。

千树万树梨花开。盘点总台2022年全年的口碑节目不难发现，总台已经将传统文化节目从叫好不叫座的“清流”，进阶为口碑收视双丰收的“主流”，又升级为青年群体追看热议的“潮流”。

《典籍里的中国》第二季、《诗画中国》、《艺术里的奥林匹克》、《荣宝斋》、《大师列传》、《一馔千年》、《中国考古大会》、《中国诗词大会》等一众节目，都在传统文化的春风里，调制出了“满屏皆精品”的配方。

敢舍“流量”方得流量

多年来，“娱乐+流量明星”被视为吸引年轻受众的流量密码。但这一年，总台在传统文化题材上频频创新，锤炼从“养眼”到“入心”的能力。一系列颇具人文情怀与艺术效果的文化类节目绕开了传统综艺节目的“流量秘籍”，一头扎进中国浩瀚的历史中下起了“笨功夫”。

《典籍里的中国》第二季首期《永乐大典》海报

《典籍里的中国》就是这种创作趋势的典型代表。如果说古籍是一块坚硬的岩石，那么《典籍里的中国》钻头之利、开掘之深、范围之大、效果之显著，前所未有。敢于走进《尚书》《天工开物》《永乐大典》这些文化人都未必读得下去的典籍，颇有敢战必赢、啃“硬骨头”的精神。这不是猎奇，不是炫技，而是真的向传统要精髓、向古人要智慧，这本身就是有风骨、有追求、有作为的事情。

传统文化节目如何让观众“坐得下来”

很多时候一说到“传统文化”，我们总是容易想到一些佶屈聱牙、艰深晦涩的东西；而一说到“观众”，又往往觉得大家追逐娱乐，更喜欢花哨的东西。其实传统远比我们想象的要鲜活，而观众也远比我们想象的要深沉。如今的电视观众，也欢迎并且完全能接受更深邃的思想内核，只要你找到更合理的表达方式。

就拿美食节目来说，从历史的纵深来看柴米油盐，一粥一饭都有文化的沉淀。

总台正在热播的《一馔千年》，到古籍中寻章摘句，把渺茫难求的古代饮食扎扎实实复刻了出来。“戏剧+历史+美食”的节目架构如同一剂秘料，把菜品背后的千年底蕴完全激活。

美食节目《一馔千年》海报

首期节目中，谭咏麟扮演的《清明上河图》作者张择端泪洒舞台，高呼“这菜中的蛤蜊是假的，画中的景物也是假的，可是这人间盛世才是真的，我张择端此生无憾”时，直让观众激情澎湃，继而刷屏：“这才是真‘文化大餐’！”“不愧是国综美食顶流。”

另一档文化节目《大师列传》承续了司马迁于《史记》中开创的“列传”之体，单是节目名就已是气魄十足。节目在影像设计上颇具巧思，使用270°绿箱结合实时渲染的虚拟场景，以高新影像技术将名家巨作又“画”了一遍，屏幕成为传统艺术的崭新画布。鱼鸟跃然灵动、山水氤氲华滋，让人大饱眼福。

《典籍里的中国》更是似乎全不在意当下观众被短视频养成的“3秒耐性”，一个月更新一集，被全网在线催更，观众“搓手期待”，称其为“一档不能快进的节目”。“月更”的频率并不是对观众的敷衍，反而证明了这档节目没有被当作“快餐”，是用匠心扎实做好每一步。

总台文化节目他人难复制？

纵观2022年，以总台为潮头，各卫视百花齐放，文化类节目已成为各大电视台自制节目的标配。那么，正当红的传统文化节目有没有可能形成一种新的套路模式呢？

说实话，很难。

因为娱乐综艺主要的看点不在于节目模式本身，而在于更换明星嘉宾，在于展现人与人之间的关系，所以“固定的模式+全新的嘉宾”就很容易操作。而传统文化综艺不一样，它的看点在于文化本身以及表现手法的创新，如果内容不扎实，仅靠模式包装，根本难以立足，因此二者是完全不同的创作逻辑。

其实，传统文化节目就不是以热度定胜负的题材，它是浸染在每一个中国人骨子里的东西，是慢慢渗透进入的，也只能慢慢溢出芬芳。所以慢一点，一点一点去做，反而比依靠某些热点或者话题一拥而上更好。总台正是在娱乐综艺目不暇接的今天，“身如逆流船”般地制造了另一种目不暇接。

网上有不少评价用“很出圈”来形容2022年总台文化节目的火爆，但仔细想想，“圈”从何来？不过是存在于一些“自我设限”的节目思维。传统文化在全体中国人之间何曾有过“圈”？那是我们民族记忆中的东西，而总台，是在将它激活。

也许只是《中国诗词大会》中飞花令的风雅对招，一句诗词足矣；也许只是《诗画中国》中对晕染这一抹中国风色彩的运用，一笔水墨足矣；也许只是《中国考古大会》中考古遗址牵出的文化脉络与民族记忆，一件文物足矣。

《中国考古大会》第九期，西安秦始皇陵铜车马海报

总台台长在《典籍里的中国》第二季启播仪式上称，要为“是以中国”继续作答。如果以此作为整个中国传统文化节目的最高目标，想来也不为过。或许，传统文化节目还怀揣着更大的命题，肩负着更大的使命，如何让中国传统文化走入世界每一个细微的深处，在世界的舞台上引领国风国潮？中国传媒界仍任重道远，需且琢且磨。

主　　编：韩春苗　张亚东
发布日期：2022年12月28日

扫码阅读原文

第四章

竞新斗巧 如何为“大象”设计轻盈舞步

我们常问：流量的密码是什么？现实表明，流量本没有什么密码，如果非要找到一个密码，那就是“深耕内容，锻造精品”。在言必称流量的新媒体时代，主流媒体不能追求“闹点”而忘了“重点”，不能追求“流量”而忘了“质量”。中央广播电视总台以“大象也要学会跳街舞”的精神风貌，牢牢巩固新媒体领域的引领地位，打造让受众“爱不释手”的新媒体产品，不仅有“笔尖”之功，能“妙笔生花”，还有“指尖”之力，达“刷屏之效”。我们从业界理论中开采“他山石”，从总台实践中提炼“此山玉”，洞见新媒体时代下的传播之道。

慎海雄解读：何为中国？

2022年6月21日，首届由中央广播电视总台与文化和旅游部联合举办的“中国影像节”全球展映活动开幕，并在京举行启动仪式。

影像节期间，超过50部由总台CGTN出品的英语、西班牙语、法语、阿拉伯语、俄语五种语言的优秀纪录片和专题片，包括多部获奖作品，将陆续通过全球百家媒体和平台进行展映。

中宣部副部长、中央广播电视总台台长兼总编辑慎海雄出席活动启动仪式并致辞。致辞全文如下——

今天启动的“中国影像节”全球展映活动，或许可以为解答一个问题作出诠释。

这个问题就是：何为中国？

一千个人眼中有一千个哈姆雷特，一千个人眼中也有一千个中国。孔子、熊猫、太极、长城、中国制造、高速铁路……说起中国，不同的人眼前会浮现不同的画面。伴随着中国综合国力提升与国际影响力的扩大，世界人民对这个古老而充满活力的东方大国越发关注。

本次全球展映活动，将以英语、西班牙语、法语、阿拉伯语、俄语五种语言，向全球观众放送52部介绍中国的精彩专题片。这些影像就像一个五彩缤纷的万花筒，展示着新时代中国的城市与乡村、古老与时尚、传承与创新。从东海之滨到雪域高原，从摆脱贫困实录到抗击疫情故事，从去阿拉伯经商的中国人到来少林寺学武功的非洲人，透过这个万花筒，观众朋友可以看到一个真实而鲜活的中国。

由总台 CGTN 出品的多部纪录片和专题片在“中国影像节”展映

构成中国的，是960万平方公里的土地，是上下五千年的悠久历史和灿烂文明，更是14亿生活在这里的每一个个体。14亿中国人的日常，共同生成中国的温度。52部影像讲述了一个个普通中国人的故事：新疆阿勒泰地区保护野生动物的“河狸公主”，读书改变命运的甘肃女孩，易地搬迁走出大山的贵州老人……他们像世界各地的普通人一样，为了更加美好的生活而努力奋斗着。他们追梦圆梦的故事，是新时代中国的生动注脚。

中国古时的商人曾与各国商人一起，共同走出了一条横贯中西的丝绸之路，丝绸和香料成为东西方经济文化交流的使者。影像是当今世界共通的语言，被誉为“胶片盒子里的大使”。就像古代丝绸和香料，我们希望用影像这一载体，为各国人民民心相通、文化交流、务实合作提供沟通的桥梁，为世界文明交流互鉴谱写新的篇章。

今天的世界，还很不太平。作为国际主流媒体，中国中央广播电视总台将继续担当负责任媒体的时代使命，努力破除隔阂、增进了解，让这个星球多一些安宁、多一些和平，共同推动构建人类命运共同体。

我们将通过“思想+艺术+技术”的融合传播手段，构建“5G+4K/8K+AI”的战略格局，为不同区域、不同国家、不同群体提供大家所喜欢的精品力作，展示中华文明的博大精深、源远流长，展现世界文明大花园的姹紫嫣红、交相辉映，努力呈现世界文明间的“美美与共、各美其美”。

主　　编：张亚东

发布日期：2022年6月21日

扫码阅读原文

慎海雄：丹青难写是精神

——我们为什么举办“何以中国”大展

“后之视今，亦犹今之视昔。”回望历史，一眼千年。

千年前的1021年，“唐宋八大家”之一的王安石降世。对于如何书写历史，以变法垂范百代的他留下了丰神远韵、雄健峭拔的感叹：“糟粕所传非粹美，丹青难写是精神。”

百年前的1921年，探索中华民族历史本源的中国现代考古学诞生。中华文明

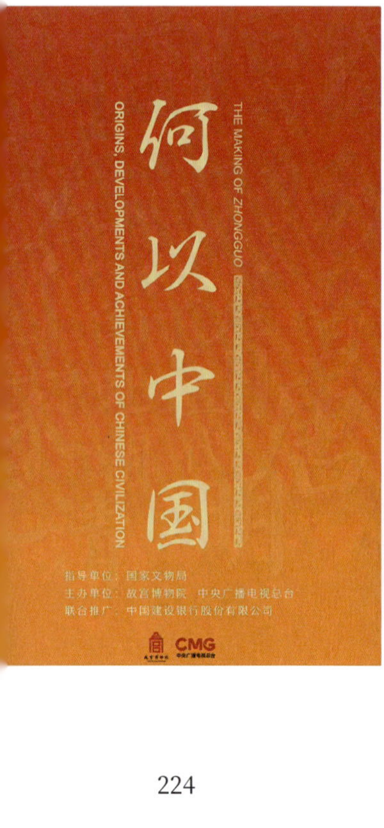

“何以中国”大展宣传海报及大展现场

上下五千年的尘封卷轴，因一系列重大的考古发现，而不断地被实证、被刷新、被激活。

历史走到今天，身处百年未有之大变局，当我们凝望新时代的如椽巨笔，不禁深思：该如何在这个壮丽时代的“丹青”史册里，为前人和后世挥写新时代中国之“精神”？

正是基于这样的思考，正是源于这样的努力，我们举办了“何以中国”大展，交出一份中国国家媒体的时代答卷。

清晰记得，2018年3月，在中央广播电视总台成立的第一周，我参加了在故宫博物院举办的《国家宝藏》第一季研讨会。

当九家知名博物馆的馆长和一众专家促膝围坐，当大家赤诚热烈地探讨总台的创新创造、感谢央视节目给博物馆和文博界带来的思考、触动、激活……我再一次真切地感受到了习近平总书记提出的“让收藏在博物馆里的文物、陈列在广阔大地上的遗产、书写在古籍里的文字都活起来”的现实意义。

也正是在总书记重要指示精神的指引下，从《国家宝藏》到《中国国宝大会》，从《典籍里的中国》到《美术经典中的党史》，从《艺术里的奥林匹克》到《美术里的中国》……近年来，总台通过一次次创造性实践，不断探索新的表达内容和方式，溯源民族根魂，筑牢文化自信，书写新时代的“丹青史卷”。

此次与国家文物局和故宫博物院联合促成这样一件文博盛事，是总台人带着培根铸魂的使命责任，完成的又一次新的探索和尝试。

此次大展为何定名为“何以中国”？我想，“何以中国”的回答里，包含着数千年来，中华文明起源和发展的历史脉络、取得的灿烂成就、对人类文明的重大贡献；包含着一百年来，一代代考古人筚路蓝缕、接续努力的傲人成果；包含着党的十八大以来，当代博物馆人、文博学者在历史文化保护传承上的耕耘笃行；也包含着我们作为媒体人为时代画像、为时代立传、为时代明德的执着追求。

中国人讲究“格物致知”。这本沉甸甸的图录，收录了“何以中国”大展中集纳的来自全国30家博物馆的130余件（套）珍贵文物，横跨八万里，纵贯五千年——何尊、玉琮、皿方罍、金项饰、商鞅方升、长信宫灯、牛虎铜案、后蜀残石经、鄂君启金节、金瓯永固杯、藏文《四部医典》、文渊阁《四库全书》……

如果说，观众和读者感慨最多的是如何将这么多顶级的文物汇集到一起，我们则深知比汇集文物更难的，是完成顶级的思考和表达。诚可谓“黑白之间有七彩，此时无声胜有声”。

报考考古专业，曾是我学生时代未及践行的志愿。或许正是因此，而使我每一次面对文物的瞬间，都更容易共情于物中蕴含着的祖先的理想。与古人对话，与先贤交流……一件件无声的文物恰如一位位令我辈敬仰的长者，屹立在我们面前。片片甲骨，包藏着华夏文明的萌芽；何尊的铭文，勾勒出“中国”二字最早的模样；云梦秦简中，留下了大一统起点处律法思想的赫赫威严；皿方罍的器身上，斑驳着流转百年、“完罍归湘”的国运跌宕……泱泱中华，万古江河。一切文明的诞生都离不开大江大河的滋养，而中华文明本身也正像一条日夜奔腾不息的长河，起于涓微，广纳百川，历经五千年风雨，成长为一往无前的浩荡渊流。

大河奔流，不舍昼夜。祖先的思想、创造和精神，沉淀在一件件无语的文物中，就如同河床上的石子，告诉我们这条河曾走过怎样的路、我们的先人有过怎样的喜怒哀乐、悲欢离合，告诉我们博大精深、源远流长的中华文明何谓“源远”，何以“流长”。

士不可以不弘毅。今天的我们，“要在历史前进的逻辑中前进、在时代发展的潮流中发展”。“何以中国”，是我们对自身文化的一次叩问和探寻，是我们为新时代的丹青写出精神！今天的世界，很不太平。或许在不久的将来回望过往，它也是在以一种知古鉴今的方式，正在为世界文明之路提供中国航标！

2022壬寅暮春

（本文作者为中共中央宣传部副部长、中央广播电视总台台长兼总编辑慎海雄）

主　　编：张亚东
发布日期：2022年5月13日

扫码阅读原文

慎海雄《学习时报》刊文：信物无声 精神永恒

在庆祝建党百年之际，中央广播电视总台联合国务院国资委共同推出百集微纪录片《红色财经·信物百年》，通过百位讲述人、百件信物、百集故事，翻开红色财经百年史画卷。这是国企人深入开展党史学习教育的生动实践，也是总台建党百年宣传报道的又一精品力作。

中国经济百年风云，千千万万以实业报国为己任的仁人志士，绘出中国经济史上一幅史诗般的英雄图谱，在没有硝烟的战场上，为共和国千秋基业筑起最牢固的经济保障。而那一件件磨损、褪色甚至破旧的国企信物，就是创业之初的国之基石。一块普通的铀矿石，一件破旧的马甲，一部不能发报的老电台，一把抗美援朝运输线上的铁钩，一张《义勇军进行曲》的金属母本……一件件珍贵的百年信物见证了一个经历千锤百炼而不朽、跨越沧海桑田而繁荣的强国之路。

有信则立，薪火相传。信物，是《红色财经·信物百年》讲述的起点。不同于以往纪录片的专业主持人视角，该片由百年兴业以来，为夯实共和国产业根基、

《红色财经·信物百年》海报

构筑经济命脉的百家企业的党委书记、董事长亲自出镜，前所未有地以“信物守护人”的形象出现在镜头前。他们不仅是企业的掌门人，更是历史的见证人和企业精神的传承人。“自家人讲述自家事”，《红色财经·信物百年》探索了一种全新的故事讲述方式，让专业主持人隐退后台，将演播室完全交给最了解企业发展历程、最对行业饱含深情的“信物守护人”。他们携带各自“传家之宝”，以风格迥异的个人气质和讲述方式，追溯红色财经印记、探寻中国经济脉络，赋予了纪录片浓郁的个性感染力，为短小精悍的8分钟影片营造出浓厚的氛围感与沉浸感。

习近平总书记指出，坚持党的领导、加强党的建设，是我国国有企业的光荣传统，是国有企业的“根”和“魂”，是我国国有企业的独特优势。以央企为代表的国有企业发展史，也是我党百年征程的一个缩影，蕴藏着共产党这个中国近代以来最伟大“创业团队”的成功密码。《红色财经·信物百年》中呈现的每一家企业都代表着中国产业的实力，在一穷二白的基础上创造了惊天动地的经济奇迹，用几十年时间走完了发达国家几百年走过的工业化历程。

从半部电台到无处不在的通信网络，从一个火车汽笛到遍布全球的高铁名片；从一只小小的罗盘到走遍世界的基建巨人，从青霉素的一针难求、价比黄金到疫苗的率先研制成功和出口，从没有石油、没有发电机自主制造能力到水能、核能、气能、氢能的清洁能源的全产业链布局，从钢铁总量只够中国人平均一家一户打一把菜刀到全球第一大钢铁制造国，从一个积贫积弱的落后农业国演进为世界第一制造业大国和世界第二大经济体……

信物见证党史，信物凝结初心，信物昭示力量。夜空中的星光来自数亿年前的上古宇宙，在波澜壮阔的百年征程中，一枚枚小小信物就如同党史天幕上的璀璨星辰，落在我们这个时代的华彩星光，始于百年之前的峥嵘岁月，而光芒的起点之处却是“满目萧条，百废待兴”的“一张白纸”。新中国成立之初，毛泽东感慨地说：“现在我们能造什么？……一辆汽车、一架飞机、一辆坦克、一辆拖拉机都不能造。”面对这样的情况，有人认为“共产党军事上100分，政治上80分，经济上0分”，也有人断言“中共的胜利将不过是昙花一现而已”。100年，在人类发展史上不过弹指一挥间，但是中国经济百年来不舍昼夜奋斗，以一件件红色信物为证，成就了波澜壮阔的人类历史传奇。

筚路蓝缕，以启山林。面对一张白纸，毛泽东豪迈展望：“一张白纸，没有负担，好写最新最美的文字，好画最新最美的画图。”饱经历史沉淀、经过精心遴选的一件件红色信物，勾画出中国经济最初的图样。一块看似普通的铀矿石，见证了中国核工业的起步与发展，被誉为中国核工业的“开业之石”；一件破旧的马甲，曾携带联合行的大额资金和党的经费，一次次突破敌人的封锁，用贸易支援抗日前线；一张1935年的金属唱片，首次灌入《义勇军进行曲》的铿锵旋律，唱响中华民族奋起抗争的第一个音符……“两弹一星”精神、“两路”精神、大庆精神、铁人精神、载人航天精神、青藏铁路精神……都浓缩在这百件红色信物之中。历史，往往需要经过岁月的洗刷才能看得更清楚。当我们重新抚摸和审视这些红色信物，能更加清晰地感知一个古老民族赓续千年梦想、走向民族复兴的历史进程。正如习近平总书记强调的，“无论是在中华民族历史上，还是在世界历史上，这都是一部感天动地的奋斗史诗”。

中国梦，是从沉淀了我们全民族集体记忆的历史中孕育的，屈辱和苦难是它的土壤，所以它才如此深沉，如此动人心魄、撼人心魂。红色信物如同这片土地上播撒的种子，历经百年开出锦绣之花，如今神州处处有“最新最美的文字”，处处见“最新最美的画图”，中国桥、中国路、中国车、中国港、中国网……新时代的中国千帆竞发、百舸争流，奔向更广阔的未来。

“我们对于时间的理解，不是以十年、百年为计，而是以百年、千年为计”，这是习近平总书记谋划国家发展的“时间视角”。中央广播电视总台策划的《红色财经 · 信物百年》正是要将百年的沧海桑田浓缩为一帧帧可亲可感的镜头画面，把红色信物带入百年时间坐标，丈量激流勇进的党史进程。追寻初心信物，致敬百年风华，总台以红色信物敲响岁月的洪钟，拨动时代的音符，在亿万观众心头回响，让更多人深入了解和体会它们所赓续的共产党人的精神血脉、传承的红色基因，这就是对红色信物的守护与传承。

（本文作者为中共中央宣传部副部长、中央广播电视总台台长兼总编辑慎海雄，原载《学习时报》2021年5月31日第1版）

扫码阅读原文

主　　编：张亚东
发布日期：2021年5月31日

《主播说联播》：如何让金牌栏目注入“新媒体网感”

《新闻联播》作为中央广播电视总台重要新闻节目，在广播电视领域具有重要影响力和传播力。

作为总台新闻类节目的“金字招牌”，《新闻联播》也需要用更加创新的手段来触达和吸引年轻用户，扩大主流舆论影响力圈层，这是总台推动媒体融合向纵深发展过程中的必修课，也是必答题。

《新闻联播》主播用年轻人喜爱的网络语言讲新闻、评热点，解读大政方针、传递主流声音，已成为具有品牌影响力的新媒体短视频旗舰栏目

中央广播电视总台党组明确提出要坚持“台网并重、先网后台、移动优先”的发展战略，把更多的人、财、物和优质资源向新媒体端集结，优先确保新媒体平台成为总台“第一信源”，优先确保新媒体端的首发先发，“推动媒体融合向纵深发展”这一战略性任务重视程度空前。

总台编务会议多次召开专题会就“《新闻联播》如何进一步深化媒体融合以吸引年轻受众”的议题进行深入讨论。

“我们要充分转变思维、创新表达，不能仅仅满足于做大屏和小屏之间的‘搬运工’，也不能满足于掐头去尾、红烧中段、简单切条。要努力打造更多让人眼前一亮、闻之一振、爱不释手的新媒体产品。”中宣部副部长、中央广播电视总台台长兼总编辑慎海雄就打造新媒体原创内容生产特别谈到，要创新话语体系和表达方式，既要讲好故事，也要贴近年轻人的语言特点和接受习惯。

这成为《主播说联播》日后破圈的核心要素。

培养最具网感的央视新闻
把“创意驱动”变成独当一面的能力

在经历过700余期节目的探索和实践后，2021年9月起，《主播说联播》全新改版，以“大象也会跳街舞”的精神风貌对节目的播报方式、内容选题的设计以及创意策划等方面进行调整。

体验和效果如何，关键在用户。要想把用户聚集起来，提升传播力、影响力，打造爆款，精准把握用户注意力、触动用户关注点是关键。

改版后的《主播说联播》更贴合短视频的属性，对每期节目时长进行控制；且不再拘泥于让主播只端坐在新闻演播室内出镜，而是走进新闻现场，带领用户从“看现场”到“说现场”甚至“唱新闻”；网友的留言也不再简单只在留言区展现，而是会以“弹幕”的形式在当天的节目内滚动呈现，甚至由主播念出，增添了整体节目的信息量，更具互动性和同场感。

主播现场说：首次跟随国内考察同步解读

2021年9月15日，习近平总书记在陕西考察，他走进田间地头与老乡唠家常。总书记问得很细，乡亲们也答得很实。

随队报道的主播康辉注意到了这个温暖的细节：

老乡说："现在白面、大米、猪肉都有的吃，生活越来越好了。"总书记回答道："现在不是说稀罕吃白面和猪肉了，反而有时候吃五谷杂粮吃得还挺好。"

节目充分抓住这一来一回朴素又温暖的"现场同期"，由康辉在陕西录制，"原汁原味"地进行现场解读："虽然只是唠家常的一句对话，但却能从话里行间读到人民生活幸福感的巨大改变。"这也是《主播说联播》节目首次跟随国内考察进行同步解读。

习近平总书记到驻陕西部队某基地视察调研时指出，太空资产是国家战略资产，要管好用好，更要保护好。

这段新闻在《新闻联播》播出后，主创团队结合神舟十二号航天员返回的消息，制作了《主播说联播丨"出差天团"要到家喽！潘涛：有笔"资产"，航天人要管好》，充分地把握了"时度效"，微博话题#太空资产是国家的战略资产#登上热搜榜前十，阅读量超过5500万。

主播便装说：让"严肃新闻"活力十足

9月1日是开学的第一天，当天上午朋友圈瞬间被孩子家长"上墙"的视频刷屏了。这种手持的视频拍摄很接地气，也很有新闻性，反映了"双减"背景下一定的社会现象和家长们真实的心理活动。当天上午，央视新闻也发布了家长们"上墙"的视频，主动设置议题登上热搜。

当天《新闻联播》的值班主播郭志坚就谈到，是不是可以去现场拍一期反映"双减"背景下的节目，让他这位"孩子爹"也来讲讲"上墙"的体验。

郭志坚以"萌娃开学、神兽归笼"为开场，结尾还不忘来一句："快乐学习、快乐成长！记住：Enjoy。"网友忍俊不禁评论道："开头好像幼儿园门口扒门缝看孩子的家长，最后的Enjoy也太好笑了。"

让《新闻联播》的主播穿便装在校门口出镜，其实也是《主播说联播》对社会热点追溯的一次有益探索。

“双减”背景下，“老师减了家长加，硬把萌娃变鸡娃”的社会问题需要关注，更需要主流媒体来引导。

主创团队认为，央视新闻根据开学日家长“上墙”设置议题，实际上形成了一个话题闭环。

“当舆论本身成为新闻的一部分，其实我们做的就是正确地反馈社情民意，用接地气的报道让用户感受到，央视新闻与他们在一起。”《主播说联播》相关负责人说道。

主播押韵说：让平实的语言更具张力

2021年中国国际服务贸易交易会（简称“服贸会”）期间，《主播说联播》创新地让刚强、海霞两位主播同台，用“三句半”顺口溜连环押韵，“酷说”服贸会：

> 中小企业要扶持，北京上新交易所；
> 服务精专有特色，改革！
> 合作空间迎巨变，质量效益双兑现；
> 发展潜力皆可见，实干！
> “一带一路”群英会，沿线企业排好队；
> 项目越来越完备，on the way（在路上）！
> ——节选自2021年9月6日《主播说联播丨押韵！海霞刚强这样给你讲服贸会》

“我们不拘泥于必须要用新闻语言来评论类似主题，服贸会当天，习近平主席作了重要讲话，我们一方面要将‘干货’提炼给大家，同时也要做到让《主播说联播》‘润物无声’地飞入寻常百姓家。”

主创团队说，当初在进行服贸会相关节目创意时，想到了用押韵的“三句半”把服贸会的主旨内容以“趣说”的方式表现出来。“每句话的最后一个字都契合平仄和对仗，还用‘on the way’这句英文来表明我们始终在路上，一语双关的同时起到了画龙点睛的作用。”这期《主播说联播》发布后阅读量超过2300万。

主播流行说：让“硬新闻”也能出新彩

9月3日，《主播说联播丨郑丽：“漂亮国”在阿富汗这事干得可真“不漂亮”》发布，在微博登上热搜榜第一，话题#央视主播说漂亮国这事干得可真不漂亮#话题阅读量达4.1亿。

郑丽口中的“漂亮国”其实就是网友对美国的一种戏称。这样的讽刺用语出现在平时严肃认真的主流媒体中，是一种新媒体语言的“反哺”。

“漂亮”=“美”，“漂亮国”做的事情并不漂亮，这样“吸睛”的标题一下就抓住了用户的注意力。

《主播说联播》相关负责人表示，总台在此次阿富汗报道中发布了大量的独家采访和第一现场，成为全网稿源。新媒体要想在这样全球关注的重大事件中脱颖而出，必须要有不一样的创意。

“我们在微博和微信平台也收获到了很多网友对阿富汗局势的反馈和评论，在标题和主播导语中将‘漂亮国’这种网友的戏称运用在《主播说联播》中，是与网友最直接的互动。”

主播方言说：让“反差萌”成为节目创意的一部分

9月14日，《主播说联播》发布《陕西娃严於信花样夸家乡 宝晓峰：真是“嫽扎咧”！》，联播主播严於信和宝晓峰再次便装出镜，甚至开场就用陕西方言来给观众“串了一遍”。

“一开始我们与主播们沟通，是不是可以尝试用家乡话来‘说’新闻，这对于他们来说确实是新的尝试。虽然联播节目对普通话的发音要求很高，但是我们一直在想，说着方言的联播主播，改变了每天正襟危坐的节目形象，这样的‘反差萌’可能更会受年轻观众的关注。”

“这一次改版，我们改变原有报题时间，每天上午开当天的选题会，也会与联播的主播一起交流，他们也在改进报道形式和风格这方面提了很多建议，主播们也非常想尝试不同的播报风格和形象。”

主创团队表示，《主播说联播》一般会在当天16：00左右最终敲定当日选题，在《新闻联播》结束后对当天的节目进行录制，《新闻联播》的主播们也会同主创团队进行商讨，力求在语言表达上“更接地气”。

比如郑丽就提出了很好的建议：《主播说联播》是否可以引入道具。在当天的三星堆报道中，郑丽生动地模仿了三星堆铜人动作，手拿三星堆模型道具，也引得网友直呼：“太生动，太形象了！”

又如郭志坚建议：在一些选题上，主播是否可以不穿西装说。在关于全运会的节目里，郭志坚就身穿总台运动服，“《主播说联播》，今天不穿西装说”。郭志坚的运动服形象也让人眼前一亮，这一期《主播说联播丨全运会来了！郭志坚：快来燃烧你的卡路里》瞬间引燃网友的互动热情：郭老师竟然还是运动达人！

主创团队谈到，最近的节目一直尝试用不同的形态和手段来探索将创意触达年轻用户。“比如我们让主播李梓萌为乡村学生清唱《你笑起来真好看》，迅速获得网友点赞。”有网友评论道：“主播的歌声也许不专业，但是目光所及都是美意。”

“9月10日中美领导人通话这样的重要新闻，栏目也会打破常规的节奏，早做准备、早做设计，在下午两点多提前录制抢占时效，更早地把对重要的新闻解读信息传递出去。”

比“拼速度”更重要的是“抢用户”
要让核心竞争力注入“新媒体血液”

“我们追求的绝不仅仅是一条快讯快个几分几秒。”总台新闻新媒体中心相关负责人坦言，央视新闻想成为霸屏爆款的前提是先要让用户满意，新媒体时代没有任何比用户更重要、比创新更迫切。

央视新闻客户端的报道需要充分接近用户，不能一直高高在上，用传统灌输式的方式报道，而是要调整报道视角，用更多亲民、平视的视角理解用户、打动用户。“《主播说联播》很好地为《新闻联播》提供了一个新媒体的支点，为这档步入不惑之年的王牌节目注入了新媒体的血液，拥有了同网友亲民化、平实化交流的机会，这也是这档节目能够在舆论场持续刷屏的原因。”

9月1日至今，《主播说联播》栏目相继推出《开学第一天，主播郭志坚也“上墙了”……》《中国队实力演绎一骑（qí）绝尘》《央视主播揭秘中国队神勇之力哪里来》《来贺！康辉为这十个人送喜报》等节目。

因为形式创新，让网友像追剧一样，每天等着《主播说联播》更新。有时因为发布时间不同，网友还会热情地回应：“今天《主播说联播》来早了呀！”可谓互动感满满。

“情因真而动心动情，我们一直在尝试用更亲切的方式，让主播们从《新闻联播》的状态里‘卸下一点’，把《新闻联播》中的权威信息用新媒体的语言嚼一遍给用户。”

在韩中国人民志愿军烈士遗骸回国当天，几十万条留言涌进央视新闻的直播间，这样朴素的情感需要一个窗口去展现。

“当天的节目，我们邀请康辉站立播报，现场念出一些网友发自肺腑的评论，被网友直呼‘破防’，节目话题也登上了热搜。这拉近了主持人与网友的距离，对提升栏目传播力及品牌亲和力会有很大的帮助。”

当日微博话题#康辉读出这些网友留言瞬间破防#总阅读量超过2.8亿，登上热搜榜第二；快手号播放量超1500万。

总台主播康辉表示：“《主播说联播》上线到现在已经两年多，对新媒体产品而言，属于该更新迭代的了。从选材到设计再到呈现，近期都掀起了新一波热潮。事实证明，‘新’总是从‘破’中‘立’起来的，走出惯性舒适，没那么难受，或者说不会难受多久。”

《主播说联播》的创新依然是在守正的前提之下，坚守的首先是《新闻联播》所抓取的热点，角度、观点、情感都应该是《新闻联播》“国之大者”的一部分。《主播说联播》也要统一在这个根本上，让个性为共性服务。

主播们点赞英雄时饱含深情，弘扬正气时光明磊落，点评时幽默风趣或一针见血。

当“羡慕嫉妒恨”“奥利给”这些“网言网语”从康辉嘴里说出，权威媒体与网络上的鲜活语言结合在一起时，节目的传播更加接地气。

开播至今，《主播说联播》已推出700多期，微博话题阅读量超过96亿，有效带动电视端年轻观众日均同比增长17%。

《主播说联播》以日更的频率和轻快简明的语言，用竖屏年轻态的方式和“网言网语”拉近了与新媒体用户的距离，让王牌新闻节目在互联网获得“流量密码”。其成功不仅在于延续了《新闻联播》的权威性，更反映了总台新媒体深入骨髓的创新引领和以用户体验为核心的融合驱动，真正做到了“活”起来、“灵”起来。

以栏目创新为切口
提速“央视新闻”全新改版升级

“一定要狠抓高质量发展改版提质升级，一个节目一个节目地改，一个细节一个细节地抠，做到大屏节目高端大气、小屏节目精致细腻。”慎海雄就总台高质量发展特别谈到，要努力打造更多让人眼前一亮、闻之一振、爱不释手的新媒体产品，力争三到五年把总台80%以上的节目、栏目打造为精品，最大限度地扩大总台全媒体影响力。

据了解，2021年10月央视新闻客户端将全新改版升级，将对包括5G、大数据、云计算、人工智能等在内的新媒体必备的工具类“武器”进行较大补充，促进形成可发布、可追踪、用户可互动的现代新媒体运营平台，特别是在用户画像和深耕用户的手段上实现迭代升级。

“我们一直在努力提速‘央视新闻’自有平台建设，只有打造自有平台，才能实现海阔凭鱼跃的发展。央视新闻客户端一直以来的目标就是建成可追踪、可分析、可互动的自有用户平台，以满足用户需求作为追求创新的‘方法论’。”央视新闻客户端相关负责人说道。

目前，总台正在全力推进央视新闻客户端平台迭代升级。新版央视新闻客户端将依靠高效的智能生产系统，全力提升用户体验，一键打通大小屏互动，打造“央视号”汇聚平台。

据了解，央视新闻客户端已经陆续邀请到了近千家主流媒体和机构入驻央视号平台，包括总台地方总站、总台名牌栏目以及地方权威媒体和国家部委政务新媒体，它们将为央视新闻补充更多有热度、温度、深度的优质媒资。

“在新版客户端我们会开辟‘直通焦点访谈’这样的板块，建立舆论监督的新媒体入口，规范用户报料格式，高效收集报料内容，并配备栏目专属的管理后台。央视新闻拥有的独家价值和优势还在于能够联通大屏，联通新闻频道，通过小屏做互动，与大屏相连，释疑解惑，实证辟谣，以此来壮大主流媒体在新兴主流舆论场的影响力。”

央视新闻客户端相关负责人透露，新版央视新闻客户端将以权威信息、丰富内容、汇聚资源、建设社区等主要方式吸引年轻用户群体，打造符合主流价值的总台新媒体旗舰平台，打通网友反馈与大屏节目的互联互通，形成大小屏双向互融引流。

“融”字当头 创“新”出发
让媒体融合从“量变”走向“质变”

创新是引领总台发展的第一驱动力，总台党组多次指出，要以“大象也要学会跳街舞”的精神风貌拥抱互联网、打造全媒体，大胆试、大胆闯、大胆干，练出更多的“独门绝技”，在创新中不断扩大影响力、增强软实力。

出发点是守正，落脚点便是创新，“创新”一词始终贯穿在总台媒体融合发展的过程之中。

庆祝中国共产党成立100周年报道，总台旗下各平台总触达人次超过30亿，其中新媒体直播总播放量创8个平台观看之最。央视新闻微博主持的3个话题登上热搜榜第一，阅读量超116亿。

“有大事，看央视”的品牌力进一步凸显。

东京奥运会期间，总台派出800人报道团队，17天进行了500场电视转播、超7000场新媒体赛事直播。中国代表团获得的38块金牌，央视新闻客户端全部实现首推首发，总台全媒体平台收看达479亿人次，刷新近十年来体育赛事触达人次新纪录。

直击阿富汗局势，依托总台遍布海外的报道站点和44种语言对外传播平台，有1599家境外电视台引用播出总台画面，跨媒体总触达人次超73.33亿。其中，央视新闻全平台浏览量超13.89亿，有近90%的新媒体热搜话题来自总台报道。

站在媒体融合发展前沿，主流媒体要充分挖掘新媒体采编形式，海阔天空想、脚踏实地干，将互联网这个最大变量化为主流舆论最大增量，因时而动、顺势而为、主动作为，“融”字当头、创“新”出发，让媒体融合从“量变”走向“质变”，回答好“如何推动媒体融合向纵深发展”的必答之问。

（本文原载2021年9月18日微信公众号“广电独家”）

撰　　稿：一　鸣
主　　编：张亚东
发布日期：2021年9月20日

扫码阅读原文

创作手记丨江河奔腾 踏歌而行

“一条大河波浪宽”，这条大河是哪条河？长江奔流不息，黄河九曲连环，松花江沿岸黑土丰沃，淮河与秦岭一分我国南北气候……

中央广播电视总台央视新闻频道近期推出的特别节目《江河奔腾看中国》，全景式探访长江、黄河、松花江、辽河、淮河、珠江、闽江、塔里木河、万泉河及京杭大运河。溯江源、赏江景、看两岸，川流不息的壮美自然，蒸蒸日上的流域发展，千家万户依水而生、依水而兴的故事，怎么讲都讲不够。

有没有那么一首歌 能让你轻轻跟着和

前期策划阶段，节目组提出为每条江河都寻找一首主题曲的想法，让每一条江河的壮美画面上，都流淌着特有的主题配乐，引起观众“好看又好听”的共鸣。

可是到底哪些歌曲、乐曲才能成为它们的主题曲？这得搜过、听过、感受过才知道。打开搜索引擎，输入“关于江河的歌曲”，可以得到1300多万个结果。从总台自有的音频资源到市面上可使用的音乐APP，编导们搜了个遍，就连大数据都把这些突然活跃的用户画像定义为主题音乐爱好者，每天都在向他们推荐抒情、叙事、宏大的各种主题音乐。

最终，11首歌曲、乐曲成功“突围”，它们之中既有耳熟能详的老歌，也有新近创作的乐曲。它们风格多变，有的展现出穿山越海的豪迈之势，有的挥洒出滋养万物的包容之态，还体现出了不同江河流域的民族、地域特色，与流域内多姿多彩的景观相得益彰。此外，节目还特意强化了前期拍摄录制的背景声，江河起源之处的涓涓细流，千回百转间的碰撞冲刷，抑或浩荡入海时的开阔平静，与歌曲、乐曲有机交融。

一条大河波浪宽 最爱不过家乡河

在选取歌曲的过程中，节目组还深入挖掘了每首主题曲原作者与这些大江大河的故事，让观众在他们创作的心路历程中，感受到老艺术家们对于祖国和家乡的浓浓深情。

长江主题曲《长江之歌》的词作者胡宏伟是辽宁人，辽河主题曲《辽河水从我家门前流》正是他写给家乡母亲河的作品。淮河主题曲《淮河两岸鲜花开》创作于1952年，是新闻纪录影片《一定要把淮河修好》的主题曲。当年，淮河流域第一座水电站——佛子岭水电站开工建设，作曲家向异就在建设工地上完成了创作。

节目宣传片选用的主题曲是《我的祖国》，歌词“一条大河波浪宽”家喻户晓。这条大河是哪条河？词作者乔羽曾经说过，这句歌词是他看到长江时想到的，但不管是哪里人，总会有一条河，寄托着你的喜怒哀乐，只要一想起家，就会想起这条河。《我的祖国》《长江之歌》《黄河颂》《松花江上》《万泉河水清又清》……这些经典的音乐作品伴随着一代又一代中国人成长，那些用音乐传承的历史，也必定令人记忆深刻。

数据当助教 演播室开讲地理课

哪条大河有四个源头？哪条大江有八个入海口？万泉河源头所在的五指山，是压着孙悟空的那座吗？这些你已经还给中学地理老师的知识，看完《江河奔腾看中国》后都可以捡回来。而如何让观众看得清、听得懂、记得住，就是编导们要解决的问题。

为了在演播室里上好这堂“地理课”，团队请大数据当起了助教。主创团队借助水利部提供的江河流域相关资料，以及自然资源部国土卫星遥感应用中心提供的卫星影像及卫星数字高程数据，分别制作了《江河百科》系列短片和演播室虚拟演示插件，配合主持人的解说，全方位展示了江河走向、特殊形态等内容。江河如何起源，上中下游如何分界，流动方向受什么因素影响，入海口有哪些变化，一目了然。

在长江节目中，观众可以看到，在长江源头各拉丹冬雪山的姜根迪如冰川上，冰川融水汇集成流，再流淌入沱沱河的过程。

在淮河节目中，主持人结合卫星地图，解释了淮河第一闸王家坝跟濛洼蓄洪区的关系。通过演示，观众可以清楚地了解到正在实施的濛河拓浚工程如何用“搭桥手术”为洪水找“出路”，减小王家坝闸开启的概率，让居住在濛洼里的百姓能够更安心。

塔里木河流域物产丰富，主持人当起了新疆物产推介官，带观众在直播室里一饱眼福。伽师新梅、叶城核桃、库尔勒香梨这些深受消费者喜爱的当地特产，还有阿拉尔的螃蟹、麦盖提的淡水龙虾等引入新疆养殖的水产品，如今正走进千家万户，成为当地农民致富增收的好路子。

百舸争流 绿水青山

金秋时节 溯流而行

江河奔腾看中国

撰　　稿：许贞旗
主　　编：张亚东　降碧桐　李　昕　陈　琰　吴晶晶　于　琦
发布日期：2022年11月10日

扫码阅读原文

整整齐齐“象”前进
可可爱爱来报道

中国大象火了

近来，15只亚洲野象，靠着自己的实力，化身为一部中国西南纪录片。

它们从故乡西双版纳出发，一路向北，徒步500多公里，在高速上散步，在街道上闲晃，在水塘里泡澡，又闯进村民家吃面条、喝烤酒……

这群四处淘气的“熊孩子”不仅受到全国人民的喜爱，还一不小心把“家里闯荡”变成了国际新闻，引来亿万外国受众的围观。

总台有句口号“大象也要学会跳街舞”。

这一次，真正的大象来了，总台能错过吗？

不能！

一路追象：
翻山头 下水库 第一时间赶到现场

从2021年5月中旬象群在云南玉溪活动引发注意开始，总台云南站记者立刻奔赴玉溪，成了“追象人”。

翻山头，下水库，沿着大象粪便和碎了一地的香蕉、玉米，一路拍摄大象的“肇事现场”。记者实地来到村民家中，近距离还原大象活动路线，幽默讲述大象的“作案线索”。另一路记者逆向而行，回溯到象群老家西双版纳，深挖大象的“简历背景”，寻找不为人知的新闻视角。

当地村民的讲述颠覆了许多人对大象的认知，它们不仅会开水龙头、开电灯，还会进村偷吃玉米后把盖子盖上，甚至在遭遇病痛时，来求助人类。

实时观象：
慢直播 追偶“象” AR助力互动直播

为了满足“象粉”们的“追星”需求，央视频开设了慢直播“大象到哪了”，吸引了上百万人次前来围观。

网上有人担心，万一拍摄影响到大象怎么办？不必担心，无人机时刻保持安全距离。

还记得那张让网友惊呼“可爱到犯规”的大象“躺平照”吗？你可知道当时无人机距离大象有多远？350米！就是为了不打扰它们睡觉。

机上镜头拉20倍变焦，看得真真切切，可让一群网友操心坏了：看把“孩子”给挤的。

央视频开设了“给大象旅行团征名”央友圈互动帖，这下可打开了网友的“脑洞”：象游新生、美好象往、欣欣象荣、积极象上、肆无忌象、萌玛、北鼻……还有一位网友可能是对大象“糟蹋”农田意见很大，所以起的名字是“不象话”。

面对大象如此高的人气，央视频趁热打铁，来了场《“象”往的生活——云南野生象群迁移特别直播》。

看看这高端大气的演播厅，仅用1个小时就完成了布景，大家为了大象可真是拼了。

央视频《“象”往的生活——云南野生象群迁移特别直播》演播室

其实，这是在绿棚虚拟演播室里录的。采用虚拟AR技术，将大象元素、雨林效果融入演播室，利用虚拟互动屏，快速将各类大象素材向用户直观展示，现场连线与短视频自由切换。

只用3个小时就完成了直播系统搭建、调试彩排与操作培训，无须实体搭建，成本低廉。

只用3个小时就完成了直播系统搭建

萌趣舞象：
拟人化 造“象”设 网感演绎可爱故事

总台报道大象可是认真的，上的都是采访大场面的设备。

央视网就“抢”了个“独家新闻”——《今天，我们采访了一位国际巨“象”》，用标准采访的手段，专访了“当事象”，把它们这些天的路线攻略、行程进展，以及“违法乱纪”行为来了一番整体“爆料”。

一次采访不解渴，大型真“象”旅行秀《一路“象”北》推出特别版，邀请15位“徒步专家”做客直播间。

其实，是总台的小编们“戏精”上身，塑造区分出了近10个不同的“象”设，配以“弹幕”吐槽、捧哏逗哏、网梗等多个潮流文化元素，虚拟出一个综艺场景，用长图漫画演绎出大象一路的“所思所想”。

这群“团宠”还承包了总台各大节目素材，从“舌尖上的大象”到“今日说象”再到“走进大象”，各频道代表栏目都留下了一番“象言象语”。

朱广权的rap声声在耳：“亚洲象是一级保护，但也是庞然大物，它频繁地进村散步，而且‘肇事’过度，又要人和象的利益兼顾。”

狭路“象”逢、晕头转“象”、全民偶“象”……总台的小编们最近频繁使用“谐音梗”，对大象进行“二次元”“加工”，剪辑出了一部《一场说走就走的旅行》。

CGTN推出的多个大象进村的短视频也让国外受众爱不释手。西南腹地的边陲省份，让外国网友以为是贫困落后的农村，大象对庄稼的破坏必然让当地损失惨重。

而对此，村民则大方表示：“没关系，大象头一次来，吃点喝点不是事。”

国外网友纷纷在CGTN帖文下留言：“谢谢中国政府，你们对大象们真好。”

追问真“象”：
深访谈 解疑惑 严肃新闻“萌”着做

在《新闻1+1》的专家访谈环节，当主持人问到象群最后会以怎样的方式结束这段旅程时，专家的回答却是一本正经的“萌”：一是长时间的“夹道欢迎”，二是短时间的“扶上马送一程”，三是“礼送”它自由返回家乡。

看来，人类是彻底把大象当成“同类”来礼遇了。

在大象带来无数欢乐的同时，《新闻1+1》稳稳落地，追问和深挖事件背后的问题，连续抛出为何有3头公象离开象群、离队的大象是否有攻击性、大象为何要北上迁徙等问题。

专家指出，象群的这次出走并不是人们所说的“迁徙”，而是漫无目的的突发事件。这也回应了一些舆论认为大象是“被迫迁徙”的疑虑。

央视新闻还专门探寻了大象为什么爱喝酒的问题，专家指出，这是因为发酵的水果会产生乙醇，大象闻到乙醇就能找到食物，所以，找酒喝的大象其实是在找水果。

这样的解读，让我们在为大象醉倒而忍俊不禁的同时，也增加了知识。

总台的大象报道还被BBC、CNN、FOX、法国24台、德国之声、意大利广播电视公司、加拿大广播公司、日本NHK等75个国家和地区的803家电视台/频道以及网络新媒体平台采用，累计播出5889次，G7国家的媒体数量占比达73%，G20国家的媒体数量占比达81%。

有学者说，这是“美国三年来报道中国最温馨可爱的新闻”。

“中国象”变成了“国际象”。

这一次，全世界都看到了一群可爱的大象，一批可爱的报道，和一群可爱的围观群众。

在大象面前，中外媒体一齐投出温柔的目光，全世界齐齐目送着大象迈着坦坦荡荡的步伐，在人类面前走过。

这真是一部“顶流连续剧”，持续了多日的《大象去哪儿》仍在进行中。看来这群让全世界惦记了许久的大象，肯定还要继续被惦记下去。

观察君还希望，在这个长长的剧本里，动物与人类的故事可以一直这么有爱，这么温暖。

主　　编：韩春苗　张亚东
发布日期：2021年6月10日

扫码阅读原文

有点饿啊没关系　空间站有宫保鸡

当当当——“CMG观察”首支单曲《空间站有宫保鸡》今日全球首发！航天员在中国空间站里都能吃点啥？让我们唱给你听。

从1999年到2021年，从神舟一号到神舟十二号，逐梦太空22年，中国人首次进入了自己的空间站！

这次不是“出差”，是回家！

中国空间站首批3位住户，将在轨驻留3个月。他们工作生活的珍贵影像，有总台，为你记录陪你看。

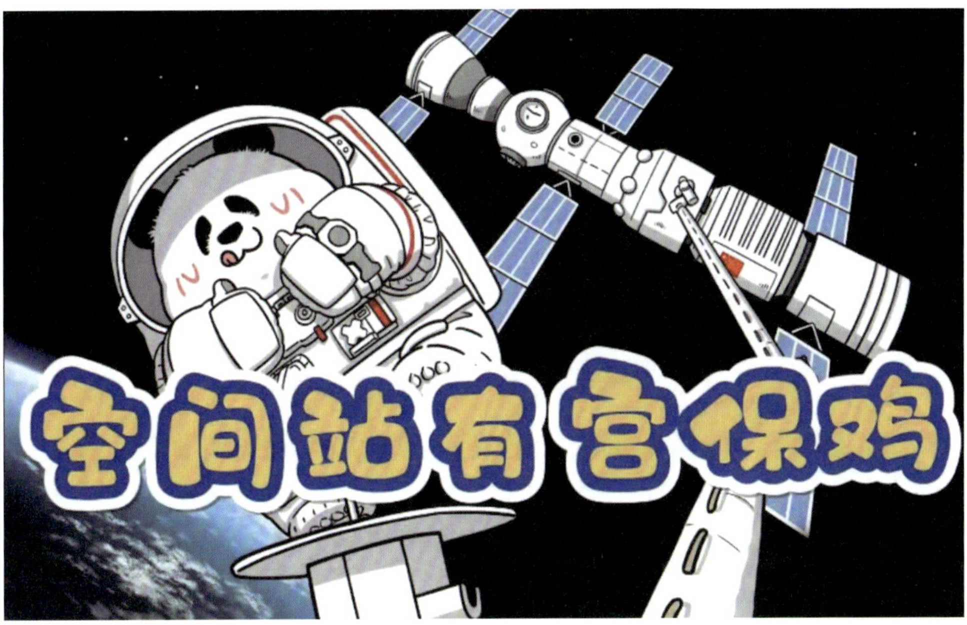

“CMG观察”首支单曲《空间站有宫保鸡》全球首发，扫文末二维码可听看

今天，观察君想聊聊总台报道中的航天员们和他们的太空“新家”。总台报道团队和网友们一样，对航天员们工作生活的每一个细节都充满了好奇心，也操碎了心。这不，我们就和网友一起，发现了不少亮点。

吃川菜、骑“动感单车”、装WiFi
空间站的日常，很像在地球？

是谁来自山川湖海，却囿于昼夜、厨房与爱？美食与时间和情感一样，是人类永恒的追求。这次，“航天员们的菜谱更新了吗？”毫无意外地再次位居网友“灵魂拷问”的首位。

在总台新媒体节目《白·问》里，白岩松向中国载人航天工程航天员系统总设计师黄伟芬提问后才知道，咱们空间站“食堂”有多棒！据介绍，给航天员配备了120多种航天食品，按一个星期为一个周期来算，食品的重复率是很低的。

白岩松专访中国载人航天工程航天员系统总设计师黄伟芬

节目播出后，#太空外卖 宫保鸡丁#登上热搜，阅读量达3.6亿。咸、辣、酸、甜俱全的宫保鸡丁、鱼香肉丝等菜肴，已经提前被天舟二号“外卖小哥”送上了空间站。地球的网友都馋哭了，纷纷要求空间站WiFi“通网”之后来场“太空吃播”。

不仅是饭菜，航天员能喝到的饮料也早就包括了各类茶、果汁和汤。只要开袋注水，就可以饮用了。

听说，传统相声贯口《报菜名》能报出200多道菜。今后，观察君能期待一下空间站版的《报菜名》吗?

除了饮食外，总台报道中航天员的穿戴和各种用品也被细心的网友从报道中找出来了，比如航天员的“太空自行车”包裹。

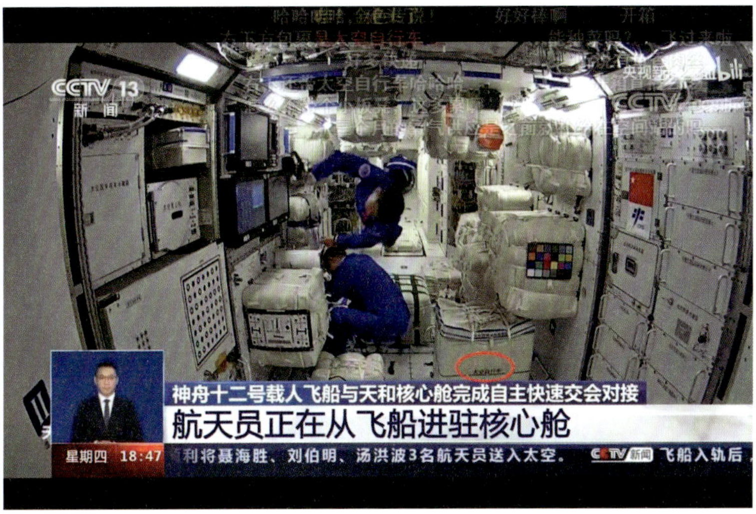

火眼金睛的网友一秒看到总台报道中航天员的“太空自行车”包裹

这届网友太强了，观察君第一眼都没看到。

关于空间站的生活，#航天员有自己的私密时间吗#也登上热搜，阅读量达1.7亿。网友评论：“原来航天员也是单休！”

七自由度机械臂、全中文操作环境
空间站的工作，好科幻！

在中国空间站核心舱上，有一个非常重要的装备，就是空间站机械臂，它是我国目前智能程度最高、规模与技术难度最大、系统最复杂的空间智能制造系统。

总台记者带你看看这个堪比“太空变形金刚”的装置。

说是机械臂，其实它可以在空间站“独立行走”。据专家说，空间站机械臂拥有7处关节、2处末端执行机构，是对人类手臂的最真实还原，将来可以用类似蠕虫运动的方式在舱上爬行。

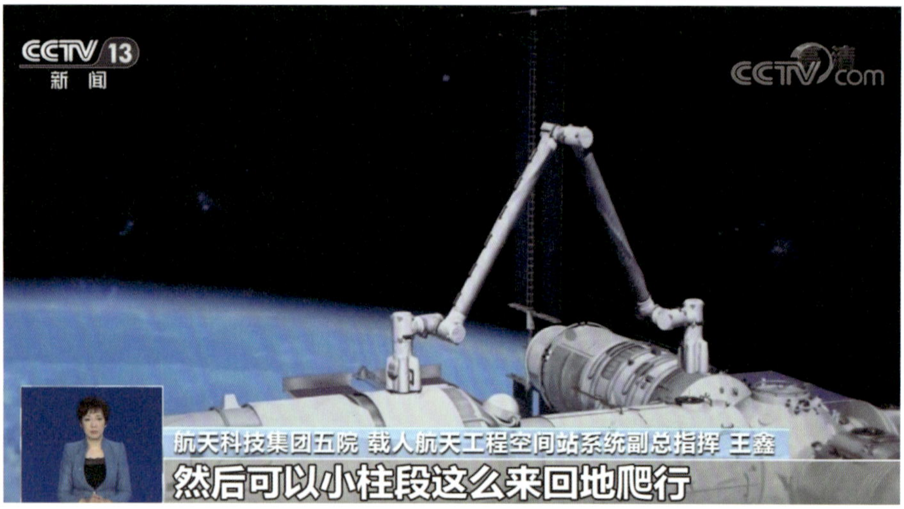

空间站机械臂：我是最强“多面手”

这次，航天员将在机械臂的支持下，首次开展较长时间的出舱活动，进行舱外的设备安装、维修维护等操作作业。

网友评论：“我们可以期待一场‘太空抓娃娃’吗？”

来，跟观察君一起读：亲，注意安全，机械臂需要一把（bǎ）把（bǎ）把（bà）把（bǎ）住了才行。

电影《流浪地球》中，国际空间站设备上“Made in China”的标签激发了众多网友对中国载人航天的期待。这次，我们的中国空间站是全中文的操作环境，让大家感到十分骄傲。

网友评论：“以后做航天员是不是要考个中文六级？”

部分网友评论

央视频联合总台甘肃总站、海南总站推出系列XR（扩展现实）空间站科普短视频，央视频首位虚拟主持人“央小天”讲解“航天员必修课”。

央视频首位虚拟主持人“央小天”（左）讲解“航天员必修课”

对镜头比“耶”、向人民敬礼
来自空间站的问候，你get（收到）了吗？

神舟十二号与天和核心舱完成自主快速交会对接，只用了不到7个小时。如果航天员们从北京出发坐高铁，可能连自己的家乡都到不了，而今却已能够抵达中国的太空家园。

有网友感慨："明明是这么里程碑的超级大事件，但为什么给人民的感觉是那么理所当然，就像是家里突然加菜一样，喜悦又自然。"这几天，说到中国空间站，我们总能想到这样一些画面：等待进舱时，3位航天员发现摄像头后可爱挥手的场景，是这几天大家印象最深刻的画面之一。

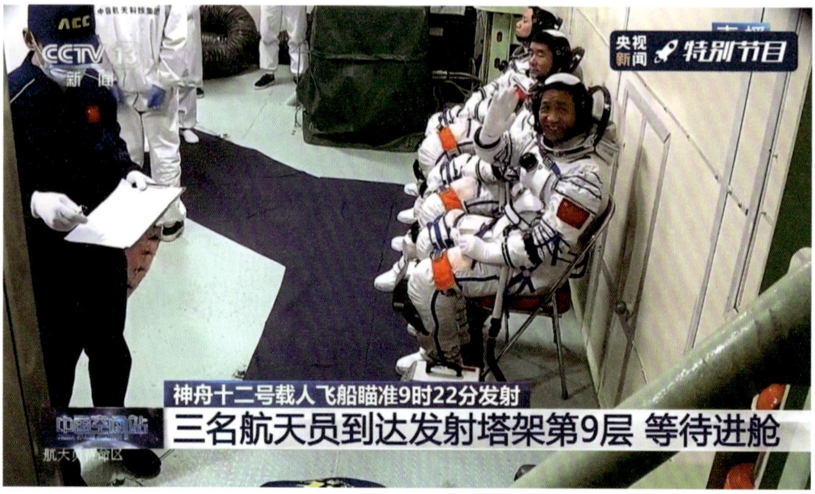

航天员聂海胜、刘伯明、汤洪波到达发射塔架第9层，等待进舱

进入空间站后，航天员们在太空向全国人民敬礼的画面，你被"燃"到了吗？

三名航天员进入空间站后向全国人民敬礼

交会对接时，航天员们的对话“手册翻到42页”也被网友反复琢磨。

42页:
《健康码》
《从对接到入门》
《从零学开舱门》
《参考答案 略》
《如何在空间站种菜》
《太空转笔快速入手》
《合适的换衣服时机》
我们至今不知道42页写了什么

网友：我们至今不知道手册42页写了什么

鲁迅先生曾翻译凡尔纳的科幻小说《月界旅行》。他在译序中提到，“五州同室，交贻文明，以成今日之世界”。

外媒报道，中方对于在空间站中开展国际合作持开放态度，欧洲航天局已派出航天员到中国接受训练。

我们建设空间站，将为各国探索太空提供新的机会。

仰观天宫，星河似水流淌；入住天和，黑夜不再漫长。

中国空间站，让我们和世界一起，继续守望！

“饮完茶啦，不如去吃宫保鸡？”

主　　编：胡姝姝　张亚东
发布日期：2021年6月21日

扫码阅读原文

这个冬奥会 你距离“金墩墩”有多少厘米

在这个一“墩”难求的冬天，有不少人甚至打起了颁发给获奖运动员的“金墩墩”的主意。据北京冬奥组委透露，在竞赛场馆纪念品颁发仪式上颁发的“金墩墩”是特殊纪念品，并不对外销售，所以大家想和“金墩墩”来一次“零距离”的亲密接触，恐怕有点困难。

这个冬奥会，你距离“金墩墩”有多少厘米?

不过，奥运会吉祥物与我们的距离确实越来越“近”——从距离1.5m以外的电视屏幕，到距离70cm左右的电脑屏幕，再到距离自己30cm左右的手机屏幕。

通过多种渠道获取信息，早已成了“家常便饭”。以奥运会为例，一项在2008年奥运会期间发布的网络调查结果显示，90.9%的受访人称自己通过电视关注奥运会，81.4%的人表示会通过（计算机）互联网关注，19.2%的人会通过手机关注奥运会。14年过去了，你是通过几块屏幕来了解北京冬奥会的呢?

据不完全统计，2022年2月4日20时至2月14日，北京冬奥会开幕式相关报道，单在中央广播电视总台电视端的观众触达人次就达到了29.41亿；在总台新媒体端、咪咕和快手等授权第三方平台的用户总触达人次达到了44.25亿。人们已经习惯在不同的距离观察憨态可掬的“冰墩墩”了。

电视大屏创新高 超过平昌索契之和

在2022年2月13日举行的赛时阶段第九场例行新闻发布会中，国际奥委会新闻发言人马克·亚当斯表示，截至2月11日，北京冬奥会在中国的收视总时长达到了20.5亿小时，这比平昌冬奥会和索契冬奥会的总和还要多15%。

另有数据显示，截至2月14日，北京冬奥会所有相关报道在中央广播电视总台电视端触达人次为257.61亿，生动地说明专业、权威、高品质的电视节目仍然是人们获取信息的首要选项。特别是在重大活动和突发事件的直播报道中，大屏的地位依旧无可替代。

国际奥委会电视和营销服务首席执行官兼常务董事蒂莫·卢姆2月16日介绍，北京2022年冬奥会开幕式约有5亿电视观众，观众数量已经超过了历届冬奥会。这个数字也是自北京2008年奥运会以来，在所有奥林匹克体育赛事的开幕式中最高的一个，仅在中国的观众就相当于平昌2018年冬奥会开幕式的全球观看人数。

从节目表现看，截至2月14日，北京冬奥会电视端相关赛事及节目中收视率超过1%的达157档，超过2%的达25档。高收视节目背后，蕴藏着的是人们对大屏节目形态的高度认同，以及对精品电视节目的大量需求。

此外，大屏的应用已经不再局限于传统的客厅、卧室等场景，广阔的天地给了深居简出的“巨星”“冰墩墩”一个变身“巨型”“冰墩墩”的机会。事实上，近年来在中央和地方出台的大量超高清视频专项政策引领下，我国超高清视频产业高速发展，4K/8K产业日趋成熟，户外超高清大屏越来越受到人们的关注。

北京冬奥会期间，中央广播电视总台在北京冬奥会主媒体中心、国家体育场、首都体育馆、张家口新闻媒体中心、延庆冬奥村和清水苑社区等地设立了6块8K大屏，实时转播总台8K频道的超高清内容，吸引了众多中外人士驻足观看，向世界展示了中国媒体的硬实力。“更大更清晰”已经成为一张亮丽的“中国名片”。

新媒体受众大幅增长 想要与你更“近”一点

在北京2008年奥运会上，互联网、手机等新媒体首次作为独立转播机构被列入官方转播体系，标志着奥林匹克运动正式走进互联网时代。今天，在移动终端的广泛普及和飞速迭代下，新媒体产业迅猛发展，在拉近人与人之间距离的同时，也成为信息传播的又一主要渠道。

以内容IP搭配专业化生产达到引流效果是互联网平台的基本操作思路。在用户注意力持续缩短、信息传播趋向碎片化的时代，单纯依靠IP本身已经无法在信息的海洋中脱颖而出，高专业度的内容供给以及呼应用户的关切与诉求变得越来越重要。

以北京冬奥会为例，在开幕式后的10天里，依靠专业化的信号制作和赛事转播能力，北京冬奥会持权转播商中央广播电视总台新媒体多平台总触达人次已达145.61亿，成为网络用户的主要观赛平台。其中，央视频冬奥会相关内容累计直点播观看人次达17.32亿，央视网达11.91亿，央视体育客户端冬奥会直点播及图文观看量达1.47亿。总台在新媒体端两三年来的布局，借这一把“冬”风“火”了起来。

当然，建立与用户的连接，只是传播的起点，真正让用户参与其中，才是互联网平台实现用户留存的关键所在。这一点在总台新媒体矩阵中表现得十分明显。北京冬奥会期间，央视频推出的《会员请回答·冰雪茶话会》节目，以答题抽奖的方式与用户进行在线互动，和用户分享冬奥小知识；通过生成独一无二的数字雪花，带用户“飘”进“鸟巢”，为用户打造“专属”的开幕式观看体验；央视体育客户端通过首次应用的“三维声”音效，为用户提供沉浸式体验服务，帮助用户真真正正地做到“耳听八方”……

在互动和沉浸式带来的极致体验下，央视频客户端注册用户数突破5000万，日均活跃用户较开赛前提升近150%，日均新增激活用户数较开赛前提升3.5倍；央视体育客户端新增用户42.2万，日均活跃用户较日常增量达250%，实现了与用户之间的深度绑定。

好成绩并非只在国内，借优质IP走出国门，也让全世界更多的人看到了真实的中国。有数据显示，在北京冬奥会开始的10天内，在YouTube（优兔）平台上，粉丝增长最快的前20个账号有8个来自总台，最高增幅达19.09%；在Facebook（脸书）平台上，粉丝增量最高的20个机构账号有10个来自总台，最高涨粉67.8万；在Twitter（推特）平台上，前20个粉丝增幅最高的账号有一半来自总台，增幅最大达9.91%。得益于高水平的转播报道，世界各国网友在收看来自总台的冬奥报道时，也纷纷表达了对中国的赞叹和喜爱，并对北京冬奥会发出了美好的祝福。

国际国内赞誉不断，北京冬奥会即将圆满闭幕。当寓意着创造非凡、探索未来的“冰墩墩”向我们挥手告别时，我们的心里是不是在想，一边是触手可及的“冰墩墩”，一边是纤毫毕现的“冰墩墩”，都是可爱的“冰墩墩”，只要一个怎么够呢？

主　　编：徐　克　张亚东
发布日期：2022年2月20日

扫码阅读原文

日渐热门的“微短剧 +”宣传
主流媒体怎么用

短视频时代，如何培育网生内容、提升旗下内容传播效率，成为各大媒体号亟待突破的问题。微短剧作为一种情节冲突密集、制作周期短、体量较轻的内容形式，既契合了观众碎片化的观看需求，也因其“长短交汇”的特点吸引了平台的关注与扶持。而题材灵活、适合反转、互动等特点，也让它成为优秀的宣传载体，开始被各大主流媒体、官方机构运用在日常宣传中。

微短剧成为好的传播载体

微短剧具有短视频形态，兼有完整、丰富的剧情结构，成为长、短视频竞争中的“交汇点”。与长视频相比，微短剧更符合碎片化、随时观看的逻辑；与短视频相比，微短剧的叙事结构更完整，具有剧情化带来的高吸引力。

这一内容类型在UGC（用户生成内容）内容生态下持续成长。根据调研，2000多位受访者（成年网民）中，仅有6.8%日常完全不接触微短剧内容。微短剧内容被各大视频平台所“瞄准”，精品化、系统化、垂直化的PGC（专业生产内容）内容重回战场。

与此同时，微短剧的外延不断拓展，传播载体属性日益突出，“微短剧+”模式在宣传和融创领域大放异彩。

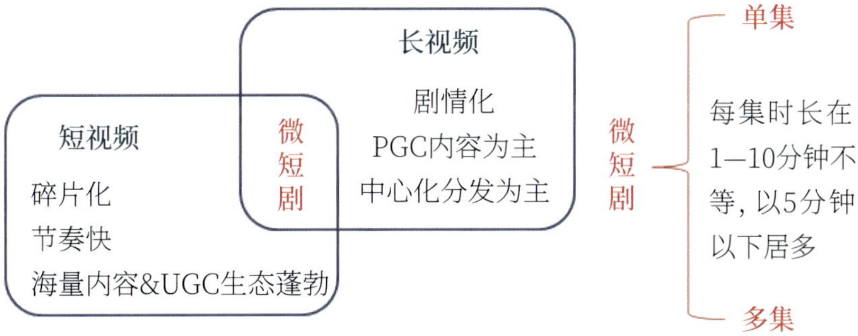

微短剧兼具长、短视频的特点

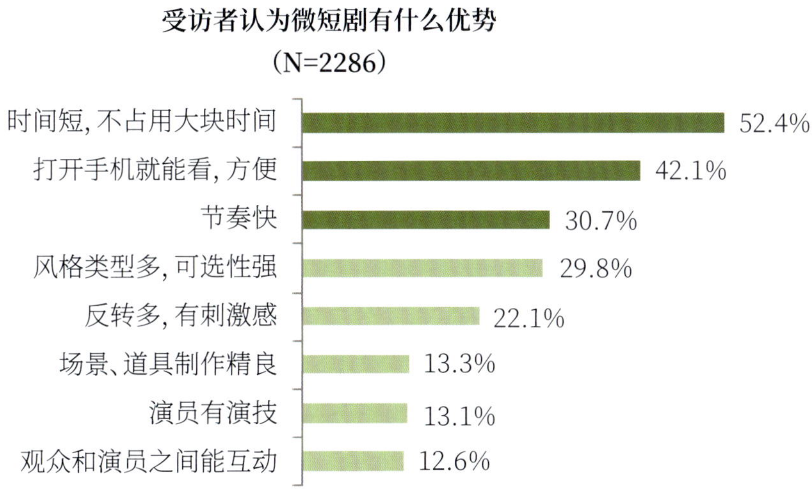

受访者认为微短剧所具有的优势

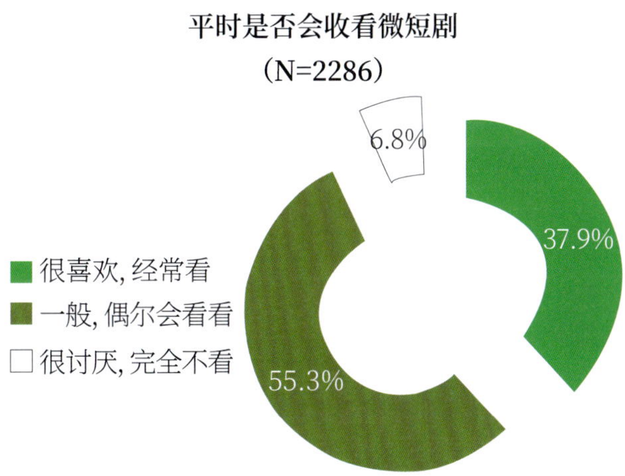

受访者收看微短剧人数占比

“微短剧+”都有哪些应用?

微短剧用通俗易懂的剧情吸引观众,打破文化壁垒,达到宣传目的。

“宣传产品”式的微短剧有如下几个特点:微短剧以单元剧为主,一集剧情结束;风格多元,如国家反诈中心的武侠风、定格动画风、现代风等;在分发上注重微博、微信视频号、快手、抖音、B站等社交、短视频平台,符合平台内容生态,传播效果更好;主题正能量,寓教于乐,潜移默化实现宣传目的。

中国警察网制作的单集微短剧《让古惑仔做公益?对,你没听错》,时长仅3分钟,采用快节奏的喜剧风格,让一批热心公益的“古惑仔”为当地居民科普经济犯罪知识,制造强烈反差,在笑声中完成公益宣传目标,视频在B站播放量超百万。

主流媒体戏仿经典电影,主动出击海外舆论场,也成为微短剧应用中的一大亮点。单集微短剧密集、精彩、多样的剧情设计还可以降低宣传内容的枯燥和刻板程度,为共情留出空间,给受众留下深刻印象。

国家反诈中心推出的反诈武侠微短剧系列,分别用武侠风和动画风,揭露诈骗分子的种种“套路”,增强观众的防骗意识。视频在B站平台播放量超280万。国家反诈中心还在视频号、微博等多渠道内容分发,充分利用观众的分享欲进行二次传播。

微短剧还能更好地用共情求突破,提升价值宣传效果。中国气象局邀请萧敬腾出演形象宣传微短剧《天气播报员养成记》,展现一位心怀气象播报理想的少年是怎样一步步成长的,并加入大量喜剧元素。在此之前,中国气象局也曾推出单集微短剧《雨伞啊雨伞》,将大众熟悉的天气预报拟人化,创造出让人忍俊不禁的搞笑场景。

除了宣传作用,“微短剧+”在融媒IP创新领域的潜力也不可小觑。

据公开消息,微短剧的单集制作成本在5000元到2万元,单项目投资金额在20万元到200万元不等,且本身具有一定的造星效应,是互联网IP孵化的极佳选择。开发微短剧系列节目可以增强融媒体账号内容生产灵活性,打造融媒品牌辨识度，提升观众黏性。

潮州市文化广电旅游体育局和广东广电融媒中心联合推出的10集融媒体微短剧《韩愈来了》，开展美食文旅栏目与“微短剧+”的融合。该系列微短剧选择唐代名家韩愈为主角，以穿越古今的背景设计、构思巧妙的剧情将潮州的美食美景、风土人情娓娓道来。

新闻栏目同样可与微短剧进行融合。此举既可以培育优质网生内容，与传统渠道节目形成差异化格局，还能依托剧情为节目打造出镜人物，利用用户黏性孵化网络IP。

在营销领域，微短剧的剧情性、场景化特点可以增强推广效果，充实IP内容。

将虚拟人IP与微短剧结合，可以快速塑造其立体的人设形象。MCN（多频道网络）公司创壹科技就采用多集微短剧的形式为旗下虚拟偶像“柳夜熙”“犹卡塔娜”打造每集3分钟以下的微短剧。“柳夜熙”的首部微短剧凭借悬疑紧凑的剧情、优质的特效一炮而红，发布不到30小时就为其吸粉130万，后续剧集点赞量也维持在50万—200万。“柳夜熙”和“犹卡塔娜”还进行了剧情联动。

品牌活用微短剧，可以实现品牌理念与营销内容的柔性植入，增强大众好感度。采用微短剧形式进行软性宣传已经成为常见玩法，通过剧情实现无障碍共情，曾在2019年春节前刷爆朋友圈的《啥是佩奇》就是典型案例。不少品牌还以企业价值观为核心打造剧情，传播效果也非常可观。

微短剧与综艺IP结合，亦可延续IP流量，在内部资源中营造更大联动空间。如视频平台爱奇艺就为旗下影视剧推出了衍生微短剧，芒果TV则为旗下综艺《明星大侦探》推出衍生微短剧《片场谜案》，扩展了原有IP内容并增加互动元素，前期强化节目宣传，后期延长热度周期。

怎样提升“微短剧+”内容的传播力？

在优秀的宣传类微短剧案例中，观众的自发传播起到极大的作用。此类微短剧要达到最好的传播效果，需要从生活共鸣、情感冲击入手。丰富的生活细节、强烈的现实感让剧情内容更真实、更有吸引力；或喜或悲的强烈情感冲击增强微短剧影响力，提升观众分享、点评的意愿，配合微博、朋友圈等社交平台的机制，易形成裂变传播。

主流媒体出品宣传类微短剧，以下哪些因素最重要（N=2286）

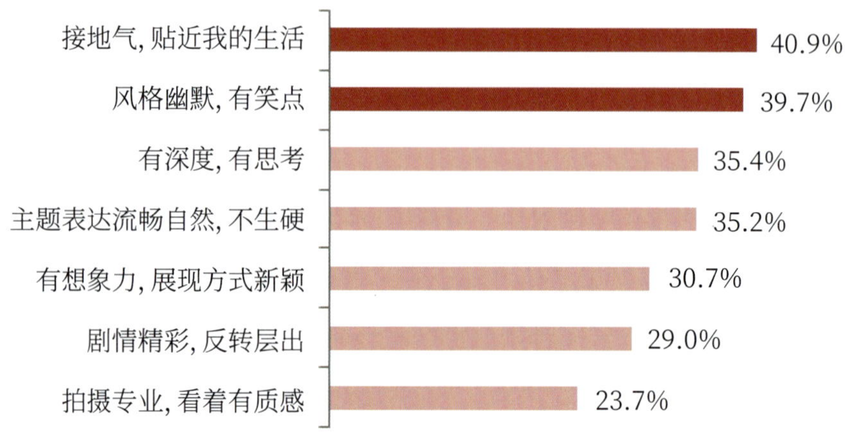

受访者认为主流媒体出品宣传类微短剧的重要因素

以下哪些因素会增强受访者把微短剧分享给身边人的意愿（N=2286）

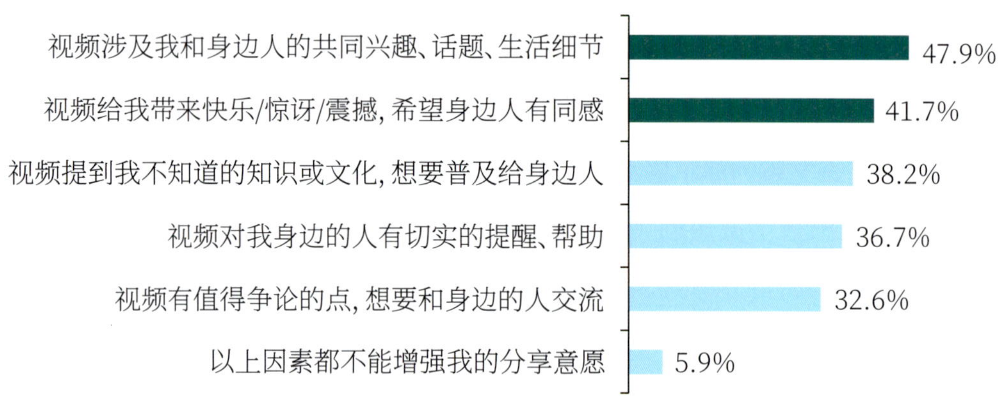

能够增强受访者分享微短剧意愿的因素

此外，大众对主流媒体出品的微短剧有相对市场内容更高的心理预期。

在微短剧制作水平、剧本原创性上，观众也期待主流媒体能给出高于市场表现的内容。对主流媒体来说，如何利用自身制作、人才等优势资源，将微短剧这一独特内容的特色发挥到极致，融合正统调性与网生的快节奏、冲击性内容，也将是进行内容、产品、宣推策略创新的重要命题。

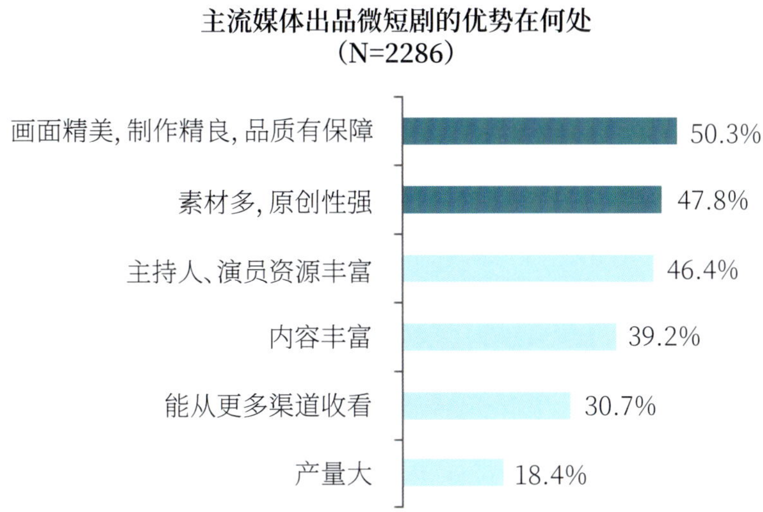

主流媒体出品微短剧的优势

随着行业发展，微短剧的内容愈加细分，垂直化、精品化趋势明显。生活职场、都市爱情、悬疑、古装仙侠等类型元素都形成了一批较为忠实的内容受众。综合来看，58.6%的受访者表示平时喜欢观看轻松搞笑类微短剧，远超其他类型。喜剧元素在不断细分、跨界的微短剧市场中，依旧是一项经典“调料”。

最后要记住的一个创作秘诀：开局即抓住用户眼球。

微短剧的节奏更快、冲突点密集（部分单集2分钟的微短剧，甚至能保证有2—3个剧情冲突点），可以更好地调动受众情绪，满足消遣需求。这一结果也体现在调研中：过半受访者认为，开局能否吸引眼球、剧情是否紧凑，是决定他们是否要追看一部微短剧的主要因素。

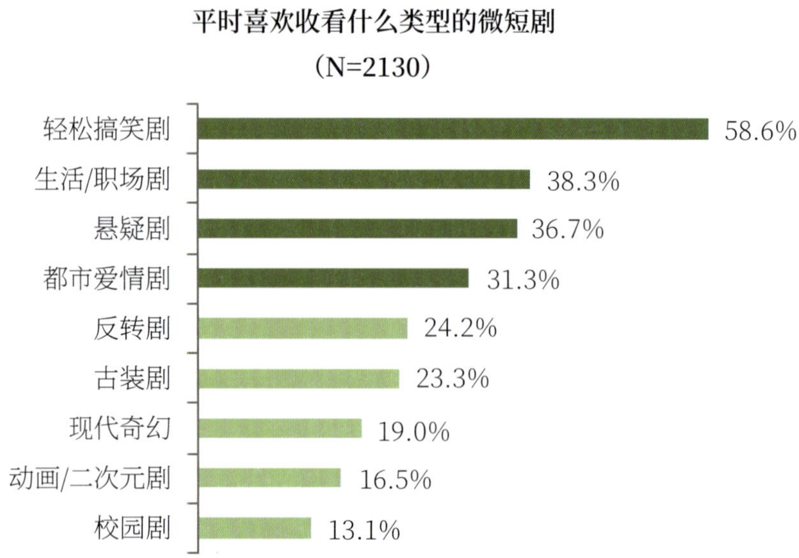

受访者喜欢收看的微短剧类型

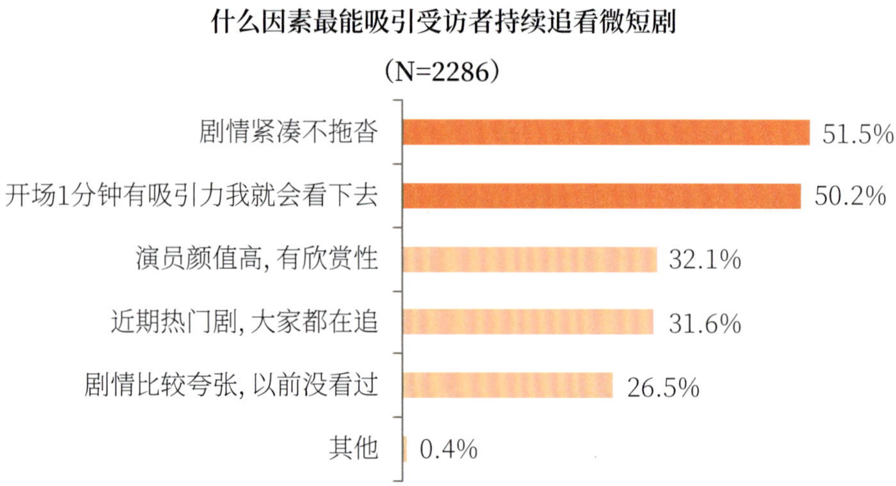

吸引受访者追看微短剧的主要因素

另外，微短剧发展至今，不少平台开始采用“明星策略”，邀请已有一定知名度的专业演员替换“草根”演员。但整体来看，微短剧对头部明星的依赖很小，尤其是从受众角度来看，普通演员、“草根”素人是他们更期待在主流媒体旗下微短剧中看到的人物。

最希望看到谁来出演主流媒体出品的微短剧
（N=2286）

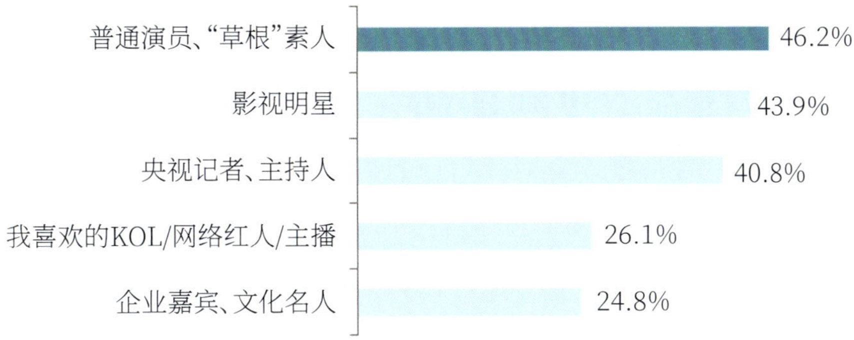

受访者希望在主流媒体旗下微短剧中看到的人物

“微短剧+”模式在融媒账号内容创新、重大节点及主题主线宣传、经典IP衍生及营销上大有可为。相较于投入团队进行类型开发，在日常的宣推过程中活用微短剧形式，或可成为主流媒体的一种新选择。

撰　　稿：吴克宇　徐　琰　李冰心
主　　编：张亚东
发布日期：2022年2月21日

扫码阅读原文

从百亿传播看“央视新闻”短视频如何热度破圈

北京冬奥会期间，中央广播电视总台新闻新媒体平台集中火力、尽锐出战，从赛事报道和原创内容两大维度，快速反应，制作十余条千万级传播量短视频，部分“爆”“沸”产品揽获亿级传播高位。

新闻新媒体平台搭建冬奥短视频中枢机制，构建“快反+产品”轻量级、批量化的生产模式，累计制作冬奥会新闻短视频和精品视频200余条，总播放量破百亿，带动新版央视新闻客户端新增下载量创历史最高，播放量和点赞量均为同级媒体第一，赢得2022年开门红。

“总台在长视频上具备无法比拟的优势，在短视频的生产和创作上还有极大的潜力可挖。我们要充分调动全台的生产积极性和制作力量，投入到高品质短视频的创作中。”中宣部副部长、中央广播电视总台台长兼总编辑慎海雄特别谈到，全台业务部门要将主流媒体使命与市场需求对接，在兼顾用户对内容偏好、流量偏好的同时，承担起价值观、文化、知识传播的重任，迅速占领移动传播制高点。

近日，中央广播电视总台新闻新媒体中心冬奥短视频报道团队接受专访，从总台冬奥短视频业务战绩和打造原创爆款方面进行深入探讨。

聚拢“快反+产品”
两条业务线 吃干榨尽一、二落点

北京冬奥会期间，总台新闻新媒体聚拢“快反+产品”两条业务线，紧盯“时度效”，将中国运动员拼荆斩棘的夺冠瞬间精切速推。

谷爱凌、徐梦桃、苏翊鸣的夺冠瞬间，总台连续发布多条时长短、节奏快的短视频产品，单条突破6000万播放量的产品就在10个以上，总播放量超12亿。总台新闻新媒体中心短视频项目负责人表示：“金牌争夺战的跌宕和赛事夺冠后的喜悦，这两个最能刺激用户两极情绪的凝练点，被我们用2分钟甚至30秒浓缩在掌心之中，我们希望用这样极具感染力和表现力的画面冲破小屏，直抵人心。”

“我们一直在要求团队做30秒内的快速反击，中国代表团全部9枚金牌的快讯首发和夺冠瞬间我们都稳稳抓住了首发权和第一定义权，让赛况第一时间直抵用户掌心，揽获了优质公域流量。”总台新闻新媒体中心相关负责人谈到，优质短视频的推送加持，带动新版央视新闻客户端获得了千万级的传播增量，获得持权短视频平台全量PUSH加持；超30条短视频在抖音、快手播放量超千万，15条在视频号单条播放量过百万，多个话题阅读量过亿。

“既要流量也要口碑，我们在冬奥这样的国家盛事背景下要捕捉热点、调动情绪、挖掘故事，为爆款提供深层次原动力。”总台新闻新媒体中心相关负责人表示，总台不断追求做“人有我优”的独家视频，在“第二落点”上自制特色内容矩阵，与同级媒体形成差异化竞争。

总台连续发布《旋转的盛宴》《你赢了，我就不算输》《中国队冬奥手势》《上场》《闪耀吧00后》《国风》《当冬奥遇上武侠》《薪火》等8支精致化混剪视频，角度独特、构思巧妙，精心选用画面，打破时空阻隔，将赛场的热血拼搏以蒙太奇的表现方式进行混剪，强化情绪氛围，充分调动赛场上奥林匹克精神的律动，用精致上乘的优质内容博得用户的喜爱。

《当冬奥遇上武侠》视频截图

“混剪的操作性更强，可以将比赛的激烈追逐与解说词相串联，用蒙太奇的剪辑手法，跳脱固定的时间轴，用更为非线性的表现形式在极短时间内吸睛。”央视新闻发布的《当“冬奥侠客”遇上“冰雪江湖”，绝了！》，挑选运动员比赛中的身法动作和武侠电影做巧妙融合，达到了热点与亮点的结合，舆论关注度高。

总台新闻新媒体中心短视频负责人同时谈到，央视新闻时刻关注互联网新近热点，不断为用户“喂料”。如开幕后“冰墩墩”的抢购潮和闭幕式上康辉“三次提醒运动员就座”，均登上当日微博热搜榜前列。

央视新闻发布的独家探访“冰墩墩”工厂直播，围观“冰墩墩”生产线，获得大量网友围观，“蹲蹲墩墩”成为网络热词。“根据网络热点舆论，我们及时精切当天的直播内容，单条视频仅在抖音平台播放量就高达2.3亿，将热门场次的移动直播打造成为重要报道的二次传播增长极，精切内容与直播互为拉流，为自有平台提供了更为深厚的增量。”

凝聚合力 共享优势
打造冬奥短视频生产中枢

总台台长慎海雄特别谈到，全台业务部门要将主流媒体使命与市场需求对接，在兼顾用户对内容偏好、流量偏好的同时，承担起价值观、文化、知识传播的重任，迅速占领移动传播制高点。

“全员懂短视频，全员做短视频”是总台给业务部门提出的工作要求。冬奥会之际，总台新闻新媒体中心特设立冬奥视频生产中枢，集中总台各业务部门供稿力量，集中推发，一体策划，提升重点平台发稿频次，合理调配人力向短视频平台集结，提高爆款产品产出效率。

总台新闻新媒体中心短视频负责人介绍，冬奥会视频生产中枢机制建立后，采用选题统一分配、视频资源共享、视频调性品控一致的方式，力求做到“条条有惊喜、日日有爆款、天天有新意”，初步实现了整合资源、把准方向、归整调性，集全平台优势提升总台短视频传播影响力圈层。“已推出的全部200条短视频中，所有选题角度没有重复，生产效率大大提升，基本做到了逐条精细化、差异化传播，更有利于持续生产具有竞争力的视频产品。”

“这次冬奥会报道，我们基本实现了前期采集、后期制作的资源共享，与总台业务部门建立了统一的对接机制，共享清流素材，对外合作更加归一。”总台新闻新媒体中心相关负责人同时谈到，依托于总台遍布全球的报道点位和优质的采编力量，百余条来自赛场一线的报道供稿，不断地为新媒体自制和二次创作提供“养料”。“下一步，我们将汲取冬奥会短视频传播优势，对品类一致、同类型业务进行‘最大公约数’式整合，最大化地调动部门力量，在重大事件中凝聚新媒体报道声势。”

在重大事件和网络热点间
寻找与用户共情的切面

“从打造短视频爆款的角度看，一个破圈的爆款产品一定具备以下3个特征：选题角度新颖、极致的共情力和新意的画面表达。用户分享的往往是要与自己有较大联系的，是让他们觉得‘与自己相关’的。”总台新闻新媒体中心相关负责人就制作短视频生产逻辑时谈到，主流媒体在重大事件报道的大布局上要平衡用户重心、精准掌握用户痛点，过于追求面面俱到可能会顾此失彼，做好大事件背景下的小切口，家国情怀下的小切面，以情绪色彩、温情励志、人物群像为突破口，是对接互联网流量赛道的关键。

“总台领导对新闻新媒体中心2022年工作要求中提到，要‘不断提高用户黏性，无止境地创新创意’。从2021年跨年再到今年北京冬奥会，我们一直在追求打通与用户的情感纽带。轻量级、同场感、共情力，这3个关键词串联起我们的整体报道逻辑。比如，我们用关键词和面孔梳理2021年，推出一系列具有颜色标记的年度瞬间，从爱与正能量、情绪与反差、混剪与蒙太奇入手，逐渐弱化一些主题报道中存在的‘硬度过高，宣教意味浓’的阻力和距离感，这也是一种硬话软说、融入新媒体DNA的过程。”总台新闻新媒体中心相关负责人解释道。

北京冬奥会期间，央视新闻制作发布《奥运选手的童年，每个人都是“小可爱”》，将冬奥会运动员少年时代的风采与赛场角逐中的“同期声+解说词”以蒙太奇手法表现，展现运动员一路奋进拼搏，成为追风少年的历程。“这些运动员和我们普通人一样，除了驰骋赛场的矫健身姿外，我们也应该关注他们普通生活的一面。一些青年运动员儿时的样貌与现在反差很大，这样的‘反差萌’满足了一部分用户的‘猎奇’心理，所以，仅快手平台就收获超4000万的播放量。”

做新媒体化的“翻译”者
迎合自己一定摆在“最后一位”

新媒体用户愿意分享的几大特点，除了要有共情力和“网言网感”外，还有一点就是要有矛盾和冲突，这也是促成一个好故事的核心。“快餐文化、碎片式阅读以及知识焦虑等时代文化影响下，用户的‘不随意注意’活动增加。”总台新闻新媒体中心相关负责人表示，我们在短视频生产的探索中发现，只有有情绪、有感怀、有冲击的场景与内容，才能让用户驻足留意。“这也是为什么我们总将‘手机时间’与‘方便时间’画等号，因为用户指尖滑动的时间可能就是几秒，难以在极短时间内引发注意力，其实就已经失去了传播的第一层动力。”

短视频平台吸引用户注意的往往就是几秒，最多不过10秒，因此，有一个清晰的“卖点”是至关重要的。“一条短视频要具备一定调性的，带着人格化的表达方式来为受众传递一种情绪。”总台新闻新媒体中心相关负责人认为，央视新闻在短视频的创作上其实就是做新媒体“翻译”的过程，“我不是很认同将二次创作等同于‘切条’这种观点，短视频的生产一定要带着新媒体的DNA。”可以是高大上的“我在现场”的独家感受，也可以是温暖人心的感人瞬间；而传递情绪的方式可以是新意的画面表达，也可以是具有一定感染力的背景音乐或节奏。“做片子的同时，一定要带着产品思维和运营思维进行思考，‘迎合自己’一定是摆在最后一位的。”

互联网时代，得平台者得天下。“从冬奥会可以看出，短视频的流量争夺战已经进入白热化。无论是主打精品化路线还是走亲民风，作为拥有8.5亿用户体量的新媒体平台而言，在重要报道中选好赛道、精准打法尤为重要。”总台新闻新媒体中心相关负责人认为，短视频之争的背后是流量之争、用户之争。“我们要以建立短视频中枢机制为突破口，逐步实现从聚集用户到影响用户，牢牢把用户的眼球和注意力留在我们的终端上。”

“8.5亿用户给予我们的是不断向前的推动力和不断自我创新的紧迫感。我们感谢亿万网友信赖央视新闻的平台，我们也会坚持以用户体验检验一切的理念不动摇，用不断创新的融媒体报道方式，走进8.5亿用户的心中，真正做到润物无声、以情动人。”

（本文原载2022年2月22日微信公众号“广电独家”）

主　　编：张亚东
发布日期：2022年2月22日

扫码阅读原文

台海之声开播！
明月千里寄相思 天涯海角望君归

这两天，一首老曲子悄悄在社交圈里收获了一大波关注：《明月千里寄相思》，这一段跨越了70多年带着浓浓思念和柔情的音乐，从此有了新的含义——台海之声频率的开始曲。

2021年3月24日，中央广播电视总台台海之声频率和“看台海”新媒体平台开播上线。在悠扬的开始曲中，男女播音员用普通话、闽南话、客家话三种语言娓娓道来。

中央广播电视总台台海之声频率开播上线

未开播，曲先传。3月20日，台海之声发布开始曲《明月千里寄相思》后，一众网友涌到微博和音乐平台搜索原曲，重温细品，表达对歌曲的喜爱和对台海之声的期待。

《明月千里寄相思》唱出了几代中国人的心声

“夜色茫茫罩四周，天边新月如钩，回忆往事恍如梦，重寻梦境何处求，人隔千里路悠悠，未曾遥问星已稀，请明月代问候，思念的人儿泪常流。”

对几代中国人而言，《明月千里寄相思》是一首百听不厌的经典歌曲，吴莺音、徐小凤、邓丽君等耳熟能详的歌手都翻唱过。亲情、友情、爱情、思乡之情，都可以融入它的一词一曲中。

1947年，这首歌被有“鼻音歌后”之称的上海滩歌星吴莺音首次演唱，并在港台地区引起轰动，唱片大卖，红极一时。时隔四十余年，1988年，香港女歌手徐小凤再次唱红了这首歌。此后，邓丽君、蔡琴、费玉清、孟庭苇等一众台湾歌手也多次翻唱。

《明月千里寄相思》已成为海峡两岸和港澳地区最广为传唱的歌曲之一，成为我们记忆中“思乡”“思情”的音符和印记。

开场曲风耳目一新在婉转轻柔中展现从容自信

台海之声由总台央广对台广播的中华之声改版升级而来，这一呼号已酝酿了许久。相比中华之声，台海之声的呼号更有针对性和贴近性。一听即知，这是致力于沟通两岸亲情民意、推动两岸融合发展的平台。选用《明月千里寄相思》作为开始曲，正为全新升级亮相的台海之声奠定了一个显著的风格基调。

在选曲过程中，大家积极提名，在浩如烟海的曲库中选择了不同风格的多首乐曲进行考量，其中不乏激越的、沧桑的、怀旧的、热情的。最终，总台台长选了一首《明月千里寄相思》钢琴版作为开始曲，又选了一首《在银色月光下》小提琴版作为结束曲。两首曲子一改以往激昂、嘹亮的快节奏曲风，婉转、轻柔、舒缓地倾诉思念之情，让人“耳畔”一新。总台台长还拟定了台海之声的主题语：穿越海峡，两岸一家。主持人在录制开始语和结束语时，紧贴主题语，反复拿捏语气语调，有别于传统广播里端庄大气的播报风格，以一种松弛、诉说、对话的语气，柔声细语，娓娓道来。

这种曲风和语调的改变，让一种从容、淡定、安宁、自信的情绪流淌出来，它营造出的亲切和温馨正是台海之声全力打造的传播风格。

春风化雨 润物无声
给你最熟悉的声音

古人明月寄思、鸿雁传情，现在的台海之声电波则横穿海峡，覆盖祖国大陆东南沿海、台湾地区以及东南亚、南太平洋和日本等国家和地区。“看台海”新媒体平台同时开设微博、今日头条等账号，云听客户端专区，以及脸书、优兔、推特等社交媒体账号，在国内国际广泛发声。

升级改版后的台海之声全天播音20小时，设置了新闻评论、生活服务、文化文艺、音乐旅游四大类节目。其中，特别加大岛内新闻资讯报道的比例，根据岛内受众“短”“精”“快”的收听习惯，资讯播报增大含量、压实密度、提高语速，以往播放20条资讯需要一小时，现在大约半小时就要播完。有主持人在开播第一天出了节目录制现场后，直呼“节奏太快，大脑飞转”。

为了吸引青年受众，台海之声的节目风格相对于传统广播更加轻松、亲近、愉悦。一批闽南话、客家话主持人发挥起了语言优势：在聊天访谈、文艺娱乐节目中穿插嗲嗲的“台普”，以贴近台湾本地普通话的语调习惯，这成为有别于其他频率的一个重要特色。比如，台湾偶像剧中对话常用“哦”“了啦”结尾，周杰伦常挂在嘴边的“哎呦，不错哦”就是一句粉丝皆知的台式口头禅。这些本土化的细节，都是台海之声打磨节目的一次次考量，“一个节目一个节目地改、一个细节一个细节地抠”，用台湾同胞最亲切熟悉的语感和表达，春风化雨、润物无声地传递来自祖国大陆的声音。

桌上寒灯光不明，伴我独坐苦孤零。

人隔千里无音讯，却待遥问终无凭。

再次聆听荡气回肠的《明月千里寄相思》，思念依旧在，但音符中传达的不再是淡淡的忧伤，而是对团圆坚定的呼唤。

明月千里寄相思

海峡不远 情难隔 电波连

两岸一家终团圆

主　　编：韩春苗　张亚东

发布日期：2021年3月25日

扫码阅读原文

“耳朵经济”悄然崛起 主流媒体如何布局在线音频

2022年开年大剧《人世间》，您“听”过吗？

除了在屏幕前真情实感追剧的观众之外，还有百万听众用耳朵“追听”好剧。告别传统的屏幕式观剧，听众仅靠耳朵就能感受剧中人物的悲欢离合。在制作团队的“精改编、神还原”之下，声音模糊了时空距离，将听众“拉进”剧中，带来别样的沉浸式“听”剧体验。

据观察君观察，在争夺用户注意力的多屏时代，“耳朵经济”正在悄然崛起，越来越多的年轻人，正在使用移动音频满足获取信息、休闲放松等需求。在通勤、居家、运动等多场景之下，他们进入声音构建的感性维度，在访谈、音乐、有声剧等中获得陪伴与互动。

音频市场激烈竞争，玩家却只增不减。2020年3月4日，中央广播电视总台音频客户端云听上线，多家广电类音频APP也相继入局音频赛道。在线音频何以崛起？主流媒体表现如何？且听观察君为您一一道来。

入局：“声”息与共 主流玩家下场 发力在线音频

在线音频行业的崛起，离不开声音本身的独特魅力。音频作为一种传播形态，更易触及用户脑海深处，引发情绪共鸣。在深层情感的唤醒上，音频有其独一无二的价值。

声音内容的传播价值、商业价值完全可以媲美各种视频内容，在线音频平台未来可期。然而，当下国内在线音频行业的头部平台偏向商业化运作，占据了超60%的市场份额。目前，这一商业化运作占主体的“头部效应”不利于行业多样化发展，整个在线音频行业都等待着新的力量来开辟出一条破局之路。

广电系统近年来加大了对音频行业的布局力度，而总台云听的入局正好对行业生态进行了有效突破。截至2021年，在广电系统开发的APP品类中，在线音频类APP累计下载量增幅最大，超52%。其中，总台云听的下载量增长最快，成立2周年便已收获过亿用户，成功引领多家地方广电音频类APP共同成长、丰富行业生态。云听传播的文化价值、社会服务理念为行业未来的可持续发展提供了新的保障，在整个行业层面发挥了标杆作用，颇具开创意义。

加速：“声”享文化
汇集文化音源 引领价值传播

声音可以被视作一种文化标识。在过去，大量以声音为介质的广播节目被收藏在资料馆中；互联网时代来临后，尽管在线音频平台广泛汇集了声音资源，但是相关算法趋于迎合娱乐需求，大量独具文化价值的有声内容被埋没在流量竞争中。

伴随在线音频行业的发展，不少平台从内容深度、趣味性等角度另辟蹊径。云听的“云听中国”频道集纳地域特色声音，打造“主流文化志”；启动“云听中国声音博物馆”项目，赋能智慧城市建设。主流媒体的入局，进一步引领了市场对“声音+文化”主流价值传播的探索。

突围：“声”度开发
盘活现有版权 覆盖细分需求

版权，历来是各大媒体、商业机构的“必争之地”，在线音频行业亦复如是。积累优质的内容资源和海量版权，是音频平台蓄力、发力的必经之路。

然而，单纯在版权内容上加大资本投入，并非维持音频平台长期良性运转的最佳路径。版权购买与宣推的花费甚至成了不少音频平台在财务上不堪重负的一大原因。一方面，各音频平台通过采买、垄断大流量版权来引流获客，而各平台的版权布局缺乏显著差异，激烈的单向赛道竞争更增加了行业“突围”之不易；另一方面，当音频平台的版权采买成本和相关营销费用居高不下时，平台不得不面对盈利微薄、入不敷出的危机。

面对以上困局，主流媒体在版权内容资源、渠道、生产技术等方面的优势凸显。多家广电机构从盘活现有版权内容、跨界开发有声版权内容、加大投入具有传承价值的版权内容等三大方向切入，走出有主流媒体特色的竞争道路。

以云听为例，通过对总台既有品质内容资源的整合归类、衍生创作和多渠道再分发，以丰富的音频内容资源，广泛覆盖不同用户的细分需求。

云听联合中国之声等总台广播频率，推出线上广播直播间；集纳阅读之声的有声作品，如近期热播剧《人世间》同名有声书等经典著作；新近推出“云听云医”IP，打造集健康知识科普、健康咨询服务为一体的国家级健康信息服务平台。

云听客户端另辟蹊径，打造特色声音

布局：“声”入生活
多种收听场景 深度融入生活

互联网背景下的个人时间分配呈现碎片化趋势，用户需求也更为多元化，为音频内容与生活场景的深度融合提供了空间。因此，进一步放大音频传播形式的差异化优势，成为音频与视频、文字竞争用户注意力的一大要点。

音频内容相较于其他传播形式的最大优势在于“便捷性”，用户可以在“听”的同时做另一件事情。因此，原本涉足领域已较为广泛的主流媒体，在“收听”场景的多样化开发上表现出一定优势。

例如，云听以“知识+智能穿戴”开发学习场景，以“资讯+手机操作系统”拓展新闻资讯场景，以“广播直播流+车机端”重占驾乘场景。

弄潮：“声”拥科技
融合先进技术 音频生产力up

互联网时代背景下，新技术一方面能够为在线音频行业带来新的生命力，提升声音内容的产量与质量；另一方面也能创新内容产品形式，带给用户更加新颖的收听体验。

就适应并引领社会发展而言，主流媒体在引领在线音频行业克服新技术融合困难方面也颇具标杆意义。以云听为例，为凸显并保留声音的温度，云听对多名总台央广主持人的声音进行反复模拟，推出AI主播并全面应用于“云听资讯”板块，已有超95%的播报内容由AI主播生产，实现有声资讯生产工具的全面迭代。

此外，云听充分利用技术带来的产品创新空间，推出市场上首个可将发音检测精确到拼音字母的中文在线诵读评测产品——“云听朗读评测”，满足小学阶段青少年的普通话规范、语文听读识记等大语文教育需求，在“玩”中提升学习兴趣和诵读能力，在“读”中品味中国语言的声韵之美，在“学”中传承中华传统文化与社会主义核心价值观。

主流媒体进入在线音频这一主阵地，使行业焕发出新的生机活力。云听创办2周年，手机端和车载端累计用户量已突破1亿，在行业突破、文化传播、资源整合、应用服务、科技创新等方面均发挥了引领作用。

在当前环境下，想要使真正有意义的声音内容得到广泛传播，还需要加大力度发挥主流引领作用。

“云听朗读评测”上线，高品质演绎“总台好声音”

在线音频行业“国家队”的打造依然任重道远，央媒及各大广电机构还需进一步帮助行业形成优质内容与流量红利之间相互促进的优良生态，携手市场共同探索高质高量的泛音频化发展破局之路。

撰　　稿：张　昊　王璐琦
主　　编：王　莹　徐　克　张亚东
发布日期：2022年4月27日

扫码阅读原文

争鸣丨如何提高传统媒体人的“新媒体情商”？有10个地方值得关注

很多传统媒体人做新媒体，就像年轻人谈恋爱，有些男生会因为自己各种低情商的行为，让原本要萌芽或是擦出火花的爱情走向绝路。低情商的行为不仅让别人感到尴尬，也会让自己觉得茫然：做了这么多，怎么没有流量、没有热搜、没有平台愿意发？怎么感觉自己在做无用功呢？

传统媒体人如何提高在新媒体上的情商？这10条建议或可带来一些思考。

打破以自我为中心的认知习惯

“以自我为中心”是一个通病。

绝大多数新闻从业者都认为自己比平台、比算法更了解用户，认为自己精心创作编辑的视频、稿件用户爱看，因为“我”是专业的，因为“我”是有审美的，因为“我”受过系统的采编训练，因为大量事实证明，“我”的经验能成功。

这种“以自我为中心”的习惯，在新媒体上会水土不服。

琢磨技术、琢磨算法、尊重平台运营才是高情商的做法，别以为把自己的方法嫁接到新媒体就能成功。我们必须“忘了”自己所谓的优势、经验和思维定式，如果忘不了，就很难用互联网思维想问题、用新媒体规律办事。

这是意识上的融合，是最难做到的。

社交平台不是新闻平台

在社交平台上，新闻对于绝大多数用户来说，不是刚需，娱乐和体育才是。新闻只是社交平台上很小的一个组成部分，是吸引用户、增加用户黏性的一张牌，而不是全部。社交账号也承载不了一个媒体的发稿任务，用户没有那么大的需求。

新闻是媒体号的战略根本，但不是战术上的全部。

内容+运营为王

重内容、轻运营，是很多传统媒体的软肋。传统媒体人如果理解不了运营的价值和规律，平台就做不大。其中，最需要提高运营意识和流量意识的是前期部门。

什么意思呢？举个例子，对于一位电视编导或者记者来说，以前的工作状态，通常是熬了两个大夜，等到片子送到播出线准时播出，自己的任务就算彻底完成了。但是，对于新媒体来说，电视播出那一瞬间，或者说一条视频稿发出后，新媒体上的运营工作才刚刚开始：热搜话题怎么设计？网友互动怎么设计？碎片化的小视频怎么制作？其他平台的分发怎么更专业？怎么推广更好？要不要做一张海报？……如果是重磅内容，这些平台的编辑会替编导操心，但如果只是平常的内容（从表面看没什么流量），平台编辑手头又很忙，那在运营上这条就会是1分。

内容和运营是相辅相成的，可以理解为乘法关系。内容是100分，运营得好，也能有100分，100×100，就是1万分；运营得不好，就是1分，100×1，还是100分。运营出色，事半功倍。

运营意识是需要前期记者和编导在策划初期就要带入的，不是给新媒体供稿就算融合了，能在供稿前和供稿后为运营提供智慧或是“喂料”，才能为王。

内容被重新定义

前几条都在说内容，是因为我们要清楚地认识到，“内容”已经不是新闻理论中所说的“内容”了。新媒体上，内容首先要符合用户需求、传播需求和社交需求，要时刻观察用户的反馈，甚至发送的时机都是内容的一部分。

新媒体上的“内容”，是被重新定义的。具体怎么定义？其实也没有标准答案，但有些规律可以总结。比如，新媒体传播的核心是情绪传播，那就要在专业层面允许的前提下，适度迎合受众心理满足点，情感和态度就必须是内容的重要组成部分。再如，服务性的内容很受用户欢迎，那知识分享、专业型内容，也是内容生态的新生力量。

所以常说我们做的是泛资讯，这个“泛”字，弹性很大，传统定义的“内容”只是泛资讯的一部分。

别再乐观“内容优势”了

内容是传统媒体的优势，传统媒体也一直强调和坚守“内容为王”。但与新媒体相比，传统媒体在内容的速度、深度、锐度以及内容的含金量方面，对于用户是否更有吸引力，是要打问号的。

新媒体时代，传统媒体对“内容优势”的理解不能太窄，自身长期积累的公信力、政府资源以及图文、音视频资源的汇聚能力，都能强化自己的“内容优势”，这些优势也是互联网公司、自媒体无法超越的。

一条视频供给所有平台是无效的

一条视频稿件希望能在所有社交平台播发，这种供稿严格说是无效的。不了解平台属性生产内容，只会事倍功半。

最起码要了解的：抖音是短视频平台，流量高的内容属性强、音乐属性强；微博热搜是重要流量入口，影响力大，有新闻属性；快手受众下沉，奇闻逸事流量高；今日头条新闻属性强；B站内容属性强，知识型、专业型内容易吸粉。

如果是重点内容或高流量内容，平台编辑会做二次加工，分发给抖音、快手或者“两微”。如果就是普通供稿，那么社交平台基本不愿分发，发了只会给自己的各个平台减分。

短视频种类多 逻辑大不同

短视频平台属性不同，导致短视频各种类的逻辑也截然不同，千万别混为一谈。

随着短视频的崛起，资讯视频也逐步短视频化。新闻短视频更像是图文的2.0版，瞬间视频15秒成为标准，故事类的1分钟成为标准，但是，不是所有视频都适合碎片化，不是什么视频都能发抖音、快手。

长视频，暂且定义为5分钟以上的视频，属于IP逻辑，相当于在做一个栏目、一个品牌，用户观看时有一定仪式感。

1—5分钟的视频，是标准的短视频，做起来最难。这部分每个垂类、每个赛道玩法都不一样，我们还是以电视媒体常说的“片子”来举例，如果按长视频的方式来建构，除非故事和噱头很好，否则用户的完成度可能会非常低；如果按短视频的方式来建构，就需要叙事和拍摄非常到位，对编导要求极高。

要做就做爆款

两微一抖一快、头条、B站……每个平台涨粉都有一条必经路径——做爆款。

我们很多工作有时候会陷入“伪良性循环”中，看似始终在生产很有流量的内容，但是一般流量满足不了涨粉这一基本需求，只有超级爆款才能破圈，才能有传播力、影响力，才能带来粉丝。除了保住基本盘外，在掌握平台流量的规律后，不妨把精力投入策划中，聚精会神研发爆款，当然，也要允许失败。

怎么做爆款？我也不知道，只能说点知道的，爆款的一般规律：

1. 选题要有想象力，不要模式化，要建立与时代背景的关系。

2. 要有好故事，最好是鲜活的细节，不要堆材料。

3. 适当输出价值观。

4. 建立共情效应，令人读后、看后有共鸣感，但不要过度共情。

5. 人格化表达、高效率表达，不要有废话。

6. 适度迎合平台，形式感要适当迎合热门玩法。

7. 海报和视频是最有流量的，因为这两类最适合艺术化加工，能承载共鸣点，但切记，别做得像“片子”，要做视频产品。

爆款可遇不可求，只能每条图文、视频都按爆款的要求去打造，才能在机会来的时候把握住。

追求“高大上”是一厢情愿的

很多媒体人，有情怀、有追求，但一般也存在两个“不适应”。

第一个“不适应”，内容追求“高大上”。文章写得再好，片子拍得再美、剪得再精致，但抓不住用户的痛点和共鸣点，再“高大上”也难以吸引人。这里不是说不追求“高大上”，而是要足够接地气的“高大上”。

第二个“不适应”，定位追求“高大上”。互联网时代，精英用户是少数，绝大多数用户都在三、四线城市，我们的内容定位和客户端用户定位，应该也是走“农村包围城市”的路线，在吸引足够用户的基础上再细分精英用户。

“副业”心态“玩”不好新媒体

记得有次直播，我们同事联系记者做新媒体直播，想先沟通下内容，记者的回答很有意思：等我先把正事办完，频道连线完了就给新媒体连。

这就是“副业”心态，新媒体对于很多传统媒体工作者来说，并不是“正事”。

在新媒体上，一定是把新媒体当成乐趣，“玩”起来的人，才能有爆文爆款。

做得十分费力的，通常反而火不了。所以，用心地“玩”新媒体，是最好的状态。

以上这10点，可能会有读了之后有点懂，但又什么都没学会的感觉。

这就对了，新媒体没有固定的套路，培养自己的网感，总结出符合自己的新媒体方法论，就可以了。

撰　　稿：银角大王
主　　编：韩春苗
发布日期：2021年1月23日

扫码阅读原文

沾泥土 暖人心 基层故事怎么讲才够“一线”

一只杧果，怎么出镜讲述“甜蜜”老区生活？

一场山火，是谁“兼职”当起了“人墙”志愿者？

一份报纸，如何帮82岁奶奶找到儿时恩师？

一支盲童管乐团，又为什么吸引了全世界的目光？

CMG 云创论坛《讲好鲜活基层故事》海报

日前播出的CMG云创论坛邀请到了总台广西总站、重庆总站、江西总站、青海总站、黑龙江总站、海南总站、天津总站以及中国电视报的记者们云做客演播室，与主持人张越、现场嘉宾天津大学新媒体与传播学院院长陆小华一起，聚焦“讲好鲜活基层故事”，分享探讨讲好故事的秘籍。

CMG 云创论坛《讲好鲜活基层故事》节目现场

一线跑新闻有什么鲜活故事？专业讲故事的人怎么讲好故事？观察君带您好好观察一番。

谋篇布局巧破题 今昔变化一线牵

“老区新貌，风华正茂”，今年，总台新闻频道推出20集《走进老区看新貌》特别节目，通过20个总台地方总站每期一个小时的讲述，将老区新貌生动展现在了观众眼前。

面对此次超时长、大跨度，又具有鲜明区域性的主题主线报道任务，“谋篇布局”成了摆在总台记者眼前的首要问题。

不断翻阅相关历史政策资料，跑遍老区内的大小区县，总台记者们试图找到革命老区发生的根本性、转折性、实质性的变化。不仅要讲变化，更要找到放在时空经纬度上有足够承载度的故事，什么样的故事最有说服力？什么样的故事又最鲜活？

在广西，总台记者把目光锁定在了百色杧果这一特色产业上。但拍摄时正值杧果生长初期，“还不到小手指那么大”，怎么办？广西总站记者们几经头脑风暴，干脆让杧果“开口说话”，拟人化的杧果拿起麦克风，自己讲述“杧”碌生活，展现老区“甜蜜”发展。

这还不够，围绕百色杧果，总台人又打出系列“组合拳”——如今的山地果园里藏着哪些高科技？带富一方百姓的“杧果大王”做了什么？一只杧果、多篇报道串联成组，讲清了“今天的老少边不再贫穷”“今天的老区因何展新颜”。

论坛笔记：“好故事既要有温度，也要有硬度，思想性就是好故事的硬度。”

紧急突发拼现场 见人见事最鲜活

突发新闻时间紧、任务重，如何在猝不及防的时刻抢首发、争独家、拼深度？总台记者们纷纷点到了这个关键词——现场。

“我们站的越野车上永远备着‘老三样’：棉服、药品、方便面。”青海门源发生6.9级地震时，总台青海总站记者便是靠着这“老三样”，随时出发。

深夜1点45分，震中平均海拔3674米，气温-20℃，一路多是导航失灵的无人区，他们克服种种困难，直冲现场。

正是在现场，总台记者们得以看到最真实的情况，记录有血有肉的人。在门源震中，记者看到了倒塌的羊棚、受损的房屋，在得知基本没有人员伤亡后才如释重负；在门源县城，另一路记者细心地发现了照旧进行的广场舞，说明这里“并无大碍”，于是赶忙给全国人民报平安。

2022年8月重庆山火，核心区域北碚的第四条隔离带难以抵达。总台重庆总站摄制团队先后换乘汽车、普通摩托车、专业山地摩托车，抱着电脑，一路“吃土”，“突突”着赶往最前线。

正是在现场，记者得以在第四条隔离带拍摄到近乎“魔鬼”的最后一公里；

看到陡峭山路、软滑松土是怎样让摩托车变得“无能为力”；人们又是如何站成了一道“人墙”，“手手相传”将物资递送到最前线。在现场，总台记者不仅是一个旁观记录者，更融入其中，情不自禁地做起了志愿者。

论坛笔记：“记者永远应该在现场，选择怎样的现场，关注怎样的新闻，代表着价值判断。现场对记者而言是大学问，是严峻的考题。”

千里情缘来“报”到 服务读者葆初心

“《中国电视报》，生活真需要”，一份报纸为何拥有一群四十年不离不弃的“铁粉”？

2022年《中国电视报》的《重阳增刊》发表之后，编辑部收到了一通读者电话——一位82岁的老奶奶想联系其中一篇文章的作者徐贵明，那可能是她失联六十多年的小学老师！

2022年10月27日 第41期
责编 谷 立 美编 张 蕾
中国电视报
新闻报道 A7

一份报纸，牵起跨越六十余载师生情

9月22日出版的第37期《中国电视报》推出了《重阳增刊》。本着为读者服务的宗旨，刊登了多篇读者关乎“家”、关乎“父母”的动人文章。增刊推出后，除了收获无数好评，还有一份惊喜，令编辑部全体人员感到欣慰与感动。来自西安的高秀范老人，通过《中国电视报》，寻找到了63年未见的小学老师徐贵明。

一份报纸，牵起跨越六十余载的师生情。两位老人的故事，是一份最好的礼物，将成为我们继续为读者服务的动力，鼓舞我们继续前行——

2022年10月，辽宁铁岭。“我就是高秀范的老师徐贵明，太激动了。我教她的时候，她是班长，是我最好的学生”。接到来自《中国电视报》编辑部的电话，与自己60多年没见的学生“重逢”，89岁的徐贵明直言太惊喜。

话匣子打开，徐贵明回忆起了与高秀范那群学生的初见。“1952年3月26日下午2点26分，

② 一群孩子，一抹回忆

我坐火车到了黑龙江。那时候东北刚解放，人才短缺，我就响应国家号召，到大海林林业局当了小学老师。”那个时间，仿佛刻在了这位耄耋之年老人的脑海里。

如《砸锅卖铁也要供你读书》文章中所写，徐贵明为了减轻家里负担，不顾父母反对，18岁就外出工作。他挣的钱，除了生活费，全部寄给了家里。

高秀范是徐贵明的第一批学生，徐贵明从五年级教起。“班级大概有50多人，她是班长，经常帮我做工作，是个品学兼优的好孩子。”

一年半之后，高秀范小学毕业，徐贵明又再次响应号召，去了条件更艰苦的森林深处的伐木场工作。“我一生勤奋，做工作宁可不吃饭、不睡觉，也要认真做好。”凭借勤奋和努力，只有初中学历的徐贵明后来考上了东北师范大学。他的努力也看在学生们眼里，在跟随徐贵明学习的一年半时间里，高秀范和同学们都把徐老师视为自己的榜样。

从1952年3月开始当小学老师，徐贵明在此后的50多年里，几乎天天和学生打交道，他的学生超过2000人，可谓桃李满天下。他教过的每一届学生名单都保留至今。

① 一个名字，一丝希望

《中国电视报》刊登特别报道《一份报纸，牵起跨越六十余载师生情》

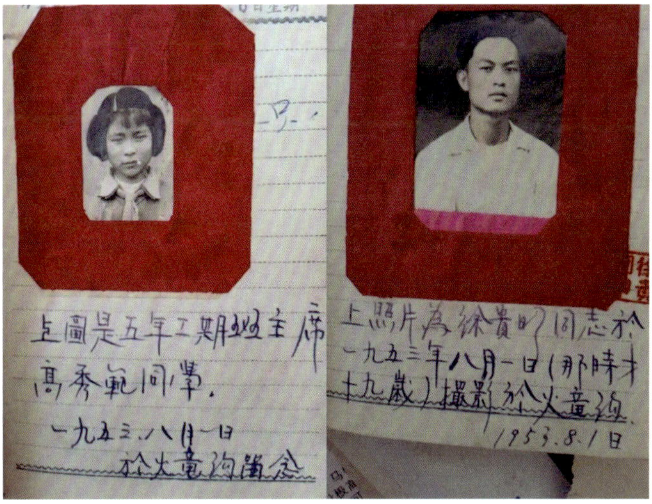

师生两人的老照片

这则寻人消息触动了整个报社。在总台记者们的前后确认、牵线搭桥之下，两位高龄老人终于重获联系，得以续写六十三年没有回响的师生情……“我们做了其实很小的一件事，但对老人来讲，他觉得你跟他是一种情感的交流，一种互通。”编辑部记者说。

“做有情感、有温度、有力量的报道，服务读者，一直是我们的初心。”这种理念也延续到了报纸的编辑和刊发思路中，比如在《重阳增刊》每一篇文章后都附上全文音频，方便高龄读者以听代看。

论坛笔记：“对于新闻采编者而言，心有所动，你的作品才能有所动人。编辑记者只有感同身受，眼中才能发现老百姓生动的故事，才能感动千千万万个普通人。”

寰宇一家同此心 海外国内一盘棋

常年在国内跑新闻的总台记者，是否也能把可信、可爱、可敬的中国讲给外国人听？

北京冬残奥会开幕式上，一支由盲童管乐手演奏的《未来赞美诗》惊艳海内外。大家纷纷诧异，不到120天的准备时间，一群看不见乐谱的孩子，他们是如何把不可能变成了现实？

为了呈现这场特殊演奏的台前幕后，扎根重庆的总台记者早早跟进了孩子们的校园生活。在他们动身前往北京之前，还有两名记者天天与他们通话，关心他们的最新进展，记录他们的喜悦哀愁。

这样的沉浸式跟拍，记录下了他们怎样哭、怎样笑，怎样在踌躇不前时跟着老师重复："不是因为成功的人少，而是因为放弃的人多。我们一定不能放弃，必须要完成！"

这些日常积累的镜头拼成了一组饱满的群像，不仅在国内广为流传，也通过海外25个平台，让世界看到了这群孩子的坚韧不拔、勇毅乐观。海外受众评价："他们的故事非常真实，而且也能打动人心！"

人心人情是相通的，没有国界之分。"你把生活中普通人的故事讲好了，不管说中文的、说英文的、说法文的、说西班牙文的，都能打动人心。"

论坛笔记："人如何面对困难，人如何面对命运，人如何抗争，人如何奋斗，人如何实现梦想，这样的故事一定能让各个文化背景的人们感同身受。"

脚下沾泥土 心中有真情

最鲜活的中国故事

总台人一个一个说给你听

撰　　稿：杨茜茜
主　　编：徐　克　惠楠楠　翟锐钧　张亚东
发布日期：2022年12月17日

扫码阅读原文

第五章

驭风而行 科技创新赋能光影绽放

科技进步是媒体变革的重要引擎。当媒体插上科技的翅膀，带来的是不断升级进化的传播体验。科技之新赋能了思想之新、艺术之新，在这个迎风起舞的时代，中央广播电视总台媒体科技创新实力稳步走在世界前列，“5G+4K/8K+AI”战略实践硕果频出。超高清、超便捷、超真实的观看体验如何炼成？虚实结合、亦真亦幻的数字效果如何实现？总台在科技创新的大潮中乘风而至，踏浪前行，一幅巨大广阔、充满想象力的媒体科技画卷徐徐铺展。

慎海雄：坚持守正创新 深化媒体融合 奋力打造国际一流新型主流媒体

党的十八大以来，习近平总书记高度重视网络安全和信息化工作，以马克思主义政治家、思想家、战略家的非凡理论勇气、卓越政治智慧、强烈使命担当，提出一系列具有开创性意义的新思想新观点新论断，深刻回答了一系列方向性、根本性、全局性、战略性的重大问题，形成了内涵丰富、科学系统的习近平总书记关于网络强国的重要思想，引领我国网信事业取得历史性成就、发生历史性变革。

在网络强国建设进程中，媒体既是见证者、记录者，更是参与者、推动者。中央广播电视总台成立4年来，习近平总书记5次发来贺信，并作出重要指示批示，给总台同志们以鼓励、指导和期望。面对全媒体时代的全新挑战，总台始终坚持从习近平总书记的重要思想、重要论述、重要指示中找方向、找思路、找启迪、找答案，把忠诚拥护“两个确立”、坚决做到“两个维护”贯穿融入工作各方面全过程，以“大象也要学会跳街舞”的精神风貌拥抱互联网、打造全媒体，加快推动总台从传统广播电视媒体向国际一流原创视音频制作发布的全媒体机构转变，从传统节目制播模式向深化内容生产供给侧结构性改革转变，从传统技术布局向“5G+4K/8K+AI”战略格局转变，海内外引领力、传播力、影响力显著提升，有力有效服务好党和国家工作大局，以实际行动忠诚践行党的意识形态重镇的使命担当。

全面推进全链条、全方位、全领域精品节目创新，着力实现“满屏皆精品”的良好态势，凝心聚力构建网上网下同心圆

习近平总书记强调，“我们要加快推动媒体融合发展，使主流媒体具有强大传播力、引导力、影响力、公信力，形成网上网下同心圆，使全体人民在理想信念、价值理念、道德观念上紧紧团结在一起，让正能量更强劲、主旋律更高昂”。总台坚持深入推动内容生产供给侧结构性改革，精品力作浓墨重彩、亮点频出，以主流价值强化舆论引领。

新语态阐释新思想，大力提升总台“头条工程”传播实效。以领先的发稿时效、覆盖全球的传播优势、锐利深刻的评论言论和生动鲜活的“爆款”产品，传播好党的创新理论，讲好中国故事。北京冬奥会时政报道全网首发首推《习近平宣布第二十四届冬奥会开幕》等视频快讯，持续推发《习近平的“冬奥时间”》等17篇时政特稿，精彩呈现大国风范。习近平总书记二〇二二年新年贺词相关报道总触达27.41亿人次，新媒体传播、海外传播数据创历年报道最高纪录。党的十九届六中全会相关报道总触达22.24亿人次，对外发稿累计触达海外受众4.8亿人次，创历年中央全会对外传播最佳成绩。创新打造《平“语”近人——习近平喜欢的典故》第二季，总触达47.98亿人次。《央视快评》《国际锐评》《玉渊谭天》《总台海峡时评》《大湾区之声热评》《主播说联播》等创新产品影响力持续提升，着力推动习近平新时代中国特色社会主义思想“飞入寻常百姓家”。

新传播礼赞新征程，“思想+艺术+技术”完美呈现建党百年盛世盛典的永恒华章。以先进的技术手段、电影级的画面呈现、顶尖的直播水准，圆满完成庆祝中国共产党成立100周年大会、“七一勋章”颁授仪式、《伟大征程》文艺演出等重大宣传报道任务，创下自主研发高新技术应用最多、融合报道产品数量和传播数据最大、国际主流媒体采用时间最长、海外落地覆盖最广等多项新纪录，相关报道跨媒体总触达超112亿人次，成功展示党和国家盛典、人民节日的史诗级视听盛宴。

新视听讴歌新时代，高质量发展改版升级推动“总台出品”权威招牌更加闪亮。围绕建党百年、脱贫攻坚、乡村振兴、全面建成小康社会等重大主题，精心策划推出《摆脱贫困》《敢教日月换新天》《美术经典中的党史》《山河岁月》《跨过鸭绿江》《大决战》《全国大学生党史知识竞答大会》《全国红色故事讲解员大赛》等一大批精品力作，受到海内外受众广泛赞誉。2022年春节联欢晚会连续第四年刷新跨媒体传播纪录，海内外跨媒体受众总规模达12.96亿人，新媒体端直点播总触达71.33亿人次。首次推出“竖屏看春晚”，累计观看人次4.39亿，30岁以下用户占比超50%。2022年第一季度总台收视份额上涨15%，《古韵新春》、《古韵新声》、《美术里的中国》、《我们，从延安走来》、《故事里的中国》第三季、《人世间》、《绝笔》第二季、《种子 种子》、《经典咏流传·大美中华》等剧目、作品融合传播，广受好评，呈现欣欣向荣的新时代中国气象。

牢牢把握创新这一总台工作的关键点，“5G+4K/8K+AI”战略格局硕果累累，媒体科技创新实力不断增强

习近平总书记强调，“党报、党刊、党台、党网等主流媒体必须紧跟时代，大胆运用新技术、新机制、新模式，加快融合发展步伐，实现宣传效果的最大化和最优化”。总台聚焦5G、大数据、云计算、人工智能等新技术，向科技创新要生产力，不断推进从终端技术、内容生态到传播渠道、生产平台全方位的转型升级。

总台技术人员运用“5G+4K/8K+AI”技术直播庆祝中国共产党成立100周年大会

世界一流、历史最好，总台科技创新点亮北京冬奥，载入奥林匹克史册。圆满完成历史首次奥运会开闭幕式8K国际公用信号制作，首次实现奥运会赛事全程4K制播，打造全球首个高铁5G超高清移动直播演播室，自主研发全球领先的超高速4K轨道摄像机系统“猎豹”、鱼竿摄像机、锥桶摄像机等特种设备“技惊四座”，精彩实现“科技冬奥·8K看奥运”目标，创造了在总台多平台跨媒体总触达超628.14亿人次的传播纪录。国际奥委会主席巴赫先后两次接受总台“独家”专访，盛赞总台“报道和传播达到了史无前例的规模和成功”。奥林匹克广播服务公司（OBS）首席执行官伊阿尼斯·埃克萨科斯称赞“无论是技术创新、数字科技，还是4K/8K的转播技术应用，总台目前在全球范围内都处于领先地位”。

引领潮流、突破前行，超高清电视制播技术实现从“并跑”到“领跑”的跨越。扎实推进超高清视音频制播呈现国家重点实验室、北京超高清示范园等重点项目建设，积极开展4K/8K电视演播室制作系统等关键系统设备研发。构建8K超高清传播体系，开播8K超高清电视频道，实现全球首次通过8K电视频道进行重大活动直播。开播全球首个24小时上星播出的4K和高清同播的专业体育频道——央视奥林匹克频道及其数字平台，覆盖用户超4.46亿。与有关部门联合发布《超高清视频产业发展行动计划（2019—2022年）》《8K超高清大屏幕系统视音频技术要求》等，创新打造“百城千屏”超高清产业项目。

跃马扬鞭、破圈传播，智能沉浸新媒体新技术研发应用创新突破。2022年全国两会报道中，创新运用虚拟演播室、XR、大数据归集、AI超仿真主播等新技术手段，推出《两会你我他》《两会C+时刻》等移动化、智能化、年轻态的融媒体产品，吸引更多年轻受众主动转发关注。2021年博鳌亚洲论坛报道中首次启用新型4K/8K航拍直升机，为全球观众带来“高空视角+超高清画面”的全新体验。

深化“台网并重、先网后台、移动优先”，持之以恒追求卓越、创造一流，建设好运用好新媒体新平台

习近平总书记强调，“要抓紧做好顶层设计，打造新型传播平台，建成新型主

流媒体，扩大主流价值影响力版图，让党的声音传得更开、传得更广、传得更深入”。总台全面推进主力军进入主战场，把更多优质内容、先进技术、专业人才、项目资金向互联网汇集、向移动端倾斜，全力构建涵盖网站、客户端、手机电视、IPTV、互联网电视、户外电视等平台的全媒体传播矩阵，努力打造自主可控、具有强大影响力的新媒体平台。

旗舰平台提质升级，影响力显著提升。首个国家级5G新媒体平台央视频累计下载量达4.1亿，累计激活用户数达1.4亿，《央young之夏》《冬日暖央young》等创新产品“破圈”传播，“国聘行动”入驻企业达2.8万家、提供职位近270万个。“央视新闻”新媒体用户规模达8.26亿，着力打造全网新媒体直播第一品牌、新闻类短视频第一平台。云听客户端用户规模超1亿，增速位居音频行业第一。发起成立我国首个媒体融合主题国家级产业投资基金——央视融媒体产业投资基金，超额完成募集目标。

新闻网站各具特色，加快转型升级步伐。央视网多终端全球覆盖用户超18亿人次，深入推进“人工智能编辑部”、智慧媒体学院建设，“网络春晚”形成网络新品牌。央广网探索音频产品新形态新模式，创新推出“智能语音系统”。国际在线突出多语种国际化报道，《国际漫评》等创新产品海内外反响热烈。

海外平台创新发展，让世界听到更多中国声音。深刻把握国际传播领域移动化、社交化、可视化趋势，完善总台全球报道网络，创新开展“媒体外交”，持续深化“好感传播”，充分发挥44种语言、CGTN融媒体平台、国际视频通讯社、海外总站等海外传播平台优势，抢首发、敢亮剑、争独家。在中美高层战略对话、阿富汗局势、美国国会骚乱、几内亚局势、汤加灾情、俄乌局势等重大报道中，总台一大批独家新闻屡屡成为全球唯一信源，被CNN、BBC等大量转发，让全世界听到中国媒体的声音。

奋进实现第二个百年奋斗目标新的赶考之路，总台将始终以习近平新时代中国特色社会主义思想为指导，深入学习贯彻习近平总书记对总台工作的一系列重要指示批示精神，坚持守正创新，推动媒体融合向纵深发展，奋力打造具有强大引领力、传播力、影响力的国际一流新型主流媒体，以实际行动迎接党的二十大胜利召开。

（本文作者为中共中央宣传部副部长、中央广播电视总台台长兼总编辑慎海雄，原载《中国网信》2022年第3期）

主　　编：张亚东
发布日期：2022年6月15日

扫码阅读原文

纤毫毕现！
总台 12K 见证三星堆的历史“刻痕”

沉睡数千年

一醒惊天下

最高清 最细节 最近距离

为你放大历史刻痕

带你于细微之处

领略中华之文明

一眼千年

在中华文明这片璀璨的星空中，三星堆古蜀文明一定是其中十分耀眼的一颗。

今天，就让中央广播电视总台成为你的“眼”，让12K镜头载你穿越时间长河，去看一看历史沉淀下的惊艳。

在深沉的配乐声中，你是不是也感受到了那份“试看血土经沈浸，已阅沧桑几变迁”的文化厚重感？著名画家范扬在看到总台对四

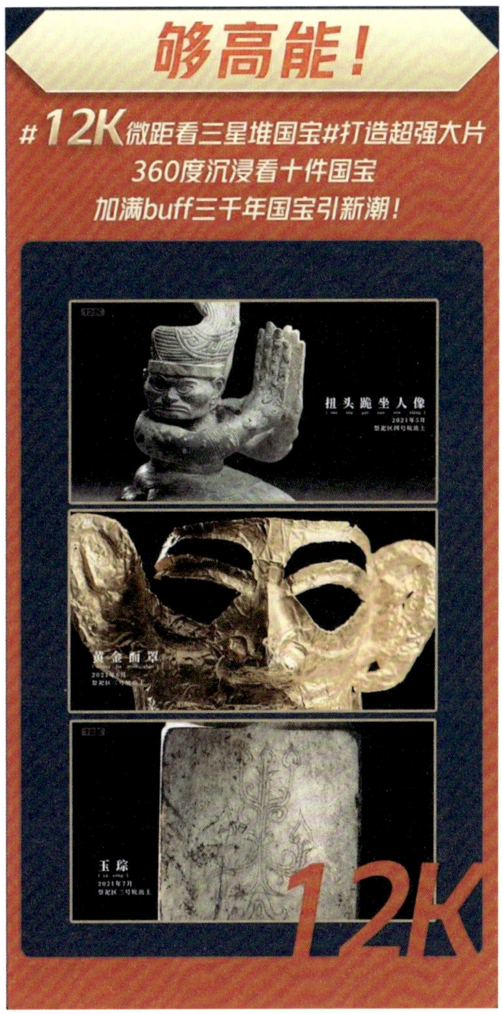

12K 微距看国宝，细节也能一览无余

川三星堆的报道后当即挥毫泼墨，创作了两幅不同角度的青铜扭头跪坐人像，酣畅淋漓地展现了“形的内力、韵的生猛、气的贯通、神的飞扬”。“蚕丛及鱼凫，开国何茫然。”在现代科技的助力下，古蜀文明神秘面纱之下的绝美面容逐渐变得更加清晰。

解锁12K 给你不一样的“观星”体验

镜头摇移之处，一件件文物缓缓露出全貌。央视频推出的《12K微距看国宝》中，10件三星堆文物，金器、青铜器、玉器、陶器，不足10厘米的拍摄距离，脸贴脸为你讲述那些细微之处所尘封的不为人知的故事。

青铜千岁化玄玉 声如金磬清悠然

扭头跪坐人像双手呈合十状平举，手指骨节分明。面部颧骨凸起，充满了写实主义和浪漫想象，清晰可见的点点锈迹记录着腐蚀的往昔和蜿蜒的惆怅。

三星堆文物扭头跪坐人像

体金精之妙质 合火德之明辉

黄金面罩眉眼镂空，两耳轮廓圆润，鼻梁高挺，嘴形大而微张，造型威严神圣。熠熠生辉的面具仿佛在提醒我们只有时光才是永恒。

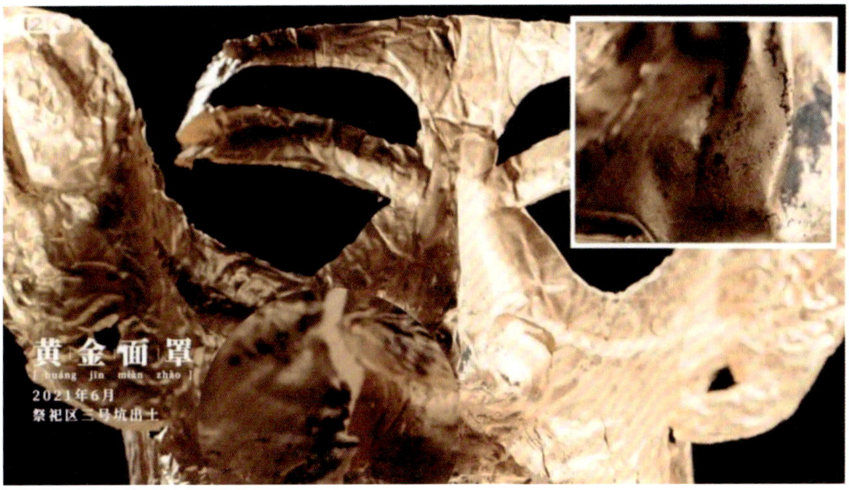

历经几千年的时光洗礼，黄金面罩光彩依旧

竦轻躯以鹤立 若将飞而未翔

铜鸡昂首引颈，尾羽丰满，冠、眼、喙、爪、羽等细节刻画清晰，落于眼前，青铜器氧化的痕迹显示着这只苍翠翰音在历史岁月中氤氲文明的尘烟。

三星堆文物铜鸡

小池聊养鹤 闲田且牧猪

陶猪讨喜，先见其眼，身材圆润，鼻孔圆圆，粗糙的陶胎不减憨态，斑驳风化磨不灭千年前的笑意嫣然。

三星堆文物陶猪

雕琢复雕琢 片玉万黄金

玉琮外方内圆，外壁之上的一道道神树纹线条下落有痕，勾勒出三星堆文明，沉默不语却屹立千年。

三星堆文物玉琮

细节与美，就是12K的代名词。

这一次，借助12K技术，总台帮三星堆文物找到了表达历史的最好方式，让全世界距离三星堆更“近”一点。难怪网友惊呼“太赞了，比到现场看得还要清晰”“震撼，古人的智慧一点点呈现在我的眼前”。

探索创新 三星堆×12K=36倍

拍摄效果如此清晰，秘诀就在这台12K摄像机中了，这也是现在市面上唯一一种能够拍摄12K分辨率的摄像机。

拍摄过程中的功臣——12K摄像机

从技术角度来看，12K图像的分辨率高达12288×6480，而普通的HD分辨率只有1920×1080。也就是说，采用60fps的高帧率拍摄每帧8000万像素的12K影像，在清晰度方面较之8K再次提升了2倍以上，是4K分辨率的9倍。更直观一点说，如果我们把家里的电视画面放大36倍，在12K画质下，画面的清晰度将没有任何改变。

所以，面对文物拍摄的特殊需求，12K高分辨率影像非常适合呈现文物的精密细节，对于三星堆出土文物的后续研究、知识普及、档案留存都具有划时代的意义。事实也证明，这次央视频《12K微距看国宝》的破冰尝试，成为总台在新媒体超高清技术应用领域的又一大重要进展。

此外，为了保证国宝文物不被损坏，拍摄团队在光源的选择上也十分讲究，以低热甚至低照度为原则，选择使用低温影视灯，在保护文物的前提下，努力为大家呈现文物中的精妙细节。

其实，总台自2018年提出“5G+4K/8K+AI”的战略格局以来，一直在超高清视频技术领域持续探索。在4K领域，全台4K超高清频道技术系统建设基本完善，具备每天约100小时的4K节目制作能力；在8K领域，已经实现了在新中国成立70周年庆祝活动、春晚录制和纪录片《美丽中国说》中的相关技术应用。

比如，2019年2月，总台首次实现了春晚高清与4K超高清同步直播；2020年11月，总台实现全球首次万米深潜4K超高清信号直播传送；2021年6月，总台8K转播车完成了对庆祝中国共产党成立100周年文艺演出的录制；2021年9月，总台发布了《中央广播电视总台8K超高清电视专业解码终端技术要求（暂行）》，完成了北京冬奥会8K转播的重要准备工作……

守望历史 总台既是呈现者也是记录者

12K微距看国宝，360度沉浸全体验。仅在发布首日，单期视频在央视频APP端内播放量就达800万，登上B站热门榜，微博相关话题#12K微距看三星堆国宝##三星堆大发掘#阅读量超8000万，展现出了总台“排面”。

不止如此，在创意与技术的加持下，近期总台关于文明与历史的多档节目也收到了无数好评。

服章之美，谓之华；礼仪之大，谓之夏。在灿烂的华夏文明中，推开时光的门扉，总台邀你一起跨越千年，为你呈现上下五千年之美。

“观古今于须臾，抚四海于一瞬。”打开《典籍里的中国》，我们一起对话先贤。在这里，我们随屈原对望长空，看天宫航天员将最浪漫的诗写在宇宙中；在这里，我们圆了孔夫子的一个梦，让他好好地和得意弟子郑重告别；在这里，我们带宋应星先生来到了稻田，与袁老一起共看稻花漫漫。

虚拟视觉、灯光明灭、纱盒投影……《国家宝藏》，一句荣耀，一种隽永，一生传承。让冰冷的历史符号转化成日日流淌、从未褪色的文化自信；也让那些逝去的历史人物，跨越时间长河向我们款款而来。

“中国”一词最早出现在哪里？杨柳青年画是在过年才张贴的吗？越王勾践剑是在哪里的墓葬发现的？这次，我们在《中国国宝大会》中再看历史，从国宝读懂中国，领略我们五千年未曾断代的文明。

给时光以生命，赋岁月以文明。

当今天的我们成为未来的“三星堆”，总台将用最清晰的画面，讲述属于我们自己最动听的故事。

4K—8K—无数K

总台技术创新

记录历史

记录美

主　　编：徐　克　张亚东
发布日期：2021年9月14日

扫码阅读原文

聚光灯外的主角 追光永不停歇

CMG观察开年“剧本杀”

《无尽追逐》

号令起兮冰飞扬

冠绝海内兮迎万邦

安得猎豹兮察四方

故事背景:

2022年，中国北京，“冰丝带”（国家速滑馆）。

一道白光，敏捷同兔起鹘落，迅疾如逐电追风。驰骋疆场，日行千里，无人可赶。

然而，像是受到某种神秘力量的牵引，白光到了某一处，就会被拉回起点重新出发，在半条“赛道”上不停往返，陷入周而复始的循环……

它的真实身份是什么？又有着怎样的使命？

第一幕 绝对速度

你是“麒麟座二世”，绰号“猎豹”，是一款超高速4K轨道摄像机系统。

你的“父辈”“麒麟座”是在田径赛场上跟踪拍摄运动员的轨道摄像机系统，绰号“电兔子”。

它一般用于直线赛道，而你则可以在U型弯道自由驰骋。

你以迅捷闻名，最快速度可达25米/秒，约等于90公里/小时！

而速滑运动员的速度通常为15—18米/秒，约等于50—70公里/小时。

你的速度已经远远超过国家速滑馆内参赛选手的运动水平。

任务一：介绍你的速度之源

任务二：澄清“感谢猎豹”事件

“猎豹”自由发言：

大家好，我是“猎豹”，出生在中国北京，是中央广播电视总台研发出的一款特种摄像设备，专门用于速度滑冰（大道速滑）赛事的转播工作，这次是首发北京冬奥会。

运动速度快、弯道不打滑、频繁加减速是我最大的特点，也是研发难点。总台的工程师们历时四年，克服重重困难才把我创造出来。我的轨道系统是一套感应式电动机，通过电磁力驱动承载着陀螺仪摄像机的轨道车实现加速和减速，保证我在轨道上高速平稳地往返运行。

任务一，完成。

是我！我就是“猎豹”本豹！

刚才说过，我在国家速滑馆负责速度滑冰赛事转播，所以前几天在首都体育馆举行的短道速滑赛事我并没有参与，“感谢猎豹”真的是“感谢错豹”了。

而且我的职责是呈现赛场上的精彩瞬间，而让犯规无处隐藏、帮助裁判做出精准判决的是我的同事“鹰眼”。

我们两个系统相互独立，我负责给观众讲故事，它负责给裁判提供依据，所以在这里也谢谢大家的“感谢”，我会更加努力地做好后续的转播工作。

任务二，完成。

第二幕 地下追光者

线索卡：

装置组成：陀螺仪、轨道车和350米长U型轨道

放置地点：国家速滑馆赛道最外侧

主要功能：利用瞬间减速和减速动作，实时跟踪运动员，捕捉精彩画面

历经磨难方成“尖兵”，你也并非生来“神速”。在北京冬奥会上“惊艳亮相”的背后，是默默无闻的奋斗时光和从始至终全心为你付出的人。

四年前，在平昌冬奥会上见到当时世界上唯一的一套英国超高速轨道拍摄系统时，总台技术团队就下定了研制自主知识产权的速度滑冰特种拍摄装备的决心。

经过两年多的时间，刚“出生”的你终于进入模拟测试阶段。

任务三：展示你的家

任务四：让大家知道，你不是“月光”，是“追光”

“猎豹”自由发言：

虽然外号是“猎豹”，但我很“娇贵”，禁不起风吹雨淋。

我的U型轨道长350米，需要1万多平方米场地，而且测试周期长，建造我的工程师同伴们为了给我一个“家”，真是煞费苦心。

最终，我被安置在总台媒体公园的地下车库一层，350米的U型轨道也被缩短到270米。

炎炎夏日，地下车库内却阴冷难耐，我的工程师同伴们每天要在这里陪我十

几个小时，所以他们只能“不合时宜”地穿上厚实的外套。当时地下车库的洗手间还没有启用，进出安检又会浪费时间，同伴们都忍着不喝水来“抢进度”。

任务三，完成。

我每天都在不断试跑，虽然对速度有绝对自信，但我的同伴们还想亲眼看到我在高速运动下拍摄稳定画面的能力。然而，在地下车库这地盘上，想找到一位速度能与我匹敌的对手实在太难了。直到有一天，他们灵机一动，问了我一句：你相信光吗？

100多米的蓝布被贴在地下车库轨道旁的柱子上，上面映着一个由遥控灯射出形成的光斑。启动遥控灯，光斑可以高速地运动起来，形成一个速度可达20米/秒的同行参照物。就这样，光，成了我追逐的目标。

同一道光，同一个目标，同一个梦想。在这无人问津的四年里，我和我的同伴们，都是勤恳付出而又默默无闻的“追光者”。

任务四，完成。

第三幕 以团队之名

线索卡：

“猎豹”奋力“奔跑”，不是为了参与这场速度的较量，而是为了尽可能多地呈现速滑赛场上的精彩画面和动人情景，给全世界喜爱速滑的体育迷带去极致的观赛体验。

四年如白驹过隙，2021年，你来到冬奥会测试赛上做起了“准备活动”。但真正来到现场，你不免有些紧张：反应有些迟滞，奔跑中也仿佛脚下不稳，让你大声“惊叫”。

总台的“猎豹”从来不怕发现问题，只有发现问题才能解决问题。

在那段时光里，你和工程师同伴们团结一致，攻坚克难，在北京冬奥会开幕前完成了最后的调试工作，你也终于站在了奥林匹克赛事转播的舞台上。

任务五：传授解决问题的经验

任务六：说明“猎豹”不“吃人”

“猎豹”自由发言:

第一次参加世界大赛，我难免有点紧张。为了帮助我解决反应慢的问题，技术团队伙伴们用超高速摄像机拍摄操作员手发出指令和我的加速及减速反应，通过特征分析找到相应时间段，定位导致迟滞的具体指令，再通过完善软件程序让我的速度“迅雷不及掩耳”。

脚下不稳“吓”到我“惊叫”怎么办？大家立马追根溯源，迅速找到症结所在：原来是用以供电的导电滑触线有接缝，每次我高速掠过时就自然会发出声响。所以大家及时联系厂商，反复沟通，重新定制了一条无接缝的滑触线，让我奔跑起来既顺畅又安静。当然，赛事结束，让我走下拍摄现场回去休息时，无接缝设计就要多费一点周章了。

任务五，完成。

至于安全问题，请完全放心。我虽然名为“猎豹”，但只“吃电”不“吃人”。总台的工程师们对我的行动进行了严格控制：操作员、摄像师和两个安全员手里都有一个急停开关，轨道的两端还设置了恒张力释放阻拦索，以免我停不下来、冲出轨道。

即使电磁系统断电也不用慌张，我体内还有自主刹车系统，通过超级电容的能量推起电动杆，进而抱死轨道，保证赛事的正常进行和场内人员的绝对安全。

任务六，完成。

终章 最辉煌的人

“冰丝带”中的速度滑冰比赛还未结束，你和你的总台工程师伙伴们还要坚守在岗位上。

数年坚持，风雨无阻；潜心研发，攻坚克难。你们实现了一个个特种拍摄装备的国产化，在国际体育赛事转播中，让全世界看到了总台技术人员在科技创新的道路上锐意进取、拼搏奋进。

总台工程师在现场安装调试“猎豹”设备

当万千目光都投向在赛场上尝试突破自我的竞赛者时，“在奔跑中调整呼吸”的你和永不止步的总台技术团队，也值得被铭记。

谁说站在光里才算英雄

不在聚光灯下的主角

追光的“猎豹”和总台人

也是大写的HERO

（本文原标题为《猎·冰霜之奥·光之追逐者·全网谢谢的总台IP·豹》）

撰　　稿：文　佳　严童瑶

主　　编：徐　克　张亚东

发布日期：2022年2月14日

扫码阅读原文

纯洁冰雪看 8K 激情约会在总台

8K，助力欣赏每一帧“盛世美颜”

日前，为备战北京冬奥会的8K转播工作，中央广播电视总台技术局与华为海思、国家广电总局规划院、中国有线、AVS联盟、歌华有线、当虹、浪潮、海信、数码视讯、诺瓦星云、利亚德等召开研讨会，并发布了《中央广播电视总台8K超高清电视专业解码终端技术要求（暂行）》（以下简称《技术要求》）。

由于会议内容过于专业，所以观察君决定挑一些自己听得懂的来和大家聊一聊。

这两年，按照“4K先行，兼顾8K”的总体技术路线，总台在4K超高清电视制播技术的基础上，围绕8K超高清电视采集、制作、传输、播出呈现和内容分发牵头开展了一系列测试工作，最终形成了这套针对8K超高清电视转播、AVS3编解码和大屏呈现方面的技术规范。

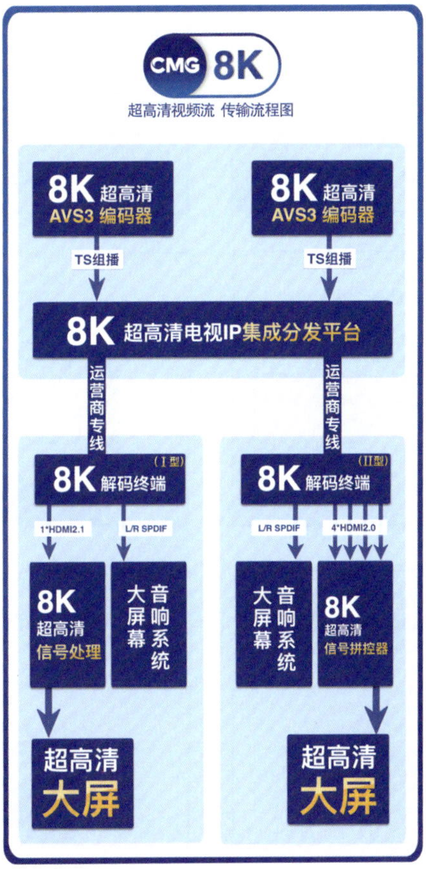

8K超高清视频流传输流程

后续，总台还将根据技术发展和应用场景的实际需要，对该《技术要求》进行修订、补充和完善。

《技术要求》涵盖了8K超高清电视专业解码终端应用场景、视频流传输流程、传输网络技术、输入视音频信号技术、硬件及外部接口技术、输出视频画面技术、音频输出接口技术、终端管理技术、终端应用软件技术等各个方面的要求，并对终端管理中的远程控制技术、数据回传技术、安全认证技术、日志管理技术、系统升级技术等作出了明确的规定。

规范公开后，各大生产厂商就可以按照标准化的技术参数生产相应的专业解码器，很快大家就可以看到原汁原味的8K画面了。

AVS3在手，核心技术我有

想看 8K 超高清视频？你还需要一个专业解码器

总台8K节目直播《技术要求》的制定，是切实贯彻和落实中央关于培育新的增长点、形成新动能的重要部署和具体举措，对推进供给侧结构改革、充分发挥信息技术拉动中高端消费、提升人民生活品质、夯实超高清视频产业核心基础、丰富超高清视频内容供给、提升网络传输能力、加强行业推广应用等方面将起到重要的支撑性作用。

据工业和信息化部、国家广播电视总局和总台联合发布的《超高清视频产业发展行动计划（2019—2022年）》显示，预计到2022年，我国超高清视频产业总体规模超过4万亿元。

总台也将以开播8K超高清电视频道和设立“百城千屏”项目为契机，将8K超高清电视节目带给千家万户。

“百城千屏”带你看8K

从2018年10月1日总台CCTV-4K超高清频道的开播，到2019年总台春节联欢晚会首次实现4K超高清同步直播，再到2020年4月发布的《中央广播电视总台4K超高清、高清电视节目同播技术规范（暂行）》，在“5G+4K/8K+AI”战略规划下，总台自2018年起就进入了超高清视频的快车道。

2021年2月，总台成功开启8K超高清电视频道播出试验，并在2021年春晚实现了全球首次8K超高清电视直播，成为超高清视频产业发展的里程碑。现在，总台将全力推进从传统广播电视媒体向国际一流原创视音频制作发布的全媒体机构转变。

硬核技术指标在此，你看懂了吗

8K解码终端采用主、备路自动切换，双路IP接入，默认使用主路视频流解码输出；自动检测主路视频流中断时切换备路输出；自动检测主、备路视频流都中断时输出本机预存测试画面。

8K解码终端考虑采用Ⅰ型和Ⅱ型两类终端型式。

Ⅰ型8K解码终端具备二路HDMI 2.1 A类输出接口，支持7680×4320/50/P，可兼容3840×2160/50/P，YUV4:2:0。

Ⅱ型8K解码终端具备一路HDMI 2.1 A类输出接口，支持7680×4320/50/P，可兼容3840×2160/50/P，YUV4:2:0；以及4路HDMI 2.0 A类输出接口，支持3840×2160/50/P，YUV4:2:0；可选择输出任意一路HDMI 2.1或4路HDMI 2.0信号。

单路视频解码须支持：图像分辨率7680×4320/50/P；支持BT.2020规定的色域；支持HLG标准/1000cd/㎡、HDR Vivid；最大码率120Mbps；视频流协议应支持HTTP、UDP、RTMP（支持AVS3）。

网络接入接口：具备至少两个 RJ45 100/1000BaseT网络接口，实现主、备路智能切换，断流恢复继续解码等。

增加8K解码终端采用19英寸机架式外观，设备厚度≤2U。

8K解码终端管理应具备支持远程控制、数据回传、安全认证、日志管理、系统升级能力。

8K解码终端应用软件应具备8K视音频播放、播放数据采集、播放权限及认证、日志采集上报、自启动和升级能力。

北京冬奥会马上就要到了。面向冬奥会转播需求，依托8K技术，无论是在场馆里还是在赛场外，总台都将为大家带来多视角、沉浸式的“第二现场”高品质观赛体验。

让我们一起期待2022年，为我们的冬奥健儿加油助威！

一边看比赛，一边享受8K

纯洁的冰雪

激情的约会

北京2022年冬奥会

总台邀你看8K

扫码阅读原文

主　　编：徐　克　李皓伊　张亚东

发布日期：2021年9月15日

秋云万里听菁彩 晚月千屏看团圆

2022年9月10日中秋节当晚8点档,《2022年中央广播电视总台中秋晚会》通过总台央视综合频道（CCTV-1）、综艺频道（CCTV-3）、中文国际频道（CCTV-4），文艺之声、音乐之声、大湾区之声、台海之声等广播频率，央视频、央视网等新媒体平台，以及海外社交平台等向全球受众同步播出。

人是家乡好，月是故乡明。阖家团圆、平安健康是中国人最朴素的愿望。尤其是在中秋节这一天，如果有长辈的唠叨声、小辈的吵闹声和亲人的欢笑声环绕耳边，那一定是最幸福的事情。

《2022年中央广播电视总台中秋晚会》海报

《2022年中央广播电视总台中秋晚会》就尝试为大家打造一个声声环绕、余音袅袅的美妙世界。配合“百城千屏”超高清公共大屏，2022年总台首次开启了我国自主研发的三维声技术（Audio Vivid，菁彩声）示范应用。菁彩声“听”秋晚，会有什么新体验呢？

中秋的月亮怎么听？用云听！

无论是嫦娥奔月、玉兔捣药的传说，还是唐玄宗创作的《霓裳羽衣曲》，中秋从古至今一直是一个充满浪漫和想象力的节日。“举杯邀明月，对影成三人”“海上生明月，天涯共此时”“今人不见古时月，今月曾经照古人”，文人墨客创作出的诗句也让远离亲人和故土的人，能以望月寄托相思之情。

以月为题，望月、赏月、颂月、听月，在姑苏水乡上演的这场精彩好戏中，有秋水长天、园林晚月环绕身边，有“三圆相套”的360°圆形舞台，更有实景山水与虚拟XR技术的浪漫融合。

不仅在视觉上精彩绝伦，在听觉上也必须要追求极致享受。一首首优美动听、宛转悠扬的乐曲声声有情，歌舞、交响乐、戏曲曲艺这些声音的艺术向世界展现着中国文化的独特魅力。

2022年的总台中秋晚会除了在电视端和新媒体端播出以外，在北京、上海、重庆、广东、福建、浙江、四川、山东、吉林、辽宁等省市的超270块超高清公共大屏也将同步播放。大屏幕前的你，真的可以一边用8K画质欣赏晚会细节，一边感受绕耳不绝的天籁之音！

不过8K大屏幕好找，原汁原味的声音哪里寻呢？赶快打开手机，下载云听客户端，进入“百城千屏”模块，跟观察君一起感受三维菁彩声，获取现场观众同等体验！

什么是三维菁彩声？国产声！

说了半天，到底什么是三维菁彩声？

还是要从三维声技术说起。三维声技术是超高清视频六维技术中的重要一环，可以为使用者带来更具感染力的临场感、个性化和交互体验。

与立体声相比，三维声更具空间感和方位感，能够高度还原再现现实世界的声音，让人仿佛身临其境，感受声音从四面八方“扑面而来”。

三维菁彩声是由世界超高清视频产业联盟（UWA）牵头，与AVS编解码标准协同，联合产业端到端生态，推动发布的技术团体标准草案。国产三维声技术的推出和应用摆脱了超高清音视频关键技术“卡脖子”难题，而且在多次对编解码、渲染等环节的权威主观评价测试中，国产三维声技术水平已经与国外相关技术不相上下。

总台技术局三维声音频小组一直努力推动国产三维菁彩声标准的建立和应用，助力国产三维菁彩声早日走进千家万户。通过不断与国内外机构和团队合作、深入调研各类基于不同对象的技术体系、测试不同技术应用效果，总台积累了大量包括制作、传输、终端等在内的多个领域的相关经验，为国产三维菁彩声标准的整体框架及技术细节提供了有力的支撑。

这一次的总台中秋晚会，就是国产三维菁彩声的首次示范应用。在晚会录制期间，总台技术人员通过在现场布置的三维声话筒获取整个现场的环境声作为三维音频素材；在音频后期制作中，利用国产的制作插件进行三维声制作；在播出端，采用三维菁彩声编解码技术，将声音信号发送到云听客户端，最终将原汁原味的三维声音频传递给大家，让大家用耳机就能沉浸式“听”总台中秋晚会！

技术创新往哪看？这里看！

在更好地呈现节目效果这件事上，总台可是认真的。特别是在超高清音视频领域，实现中国标准国际化、带动世界超高清音视频产业发展一直是总台追求的目标。

当然，技术创新也并非一蹴而就，背后的点滴积累就是一次次自我的突破。

2019年，总台首次实现春晚在4K超高清频道直播，并全程采用5.1环绕声；2021年，总台春晚舞美首次采用8K超高清视频进行呈现；2022年，总台CCTV-8K超高清频道首次直播春晚，并通过“百城千屏”点亮城市。

这个中秋，我们终于可以用自己的创新技术，沉浸式看8K、听菁彩声，感受中华民族传统节日的喜庆和欢乐！

在无数个日日夜夜的奋战里，中国超高清视频核心关键技术标准影响力不断提升，即将进入市场规模应用阶段，完成了从“跟跑”到“并跑”再到“领跑”的转变。

未来，总台将继续推动国产超高清音视频技术标准更新迭代，推广国产超高清音视频技术在重大赛事、活动中的普及与应用，让更多的人了解超高清、了解4K/8K、了解三维菁彩声。

技术创新

总台一直在路上

主　　编：徐　克　张亚东
发布日期：2022年9月10日

扫码阅读原文

2021 总台高科技追“星”指南

大象南返 披“星”戴月

奥运夺金“星”光璀璨

三“星”堆考古 12K纤毫毕现

总台报道 陪大家快乐追“星”

前两天

地球迎接了三位

从星空归来的朋友

总台全程直播给你看

这场高科技追“星”怎么实现

观察君和技术小伙伴

邀你来看这篇指南——

太空出差有点远，上车饺子下车面。为了迎接阔别地球重力三个月的“太空出差三人组”，全国网友把整本《面食大全》都研究了一遍。

航天员出差回家，亲人朋友备好家乡美食翘首以盼。此时，有一群陪伴和记录返回舱着陆全程的总台技术人员，也正从茫茫戈壁，奔向各自的一碗家常热饭。

一个车队，一辆卫星车，10位技术人员，从北京开到东风着陆场。航天员出差回家的全程直播报道，都由他们传输信号。今天，观察君就来讲讲这群总台硬核追“星”人的故事。

观察君竖起了好奇的小耳朵，听总台技术保障团队讲高科技的故事

赶路篇：去追！那些着陆的“星”

从北京到东风着陆场，总台技术保障团队穿越草原、戈壁和荒漠，行进1300多公里，来到神舟十二号返回舱预定着陆点。

与四子王旗的大草原不同，东风着陆场大部分是戈壁和荒漠。虽然没有“风吹草低见牛羊”的浪漫，却平添一份“大漠孤烟直”的豪情。

放眼望去，茫茫戈壁，枯草、碎石、黄沙。4G信号？那是不可能有的。地面技术条件无法保证，太空中的卫星，是总台技术保障团队最好的伙伴。

根据以往的直播经验，常规动作是用卫星车和卫星站，通过传统的直播星，进行视音频信号的传输。但是这次，能满足直播传输需求的卫星车和卫星站，体型相对较大，越野性能不足，准备、连通、测试时间较长。车太沉，怕颠簸，怎么办？

高通量卫星：我来！

顾名思义，高通量卫星的通信容量非常高，比传统通信卫星提高了几十倍。有了它的帮助，卫星天线终端的尺寸大幅缩小，便携性更好了。这样，在越野车上也能安装了！

此次总台技术保障团队的核心，就是一辆搭载适配高通量移动通信卫星的“动中通”越野车。“动中通”，就是“移动中的卫星地面站通信系统”的简称。

总台“动中通”确保成功追“星”

2021年初，总台10人组成的技术保障团队已经开始备战。一边去天线厂家实地考察，一边大刀阔斧地对原有的“动中通”越野卫星车进行适配性改造，开展长时间和长距离的路试。

9月初，总台技术保障团队整装待发。经过5天行程，全新升级的卫星车终于来到了东风着陆场。

以前，我们只能等卫星车到现场了才能直播，现在，技术团队开着卫星车，在路上也能进行实时动态报道，真正实现了全程直播！

为保证万无一失，团队携带了多套高通量便携站，并对频段加以区分，分别采用Ku波段和Ka波段，针对现场情况和视音频传输要求各取所需，也互为备份。使用的信号传送卫星也是两颗，避免卫星资源有限或信号覆盖不足的情况。

技术团队还备有一套使用传统直播卫星的便携式卫星站，以及4部海事卫星电话，确保直播万无一失。

直播篇：“Ku Ka二将” 各显神通

观察君前面提到的Ku波段和Ka波段，大家还有印象吗？它们其实是卫星通信使用的不同波段。这次直播期间，有Ku波段亚太6D卫星和Ka波段中星16卫星的联手，大大提升了信号传输的可靠性。

那么问题又来了，它们俩到底有什么区别？观察君在查找资料的过程中，满脑子回荡着这首歌：

我是Ku波儿段
它是Ka波儿段
Ku波儿Ka波儿段
两个无线电波段
翻来覆去不明白

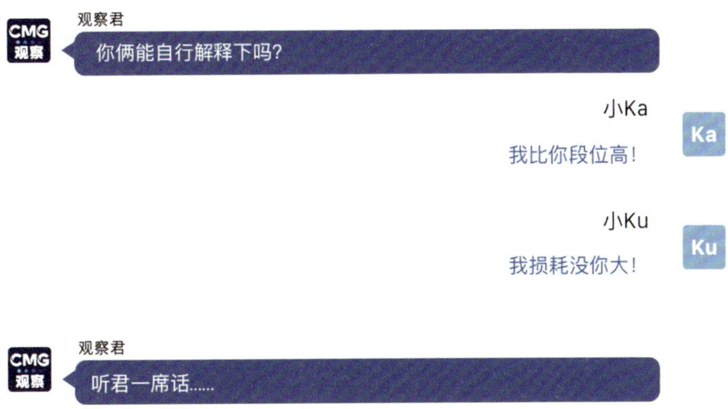

Ku？ Ka？观察君也分不清楚

总之，为了满足这次直播所需，总台配置了2套Ku/Ka波段背包式高通量卫星站和一辆高通量卫星车，一路跟随搜索直升机，在神舟十二号抵达降落点后，设置多个机位拍摄航天员出舱场景，并将其中3路视音频信号传回北京总台新闻演播室，确保直播报道顺利进行。

为了保证信号传输的稳定性，支持高速数据传输，总台技术保障团队专门开通了高通量卫星带宽资源，支持每路10Mbps的数据流量，其中视音频分配7Mbps，将现场转播视音频信号传回演播室；其余3Mbps提供给总台“云终端”和互联网服务，承担现场与演播室通话和返送演播室PGM信号。

“Ku Ka二将”，各显神通。天上的问题解决了，地上还有点小难题。

最大的困难，莫过于行进中的直播连线。戈壁里行车困难，沙石很软，颠簸厉害，对设备的考验很大。突然剧烈的颠簸，会导致设备来不及响应，造成对星偏差，码率也会相应降低。为此，总台技术保障团队设定了3.5秒的延时补偿，保证了绝大部分时间的稳定传输。

一切准备就绪，第一场行进中的直播连线，相当于高通量车载“动中通”的首秀，成功与否十分关键。由于“动中通”车只能坐一位技术人员，其他保障人员要在后车跟随。

技术保障团队的朱玮回忆当时的情景：“为了不影响技术人员的操作，我也不敢在对讲机里询问情况，就跟父母在考场外等待参加高考的孩子出来一样。5分钟后传来成功的消息，心里一块大石头总算落地了。”

在地面搜索分队前进的过程中，总台技术保障团队实时把直播画面传送回北京演播室。在空中搜索分队降落后，第一时间展开高通量卫星站，将落区返回舱和航天员的情况展现给全世界观众。

在这次航天员返回直播任务中，总台技术保障团队采用高通量卫星直播，第一次真正做到了全程在线。无论是柏油路、石子路还是戈壁滩，都实现了视音频信号的稳定传输。

总台技术人员一直以来都在移动传输领域不断求索，寻求突破，找寻适合各种应用场景、适配各类视音频质量的移动传输方式。这样的坚持，成就了这次“天时、地利、人和”“Ku Ka齐上阵，大漠深处随意传”的追“星”直播。

卫星车载着总台技术人员对繁星深处的不懈追求，一路前行。

追“星”这件事，他们是认真的！

回首篇：我在仰望 星河之上

回首仰望，星汉灿烂，对星空的探索，总有总台的陪伴。

> 俱怀逸兴壮思飞，
> 欲上青天揽明月。

嫦娥五号探测器的“奔月”之旅，有总台注视，看一捧月壤，被“嫦娥”身畔的流云轻拂。

自有个祝融来吐耀，
射虚外、昆仑列琏璐。

天问一号探测器携“祝融号”火星车到达火星表面，有总台相伴，我们第一次听见“火神”踏上火星的脚步。

梦到天宫里。
见长庚星颗，忽自月边飞至。

三位航天员自“天宫”归来，总台第一次采用高通量卫星全程直播，返回舱出黑障、乘东风，观众仿佛能感受到灼热的温度。

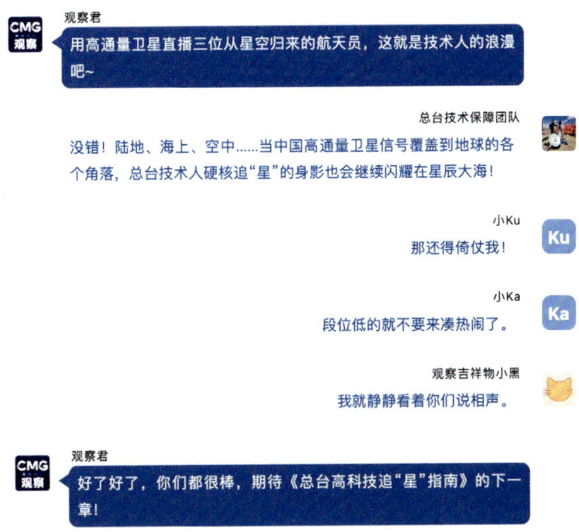

期待《总台高科技追“星”指南》的下一章

撰　　稿：朱　玮　肖玉笛
主　　编：胡姝姝　张亚东
发布日期：2021年9月20日

扫码阅读原文

《人世间》想见到的全家福是如何在总台秋晚上补齐的

“祝你踏过千重浪，能留在爱人的身旁，在妈妈老去的时光，听她把儿时慢慢讲。”

中央广播电视总台大剧《人世间》在2022年初曾感动无数观众，剧中真实的生活画卷、动人的喜怒哀乐，让人印象深刻。当时微博上有个话题#人世间再也拍不上全家福了#，1969年的全家福竟成了老周家唯一一张全家福。

这个遗憾在2022年的中秋终于被填补。在总台中秋晚会上，宋佳、辛柏青再唱主题曲。歌曲结尾，周家五口人缓缓走到一起，补上了一张电视剧中没有拍成的全家福照。从年初追剧时泪流满面，到中秋晚会上补齐圆满，有网友说：“这张全家福的‘彩蛋’被总台埋了整整大半年。”

总台中秋晚会用CG技术把“秉昆和父母”请到场，补齐《人世间》全家福

总台秋晚是如何为老周家补上全家福的？节目团队分享了幕后创作的点点滴滴。

秋晚敲定的第一个节目就是《人世间》

《人世间》的主题曲，许多人“一听就想哭”。一首歌，一部剧，瞬间把人带入浓浓的思家之情。

这是秋晚敲定的第一个节目，节目团队一开始就决定无论出现什么状况，一定要让它出现在秋晚的舞台。毋庸置疑，总台这部年度大戏体现的亲情主题与中秋氛围高度契合，团圆是中国人骨子里的情愫，是时光带不走的民族气质。大家在创意的时候就决定，一定要在舞台上完成一家团圆，弥补电视剧中的遗憾。

为了这份团圆，团队动用了全部力量去协调演员们的时间。一开始，大家想把儿媳妇、女婿们也都请过来，但是太困难了，演员们分散在全国各地的剧组，无法聚齐，于是就把范围缩小到周家五口。

宋佳是第一个敲定的演员，她有声乐基础，一开口就是专业水准，非常惊艳。第二个确定到场的是辛柏青，他对总台秋晚很有感情，因为这是他第三次登上秋晚的舞台。2012年，他携妻子朱媛媛在福州举办的央视秋晚合唱了一首《幸福两口子》；2016年，他又带着一家三口在西安举办的央视秋晚演唱《亲亲我的宝贝》；这次，辛柏青在接到邀请后，全力配合赶到今年秋晚的举办地张家港，完成了他在总台秋晚的第三次演出，也是第三次歌唱温暖亲情。

用CG技术把“秉昆和父母”请到场

细心的观众已经发现了，最后周家合照的一幕是用技术合成实现的。雷佳音、丁勇岱、萨日娜三位演员（剧中的周秉昆与周父、周母）并未到现场，有网友调侃说：“果然上台面的事都不带秉昆去。”

团队成员们笑着表示，网友点评得太有带入感了，说明观众看剧的时候非常投入，带入了周秉昆这个人物平凡甚至在父母眼中“没出息”的形象，对人物是相当熟悉，才会做出这样的点评。

其实，不能把他们全部请到场是团队最大的遗憾，因为演员们在全国各地拍戏，时间实在难以协调。于是大家想到用CG技术做合成，团队派出三队人马，带着绿幕奔赴三个剧组，就地搭棚，就地拍，最后在技术手段的帮助下才完成了这张全家福。

2022年总台秋晚首次采用了8K超高清技术，并首次通过“百城千屏”超高清公共大屏传播体系播出。在8K纤毫毕现的画质下，一点小小的画面问题都会被放大。虽然普通的观众并不大能看出异样，但是节目团队依然觉得“还有尽善尽美的空间”，因为虚拟制片的工期要求实在太长了，有些画面，比如宋佳推开一扇虚拟的门、演唱者在浮动的光影中穿梭等，这些复杂的画面以电影的标准要做几个月甚至半年之久，时间越长，画面渲染就越精致，还原得就越逼真。直到秋晚开播的头一天，大家还在拼命完善。好的节目不仅胜在创意，对技术细节的精益求精也是整个秋晚剧组持续不断的追求。

留白成就舞台上的意境美

当《人世间》这首歌在舞台上演绎时，慢慢浮现的窗户、一闪一闪的亮灯以及家人们的影子，每一个元素都令现场温情满满。霎时万物宁静，皓月痴情，人世间的美好似乎凝聚在了那一刻，温暖千万人心。

这样的设计经过了团队的反复推敲。其实，起初的舞台设计给得特别“满”，加入了很多复杂的家庭画面，呈现的时候发现，太写实倒少了些意境。于是干脆只留下剪影，像自行车、收音机、老家具这些有年代感的物品元素和家庭场景的剪影，舞台做了留白的处理，虚实相间，呈现出的感觉反而更洁净、更修长。

电视剧里一个普通家庭积郁在心底多年的心愿达成，触发了千万观众的泪点。网友们纷纷感叹“感谢总台秋晚帮我们弥补了一个遗憾”“是来圆周家拍全家福的梦吗？不，是圆了我们心中的盼望”。

演员辛柏青在秋晚播出后第一时间更新微博这样写道："唯一一张定格在1969年冬天的全家福，终于在2022年中秋有了更新，一场跨越时空的对话让爱永久珍藏于心间，亲情、爱情、友情值得我们用一生去守护。"

主　　编：韩春苗　张亚东
发布日期：2022年9月12日

扫码阅读原文

听说你对今年春晚有点“新看法”？

从1983年到2023年，除夕夜的春晚陪观众走过了40个年头。2023年中央广播电视总台兔年春晚用“品质+技术+情怀”的流量密码，向大家再次证明了“国民级”IP的影响力。

与动辄数千平方米的演出场所相比，除夕夜的春晚连续25年在同一演播厅举办。和春晚演播厅中的演职人员与观众一起在零点前倒计时，已经成为许多人为之坚守的“新年俗”。

为了在有限的空间中提升这份迎接新年的“仪式感”，技术创新越来越成为春晚品质的基础保障。尤其是刚刚结束的兔年春晚，简约质朴的主基调和浓浓的“科技风”不仅让晚会的观看方式有了前所未有的新突破，甚至还将幕后画面搬到台前与节目同屏出现。这是如何做到的呢？下面我们就聊一聊2023年总台春晚的一些“新看法”。

总台《2023 年春节联欢晚会》发布官方标识和吉祥物形象“兔圆圆”

竖屏再分屏 一双眼睛有点忙

在过去的一年中，“竖屏看春晚”和《这young的夏天——2022夏日歌会》等“大IP”让众多手机用户体验到用手机看节目的快乐。2023年春晚，总台联合腾讯视频号继续在竖屏上做足了文章。

帧速率达到50p，画面更加丝滑流畅；使用国产菁彩声渲染技术，声效更加立体沉浸。而其中最让人耳目一新的就是在竖屏中使用了分屏呈现技术。

竖屏最大的特点是能够清晰地捕捉到每一位演员在台上的动作、神态等细节内容，满足新媒体受众的个性需求。但同时，单一的竖屏视角主要以个体为中心，可能会出现无法一览舞台全貌、人物位置关系不明确等问题。

分屏的应用则让观众收看春晚不再留有遗憾：舞蹈《碇步桥》中，温润柔美的舞姿、置身“小桥流水人家”的江南图景，那份悠然与恬静扑面而来；舞蹈《锦绣》中，在近距离看到舞者的一颦一笑、步步生莲的同时，也能从全景中感受到巍巍大汉的礼数威仪、大国气象；小品《坑》中，既可清晰地捕捉到“沈躺平”焦急的神情，又能看到他推走马局长时的健步如飞；歌曲《青春

2023年春晚技术创新升级，采用竖屏看春晚，更有现场感

向太阳》中，表演者用另一种同屏方式献唱，将奋斗的青春献给祖国……

这些画面主要来自演播厅中分布的6台竖屏摄像机。采用经过改造的L型支架，配合竖屏专用的寻像器和监视器，兔年春晚实现了从前端拍摄到后方制作的全流程竖屏内容生产。

想不想知道春晚演员登台前的准备过程？好不好奇表演完毕之后他们会作何表情？这些以往看不到的画面是由2台轻量便携的5G竖屏游动机位实时拍摄下来的。在欣赏节目的同一时间看到春晚演员在台下的状态，这才是真真正正的春晚“新看法”。

8K搭配菁彩声 超高清视音频再发力

17个同步输出高清和4K超高清信号的机位，7个8K超高清机位，兔年春晚直播公共信号制作可谓“高规格”。本次“8K+菁彩声”在直播态中的首次融合应用也成为我国超高清视音频产业新的里程碑。

在众多机位中，两台国产8K摄像机尤为引人注意。它们是由总台牵头，联合国内两家公司研发制造的8K讯道摄像机和便携式8K摄像机。这两台机器的研发成功一举打破了超高清拍摄设备由国外垄断的状态，且与国际知名品牌所生产的同类机型相比，元器件全部实现国产化的国产8K摄像机在分辨率、信噪比、灵敏度等技术指标方面都符合国际标准要求，正在逐步适配总台时政会议、体育赛事、综艺晚会等各种大型转播场景的应用需求。

国产三维菁彩声也首次登上春晚舞台，生动再现了“水从何处来”“风吹花飘散”的声音空间信息。在《当“神兽”遇见神兽》中，技术团队特意为小神兽们打造了专属三维声形象，深度结合虚拟视觉元素，用“声”还原上古世界，以“音”带我们走入中国典籍。

为了能最大限度地还原现场沉浸式音效，总台在演播大厅中部署了30支现场拾音话筒和近百支无线话筒拾取现场和演员、主持人的声音，并采用高阶声场技术实时制作5.1+4H三维菁彩声和双耳渲染三维菁彩声，为“竖屏看春晚”“百城千屏看春晚”等提供沉浸式声音特效。

百城千屏看春晚

“3R”加“动捕” 真真假假难分辨

近年来，“3R”（AR、XR、VR）和智能动作捕捉等技术已经成为大型晚会的“标配”。特别是兔年春晚中，有20多个节目都应用了AR技术，甚至在小品《对视50秒》中也出现了AR的身影。

为什么要在春晚中如此广泛地应用AR技术呢？其中一个重要的原因便是在“简约办春晚”的理念下，相对简单的舞台置景给了AR技术更大的创作空间：青丝、飞鸟穿梭流转，戏楼、松柏等“大物件”也能举重若轻地登上舞台。

比如在戏曲《华彩梨园》中，现代AR技术首次与中国传统戏曲结合，为其在舞台上搭建了一座“大戏楼”；在武术《演武》中，AR技术构建出的四季轮转则与武僧刚柔并济的招式共同营造出一份“心似白云常自在，意如流水任东西”的挥洒自如之感；在“南音”节目《百鸟归巢》中，AR技术让五彩绚丽的百鸟舞动翅膀，让人联想到“鸟随鸾凤飞能远，人伴贤良品自高”。

XR实时渲染系统则利用超高清晰度弧形主屏和舞台地屏，打造出沉浸式、多维融合的立体舞台空间，让杂技演员置身高楼林立的天台上俯瞰城市之巅，让歌舞演员在不同场景中唱响同一首《茉莉花》……

还记得零点钟声响起时，可爱的“兔圆圆”在屏幕上给全国人民拜年的画面吗？在《新春蹦蹦》中，“兔圆圆”与多位演员同台共舞也是总台AR团队用智能动态捕捉技术做出的视觉效果。这项首次应用于春晚的基于AI图像识别的动捕技术，可以直接从画面中捕捉舞蹈动作，并通过5G传输和AI算法实时将画面中舞者的动作转化为“兔圆圆”的华丽舞步。

如何让根据人类动作模拟出的四足神兽更加生动逼真？总台开发的一款自适应骨骼匹配技术实现了国内首次四足神兽的真人动捕呈现。通过建立基于数据驱动的非生命体骨骼动态迁移智能模型和AR技术，将麒麟、貔貅等上古祥瑞神兽的肢体语言表现得更加丰富细腻。

总台开发的自适应骨骼匹配技术，实现了国内首次四足神兽的真人动捕呈现

同样是在这个节目中，总台牵头研发的VR三维影像绘制技术首次亮相。VR画师手持电子画笔、佩戴VR眼镜在舞台上绘制神兽的三维立体画作，通过无线定位追踪设备，VR眼镜中显示的绘制过程与摄像机拍摄的实时画面被传输至渲染合成服务器，实现了动态VR绘画过程在屏幕端的精彩呈现。

除了以上这些“黑科技”外，兔年春晚还应用了自由视角超高清拍摄系统加载智能插帧算法，360°全方位展现高难度动作和技艺绝活；在演播厅布设了10套特种设备，其中索道摄像机让春晚有了“演唱会”的感觉；5G云连线助力全国各地的观众参与“云合唱”表演，共同唱响同一首歌。

除夕夜的春晚不仅是一场传递温暖和感动的“文化盛宴”，更是一场充满新奇和想象的“科技大餐”。我们不妨现在就开始期待一下，常看常新的春晚，明年还有哪些“新看法”？

主　　编：徐　克　张亚东
发布日期：2023年1月23日

扫码阅读原文

年度观察丨俏也不争春 只把春来报

宇宙很奇妙。“三体人大战阿凡达”没有发生在他们同属的半人马座α星（南门二），而是在地球上演了。动画片《三体》和电影《阿凡达：水之道》，一边是能让宇宙“闪烁”的高等文明，一边是历时13年、耗费4亿美元打造的科幻巨制，科技越来越成为影视乃至传媒行业的重要一环。

2022年是中央广播电视总台的技术大年，多项技术创新成果在各大活动中与大家首次见面，甚至有些可以称作“全网皆知”。国产化、移动化、智能化纷纷成为总台技术的关键词，超高清、超便捷、超真实的观看体验更是深入人心。

“5G+4K/8K+AI”战略格局推动总台高质量发展

在“思想+艺术+技术”创新融合的指引下，在“5G+4K/8K+AI”战略格局下，技术和节目已经成为总台腾飞之两翼，持续推动总台高质量发展。今天，观察君就为大家盘点一下总台这一年的重磅“黑科技”都有哪些。

超高清 菁彩声
视听盛宴国产造

2022年是中国超高清视频产业开花结果的重要年份。随着一月底总台CCTV-8K超高清频道的正式开播，8K信号在全国100多块地标大屏和部分城市的有线电视网上先后播出虎年春晚和北京冬奥会的数十场赛事，超高清已经完全开启了落地应用。

特别是在冬奥会上，总台实现了从转播、传输、分配到多地大屏幕实时呈现的8K超高清直播，观众真正意义上看到了原汁原味的8K赛事。而且在这条通路上，无论是播出平台的核心设备和系统软件，还是IP集成分发平台的服务器、码流分析仪和终端管理软件，甚至是超高清信号编码标准和解码终端，都在总台引领下，实现了装备的国产化和技术的自主创新突破。

频道开播从无到有，春晚冬奥从前到后，中秋晚会的8K超高清则可以称得上从有到优：全国270块大屏直播，并且首次应用了国产三维声技术菁彩声。

菁彩声的体验到底好在哪里？除了比传统环绕声多了纵深感、沉浸感外，一个显著特点是可以接受使用者个性化的定制服务。比如在观看世界杯时，某队球迷可以选择将本方现场观众的呐喊声“拉”到自己耳边，而把对手的加油声“推”到远处。

这项目前最让人赏心悦“耳”的音频技术在前两年还被个别国家垄断，仅2021年，外国公司在中国的三维声、环绕声的终端授权费用就高达数亿美元，国内电视、机顶盒、网络机顶盒、手机等大多数终端设备需要终端授权，甚至有外国公司借此抬高合作门槛。

面对这样的境遇，自主研发成了我们唯一的出路。直到2022年，由总台牵头研发和制定的国产三维声技术及标准终于圆满完成首秀，且在多项权威主观评价中达到了国际先进水平。

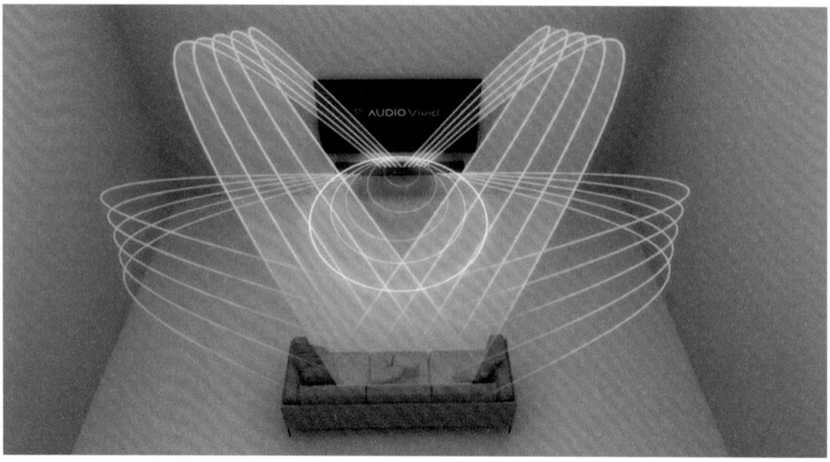

菁彩声模拟效果图

沉浸式“特种兵”
虚实结合有奇招

沉浸式体验被认为是未来传媒行业发展的方向之一。从内容生产的角度看，扩展现实（XR）技术实现了虚拟场景、虚拟元素与真实人物的互动。

比如在虎年春晚创意舞蹈《金面》中，在XR中加入了人体骨骼绑定系统，配合AI多模态动态捕捉，拥有数千年历史的青铜大立人文物得以与现代人共舞；“5G+XR”则让身处两地的主持人可以同镜互动，形成一种全新的节目效果与制作模式。

另外，AR技术与节目的融合亦趋于完美，春晚节目《只此青绿》就是最好的例子。利用“次世代”引擎，前景布置的涟漪水面成了舞蹈的一部分，简约而又天人合一，极合“朱颜不老画中人，绿酒追欢梦里身”的意境。而在北京冬奥会开幕式上，利用AR技术呈现出的大雪花和中国结更让世界看到了中国的诗性与时代感，这也是人类奥运会历史上首次在开闭幕式的直播中应用AR技术。

除了有虚拟技术外，更有“真刀实枪”。今年总台在各类大型活动的直播、拍摄中使用的特种设备可以说是实打实的好用。比如在北京冬奥会上亮相的超高速4K轨道摄像机系统“猎豹”，就是由总台研发的打破国外技术垄断的国产骄傲。

关键部件全部国产的“猎豹”，运行速度最高可达25米/秒，能够与运动员同步高速运行，跟踪拍摄画面展示赛事魅力。奥林匹克广播服务公司（OBS）对“猎豹”同样高度赞赏。

一直以来，总台都非常重视节目制播中的节能降碳，在2022年的北京马拉松赛事直播中，两辆由总台自主集成改造的绿色环保转播车正式投入使用。

总台使用自主集成改造的绿色环保转播车直播北京马拉松赛事

由于转播车需要时刻在运动员前方不远处保持工作，且对动态拍摄、讯道切换、信号传输等要求较高，因此对动力需求较大，以往柴油动力车排放的尾气会给运动员造成一定困扰。而电动转播车不仅减少了污染，也为运动员提供了更加舒适的比赛环境，充分展现出技术向善的理念。

云媒体 5G+ 智能转写
节约成本效率高

在国际奥委会刚刚颁发的奥林匹克金环奖中，总台CMG媒体云获得最佳可持续管理奖金奖，为大型体育赛事转播提供了一种可持续化的全新模式。北京冬奥会期间，CMG媒体云在广播电视中心部署了边缘节点，就近支撑了转播现场50台超高清工作站的制作需求。

基于全素材、高安全的云上资源库，CMG媒体云的Web剪辑器、云剪辑APP、移动云非编等一系列移动化编辑制作工具满足了任何时间、任何地点、全媒体节目的制播需求，打破了传统节目制播的地域局限，推动直播业务进入更高效的云端协同时代。

CMG媒体云的另一大特点是可以有效控制和节约设备成本、运输成本。采用统一后台集约化方式部署，使生产资源的统一共享和生产能力的弹性调配成为可能。5G网络传输也降低了线路使用成本，使素材可以在多个区域高速流转。

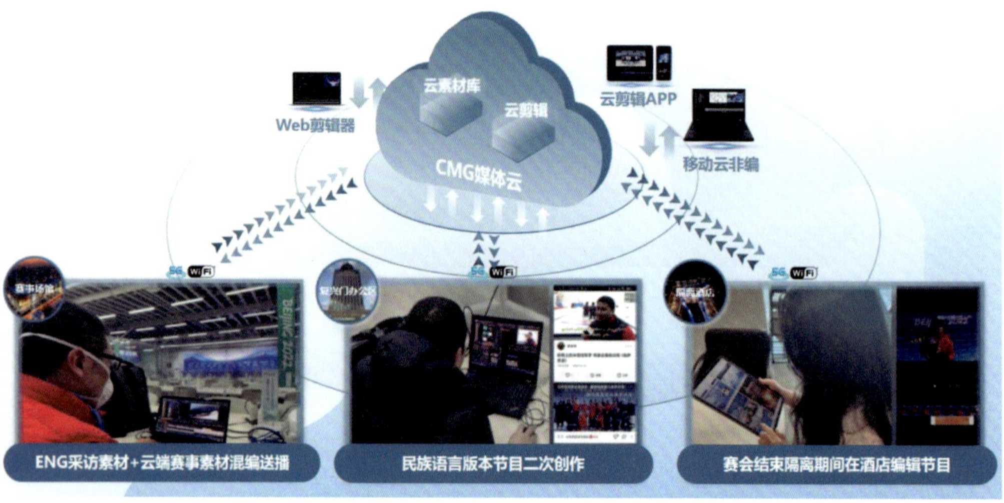

CMG 媒体云工作示意图

说起5G技术的媒体应用，总台可是认真的: 2022年首次实现在时速350公里的高铁上进行超高清节目超长距离、长时间稳定直播；在冬奥火炬传递过程中全程使用5G技术实时回传4K超高清视频信号，成为业内5G媒体技术应用在长时间、单区域多路高画质稳定回传的首个典型应用案例；首次使用5G网络和超高清技术助力马拉松赛事转播，实现了基于运营商5G公共网络在公共区域便携传输和轻量制作；首次在直播中应用5G技术进行直升机航拍信号传输；首次使用700MHz频率5G移动网络对珠峰冲顶及科考进行全过程新媒体直播……

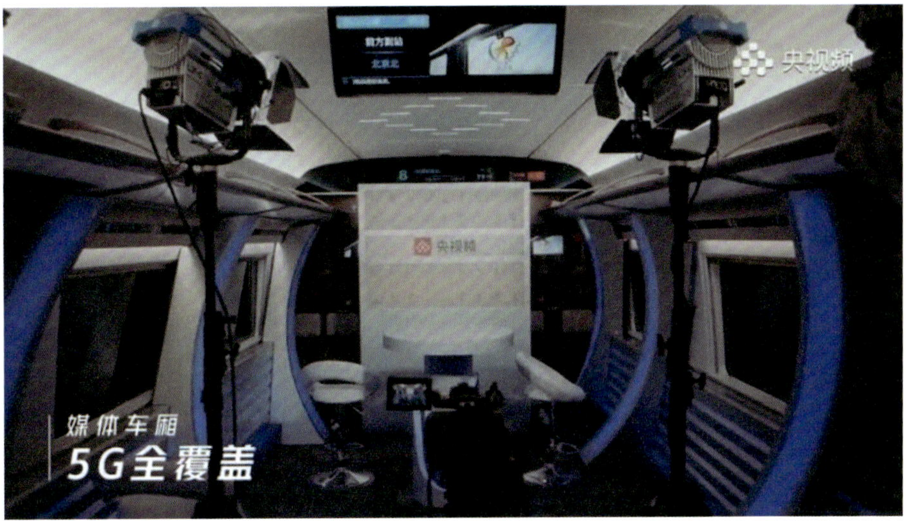

总台设在北京冬奥列车上的高铁5G超高清演播室为节目制作制播提供技术支持

按照“轻量、移动、云化”的新媒体技术路线，总台5G媒体应用以“拎包就走，开机即用”为理念，集移动采集、便携横/竖屏制作、灵活传输为一体，逐步辅以XR/AR+AI技术，为节目制作制播提供支持。

另一项深受业内人士喜爱的技术就是总台开发的智能语音转写系统了。以人工智能语音识别引擎为基础的它，结合超实时分布式视音频编解码技术，实现了人机耦合的自动化字幕生产。该系统具备多语种节目内容制作能力、声纹识别区分说话人功能、实时转写功能、智能降噪功能等，并支持多用户协同工作，字幕制作效率比传统制作平均提高3倍，结束了几十年“拍”字幕的历史。

智能语音转写系统首创了基于广电字幕特征的自动断句模型和方法，采用深度神经网络模型，结合文本语义、内容特征、屏幕字数要求，对字幕断句的模式进行建模，大幅度提升了实际业务中的断句准确率。

在对字幕文本句子进行拆分、合并等操作时，字幕文本时间信息还可以自动跟随，通过智能语音技术与最短编辑距离算法实现字幕与语音内容的时间码自动匹配对齐，提高字幕编辑调整的效率。

今天，技术创新已经成为推动各行各业发展的新引擎。总台也将继续勇攀高峰，了解技术、研发技术、利用技术，以技术进步激发内容创作，引领媒体技术发展潮流！

主　　编：徐　克　张亚东
发布日期：2022年12月30日

扫码阅读原文

第六章
群星闪耀 敢战必赢锻造新闻铁军

成事之道，要在得人。作为中央广播电视总台的一员，不能做一知半解、浅尝辄止的“花花草草”，需要深入践行“四力”，真正做到“有几把刷子”，会“十八般兵器”。正如热爱泥土的种子才能生根开花，扎根沃土的树苗才会枝繁叶茂，意气风发的总台人不断在艰苦地区、艰巨岗位、艰难项目中躬身实干、大展拳脚。弦歌不辍，薪火相传，大师闪耀，新人辈出，总台正在加快形成人才引领发展的新格局。让听得见炮火的人呼唤炮火，一支拉得出、打得赢、敢胜利的“新闻铁军”正在天地宽广的总台大舞台上踔厉奋发，勇毅前行。

慎海雄：属于时代的群星闪耀时

事业成败，要在得人。曹操曾在《短歌行》中吟咏“山不厌高，海不厌深，周公吐哺，天下归心”，以抒发求贤之心犹如高山不弃土石，大海不辞涓流，至礼迎贤，盛意拳拳。

千秋基业，人才为先。党的二十大报告强调，必须坚持“人才是第一资源”，深入实施“人才强国战略”，坚持“人才引领驱动”。人才，是各行各业最宝贵的资源，在竞争日趋激烈的全媒体时代，人才的重要性更为突出。习近平总书记曾作出深刻判断，“媒体竞争关键是人才竞争，媒体优势核心是人才优势”。如“周公吐哺”般惜才爱才用才，始终是中央广播电视总台人才战略所抱的赤诚情怀。

栽好梧桐树，引得凤凰来。总台是党的意识形态重镇和国家广播电视台，是当今世界体量规模最大、业务形态最多、覆盖范围最广、节目生产量最大的综合性传媒集团，同时也是有理想抱负的年轻人施展才华、实现理想的绝佳舞台。总台最宝贵的优势，就是每一个总台人的大脑有取之不竭的创意，每一个总台人的身上有攻坚克难的勇气。大师闪耀，新人辈出，这是总台永葆青春活力、赢得成功的根基所在。

要想培育“千里马”，做好“伯乐”是关键。人才的涌现不能只靠会议的“上传下达”和文件的“规章条例”，不能让暮气沉沉的按序排辈、按资历排辈阻碍人才成长，只有多用几个实干实绩的秤砣，才能最大限度让人才脱颖而出。总台敞开大门，到实践里去“淘宝”，到一线中去“识珠”，不问熟不熟，先问能不能；不问乡不乡，只看行不行。只有当好人才伯乐，一马当先，率先垂范，才能让总台的千里马在新时代竞相奔腾。

试玉要烧三日满，辨材须待七年期。总台构建适配高质量发展的人才培养体系，分类建设“大师级”人才库、评选总台“十佳”和青年英才、选派青年业务骨干赴地方“蹲苗”历练、建立新入职大学生基层锻炼常态化机制，真正让总台人做到“有几把刷子”，会“十八般兵器”。正如热爱泥土的种子才能生根开花，扎根沃土的树苗才会枝繁叶茂，意气风发的总台人不断在艰苦地区、艰巨岗位、艰难项目中躬身实干、大展拳脚。

从本期起，《中国电视报》推出《总台人物》系列报道，通过人物专访、深度对话，为广大读者描摹可亲可感、有血有肉的总台人物“群体肖像”。有多少个“总台独家”“总台首发”“总台出品”“总台原创”，背后就有多少个总台人在默默奉献。看得见战火、闻得见硝烟、经得起历练、打得了胜仗，他们的脚印串成千万米长线，用五洲四海的思与行、披荆斩棘的泪与汗，诠释着“总台铁军”四个字的千斤分量。

受人尊敬的媒体需要有受人尊敬的从业者。希望《总台人物》系列报道能让读者感受到总台人的拼搏、服务与奉献，以诚挚之心在广大观众和总台之间搭建起一座“连心桥”。文字虽小，可绘就如磐初心；笔锋虽薄，可描摹如炬使命。这是属于总台的群星闪耀时，抬眼望去，光华灼灼，熠熠生辉。

（本文系中共中央宣传部副部长、中央广播电视总台台长兼总编辑慎海雄为《中国电视报》推出的《总台人物》专栏撰写的编者按，原载《中国电视报》2023年3月2日第8期）

主　　编：胡姝姝　降碧桐　张亚东
发布日期：2023年3月4日

扫码阅读原文

当流下的汗水 有了声音

“正步——走——”
开栓、递弹、装填，“轰”！
“我们走在大路上，
意气风发斗志昂扬。”
这些声音，你还记得吗？
今天，
观察君跟这样一群总台人聊了聊：
他们熟谙声音的艺术，
他们做的，比你听到的更多……

直升机编队组成“100”字样飞过天安门广场

在庆祝中国共产党成立100周年大会上，每一个声音元素的背后，都有一群人的准备和付出。那么，闲言碎语不要讲，赶紧表一表咱们“104工程”，气氛“拿捏”最在行，音响保障稳全场！

“104工程”，听起来是不是有点神秘？其实，1月4日，就是这个团队集结的日期，音响保障指挥部，是他们共同的名字。他们负责天安门城楼、军乐团、合唱团、献词团、国旗护卫队和礼炮等方面的音响保障。

天安门广场周围声场复杂，为现场音响保障带来了很大难题。现场各种声音传播延时、各种回声，仿佛在跟一个网络不好、手机还开外放的同事开网络语音会议……

总台音响保障团队：别害怕，我们来帮你！

城楼篇：重中之重 我们有力保障

天安门城楼地区是音响保障的重中之重。

发言台位置处于城楼廊下正中，四面八方的声音都聚拢而来。声音太多、环境多变、场地有限，又增加了音响保障团队工作的难度。

出现问题怎么办？答：加班！

声场环境一变 就得重新调试

城楼扩声条件有限制，60多个音箱都是小间距均匀摆放，保证声场均匀。整整齐齐，这是基本操作。

温度湿度的变化、物体的增减移动，都会造成声场的变化。无论是撤排空调还是铺个地毯，城楼上哪处细节有“风吹草动”，音响设备都要重新调整。这就意味着，保障团队得24小时随时随地待命。

无惧应对变化，有时还会遇上点小惊喜。听说，保障团队还遇见过，测试时发现某个频段杂音很多，但是在演练时又恢复正常的情况。这是为什么呢？

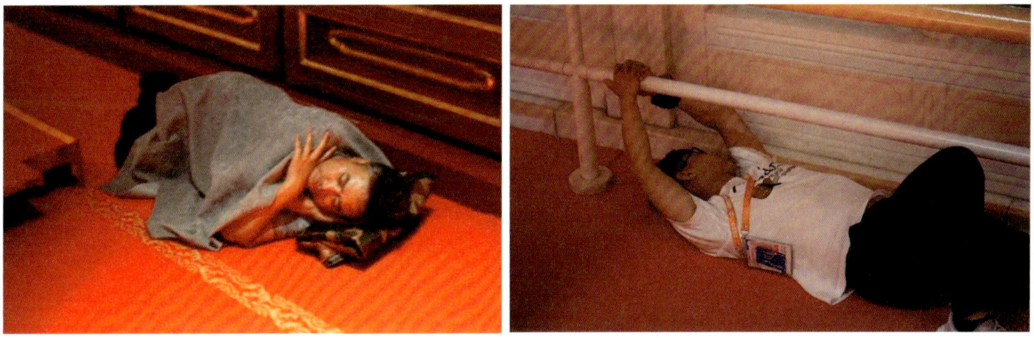

有点累呀没关系，就地卧倒眯一眯

总台技术人员认真科普：演练时城楼人数增多，会吸收一部分声音的能量；圆形的布制红灯笼挂上以后，圆形物体向不同方向扩散声音，布又能吸收声音。在多种因素的影响下，原本困扰大家的问题就迎刃而解了。

人多、东西多，杂音反而少了。看到这里，观察君的神奇小知识又增加了。

安全稳定的系统是非常重要的

播出安全是音响保障的红线。

城楼音响保障系统在前期设计中，设置了两套独立基站传输，城楼上的60多个音箱，每个都通过功放不同输出通道跨接的方式连接，确保局部问题不影响整个系统。

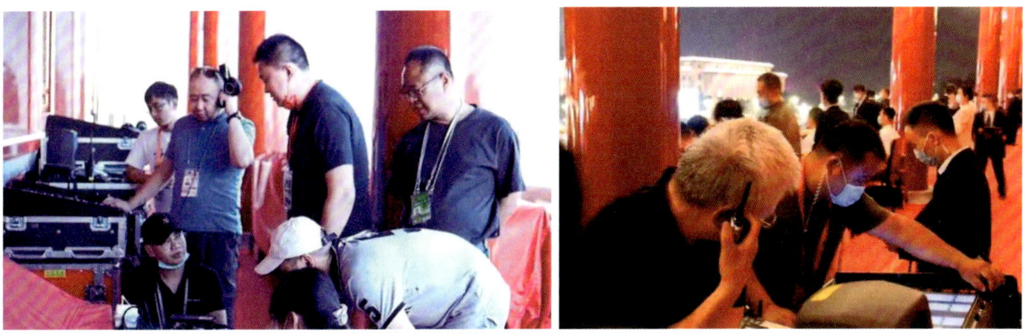

听，专注地听

三团篇：搞艺术 我们有态度

军乐团、献词团人数都在千人以上，合唱团更是接近3000人。他们既是表演者，也是聆听者。传到他们耳中的声音，对表演的整齐程度至关重要，这为三团的音响保障带来了不小挑战。

最“高难”的直播

三团一共5356人上场表演，使用话筒180支。这么大规模的直播，所有话筒现场拾音，所有歌曲现场混音。

直播当日，天安门地区及相关道路分时、分段采取交通管制措施。之后，要经过一系列施工、清洁和现场布置，总台音响保障团队才能正式开始布设长安街部分线缆，进行话筒接通摆位调试，在直播前5小时才能完成！

以前，各种直播晚会都会经过多次的演练，系统早在第一次演练前就稳固了。这次，系统建好后直接上阵直播，听起来真是有点难。

不过，系统搭建和话筒摆放，虽然是直接上场，但已经历了与导演组的日夜沟通和多次演练的验证，并不是从“0”开始。

尽管基础已打牢，在直播当天，声场环境和演员情绪都会有变化，许多参数还要临时调整。

音响保障团队：不怕，我们有经验，我们很专业！

当录音师坐上调音台

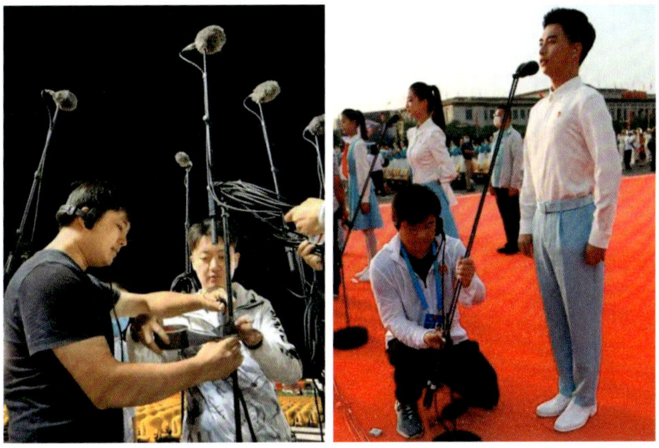

音响保障团队为大会直播保驾护航

那场面“跟蚂蚁出窝似的”

大会直播前进行了多次大型演练。180支话筒，8公里线，每次演练都要完整搭建、完整拆除。时间紧，强度大，就问你怕不怕？

不怕！为了快速高效地完成任务，保障团队给每支话筒、每根线缆都编上号，明确点位。演练当天，一声令下，总台技术人员扛着话筒拎着线，跑出飞人新境界。

用他们的话来形容：“跟蚂蚁出窝似的，铺护线槽的时候跟抗洪抢险扔沙包一样。”场面之壮观，请大家自行想象。

除此之外，每个总台技术人员身上标配一个备用话筒和30米线，发现问题迅速替换，大大节省了测试时间。

广场上听交响乐

军乐团、合唱团、献词团的音响保障，都对声音的艺术表现有很高要求。乐器声、男女声、童声如何配合，才能让演出效果更好？为此，保障团队还开启了隐藏“音乐人”技能。

在多次演练中，保障团队和三团负责人反复探讨，共录制了千余轨声音，每一轨都经过精细分析和初混音，让每一首歌都达到最美的状态。文艺节目的水准，这次能做到！

保障团队的总台技术人员，可能做梦都在听交响乐吧。

礼炮+国旗护卫队篇：硬核声音 我们细致呈现

#100秒独家视角看百响礼炮轰鸣# #国旗护卫队步伐像复制粘贴#这些热搜你一定看过。视频中，除了炮弹击发和正步走这样最有“仪式感”的声音之外，炮弹和炮弹、炮弹和炮膛的碰撞声，拔刀、托枪的脆响，也被“细节控”网友反复回放。

呈现最硬核的声音，必须用最细致的态度。

独家视角呈现百响礼炮轰鸣

经验加上专业的考量

在演播室打快板、敲锣？没错，上演打击乐“全武行”，在各种不同型号的话筒中，为礼炮声选择合适的“伴侣”，这就是音响保障团队测试礼炮拾音的常规操作。

礼炮是4秒一响还是3.7秒一响？我们听着都差不多，但这对音响保障都有影响。今年，保障团队又在以往经验的基础上，根据新情况调整了拾音距离，反复打磨，力求呈现最佳音响效果。

今年，国旗护卫队官兵靴子上的话筒，也是“经验+创新”的亮点。新中国成立70周年阅兵时，护卫队靴子上安装了12支话筒，今年则用了18支，保证收到更加清晰的脚步声，群感也更好了。

那么，这些话筒究竟长啥样？

国旗护卫队官兵靴子上安装了 18 支话筒

“我太难了……”

虽然做了充足的准备，一些小小的意外也难以避免。这时候，再资深的专业人员也要直呼“我太难了”。

听说，国旗护卫队走的红毯特别厚，和前几次演练时使用的完全不同。心里没底？没关系，多测几次总能行。

听说，下雨之后红毯走路有水声，影响脚步声的收集。没关系，清理完成再来过，测试调整不受挫。

听说，25分钟内要为国旗护卫队官兵佩戴24支话筒，还要完成试音，平均每个话筒安装时间不到一分钟。太难了，这是真正的手艺活！

国旗护卫队官兵佩戴的拾音和对讲设备

“不惜一切代价也要保证优质声音。”“你想得到的、想不到的我们都做到了。”“没有一颗螺丝钉是不发光的。”这是他们对声音做出的承诺。

活动相关区域布设的音频线缆和传输音频的光缆共约510公里，相当于绕着北京五环走五圈，正常速度行走要花100多个小时。每一步，都记住了他们为声音流下的汗水。

撰　　稿：常　鑫
主　　编：胡姝姝　韩春苗　徐　克　张亚东
发布日期：2021年7月5日

扫码阅读原文

北京冬奥会开幕式文学总撰稿于蕾：写出中国的诗性与时代感

秋分：晴空一鹤排云上

寒露：千家风扫叶，万里雁随阳

霜降：霜叶红于二月花

立冬：寒夜客来茶当酒

小雪：雪粉华，舞梨花

大雪：大雪满弓刀

冬至：冬至大如年

小寒：凌寒独自开

大寒：燕山雪花大如席

立春：万紫千红总是春

北京2022年冬奥会开幕式上，二十四节气倒计时的“中国式浪漫”从“随风潜入夜，润物细无声”的雨水开始。

14句诗词古语，饱含中国人的诗性情感，更展现了人与自然、与世界相处的无穷智慧。

为了保证现场倒计时的节奏，原本后10个节气的诗词，最终没有出现在短片中。为弥补这个小小遗憾，我们把这10句诗词放在本文开头。

这些文字的背后，是冬奥会开幕式文学总撰稿、中央广播电视总台《国家宝藏》总导演于蕾辛勤的付出和灵感。开幕式后，观察君对话于蕾，了解她笔下的诗意柔软和时代表达。

寒冰始消 《立春》开启冬奥

“立”，意为开始。第24届冬季奥林匹克运动会于2022年2月4日在北京开幕，恰逢二十四节气之首的立春。这些巧合，让与中国历法、气象、民俗、文学、哲学等息息相关的节气，结缘了冬奥这场体育盛会。

开幕式的开篇，是整个北京2022年冬奥会呈现给全世界的第一眼。如何选取合适的语汇，来呈现中国人诗性浪漫的一面？在张艺谋导演带领主创团队碰撞出节气倒计时这一创意时，为每个节气匹配一句诗词古语的任务，交到了文学总撰稿于蕾的手中。

选择诗句的标准是什么？既要像“润物细无声”一样耳熟能详，又要足够有画面感，还要能从民俗、气象、文学等角度都匹配相应的节气。经过将近半年时间的打磨和创作，终于形成了《立春》的雏形。

北京冬奥会开幕式总台现场播报组与总导演张艺谋合影

最初的《立春》，其实为每个节气都配了一句诗，但为了保证现场一起倒数的节奏，于蕾初稿中的后10句诗，最终没能在开幕式中呈现。

“后面10个节气越来越接近冬季，和冬奥会的时间、冰雪的气象也越走越近。”即便谈话间透露出小小遗憾，但在看到开幕式直播中，网友对倒计时的热烈反响，于蕾也已经收获了足够的感动。当天她在朋友圈转发视频配文“万紫千红总是春”，正是她原本为立春写下的注脚。

说到这里，在立春、立夏、立秋、立冬四个节气中，立春其实是永远在冰天雪地中的节气。

有人提出疑问，为什么立春会“万紫千红”？于蕾谈到，因为古人认为立春是寒冰始消的日子，意味着在极寒中孕育万物生机。选取这句诗来注解立春，“是想向全世界表达，我们希望能够共同迎接一个属于全人类的春天，一个万紫千红的美好未来”。

《立春》的文案几经打磨，最终浓缩在一张A4纸上。少即是多，一场秉承“简约”主旨举办的冬奥会，“大道至简”也融汇在文学撰稿的方方面面。

紧打慢唱“磨”出个万紫千红

担任北京2022年冬奥会开幕式的文学总撰稿，是怎样的体验？于蕾说：“一切跟文字相关的事，都是我的工作。”

人类之所以创造文字，是为了沟通。于蕾的文字，不仅要用于诗性的表达，还需要在各种场合发挥作用，促进沟通和相互理解。

“不写下来，就不知道自己在想什么。”在她的电脑里，有一个名为“2022大好河山”的冬奥会文件夹，里面有将近600个文档，大小约23GB，相当于2万本电子书的容量。这里不仅有几经修改的《立春》文案，还有各类策划案、会议纪要，以及各种开幕式上“看得见”的文字。

简单来说，这些文档，演绎了一场文字版的开幕式。

北京冬奥会开幕式彩排现场，于蕾一袭红衣手拿标志性的保温杯

冬奥会临近，大部分与文字有关的创意表达工作已经提前完成，等待着于蕾的还有更加“接地气”的工作。

在开幕式现场，一份份媒体手册、一幕幕大屏提示、一句句现场播报，成为连接开幕式艺术性与逻辑性、功能性的纽带，将北京冬奥会与来自不同国家、身处不同岗位的人们联系起来，促进大家的相互理解与配合。

开幕式的各个环节和致辞内容，都在现场的大屏上，用汉语、英语、法语三种语言向观众展示。

不仅是文字的内容，用哪种字体更美观、更有现代感，三种语言怎么布局看得更清楚，种种细节，都是必须考量的重要问题。

在创意阶段，这些细节很难被察觉；在现场观众看来，却非常“扎眼”。第一次联排过后，于蕾与视觉团队紧锣密鼓调整排版，不断根据现场体验，优化视觉呈现。

“每临大事有静气。”忙中不乱、紧打慢唱、精心打磨，冬季盛放的“万紫千红”，在笔尖自如流淌。

冬奥春晚 浪漫团圆大作战

圆滚滚，糖衣裹，胖乎乎，抖雪落……这几天，谁能逃得过“一户一墩一融”的诱惑?

作为北京冬奥会和冬残奥会的吉祥物，“冰墩墩”“雪容融”也在总台虎年春晚的舞台上全力展现了自己的可爱。

于蕾不仅是北京冬奥会开幕式的文学总撰稿，也是总台春晚的副总导演。冬奥会即将开幕，春晚开始筹备，在最后的冲刺阶段，她必须平行作战。“白天在春晚，半夜去冬奥”，双轨运行，取得双胜利，还在两项工作之间，制造了惊喜的小交点，上演了一台“浪漫团圆大作战”！

总台春晚舞台上，冬奥特别设计《冰雪闪亮中国年》中演奏的曲目，选择了人们耳熟能详的《溜冰圆舞曲》，“冰墩墩”“雪容融”在各个比赛场馆自由飞翔，舞出众多火遍全网的表情包。

短片从策划到制作近4个月，组建起上百人的团队，在冬奥会各个场馆的协作之下，最终圆满完成。于蕾说：“不管创作有多艰苦，创作者的幸福是来自观众热气腾腾的反馈。”

冬奥会本身有着不同于夏奥会的气质。与北京2008年奥运会开幕式相比，本届冬奥会开幕式的美学基调是洁白的、浪漫的，也是柔软的、包容的。作为总台《国家宝藏》的总导演，于蕾对这种气质的变化有很深的感触：“《国家宝藏》是一个将历史拉回今天的创作，需要深入学习民族历史和优秀文化，才能对国家的现状有一个清晰的认知，从而让历史和今天桥接。”

2022年立春之夜的鸟巢，再次证明了这个时代赋予我们的底气：“当我们不再急于表达自己的时候，才有一种由真正的自信带来的淡定和从容。”

撰　　稿：肖玉笛　杨晚涔
主　　编：胡姝姝　崔黎黎　张亚东
发布日期：2022年2月9日

扫码阅读原文

鸟巢合唱有我在 “自家的崽”最可“耐”

相信不少人都有被“别人家的孩子”深深“伤害”过的经历，直到自己长大成人，或自力更生独当一面，或成家立业为人父母。

再或者，有了“自家的崽”。

这时你会发现，“别人家的孩子”只不过饱含了长辈的殷切期盼，只有“自家的崽”才是父母眼里最闪亮的崽！

今天，观察君就和大家聊一聊，那个被很多网友称为“自家的崽”的姑娘——“小龙羊”，也就是中央广播电视总台主持人龙洋。

之所以提到她，是因为在刚刚结束的庆祝中国共产党成立100周年文艺演出《伟大征程》的集体合照中，眼尖的网友发现C位上站的竟然就是她。

看到“自家的崽”这么有出息，观察君也忍不住好奇，以迅雷不及掩耳之势找到了龙洋，准备和她“盘盘道”。

眼尖的小伙伴发现《伟大征程》合照中的龙洋

特殊暖场重如山 “宣传委员”不一般

见到“小龙羊”后，观察君直接进入了主题。

原来她负责的是整场演出暖场环节的主持，而暖场环节并不出现在电视画面中。观察君原本担心“小龙羊”会因此而失落，但没想到她却开心地表示，暖场是首发，就是小小冲锋号手，发出集结令，点燃大家的热与光！

“小龙羊”告诉观察君，暖场绝不是大家一起唱唱歌热闹热闹那么简单，之所以重要，是因为它在为全场观众做正式演出的情绪准备！

所以，“小龙羊”必须根据每首歌曲的意义，结合现场的环境组织出适合当时情境的串场词，调动大家的情绪，让大家在一个小时里充分地进行“情绪热身”，让整个国家体育场在《伟大征程》正式演出盛大启幕的那一刻，直接达到热烈沸腾的状态。

观察君瞬间对“小龙羊”的控场能力十分佩服，于是想在自己擅长的文字创作领域比比高低。但没想到的是，当观察君看到了她现场手写的串词笔记，发现她竟然能以每首歌曲的创作背景为线索，向大家清晰地展示出党的百年非凡历程中重要的历史事件，以及我们党精神谱系中的核心理念，可见她的知识素养也是满分。

观察君知道，平时网友们也会叫她“宣传委员”，因为每次她在网络上出现，基本都是为节目做宣传。不知道这一次，我们“宣传委员”一百二十分的热情和投入，在屏幕外的你感受到了吗？

中华儿女不怕苦 人人都是顶梁柱

观察君本以为，经历过那么多大型活动的锻炼，这次“小龙羊”也会像往常一样，优雅从容地完成本次活动的。

但没想到，“小龙羊”直言这是她职业生涯中最紧张的一次：一个人带动几万人；一小时要结束，要像春晚一样精确时间交棒；每一次互动都要根据现场气氛随时进行调整……

这些对我们训练有素的“小龙羊”来说本也不算什么，但是再叠加上各种突发状况，着实也让她费了一番脑筋。

“有个歌手唱不了了，3分钟，你要多说3分钟！”

“节目顺序又调了，以此为准啊……”

“正式演出提前到明天了！”

最终，我们的“小龙羊”顶住种种压力，顺利地完成了任务。一向好奇的观察君也替关心“自家的崽”的朋友们问了“小龙羊”一个问题：在这么大的压力下，你是如何减压的呢？

她说：“遇到困难没关系，上来先跑两公里。压力全无身惬意，健康快乐好身体。”

共产党人多壮志 勠力同心启新篇

听完了“小龙羊”的回答，观察君又有了新疑问：这样一个单纯直爽的小姑娘，是怎么做到在几万人面前将自己的感情抒发得这样淋漓尽致的呢？

“我特别喜欢老前辈齐越先生的话：‘我先是一名共产党员，然后才是一名播音员。’”

“小龙羊”说，其实不需要刻意表现，自然而然地真情流露就可以让每一首歌曲和党的精神交相辉映，把大家的气氛带动起来。

“何其幸运，生在这样的国度，何其光荣，我是一名共产党员。这种精神上的洗礼，给了我未来前进路上无穷的动力！”

接着，“小龙羊”动情地回忆了她参与《伟大征程》正式演出最后两首歌曲《领航》和《没有共产党就没有新中国》的合唱时，唱响第一句“伟大的中国共产党”就瞬间泪目的心路历程。

观察君默默地听着，默默地看着，看着她故事里的专业精神；观察君也默默地想着，默默地感动着，感动于她小小的身躯里有大大的能量。

总台出品指定行 可“耐”也是第一名

当观察君以为本次采访即将结束的时候，稍稍平复了一下心情的“小龙羊”又打开了话匣子。

“始终牢记，自己是一名总台的主持人；始终牢记，总台‘新闻铁军’的工作精神和工作作风。”

那么，先让观察君给大家出几个“假如你是主持人”的小问题：

你能在专注主持的时候，忽听一声“炸响”却充耳不闻、不动如山吗？

你能在上台后发现耳麦坏了一只，一边继续主持、一边飞快地捋出远距离更换耳机所需要的7个步骤吗？

你能在一首歌的时间内，机智地想出近3分钟的主持词，还要将时间控制得一秒不差吗？

你能想到用鸟巢现场的互动氛围，结合党史故事，将一首第11届全运会主题曲《相亲相爱》和一首20世纪40年代歌颂抗日战争时期“大生产运动”的歌曲《南泥湾》串联起来吗？

如果你能在几秒内想到合理的解决办法，你绝对有当一名主持人的潜力。但如果你能在高压下瞬间想到最优解，那么可以告诉观察君，来和“小龙羊”比试一番吧！

不过，据观察君所知，这些能力可不是天生就有的。

就看我们的“小龙羊”，有过主持春晚和多档新闻直播栏目的经历，才会把时间把控得十分精准；有过主持《中国诗词大会》的经历，才能准确把握住现场创作串场词的思路和方向；有过主持《全国大学生党史知识竞答大会》的经历，才会积累足够的知识储备。

这也难怪“小龙羊”最常说的一句话就是“真的真心感谢总台的培养和观众的厚爱”。

可爱又“耐劳”的“小龙羊”就这样，一步一个脚印地往上攀登，观察君觉得真是太不容易了，但也只有经过这样的千锤百炼，才能培养出在关键时刻敢于斗争、敢于胜利的品格。

其实，不单单是这一次活动，不单单是这一个人，观众看到的一场场精彩直播、一个个精品力作，背后都是总台人用无数辛勤和汗水换回来的。

什么叫“咬定青山不放松”？什么叫“不破楼兰终不还”？什么叫精益求精、一丝不苟、追求完美？这就是总台人的工作精神！这就是那些为了保障节目安全播出而默默奉献在台前幕后的无数总台人的真实写照！

无处不在的C位，是你们

最了不起的C位

永远都是你们

撰　　稿：徐　克
主　　编：韩春苗　孙莲莲　胡姝姝　张亚东
发布日期：2021年7月11日

扫码阅读原文

“四年之后，再见！”

时隔36年，阿根廷队凭借点球优势击败法国队，第三次夺得世界杯冠军。一代足坛传奇利昂内尔·梅西终于如愿率领新一代阿根廷球员捧起大力神杯。

卢塞尔体育场内欢声雷动，中央广播电视总台体育解说员贺炜的动情解说，同样让无数守候在屏幕前的球迷热泪盈眶。

“无论今晚你支持的球队是胜是负，都希望今天晚上的感悟，能够帮助你勇敢面对明天早上推开门之后真实的生活，这才是这项运动真正的魅力！”

被赞为“足球诗人”的贺炜，为这项惊心动魄的竞技运动披上文学与哲理的柔光，频频触及众多球迷的共情圈与共鸣腔，成为第22届世界杯总台转播报道重要而亮丽的组成部分。

精彩的解说和报道 是总台人的倾情投入

2022年12月1日，昔日强者德国队惨遭出局，贺炜引贝多芬的音乐、瓦格纳的歌剧《尼伯龙根的指环》赠别，引不尽扼腕叹息之余，又唤起无数热血激情。

当贺炜的解说词被网友制成语录，流转于各大网络平台，被频繁搜索、阅读、赞叹时，他将一切首先归功于广大球迷：“一些表达可以引起球迷共情，是因为大家都发自内心地热爱这项运动。”

世界杯小组赛德国队惨遭出局，总台解说员贺炜主观视角

“现在的球迷越来越专业，所掌握信息越来越翔实，以往解说员承担的更多是信息传达，而如今我们更需要把现场的气氛更丰富、更立体地传递给大家。”贺炜把自己定位成“综合感受的模拟者”，通过自己的语言表达最大限度地让广大球迷“人在家中坐，身如在现场”。

总台解说员贺炜专注伏案工作

如他所言，有温度、有力度、强共鸣，是其解说的一大特色。

无论是克敌制胜的意气风发，抑或折戟沉沙的落寞怅然，贺炜以言达意，给胜以赞誉，给败以激励，给所有情绪以支点，让那些惊心动魄与酣畅淋漓打破空间边界，让屏幕前的我们犹如置身赛事现场，让亿万颗心同频共振、感同身受。

常有人问贺炜是怎么准备解说的，贺炜的回答是，把自己的人生投入进去。

这份投入，体现于他在一次次赛前的充分准备，对于对阵双方的历史数据、

总台解说员贺炜（左）、刘嘉远（右）进行现场报道

球员信息、球队状态等理性角度的最新梳理……更体现于他在生活中的日积月累："每当我看到一本书、听到一段音乐，或者看到一个场景、经历一件事情的时候，我都在想，它能不能和足球相关联？"

贺炜把所见、所闻、所思、所感，都投射在这片绿茵场上，又或者说，他早已把足球解说这份职业，绘制成了人生底色！

"真积力久则入"，在总台长期报道工作的人文积累和对体育赛事的深刻认识，成就了贺炜在瞬息万变的赛场上从容调度知识储备，旁征博引、出口成章。

近一个月的赛事征程，各种巅峰对决高潮迭起，赛事延伸话题层出不穷。愈入森林，愈见大树。总台原创自制《我爱世界杯》《足球盛宴》《传奇金杯》《世界杯最前沿》等精品内容，大小屏联动共同将主场内外的足球狂欢传递到广大球迷观众心中，俘获了大批关注与青睐。

28天，64场赛事，总台充分发挥强大融合传播和科技创新优势，统筹电视、广播、新媒体等，全面立体开展世界杯转播，首次在世界杯前场设置完整播出线，科学调度30路国际公用信号，全程转播，9亿用户通过中央广播电视总台，享受了这场四年一度的足球狂欢盛宴。其中，收视总时长达59亿小时，赛事相关内容全媒体受众总触达254.27亿人次，2022年卡塔尔世界杯总台传播效果创新高！

一组组数字背后，是总台人的倾情投入，也是44年来，无数电视人一次次革新赛事转播技术、迭代提升视听体验的全力以赴。总台解说员贺炜不由得赞叹："总台转播世界杯44年，是前辈们对技能和精神的传承与发扬，是热爱与坚持的力量！"

那些年的世界杯 依旧让人心潮澎湃

1978年，央视首次转播世界杯，阿根廷纪念碑体育场雪花般的庆祝彩带开启了国人与世界杯的不解之缘。在1986年墨西哥世界杯中，央视转播了全部52场比赛，并以直播的方式在决赛中让球迷观众第一时间感受到足球的魅力。

曾经很长一段时间里，狭小笨重的电视机只能显像出不甚清晰的影像，还时常因天线信号变成雪花屏，但绿茵场上一个个高光时刻依然深深触及国人心坎，留下一抹难以忘怀的记忆。

穿越时光隧道，重温传奇人物、经典故事，让人不禁感叹岁月流逝之快。那些曾经陪你看球的人，现在还在联系吗？如今看球的自己，许过的愿望都实现了吗？

四年又四年，足球世界在变，每一个中国人都在时代机遇与个人奋斗的浪潮里，得到了自己梦寐以求的东西。

正如总台解说员贺炜在2022年卡塔尔世界杯总决赛中所言：“四年一度的世界杯，就像年轮一样，一圈一圈地镌刻着历史的脚步，讲述着巨星的叱咤风云或者黯然神伤，也讲述着我们自己生命的推演。”

终场哨响，大力神杯又有新归属，我们与世界杯四年一度的相聚终将分别。但每一位为胜利而守望的人，都会经历一场难忘的心灵震颤，在拼尽全力只为一粒进球的奔跑中，看到自己为梦想而奋斗的足迹。

“四年之后，再见！”

主　　编：崔雅华　张亚东
发布日期：2022年12月22日

扫码阅读原文

跨越十年的重逢 与光再会的历程

“不知道你们小时候有没有那个经历，特别想长高，就在墙上画一道杠杠，时不时伸长了手去够它，一开始还要跳起来够，当时不知不觉，后来慢慢才发现皮里村就是那道杠杠，因为一直在够它，所以一直向上，一直保持一个方向。”

皮里 内心深处的记忆

入行20年，因为采访去过很多地方，有一些地方去过之后就“长”在心里，拔不掉，也不想拔掉，任由它生长。突然有一天，惊奇地发现这个地方和这个地方的那些人，对我有那么大的影响。

2011年8月，我和当时央视浙江应急报道点记者同事汪成健、李欣蔓、谢岩鹏组成的采访小分队一起前往皮里村[①]，算算时间，至今已整整10年。这10年间，我一次次听到关于皮里村的好消息，但一直没有回去过。我很想念皮里村，想念采访过的那些孩子，每次深深地想起之后，都会轻轻地在心里放下它。

皮里村位于天山以南、帕米尔高原之上，新疆塔什库尔干塔吉克自治县，全村分布在昆仑山脉中。10年前的皮里，没有交通通道，没有路牌路标，村名按照塔吉克语音译就是“pi li”，在塔吉克语里是“木碗”的意思。村子陷在重重大山里，在皮里村祖祖辈辈的乡亲们眼里，世界就是这只“木碗”，因为在他们步行能走到的范围里，抬头看到的，都是一只翻不出去的“碗”。

① 现正式命名为“皮勒村”，因作者10年前采访时名为“皮里村”，故本文中仍使用旧称。

路，对这一个小小的山村，是那么重要。皮里村到马尔洋乡沿路山石多，施工难度极大，原计划4800万元修建的公路，自治区与人民政府先后投入了1亿多元。2013年，皮里村到马尔洋乡85公里的公路建成；次年7月，全长207米的皮勒村大桥竣工。村民们纷纷开始走出大山，走亲戚、做买卖……10年前的皮里村，现在已经有了自己的正式命名——皮勒村，皮里村这只巨大的“木碗”，终于有了自己正式命名的路牌与路标，也彻底连通了“碗壁”外的广阔天地。

如今，已经不会再有那样“没有路的路”，它的改变也一定会超出我的想象。

总台《朝闻天下》栏目报道皮勒村的公路建成

皮里 终于再会

下午5点抵达县城，我们去了塔县城乡寄宿制小学。迎接我们的是张元泰校长，10年前他也在，初来时就说自己打算在塔县扎根一辈子了。“现在当了校长，也走不了了。”他笑呵呵地说。我问他，现在学校里有多少皮里村的孩子。他说，“大约100多个，孩子们两周回家一次，不像10年前，一学期结束才回去，现在路好得很”。

傍晚，我们买了食用油、糖果、砖茶，像是要去亲戚家串门。是的，“重访”是个职业用语，而对我们来说，除了完成工作外，这一趟旅程也是去看望多年未见的老朋友。

10 年前，皮里村的人们靠铁索渡河

2014 年 7 月 11 日，皮勒村大桥通车，取代使用多年的铁索

“李欣蔓，你好！”在村里，我们的车一停下，一个塔吉克族老汉就直接喊出了我们几个的名字，卡迪拉克一一为我们介绍着。在今天到访的前一晚打电话给他，告诉他这一“突然惊喜”时，他一直在咧着嘴乐，还捏了自己的脸一把说：“我都不敢相信，我是清醒还是做梦。”

卡迪拉克是我认识的第一个皮里村孩子，他一直喊我姐姐。张校长说塔吉克族孩子表达感情跟其他地方的孩子不一样，“他们很直接，他们喜欢你，就会看着你的眼睛说‘老师，我爱你’”。10年前第一次，他们就是这样把我“包围”了，而卡迪拉克是他们中间最热情的一个。

也是他带着一帮孩子来跟我说：“姐姐，你能不能跟我们的校长说一下，让我们皮里村的孩子提前10天放暑假，这样我们回家的那条山路能不被洪水淹没，我们可以走低一点的悬崖回去。”我不光答应去跟校长建议，还答应他们去走一趟他们说的这条“没有路的路”，去他们的村子做客。3个月之后，我们就回来了，然后就有了7集《走基层·塔县皮里村蹲点日记》。

2020年有一次跟卡迪拉克视频通话，他说：“我爸说了，做人不能忘本，你不能忘了你姐，要经常跟你姐联系。”这句话讲得太重，我哪能承受。我们只是做了记者该做的事——把他们的求学路、他们的故事告诉更多的人。那条“没有路的路”再怎么艰险，对我们来说只是一次体验，对他们来说，那是他们的生活。

总台记者何盈（右）当年走险峻山路进皮里村

离开塔县的那天早上，卡迪拉克很认真地把我拉到一边小声说："何姐姐，我想跟你商量一件事。"我问："什么事？"他说："你们能不能去看看拉克夏的奶奶？她昨晚跟我们说，不知道你们下次来她还在不在。"我们去看望奶奶，她像亲吻自己的孙子一样一一亲吻我们，非要给我们做饭吃。我问奶奶多大岁数了，她说记不清了，应该100多岁了。奶奶一直在抹眼泪，说我们下次来，她可能就不在了，这次能见到我们就没有遗憾了。临走前，奶奶送给我们每人一串杏仁，那是她一颗一颗在石头上敲出来的，这是最珍贵的礼物。

为什么要回皮里村？这一刻我忽然明白了。

皮里 心里的光 十年的路

10年前，我们来村子时就是住在拉克夏家。每天晚上，家里都会挤满来看我们的村民。虽然语言不通，却一点不妨碍我们感受彼此的感情，吹鹰笛、弹热瓦普、跳鹰舞，一遍一遍。我们和老乡们盘腿挤在土坯房里，土炕上摆着干硬的馕和冒着热气的茶，屋里唯一的照明就是晃晃悠悠的烛光。我叫不出每个村民那一长串塔吉克族名字，但是记住了他们的面孔。我想，我们就是在这样的欢歌笑语里，不知不觉融化了，把自己像种子一样种在皮里村。

为什么我们的重返，不像采访，更像"回家"，可能就是因为10年前我们也不只是单纯采访，而是把这个地方和这里的人端端正正地捧进了心里，念念不忘。

10年，是个自带仪式感的跨度，是与皮里重逢的路。皮里是我生命中一束耀眼的光。这一次，从出发那一刻开始，我就在问身体里的那个自己，你准备好了吗？我对自己说，10年了，他们一次次喊我回去看看，我该去看看老朋友了，看看那些一直把我叫“姐”的孩子们。

这一次，是“重返”，更是“重逢”。

（本文作者何盈现为中央广播电视总台广西总站常务副召集人。2011年，时任中央电视台浙江记者站站长的何盈，带队赴新疆采制的报道《走基层·塔县皮里村蹲点日记》获中国新闻奖一等奖）

主　　编：张亚东
发布日期：2021年7月31日

扫码阅读原文

加油，“果果书记”！

最近，星光行动发起人成龙倾情讲述的一个扶贫故事让许多人感动落泪。

故事的主人公叫刘超。她是中央广播电视总台记者，现在有了新身份——四川省凉山彝族自治州喜德县鲁基乡中坝村的驻村第一书记，村民都亲切地称她为“果果书记”。

2020年底，观察君曾到刘超工作生活的喜德县中坝村，近距离记录了“果果书记”的驻村扶贫生活。

从总台记者到中坝村驻村第一书记，刘超的脸上总是带着阳光帅气的干练和洒脱

初到中坝村 好多“没想到”

从西昌出发，汽车一路颠簸，从柏油路到石子路再到小土路，崎岖陡峭的山路让观察君晕车呕吐到怀疑人生。几个小时之后，终于到了凉山彝族自治州喜德县鲁基乡中坝村。没想到，长出了一口气的观察君刚一下车，又被海拔2000多米、又冷又硬的山风吹得睁不开眼睛了。

2020年3月，刘超也是经历了一路颠簸，第一次踏上这片土地，没想到遇见的却是泥泞的山路、抛锚的汽车、一边清理一边塌方的陡坡，还有自己一身新衣裹上的泥浆……

刘超的“没想到”还有很多……

没想到晚上起夜只能在房间里用马桶解决，早上起床的第一件事，就是到院子里那个连门都没有、四面透风的公共厕所刷马桶。

没想到土豆片炒辣椒面几乎成了每顿饭的标配，要不就是红辣椒炒青辣椒，“以前觉得辣椒只是辅料，现在辣椒是主菜”。

没想到与两只象棋子那么大的蜘蛛做了邻居，洗澡时偶尔不得不与它们“眼对眼”，“它们可是比我资历老太多的‘本地居民’了”。

更没想到的，是脱贫攻坚任务之重。

四川省凉山彝族自治州喜德县，地处高山地带，交通闭塞、气候恶劣，是四川全省最后七个“摘帽”的贫困县之一。

中坝村原第一书记明启国告诉刘超，全村973户村民中有贫困户261户1028人，2020年要全部实现脱贫。根据国务院扶贫开发领导小组印发的《关于开展挂牌督战工作的指导意见的通知》，2019年底贫困人口超过1000人的村，全国一共有88个。“我们村是其中之一，也是喜德县人口最多的。”

看着一堆如小山般的报表，刘超倒吸了一口凉气。让她没想到的是，日后还有更多的“没想到”等着她。

没想到能下地耕田，没想到能亲手为村民分配安置点的房子，没想到能亲手修建厕所……

贫困山村来了个年轻人

观察君第一眼见到刘超时，她梳着两条辫子，戴着遮阳帽，一副“小清新”的“文艺女青年”范儿。这样一个年轻女孩，到5000多人口的中坝村当驻村第一书记，能让大家认可吗？

勒巫吉布是驻村工作队的一名老队员，刘超是他共事过的第四任驻村第一书记。“刚开始听说总台派来的驻村第一书记是一个未婚的年轻女孩，我们就说，这一准儿是个娇生惯养的甩手掌柜，干不了什么活儿。”

初来乍到的刘超，要怎么赢得村民的信任？

蹬上徒步鞋、背上户外包，“文艺女青年”瞬间变身“女超人”，风风火火地从村委会二楼跑下来，观察君一时反应慢了没跟上，她早已冲到大门口准备出发入户走访了，只有她手上钥匙串清脆的响声还依稀留在原地。

来到村里的易地扶贫搬迁集中安置点，刘超一出现，就有村民热情地围上来打招呼："果果书记你来啦""果果书记到我家坐坐吧"，还有大人告诉年幼的孩子："看，这是果果书记。"

"依火果果"，是刘超给自己取的彝族名字。"依火"是当地最大的"家枝"（类似汉族的姓氏），"果果"意为可爱美丽的姑娘。第一次与村民见面时，"当他们听我自我介绍说'我叫依火果果'，眼神里很明显带着惊讶和惊喜"。

有一次，刘超上山走访调研，看见两位七八十岁、满脸皱纹的老人正在搬盖房子的砖块。刘超立刻走过去，挽起袖子，徒手帮忙搬砖，又一块块垒好。得知刚刚帮他们搬砖的是驻村第一书记，老两口惊讶地说："我们都不敢相信，北京来的姑娘还能干这种活儿！"

还有一次，一位村民跟驻村工作队一名年轻队员吵了起来。刘超耐心了解情况，有条有理地进行劝导、调解，不偏不倚、公平公允的处理让大家都很信服。

在刘超的努力下，坏了许多年的水渠修起来了；10岁的孤儿古呷终于有了户口，可以上学了……慢慢地，大家眼里、口中的刘超，从"北京来的小姑娘"变成了"果果书记"。

土地上的事情就这么神奇

精准扶贫，入户走访是基础，车子只能开到山下，"交通基本靠走"。第一次入户走访，刘超就从早上8点一直走到晚上8点，挨家挨户地了解情况。

第一次来到彝族小伙子黑日五且家，一进院，刘超就被眼前的场景惊呆了：一个火塘一口锅，煮饭炒菜是它，熬牲口饲料也是它，烧洗澡水还是它。"一家四口就住在10来平方米的房子里，像一个小盒子，没有所谓的装修，四面透不进阳光。"

经过了解，知道了黑日五且有养羊的想法，刘超就帮助黑日五且协调了养殖所需的启动资金，还陪他去牲畜交易市场买羊、砍价。

她发现，村里像黑日五且一样的村民还有很多。他们不甘于贫困，但是受落后理念的限制，“智贫”就成了“穷根”之一。

此前做记者的时候，刘超曾接触过许多城市发展和乡村振兴案例。她希望通过自己积累的知识和经验，帮助村里因地制宜，找到属于自己的特色产业和个性发展之路。

中坝村水稻种植面积很大，但村民种植的水稻产量并不高。“我曾经做过袁隆平爷爷的节目，了解水稻的品种和种植方式对产量有很大的影响。”中坝村的土地富含硒元素，如果能种出质量好的富硒大米，通过电商平台销售，应该不愁销路。为此，刘超特意请来多位研究高海拔水稻的专家，教村民种植高寒水稻新品种。

刘超亲自到稻米加工厂了解情况，再三比价。“村民或许不知道，通过科学选种、育种、生态种植、改良土壤、环境控制等途径，可以使同样的品种有不同的结果。土地上的事情就是这么神奇，需要知识，也需要爱和耐心。”

“果果书记”刘超（右一）亲自上阵直播带货，推荐喜德优质农产品

我和黄文秀的想法一样

2020年5月，中坝村遭遇了一场突如其来的山火，六天五夜之后，大火终于被扑灭了。刘超带着乡亲们安全转移，全村无一人伤亡。

然而，山火过后，山体没有了植被的保护，经过短时强降雨，泥沙裹挟着石头冲下山来。冒着大雨，刘超和驻村工作队队员挨家挨户敲门，转移受灾村民。她还和村组干部一起把两位70多岁的老人背了出来。等到将60户256名乡亲全部转送到安全地带时，刘超的羽绒服、裤子、鞋子里已经灌满了泥水。

转移完所有乡亲后，刘超的羽绒服、裤子、鞋子里已经灌满了泥水

在刘超的印象中，泥石流发生那天，雨很大，就像黄文秀遇到的那样。“泥水已经没过了我的大腿根。如果一个站不稳，就会随着水和石块被直接冲下去。”

“全国脱贫攻坚楷模”、广西壮族自治区百色市乐业县新化镇百坭村原驻村第一书记黄文秀，就是牺牲在山洪中的。如今回想起来，刘超仍有些后怕，但她说：“我知道黄文秀当天就是不放心村民，才执意赶回村里的。我的想法也是一样的。”

泥石流过后，动员贫困户搬迁成了当务之急。在刘超和村干部一次次耐心的动员下，2020年6月15日，中坝村最后14户贫困户搬入了易地扶贫搬迁集中安置点。

尽管安置点的新家整洁亮堂，取水用电都十分方便，但因为距离村民的耕地较远，他们心里还有牵挂。这也是很多村民一直不愿意搬迁的原因。

“搬进来”是第一步，“稳得住”才是重点。刘超必须帮村民拓宽就业渠道，摆脱“靠山吃山、靠水吃水”的传统谋生方式。

“我经常想，贫困为什么会发生？路不通，物理上被隔绝，文化上、心理上被孤立。怎么改变？首先要和这个世界有形地连接起来。”刘超说。

2020年7月22日，中坝村快递点正式挂牌。这是凉山彝族自治州第一个正规进村的快递点。

观察君看到，这个快递点距离村委会和安置点都非常近，步行过去只需要几分钟，村民发件、取件都非常便捷。依托便利的物流，一些村民开始做微商，收入多了，他们的生活渐渐发生改变。

人贫可以扶 心贫怎么扶

观察君跟着刘超去农田考察，一路上她都在努力向村民推荐种植紫花苜蓿：“它能让土地变得更肥沃。作为牧草，猪、牛、羊、鸡都能吃。开出的紫色花很好看，还可以除杂草，一举多得……”

“种这个会有补助吗？”一位村民问。“不要只看到短期利益，你的眼光要放长远。”刘超严肃地说。

类似的问题，刘超并不是第一次遇到。一开始她不能理解，后来才明白，村民其实不是只会“等靠要”，只是长期受环境局限的影响，让他们形成了苦熬不苦干的传统思维模式，这才是制约当地发展的最大原因。

人贫可以扶起来，心要是贫了，怎么扶？曾经是一名记者的她深知，物质上的扶贫不能解决根本问题，摆脱精神贫困，才能真正拔掉“穷根”。

“我一直跟我的乡亲们说，脱贫攻坚过程中有很多好心人帮助我们，但这种帮助永远只是给你的一根拐杖。你要做到的是扔掉拐杖仍然能走得很好，这样才是真脱贫，大家才能真正迈进全面小康。”刘超说。

有一次，一位老乡带着一份养牛的申请书找到刘超。“心里真的特别高兴，不仅是因为老乡对我的信任，更因为他主动想要养牛脱贫，这种想法很珍贵。我和他说的话已经成为一颗种子，在他心里生根发芽。”

在刘超的鼓励下，很多年轻人的观念有了转变。他们经常来找刘超聊天、借书，询问、了解脱贫致富途径。

总台“心连心”艺术团的到来，让乡亲们非常激动。看过演出之后，很多老乡对刘超说，如果不能跟上这样的好形势，不用好党的政策，就辜负了这么多帮扶干部和好心人的付出。

在刘超的协调下，村上从没出过远门的几个孩子第一次走出大山，受邀到北京参加总台电视节目录制，还去了心心念念的天安门，观看升国旗。

原本内向寡言的男孩张强，在这次经历之后，变得阳光开朗起来。他对刘超说：“果果书记，我太开心了！我长大也要像那些守护国旗的大哥哥一样，保家卫国！”

“扶贫”就是生活的一部分

从第一天踏上中坝村的土地，“我们村”就成了刘超的口头语。驻村一年来，刘超黑了、瘦了，肤色和彝族老乡更接近了。曾经的都市丽人，如今成了地道的中坝村村民。

“扶贫”已经成为刘超生活的一部分。在村里，“果果书记”的名字和电话是写在每一个贫困户家门口的，刘超的每一天都是伴随着村民的电话和敲门声开始的。没什么上下班时间的概念，有时候正在和家人、朋友视频聊天，一阵急促的敲门声，就能让上一秒的女儿刘超、朋友刘超，在下一秒变成“果果书记”。

经过品种改良和种植方式改变，2020年中坝村水稻亩产增收近万元。2020年底，名为“果果红·稻小宝”的生态大米在电商平台上线。从包装到商标设计，都是“果果书记”亲力亲为。

2021年，除了继续推进水稻试验田，刘超还准备在村里大力推广生态养殖项目。她希望能将其打造成一个现代农牧业生态休闲和科普教育基地。往年外出打工的年轻人，大部分决定留下来。彝寨里的新变化，让他们看到了奔向幸福新生活的希望。

刘超对中坝村未来的规划，正在陆续推进。村民众口相传：“听‘果果书记’的没错。”一位70多岁的彝族老阿妈拉着刘超的手说：“果果呀，我都想再活一次，和你一起干。”

“梦想是不发光的，追逐梦想的人才是闪闪发光的。”刘超经常这样鼓励大家，“我很高兴大家愿意和我一起做闪闪发光的人。”

在刘超的床头，贴着许多笔迹稚嫩的信和颜色鲜艳的图画，这些都是中坝村的孩子们送给她的。信上出现最多的词是“谢谢你”；还有孩子告诉“果果书记”：“我会好好学习，以后也会和你一样，去很多地方，帮助更多像我们一样的人。”

“每当我很累的时候，看到这些信，就会感觉自己又重新充满了力量。”刘超说。

刘超和孩子们在一起

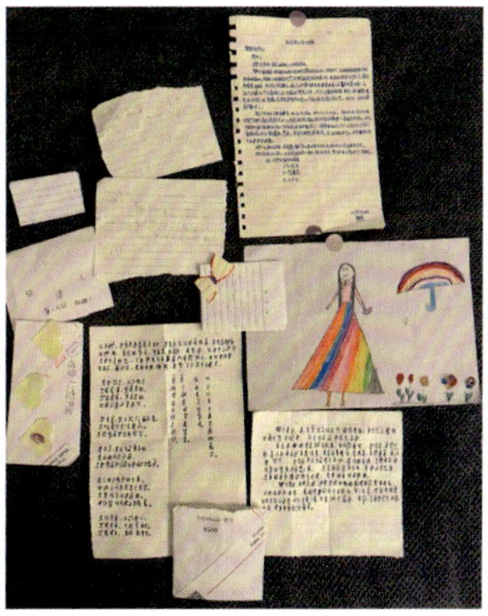

孩子们写给刘超的信

累却快乐，苦也值得。刘超有一个愿望：“希望驻村两年之后，我能够非常自豪地说，这里的每一座山我都爬过，每一寸土地我都走过，每一个人我都认识，每一家都因我们的努力和自己的勤劳过上幸福的日子。”

最美年华奉献给脱贫事业

2020年11月17日，是一个深深印刻在刘超记忆里的日子。这一天，喜德县正式脱贫摘帽。

从总台记者到“果果书记”，从历史的观察者、记录者到历史的参与者、创造者，刘超坦言自己很幸运。“总台很多兄弟姐妹都有志为脱贫攻坚贡献自己的力量，只是我有幸带着大家的希望来到这里。”

刘超的故事，是总台对喜德县全方位帮扶的一个缩影。

一年来，总台充分发挥自身优势，通过加强新闻报道、专题节目和文艺创作，实施广告精准扶贫，开展送文化、送温暖等有效举措，助力喜德县打赢脱贫攻坚战。

2020年，总台累计投入帮扶资金1.3 亿元，引入帮扶资金1750万元，购买贫困地区农产品668万元，帮助销售贫困地区农产品4724万元，培训基层干部和技术人员共908名。

中宣部副部长、中央广播电视总台台长兼总编辑慎海雄在喜德县调研时，当地人告诉他，他们的生活有了翻天覆地的变化。“我看到，很多彝族兄弟从海拔3000米以上的高山上搬下来，住进了县城边的新房。这一栋栋新民居都是政府为搬迁户们建造的。彝族同胞的脸上洋溢着笑容，我可以明显地感觉到他们发自内心的喜悦。这可以说是中国精准扶贫、精准脱贫成果的一个缩影。”

2021年2月25日，在全国脱贫攻坚总结表彰大会上，中共中央总书记、国家主席、中央军委主席习近平发表重要讲话，庄严宣告：“经过全党全国各族人民共同努力，在迎来中国共产党成立一百周年的重要时刻，我国脱贫攻坚战取得了全面胜利，现行标准下9899万农村贫困人口全部脱贫，832个贫困县全部摘帽，12.8万个贫困村全部出列，区域性整体贫困得到解决，完成了消除绝对贫困的艰巨任务，创造了又一个彪炳史册的人间奇迹！”

世界上没有哪一个国家，能在这么短的时间内实现几亿人脱贫。

国之大者，人民至上。以民为先，方为大国！

为了实现脱贫路上“一个也不能少”的庄严承诺，11000多位扶贫干部奔赴大凉山。他们爬过最高的山，走过最险的路，去过最偏远的村寨，住过最穷的人家，哪里有需要，他们就战斗在哪里……

刘超，只是全国300多万名第一书记和驻村干部中的一员。数百万扶贫干部倾力奉献、苦干实干，将最美的年华无私奉献给脱贫事业。这是新时代共产党人的担当和奉献！

脱贫摘帽不是终点，而是新生活、新奋斗的起点。

2021年新年，中坝村又传来好消息，经历了5个月的谈判，初步规划投资1.5亿元的生态养殖项目即将落地。村民们意气风发，想着能跟着“果果书记”大干一场。可这一次，“果果书记”却躺在了病床上……

在不久前的一次体检中，刘超被检查出患了癌症。2021年2月25日，就在全国脱贫攻坚总结表彰大会隆重举行的这一天，刘超在医院接受了手术。

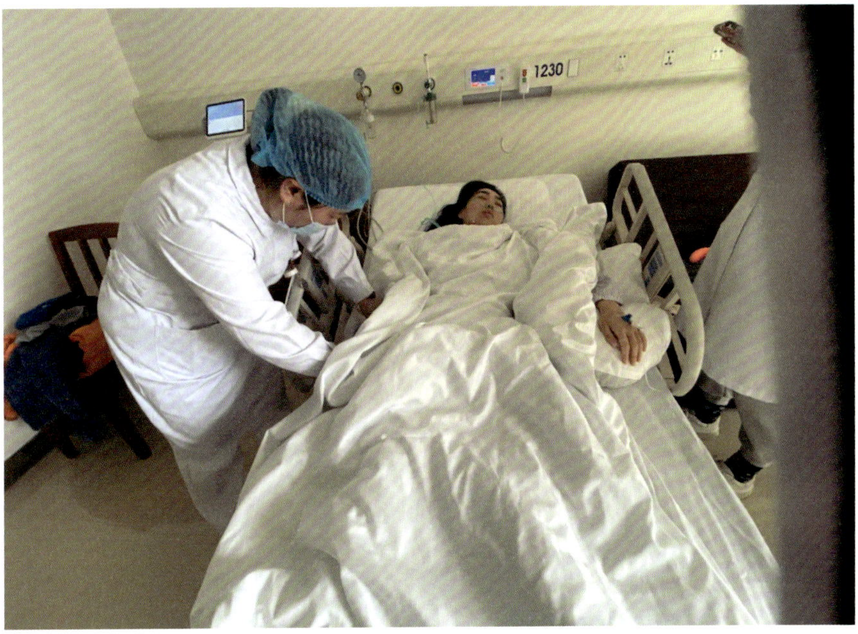

“果果书记”刘超的手术顺利完成，正在康复中

2021年3月3日，观察君联系到刘超，手术顺利完成，她正在康复中。在这期间，许多村民给“果果书记”发来问候和祝福，满屏的“心疼你”“早日康复”“等你回来”让她感动不已。

这一天，病床上的“果果书记”收到好消息：“果果红·稻小宝”又接到9000件的“大订单”。“‘稻小宝’反响热烈让我一下子哪儿都不疼了。”她已经开始规划着出院回村后要做的事：要去查看紫花苜蓿的长势，选出今年示范田的范围，还要推进牛场规划具体施工方案……

“果果书记”，我们等你康复回来。

你说过，脱贫攻坚是一个特殊的战场，“每做一项扶贫工作，都像在战场上一样，需要决断、勇气和果敢”。

我们相信，乡亲们心里“打不倒”的“果果书记”，乐观坚强的你，也一定会打赢这场生命的“战役”，早日回到这片爱你的、你爱的热土；早日回到这群爱你的、你爱的乡亲们中间。

加油，“果果书记”！

撰　稿：蔡　楠　邵　楠　张书华
主　编：孙莲莲
发布日期：2021年3月18日

扫码阅读原文

主编“蹲苗”手记：追问时空的形状

半年前，观察君暂停了在北京伏案摇笔杆子的生活，前往中央广播电视总台贵州总站“蹲苗”历练，当了一名驻站记者。

驻站是种什么体验？贵州又是个怎样的地方？一接到去贵州驻站的任务，我就发现自己对贵州的了解少得可怜。茅台、老干妈、酸汤鱼、遵义会议，还有……黔驴技穷？

时空的距离也无法阻挡观察君“心有灵犀一点通”

贵州，简直是我认知中的一片荒漠。贵州的魅力在哪里？半年过去，我在贵州感受到的，是“时空”的力量。

回想在贵州报道的经历，我脑海中勾勒出这样一幅图景：

贵州那些起伏跃落的山路，幻化成爱因斯坦解释时空旅行的虫洞，每一次报道的抵达与相遇，如同在某个节点穿越虫洞，看到的都是完全不同的时空景象——在都市的边缘，世界最大的数据中心聚集区呼之欲出；在古朴的苗寨，头戴银冠的苗族女子用牛角斟酒敬献来客；在平塘的天坑，全球最敏锐的“天眼”凝视着宇宙的奥秘；在传统的送葬仪式上，歌师用古老的苗语唱诵引领着亡灵回归故土……

在这里，当代文明与古老生活的画面交织错落，对“时空”展现出一种奇异的不妥协。时间与空间仿佛经历了特殊的压缩和集中，形成一种独有的变化节奏，每一条道路都像是时空隧道，整个贵州群山就仿佛容纳着一个巨大的弯曲时空。

在这里驻站报道是什么感觉？以前，观察君忙着观察别人，这回，我来观察我自己，以及一群有故事的小伙伴。他们通过持续的报道和追问，让这片神奇的时空在镜头面前无所遁逃，显现其形状。

空间：走不完的路 爬不尽的山

空间，只有一个丈量办法：走。

贵州的地形分为山地、高原、丘陵、盆地。是不是少了点什么？是的，这里是全国唯一没有平原的省份。电影《我和我的家乡》中就有这样一个故事：贵州大山中的一对男女因为异地恋分手了，仔细一问，两家的直线距离不过1公里。

这个故事生动说明了什么呢？说明在贵州当记者，你得有好脚力，否则新闻与你就会像异地恋的恋人一样错过……

我觉得总台要是举办一场运动会，贵州总站绝对能在徒步登山这种项目上一骑绝尘，因为就连省会贵阳都是被群山锁扣，一座座山坡突兀地插在楼宇之间，只要一出总站大门，我们就要面对跟山的较量。

才来贵州一个月，我的膝盖就出现酸麻不适，同事们给我进行了走山路的“技术动作”指导，比如要全脚掌着地、外八字脚、小步缓行、单脚用力……我从来没想过在贵州，“走路”这件小事居然也要重新学习。

在站里，人人都有关于“山”的特殊记忆。他们有的扛着20斤重的摄像机，在冰天雪地的陡峭山路上徒步拍摄15个小时，防滑鞋上的5个冰爪钉走得只剩2个；有的在奔赴报道的路上遇到山体滑坡，身后是几吨重的巨石沿山滚落；还有的趴在相对高差超过350米的悬崖上报道高铁检修工，直接把直播连线做成了极限特工大片……

总台记者陈春晓在贵州威宁海拉镇报道易地扶贫搬迁，在悬崖峭壁上体验村民脱贫前唯一的交通工具溜索

总台记者尹平在位于云贵交界的坪上隧道上方的悬崖上，直播报道铁路高空检修

贵州的故事形成于群山、隐匿于群山，现在又被群山所凸显，挖掘出这些故事，就要先征服这些群山。脚力、眼力、脑力、笔力，“四力”之中脚力为先，古人云，“涉浅水者见虾，其颇深者察鱼鳖，其尤甚者观蛟龙”。

在贵州，若不能将脚印串成千万米的长线，你很难深刻理解“记者”二字的分量。

时间：最快速地启程 最耐心地守候

时间，是历史唯一的见证者。

在贵州，你能看到时间的漫长。温柔的流水在千万年的磨砺下，变成最坚硬的利刃，雕刻出遍布全省的溶洞、峰林、石乳。

你还能看到时间的快进。这个在明朝就被称为“天下第一贫瘠之地”的地方，短短10年间减贫人口1100多万，创造了减贫史上的贵州奇迹。海内外大数据企业争相前来落户，坐落于此的“天眼”射电望远镜技术领先世界20年。

贵州好像能把时间的古老和现代两端折叠到一起，似乎时间在这里不是均匀流动的。

对于贵州总站的记者来说，时间同样不是以同一节奏流淌的。他们既“吝啬”到以秒计时去抢新闻，也慷慨到用一连数天的守候等待最美的镜头。

人人都知道记者要跟新闻抢时间，但怎么个抢法，我过去没有概念，直到贵州总站的记者们教会了我什么叫“突发新闻随时出发”，这个“随时”即是当下这一分、这一秒。突发新闻的竞争不是从你抵达现场开始掐秒表计算的，而是在你知道这个突发新闻并做出反应的第一时间就开始了。

2021年10月，遵义发现新冠肺炎疫情。四名同事收到消息后，挂上电话直奔遵义。我本来以为，说走就走的采访至少也得做点准备吧，一去多日，换洗衣物、日常用品都不需要吗？

事实上，每个记者工位下都有一个备好换洗衣物、洗漱包的行李箱，随时拎包就走。大家用数年如一日的准备，只为等一声号令下的出发。不在一线，你永远不会目睹那种如同战斗般的场景。集结队伍，清点设备，装车出发，一串流畅的配合，不难让人想到这背后经历了多少次的突发启程。

在威宁草海拍摄黑颈鹤南迁越冬，是我参加的一次难忘的野外拍摄。

为了不惊动这些灵性无比的“高原神鸟”，整个团队要在湿冷、泥泞的沼泽地里趴上数个小时，只为了等待捕捉它们翩跹起舞的瞬间。这个善于抢时间的队伍忽然变得慢下来，分散匍匐在冰冷湿地中，在只能听见鹤鸣的草海中，静默地、耐心地守在取景器前。

一位同事对我说："都说'如果你拍得不够好是因为你离得不够近'，其实未必，也可能是你等得不够长，守得不够久。"从日出前的满天繁星，到日落后的月上枝头，我们就看着草海上的日出日落，拍下了黑颈鹤群大量摄人心魄的8K画面。

如果此时有一首BGM（背景音乐），那一定是《消愁》中的那句"一杯敬朝阳，一杯敬月光"，在朝阳和月光的交替中，我们守着自己的机位，站好自己的岗。

时空：用故事拼接出一个中国

时空是一种充满魔力的尺度，它标注时代的变迁，也丈量个人的足迹。如果说贵州容纳着一片多彩时空，那么整个中国呢？身在总台31个地方总站的记者们，正是用他们的报道绘制和拼接出中国时空的形状。

我脑海中好像浮现出一个画面：总站的记者们身着航天服，降落到中国这片巨大时空的不同区域，借着点点星光，去测量那里的坐标，探索那里的故事……

我有时会想，如何用"在地者"的视角观察一地的恒常变化？长年固守这"一亩三分地"，真的能常出好新闻吗？会的！

贵州总站的同事告诉我，我们总有很多的故事可以讲，贵州很大，中国更大，我们有独特的山川地貌、丰富的民族文化、复杂的社会肌理，故事永远不可能讲得完——所以，我们总是要不停地追问。

如何追问呢？曾经，我觉得一线记者应该是"黄沙百战穿金甲"，应该是"一日看尽长安花"，应该有无数的高光与荣耀时刻。但在贵州总站，我看到的更多是扎根和坚守的力量。

震惊世界的重大报道不会常常有，但这群常年深耕在群山之中的记者不断在山川阻隔之中拉长视野，不断爬坡，不断登高，翻过高山，再上险峰。身处其中的我们和所有的总台地方总站一样，在常年的一方坚守中，为中国这篇大故事贡献着一片小小的浮雕或者云纹。

但，一片浮雕、一朵云纹不重要吗？

中国故事落到每一个个体身上，都变成了细碎的闪光。身在地方总站，走遍自己辖区的一村一县，可能报道的更多是平凡人的故事。这些故事细微、动人，固然称不上传奇，但却是祖国大地上的点点金沙。

正是这些故事绘制出的一块块小小的时空碎片，汇聚拼接出了中国960万平方公里土地、上下五千年历史长河的壮丽时空景象。而且，驻站记者们纯粹的坚守、赤诚的理想和克服沮丧的努力，又何尝不是这番景象中动人的一笔？

在田间地头，他们吃着老乡们用涂料桶送来的便饭；在溶洞暗河，他们在寒冬中即使鞋子里灌进冰水也要坚持完成一天的拍摄；更不要说贵州的冻雨、滑坡、泥石流等自然灾害都是家常便饭，群众撤离的地方，从来都是他们奔赴的新闻现场。

《走进乡村看小康》摄制组在贵州省雷山县白岩村拍摄过程中，风吹日晒的记者们在吃工作餐

热爱泥土的种子才能生根开花，扎根沃土的树苗才会枝繁叶茂。如果每一个记者都只坐在都市的电脑前，就太容易被城市的霓虹灯光所迷惑，忘记在荒原，在高山，在田野，星光依然璀璨。

在“万物皆可云”的时代，依然有总台遍布全国的记者对“奔赴现场”和“亲身勘探”抱着近乎虔诚的执着。

从北京到贵州，我很幸运地收获了一次真正成为驻站记者的体验，那是用

“鞋子”存满的记忆。我想敬每一次乐此不疲的出发，敬每一幕直抵人心的报道，敬每一个白发不休的理想。

当我们说，我们是驻站记者的时候，我们是在说——

我们在追问，我们在记录，我们在路上。

向每一位驻站记者致敬

主　　编：韩春苗　张亚东
发布日期：2022年4月16日

扫码阅读原文

总台解说员的“奥运诗词大会”你会背几首？

2021年东京奥运会上，看到中国健儿们拼搏的英姿，不知道你是不是也跟观察君一样，尽管内心汹涌澎湃如万马奔腾，惊天动地，但是一拍大腿，只能憋出一句“厉害！”“太棒了！”……

那真是茶壶里煮饺子——有嘴倒（道）不出啊。观察君深深地感觉到，真的要多读书，不然都不知道该怎么夸我们的运动健将了。

早就有细心的网友发现，要想诗意地表达对奥运健儿的爱，得看总台解说，一开口都是“高分作文”。

一句句诗词美文信手拈来，又“燃”又浪漫，体育的赛场上，纷飞的都是中华语言的魅力。快来看看有没有你会的诗句吧！

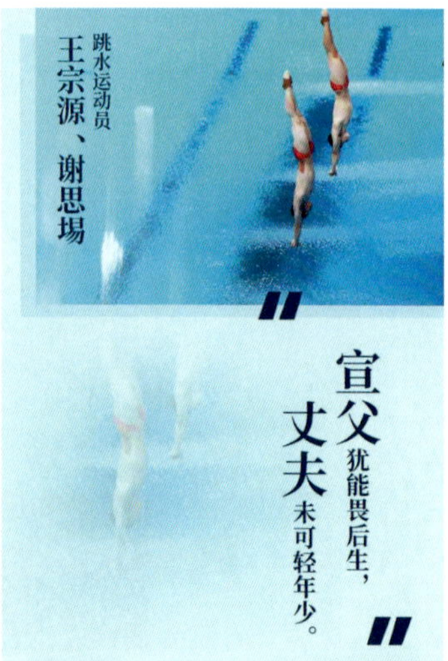

宣父犹能畏后生 丈夫未可轻年少

王宗源、谢思埸组合在男子双人三米跳板决赛中一跳定胜局，总台解说员引用了李白《上李邕》中的“丈夫未可轻年少”。如果你对这句相对陌生的话，那同样出自这首诗中的另外两句“大鹏一日同风起，扶摇直上九万里”则可谓家喻户晓，这不正是中国健儿的壮志和锐气吗？

千淘万漉虽辛苦 吹尽狂沙始到金

张雨霏加冕“蝶后”，总台解说员引用了刘禹锡《浪淘沙》中的“千淘万漉虽辛苦，吹尽狂沙始到金”，意思是淘金要千遍万遍地过滤，虽然辛苦，但只有淘尽了泥沙，才会露出闪亮的黄金。这形容的是张雨霏经历过长时间的低谷期没有放弃，终于破茧化蝶。

桐花万里丹山路 雏凤清于老凤声

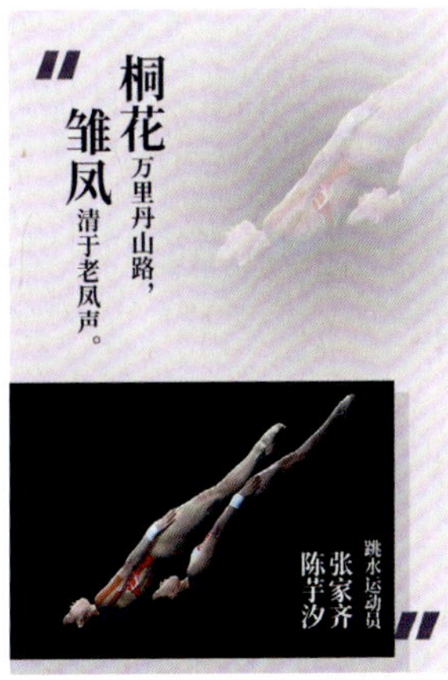

张家齐、陈芋汐两位“00后”小将在女子双人10米跳台一跳定乾坤，实力之强被网上称为“断层式碾压”。总台解说员引用了李商隐的一句“雏凤清于老凤声”，诗中李商隐将自己比为“老凤”，感叹雏凤的鸣声一定会比老凤更为清亮动听。跳水梦之队长江后浪推前浪，这句诗真是恰当到了极点。

老骥伏枥 志在千里

庞伟、姜冉馨在气手枪混合团体决赛中惊天逆转，勇夺中国第7金。总台解说员引用了曹操《龟虽寿》里的名句“老骥伏枥，志在千里”来形容35岁的老将庞伟“青山不老”。不过，调皮的解说员最后还补了一句：“当然，庞伟还不算老，还没到一枝花儿的年龄。”

少年负壮气 奋烈自有时

“00后”小将孙颖莎与李白的《少年行二首》最搭配，少年身负壮志，将来自有奋发激烈之时。虽然孙颖莎在决赛中不敌队友陈梦，遗憾摘银，但解说员用这句吟咏少年的古诗鼓励这位中国小将，未来必会大有作为。

一棹逍遥天地中 浮沉烟浪自从容

女子四人双桨决赛，崔晓桐、吕扬、张灵、陈云霞以领先6秒的压倒性优势夺冠，总台解说员盛赞中国金花“多了一些‘一棹逍遥天地中’的潇洒”。引用的这句出自《七律·泛舟洞庭湖》的诗词，一切都刚刚好，一只轻舟潇洒徜徉在天地间，翻滚的波浪竟像不存在似的，海上的中国姑娘悠然从容，尽显王者风范，这才是真正的“乘风破浪的姐姐”呀！

待到秋来九月八 我花开后百花杀

中国蹦床两朵金花朱雪莹、刘灵玲两套决赛动作行云流水，以绝对优势傲视群芳。总台解说员盛赞她们“显示出了‘我花开后百花杀’的强大气场”。这是出自唐代黄巢《不第后赋菊》中的诗句，它的后两句更加家喻户晓：“冲天香阵透长安，满城尽带黄金甲。”以诗中金菊傲立秋霜令百花失色的意象形容两位奥运健儿，引网友赞叹：“独有的浪漫，特有的潇洒，这是只有中国人才听得懂的解说词。”

醉生梦死谁成气 拓马长枪定乾坤

在射击项目收官之战男子50米步枪三姿决赛中，张常鸿以破世界纪录的成绩拿下金牌，总台解说员为这位“00后”“枪王”送上一句“拓马长枪定乾坤”。这句话出自明代佳句格言选集《增广贤文》，我们熟知的“忠言逆耳利于行”“一年之计在于春”等名言哲理都出于此。这句“醉生梦死谁成气，拓马长枪定乾坤”意思是说，整天昏昏沉沉又何来作为，只有挺枪上马，沙场作战，才是真正的好男儿！

一剑光寒定九州

孙一文在个人重剑决赛的最后一剑果断“封喉”对手，总台解说员再出金句“一剑光寒定九州”。这句诗出自古龙所写的武侠小说《三少爷的剑》，原文是“剑气纵横三万里，一剑光寒十九洲”。在不少网友看来，修改的“定”字恰好是点睛之处，“很有定乾坤的意思”。更有网友直呼“体育解说员都是中文系毕业的吧”。

除却君身三重雪 天下谁人配白衣

杨倩夺得首金后，身着白色领奖服站上最高领奖台，无数观众的心被总台的这句解说词“击中”——“除却君身三重雪，天下谁人配白衣”。大意是说，除了大雪天你身上那三重白雪，这普天之下，还有谁能将白衣穿得如此美丽？据网友“考证”，该句诗出自网络游戏《剑侠情缘网络版三》，足见解说员的诗文库存堪称“涵盖古今”。

诗句、古语这些优美的中国话，为紧张刺激的赛场增添了一抹更为深邃悠远的氛围感。观察君自叹不如，默默地重新温习起了《中国诗词大会》。不过，虽然总台解说员出口成诗、惊艳四座，可也有让观众会心一笑的时候。

比如女子双人10米跳台决赛中国组合的第二跳，解说员来了一句“下饺子的水花都比这个大”，直接上了热搜，阅读量2.4亿。网友高呼“解说这用词绝了，可爱又写实”。

杨倩和杨皓然拿下10米气步枪混合团体金牌后，解说员用了“谐音梗”：“‘杨杨组合’在这一瞬间可以‘扬扬得意’了。”“两个人在碰拳的这一刻才是‘喜洋洋’。”

还有很多值得细细品味的评述。如邹敬园获得男子双杠冠军，解说员称他“用强大到让整个世界都会对你和颜悦色的表现，最终获得一枚金牌”。无须“碾压”“稳赢”这样的表述，不容置疑的实力都藏在字词之间。

管晨辰在女子平衡木决赛中选择了一套全场难度最高的动作，解说员这样赞美：“巨轮停泊在港湾是最安全的，但那不是造巨轮的目的。”一个比喻，就把事情说得透彻又不落俗套。

当然，解说员也有情不自禁的时候。老将马龙苦战7局战胜德国名将奥恰洛夫，与樊振东会师决赛时，解说员激动到哽咽，以一句“你永远不要低估一颗冠军的心”戳中无数观众的泪点。温润如玉，却坚毅顽强，这就是我们可爱的奥运健儿，亿万同胞跟他们一起哭、一起笑。

网上有篇文章《这届奥运会的“神仙解说”，听得我热血沸腾》中这样评价：“解说是时代的印记，是回望过去的依据，又或许，解说本身已经成了体育精神永远奔流向前的一部分。解说的魅力，远比我们想象的更广阔、更深远。”

还有网友这样“解说”总台的解说：“看没有解说的比赛，就像是吃方便面没调料包、吃薯条没番茄酱。要听着解说的声音，才算‘对味’。”

这对解说的“解说”可以说是十分形象到位了。

不过，下面这位网友的评价让观察君最为触动。

#好的体育解说永远让人感动#真的，一个好的体育解说真的能让人爱上这项本不熟悉的体育赛事#奥运段子大赛##奥运会#

网友评价奥运会解说

一段恰到好处的解说词，不仅仅是专业上、技术上的科普和说明，如果能让观众隔着屏幕也感受到竞技魅力，进而投入热爱，这也许是对解说员最大的褒奖。

看的不只是比赛，听的也不只是解说，眼里有永不言弃的奋斗精神，耳中有成绩之外的共情诉说。奥运会收官，很多拼搏的场景会永远刻在我们的记忆里。相信一同被记住的，还有解说带来的那份优雅与浪漫。

撰　　稿：段昱锌　杨金颖　李梦圆
主　　编：韩春苗　张亚东
发布日期：2021年8月8日

扫码阅读原文

一个摄像师的高空15小时

“谢邀。人在地面，刚下高空。四十五米，不过如此。小风不错，风景很好。空气新鲜，下次还来。匿了匿了。”

今天，观察君带大家认识一位“牛上天”的摄像小哥。

他叫周嘉伟，从演练到直播，他独自在天空中停留的时间超过了15小时。

开头这段话就来自观察君和他的聊天记录。然而，观察君必须得补充一句，要不是我早就认识你，说不定还真信了。

要说这位摄像小哥的“飞天”故事，不得不先提一句总台的拍摄神器——高空作业平台。你能想象这辆用遥控器操作行动的小红车，可以把人升高到50米的空中吗？这可离不开我们的技术老师李超的高超遥控技巧。

下面让观察君带你走近这台高空作业平台，听听小哥在高空的故事。

“精分”的摄像师和他的“飞天马拉松”

遥想庆祝中国共产党成立100周年大会之前，第一次和观察君见面的时候，不知是性格腼腆，还是不善言谈，我们的摄像小哥周嘉伟还略有拘谨。

直到聊起第一次升空拍摄的经历，他的话匣子一下就打开了：齐腰高的镂空护栏、高空俯瞰时小成“像素点”的地面上的同事、想和其他飞行员打招呼的冲动，那些新奇的视角和体验感觉三天三夜都讲不完……

45米，不过如此？登高拍摄的勇气我们的摄像小哥是不缺的，但同时，他也有着承认自己恐惧的勇气。

“接任务的时候确实有点慌，毕竟没上过那么高。第一次演练上到45米的时候，我一眼都不敢往下看。”

特别是第一次演练时，从其他工作人员的角度来看，高空作业平台的上升缓慢而平稳，摄像小哥带着云淡风轻的表情慢慢升到了高点。但观察君听说，平台上升的过程其实并没有那么平稳，风儿轻拂，高度切换的抖动，整个上升过程就像一场没有尽头的马拉松，尽管当时周嘉伟表面上看着十分平静，内心其实早就开始了天人交战，脑子里也“分裂”出了“天使”和“魔鬼”吵吵闹闹。

据一位曾“有幸”体验过25米高空升降的工作人员透露，即时心跳超过每分钟120次，是阻止他继续上升的主要原因。

面对这道天人交战难的选择题，周嘉伟还是做出了自己的选择。

“怕肯定是怕的，飘在空中的感觉真的不好受。但高空的画面错过了就没有了，一辈子就这一次。所以就算再害怕，我也要保证构图优先。而且我相信，超哥一定会保证我的安全的。”

“与风共舞”的摄像师和他的高空感悟

观察君曾问过周嘉伟，从这样的高度俯瞰北京，有没有那种“紫禁之巅，天外飞仙”的豪气。

周嘉伟毫不犹豫地回答：“这个真没有。”

想必大家都知道，由于室外高空没有遮挡，在同样的风级下，可能地面感觉小风舒适、岁月静好，而高空则会风声猎猎、动感十足。

再加上本次作业高度较高，顶部支撑作业平台的机械臂比较纤细，就算是在无风条件下，高空中任何行为所造成的细微抖动都会被无限放大，带来明显的摇晃，更不要说是有风来“调皮捣蛋”了。所以“风有些大”“斗比较晃”成了周嘉伟最近的口头禅。

并且还有就算关闭系统也无法阻止的升降机的“添乱”：关闭系统会导致伸缩臂内油压供应不足。关机一段时间后，伸缩臂会悄悄回缩一下，时不时让摄像师体验失重的“惊喜”。

在经历了高空作业车多次“添乱”后，回到地面的摄像师和技术老师再次达成共识。以后上去不关机器了，晃一下总比失重强。

“所以你知道吗，人不能飘，绝对不能飘。人一定要脚踏实地，脚踏实地真好。”

孤独的摄像师和他的“小伙伴”

一台用于和导播联系的通话设备，一部对讲机，一个三脚架，一台摄像机，两块备用电池，一个餐包，一瓶水，这就是在45米的高空与周嘉伟相伴15小时的全部“小伙伴”。

为了保持摄像机的稳定，周嘉伟需要在调好构图之后，在这个一平方米左右的高空平台上找个角落平稳坐下，尽量保持静止，以确保摄像机画面稳定，随时等待导播呼唤，直到正常直播活动结束。

在这个45米的摇晃高台之上，周嘉伟的耳边并不算安静，在呼啸的风声中，他有时候会想象自己是一只会飞的鸟，甚至还不由自主地扇起“翅膀”。

其实，看似悠闲的周嘉伟一点也不清闲。

“除了完成我的取景任务外，如果有什么突发状况，导播就会用我的镜头补上，所以我得一直保持全神贯注，保证构图完美，无论高空出现什么状况，我都是不能掉链子的那道保障。”

“不确定”的摄像师和他最后的港湾

“其实在直播的前一天，我都不知道自己这个点位究竟会不会出现。”

恐惧可以忍耐，难点可以克服，默契可以培养，但唯有天气环境的不确定性是无法消除的。其实对于总台来说，不管高空点位的景别有多好，保障人员安全都是第一位的。

大风带来的抖动自不必说，如果遇到雷雨天气，无遮挡的高空，通电的设备，周嘉伟连同高空作业平台就是一根活生生的"避雷针"。所以，一直到直播的前一天，摄像师们都在祈祷活动当天平静无风，一切顺利。

摄像师周嘉伟在45米高空拍摄

但就在直播活动的前一晚，一场大雨不期而至，蜿蜒的闪电布满了整个天空。雷声轰鸣中，瓢泼大雨自低矮的云层中倾泻而下，砸进了周嘉伟的心窝。

"如果明天还是这个天气的话……"李超拍了拍周嘉伟的肩膀，叹了口气。

或许上天收到了周嘉伟的祈祷。晚上8点，雨势减小；晚上10点，雨停；晚上12点，摄像师和团队前往中华世纪坛进行安检；凌晨2点半，团队到达拍摄位置稍作休息；凌晨4点，开始进行设备调试；早上6点，最后的调试结束；早上7点，准备上升。

周嘉伟深吸了一口气，习惯性地点开相册翻看女儿的照片，给自己打气。

虽然我们常说，父母是孩子最坚强的后盾。但在此刻，孩子甜甜的笑也能给这位年轻的父亲带来无限的勇气，让他在高空中感到无比心安。

绑好安全绳，上升到高点，调节好构图，找地方坐好，听着耳麦里同事工作时的热火朝天，紧紧盯着镜头里的景别等候着导播的指令……

“高空作业车点位，活动结束，可以撤了。”

周嘉伟终于再次回到地面，虽然长时间保持一动不动的姿势让他的腿有些麻，但他还是迅速收拾好设备，走上了回家的路。这条路也不知道有多少个45米，但走起来却很快，因为在路的那一方，有他深爱的家人在等待。

一个摄像师和他的一千个兄弟姐妹

再次见到观察君，周嘉伟显得格外轻松，除了开头的那串勇气发言外，还说了一句令观察君意想不到的话：“我只是这个直播团队的千分之一，一千个人不只眼中有一千个哈姆雷特，还有一千个不同的故事。有机会你也应该采访一下他们。”

听了这样的话，一向擅长“皮”一下的观察君也“皮”不起来了。虽然保证直播安全是总台人的职责所在，但荧幕背后那些付出的努力和汗水，值得被记录下来。

我是CMG观察君

让我来观察总台CMG的故事

有一千个理由

让我们继续观察

撰　　稿：杜兰萱
主　　编：徐　克　韩春苗　胡姝姝　张亚东
发布日期：2021年7月9日

扫码阅读原文

《中原 48 小时》：总台记者在这里

我在北京，你在上海，他在武汉……而在过去几天，我们仿佛都在河南。

郑州，1260多万常住人口，2021年7月20日下午，大雨瓢泼如150个西湖的水量倾泻而下，1个小时，滂沱雨势打湿了中原这座城市。

这场大雨，历史极值。

何以治患？唯有众志成城！

在这场众志成城的驰援救灾战中，总台记者从北京和各地记者站赶来，奔赴报道前线！

《中原 48 小时》直播中的总台记者

深夜启程 奔赴河南

7月20日21时54分，总台央视新闻客户端首发“国家防总启动防汛三级应急响应”消息。总台新闻中心发出集结令：立即启程，奔赴河南！

22:30，第一批要从北京奔赴河南的摄像记者已经打点好行装，仅用一个半小时就完成集结。

同时，央视新闻在微博、微信等社交平台汇总了网友和媒体提供的避难信息，构建起简单的互助信息网，为后续建立互助平台提供了经验参考。

21日凌晨00:40，22位总台记者从台里启程，自驾前往河南郑州。

上午9:00，经过8个多小时的夜路驾驶，记者们抵达郑州。

距离市区5公里左右的中州大道积水严重，无法通行，记者直接就地直播，以尽可能快的速度把当时的情况呈现在屏幕上，传达给全国观众。

郑州强降雨发生后，总台河南总站闻令而动，当天晚上全站人员不眠不休，冒雨前行，一夜发稿近50篇。第二天，全站28名工作人员全体出动，又是一整天高强度工作。

总台中国之声派出的10人报道团队也分别通过铁路和公路赶赴郑州。

广播连线、录音报道、特写……48小时内发出稿件超过百篇。乘车、徒步、星夜转场，即使身在旅途，发稿从未停步。

截至7月22日15时，在河南参加报道的总台记者达到138人，38路报道团队奔赴河南8个采访地，全面报道现场情况。

48小时奋战，总台记者在现场。

雨不止，人未眠。

暴雨中 与时间赛跑

用前方记者的话来说，开展工作的条件恶劣到出乎意料。高强度的连续降水导致当地基础通信设施受损，第一批记者抵达现场后发现，不要说做直播、传节目，就连微信都经常发不出去。

技术保障马上落实！7月21日12:00，第一批8名技术人员开出两台配备了高通量卫星站的C波段卫星车赶赴河南，直接通过卫星建立网络通道，保障信号不断，网络畅通。

除此之外，还带去了4套7G微波设备，在卫星车无法到达的涉水地区，它们能把信号无线传输到卫星车上，为网络畅通提供“双保险”。

即将送达现场的高通量卫星站

紧接着，第二批4名技术人员再出发。这次，他们带去了传输能力更强的高通量卫星站，还有更适合城市使用的2G微波传输设备。

有限的人员、繁多的设备、需求密集的报道……在这场突如其来的暴雨面前，他们面对的是一场考验技术保障准确性和应对突发情况能力的硬仗。总台前后方技术团队体现出了高度的默契，统一调配资源，不仅能保障前方直播的连线报道、素材传送和网络通信服务，还可以支持前方的小型制作。在遇到突发技术困难时，后方小伙伴迅速提出解决方案，保障前方报道顺利进行，第一时间把当地情况传递给观众。

技术保障稳稳当当，衣食住行也要跟上。后勤保障团队7月21日上午8:00从北京市场紧急采购物资，货车中午出发，满载雨衣、雨鞋、头灯、口罩、火腿肠、方便面，为“作战部队”提供“粮草”。

肚中有粮，心中不慌。吃上一口热乎饭，特别香，叼起火腿肠，扛着摄像机，继续冲进雨中的“战场”！

他们用双脚丈量积水，他们用镜头捕捉现场，他们用文字和声音传递力量。

总台记者在河南郑州报道受灾情况

“您好，我是央视新闻的工作人员”

7月21日上午，央视新闻的十几个编辑放下手头的日常工作，投入一个新的“电话接线”岗位——央视新闻紧急互助平台。

这条由总台搭建的求助通道仅用3小时搭建完毕，随后大量受困群众的求助信息接踵而来。平台负责人张奇斌坚定地说：“总台的公共互助平台一定是权威的信息平台，我们会保证条条信息有反馈，绝不让任何一条求助信息石沉大海。”

从收到求助信息，到电话确认、联系救援，再到赶赴现场施救，最后到求助者反馈救助情况——整个信息形成闭环，没有断点。当地一些基站受到暴雨影响，无法连接信号，不少电话要打三到五次才能接通。面对大量难以接通的电话，工作人员不停地打、反复地打，直到接通为止。

“喂，您好，我是央视新闻的工作人员。”这句话在央视新闻编辑部里此起彼伏。编辑张宇恒说：“灾难面前，求助群众的声音都很急切紧张，但好多人一听到是咱们央视新闻的工作人员，语气都会平复和镇定许多，这就是大家对我们的信任。”

截至7月23日上午8:00，平台共收到并处理652条有效求助信息。在央视新闻的协助下，不仅有被困在医院的5000多人得到救援，也有个体失踪者和家人团聚，更有爱心企业通过平台直接将物资交给有需要的人。

在每一次通话的最后，编辑们都要嘱咐上一句“注意安全”。灾情面前，所有人都能深深地感受到这句寻常嘱托的分量。

编辑们说，这句话是送给受困求助群众的，也送给我们自己，送给那些奔赴受灾一线、在暴雨中逆行的记者们的。

在暴雨中逆行的记者们

披星戴月

不远千里为你而来

只为“河”你一起，共渡“南”关

扫码阅读原文

主　　编：韩春苗　胡姝姝　张亚东

发布日期：2021年7月23日

从 4300 到 8848.86 他们离星星有点近

观察君：呼叫 8830，收到请回答。

8830：请讲。

观察君：请问现在珠峰峰顶气温多少度？风速每秒几米？

8830：峰顶 -20℃，风速 10 米 / 秒。不过我超稳。

观察君：高山摄像组是否安全？

8830：一切顺利，他们拍下了我被搭建起来的全过程！

观察君：很好，以后监测珠峰峰顶气象的任务就交给你了，加油！

8830：收到收到，over（结束）！

谁是“8830”？其实它是“巅峰使命”珠峰科考项目中的关键一环——2022 年 5 月 4 日中午，13 名科考登顶队员，在珠穆朗玛峰海拔 8830 米处，架设了全球海拔最高的自动气象站，观察君亲切地叫它“8830”。

海拔 8830 米，科考登顶队员正在架设全球海拔最高的自动气象站

“巅峰使命”珠峰科考是自 2017 年第二次青藏高原综合科学考察研究以来，学科覆盖面最广、参加科考队员最多、采用的仪器设备最先进的综合性科考，该项任务于 2022 年 4 月 28 日全面启动，5 月 30 日主体完成，创下多项科考新纪录。

中央广播电视总台派出41人的直播报道团队，搭建起4套直播系统，从海拔4300米到海拔8848.86米的地球之巅，带来最新报道。在科技工作者们创造新的科考传奇的同时，总台也助力科考，创造了多项直播新纪录。

冲顶！突破报道的高度

“在高原上工作，最稀缺的是氧气，最宝贵的是精神。”41名总台人不畏严寒、克服缺氧，在冰雪和沙土上架起摄像机，夜以继日，爬冰卧雪，创造了多项直播纪录。

总台西藏总站直播团队背负150公斤的直播设备，徒步10公里，在海拔5300米处直播

来自世界之巅的挥手

如何用镜头捕捉到十几公里外的科考登顶队员？峰顶清晰的直播画面是怎么拍的？又是如何实时传输到大小屏上的？

总台首次自主在珠峰大本营实现“5G+8K+VR”的直播技术应用，首次将8K摄像机长焦镜头运用到新闻直播中。直播多角度记录科考登顶队员动态，1300毫米天文望远镜、8K摄像机长焦镜头，超远距离持续锁定珠峰北坡，关注科考登顶队员进度，5月4日登顶当天总直播时长7个多小时。

在珠峰第二阶梯、海拔8730米、海拔8780米、海拔8830米、珠峰峰顶，总台高山摄像组多次通过5G手机开启直播，实现首次手机大段落直播珠峰攀登过程和峰顶科考任务，画面非常清晰。

在经过海拔8780米的“鬼门关”横切路线时，高山摄像组从第一视角带大家从珠峰上看层峦叠嶂、白云缭绕，不仅能近距离观察科考登顶队员们的状态，还能看到山石清晰的纹路，以及亮晶晶的积雪。

5月4日，珠峰科考冲顶当天，总台新闻新媒体中心与西藏总站、贵州总站、新闻中心社会部合作，将超远距离长焦镜头及高山摄像直播画面，制作成一路单独直播流。

总台高山摄像组在全世界海拔最高的自动气象站

直播画面实时展现珠峰著名的横切路段的壮美风光和科考的艰险

“电视机前的各位观众，给大家打声招呼。”登顶科考小组副组长扎平对着镜头向全球观众挥手致意，总台现场解说：“这是来自世界之巅的挥手。”蓝天白云，那一抹抹橙蓝相间的身影，在陡峭的山脊上留下了属于科学的足迹。

望明月，观日落。总台还在大本营首次自主架设VR全景摄像机进行直播，让大家360°看珠峰的日出日落，并且使用5G+4K网络推流一体机在珠峰大本营标志性地点架设多路景观信号，从不同角度24小时展现珠峰壮丽美景。

登高望远 共赴星河

总台高海拔报道组航拍抵达7200米，创造了总台无人机航拍最高纪录。贵州总站唐巍、西藏总站扎旺和强久在央视新闻新媒体进行了登顶团队攀登北坳冰壁等科考任务的直播，先在海拔6500米的位置使用无人机进行航拍直播，航拍高度达到7000米，随后又在海拔6800米拍摄了海拔7200米的无人机画面，用于直播报道。

高海拔三人组驻扎在6500米的前进营地，营地位于珠峰北坳冰壁之下，一到夜里，气温急剧下降到-20℃，记者唐巍每晚睡觉都要套两层睡袋，早上起来，口中呼出的气会在睡袋口凝结成一层冰壳，每天起床都是一次对体力与脑力的考验。

在这里，唐巍成功解锁总台直播记者出镜的海拔新高度，他回顾此次参与珠峰科考报道时说：“很精彩、很过瘾、很值得。”这也是总台所有珠峰前线工作人员的共同感受。

中科院珠峰站边的牛头旅馆，是总台前方报道团队安营扎寨的地方。每天凌晨，熬夜赶工的总台人都聚集在这里写稿编片，一个人要干三个人的活，平均每天只能睡四五个小时。为了拍摄珠峰星空和星轨，同事们轮番上场，只为了自己心中的那一片天空。

取一杯“天上水”

天上的水长什么样？是有“黄河之水天上来”的荡气回肠，还是有“疑是银河落九天”的人间仙境，抑或有“秋水共长天一色”的宁静致远？那海拔8848.86米的“天上水”呢？是晶莹剔透，还是坚如磐石？总台记者带大家聚焦冰芯，揭开冰川沉积多年的秘密。

本次科考第一次在珠峰峰顶8848.86米、7028米和6500米等不同海拔高度采集冰雪样品。西藏总站记者汪成健是总台记录冰川科考最多的记者，此次再续冰雪之缘，作为记录者加入冰芯分队。他形容自己是“老夫聊发少年狂”，左手托相机，右手按快门，爬冰卧雪，在海拔6500米处见证100余米透底冰芯的“出土”。

总台记者汪成健被紫外线“吻过”的脸无声讲述着在高原上爬冰卧雪的艰辛

总台“巅峰使命”珠峰科考前方报道团队负责人陈琴，连续两天在-25°C的中科院青藏高原研究所拉萨部的冰芯库里记录来之不易的“天上水”，因为拍摄照片时没有戴手套，不知不觉中右手的食指被冻伤了。

巅峰使命 伴你同行

在青藏高原，从自然科学到人文地理的综合观察，也是中央广播电视总台独家观察的使命之一。

总台直播的转播系统画面，成为科考指挥系统实时远程指导的重要依据。5月4日，珠峰大本营指挥部将央视新闻直播信号投放到现场电视屏幕上，实时观测科考登顶队进程及工作情况。

硬核！直播报道好评不断

从4月28日启动报道到5月30日，总台广播、电视、新媒体等共计发稿约800条（集），全媒体多语种全球发布。

截至6月5日，总台“巅峰使命”珠峰科考相关产品总触达超过5.55亿人次，微博话题阅读量5.16亿，13个话题登上热搜榜。“巅峰使命”珠峰科考系列直播节目在全网各平台央视新闻官方账号观看量达6400万，CGTN全球阅读量和访问量超过2500万。

“巅峰使命”珠峰科考相关节目获得第二次青藏科考队及社会各界的广泛好评。

5月4日，总台在央视新闻上直播冲顶时刻，网友们纷纷留言评论：

“实时传送画面很清晰，辛苦了！向十三名勇士致敬！向所有工作人员致敬！”

“记者们也受冻了，辛苦。”

“看完，约等于我也经历过登山了！”

央视新闻主持的多个话题登上热搜榜，原博文被多家媒体转载，多名网友参与讨论。

总台高山摄像组在海拔8830米自动气象站附近为科考加油

40多个日日夜夜，见证中国科学家在珠峰海拔8830米建成全球海拔最高的自动气象站，见证峰顶科考任务完成，见证浮空艇升上海拔9050米的高空，见证在世界之巅创造世界科考纪录……这些数字背后，都有什么样的故事？请关注CMG观察发布的4篇记者手记。

扫码阅读原文

扫码阅读原文

扫码阅读原文

扫码阅读原文

他们的文字里，有呼啸的风、晶莹的冰，还有闪烁的星、热切的心。

撰　　稿：肖玉笛　陈　琴　席罗曦
主　　编：胡姝姝　张亚东
发布日期：2022年6月15日

扫码阅读原文

为抵达而战

抵达是最容易的 也是最难的

要抵达受众的眼前、指尖、身边，更要抵达人心。抵达人心，才能温暖人心、凝聚人心、鼓舞人心。

要抵达新闻发生的最前沿，文化、体育、时尚的最前沿，生活的最前沿……一句话，只要是时代的最前沿，都是一个国际一流新型主流媒体要随时抵达、持续抵达、有效抵达的站台。

要抵达现象的更深处，把握规律，捕捉趋势，揭示事物之间的内在联系。要抵达传播技术的最前沿、融合传播的最前沿，善于用最先进的传播手段，给丰富的内容，插上有力的传播翅膀。

中央广播电视总台的2020年，始终在为抵达而战。

我们随着习近平总书记的脚步，走过了13个省市，走遍抗疫的“两个阵地”“两条战线”。我们抵达重要时政新闻的第一现场，捕捉到了领袖与群众交流的真切瞬间。我们准确传播与解读党中央、国务院的声音，抵达了这些声音所抵达的每一处神州大地。

百年大疫袭来。号令出，勇士奔。冲上去，需要勇气；报得好，需要能力；守得住阵地、闯得进红区，拼的是意志。把波澜壮阔的抗疫斗争充分展现给国人与世界，需要带着真诚、勇气和智慧，牢牢把握全局。

脱贫攻坚鏖战。新闻战士们翻山越岭，抵达村庄、农户、地头、炕边，通过镜头、话筒，让那里的顽强努力，越出山岭，抵达亿万关切者眼前。全媒体的传播手段与有益活动，还把大山里孩子们的脚步带到外面的世界，把冒着热气的山货带到城里消费者的家中。

我们立足“5G+4K/8K+AI”战略布局，大力推动融媒体传播，广泛调动社会资源，也建好、用好自己的平台。抵达，既靠渠道，也靠内容，更立足于正确的导向。抵达，发生在传播的供给与需求两端，是技术的，也是精神的。

全媒体时代，对传统媒体最大的挑战之一，就是与受众弱化了关联，甚至失去了关联。危与机同生并存，克服了危即是机。对新型主流媒体最大的机遇之一，就是强化与受众、用户的关联，构建与受众、用户更丰富的关联。

时代的脚步，比我们预料中的前进速度，可能更快。时代的要求，比我们已经做到的水平，一定更高。

在新的一年里 让我们继续为抵达而战

领袖的高度，世界的宽度，社会的深度，文明的厚度，发展的温度，改革的锐度，时代的鲜活度，受众的关切度……在它们构成的坐标系中，有广阔的空间。每一个抵达处，也是出发处。每一次出发，指向又一个新的站台。

抵达不是盲目的。要抵达哪里？为什么要抵达？抵达了要做什么？要达到什么效果？所有问题的答案，首先在于要认识清楚，“我是谁，为了谁，依靠谁”。

抵达在变化中实现。要准确识变、科学应变、主动求变，体现识变之智、应变之方、求变之勇，拿出“几把刷子”“十八般武艺”“大象跳街舞”的本事。

抵达需要不断进取。既要育新机，更要育先机，要时不我待，要抢抓机遇，像计算直播时长那样，把每一分钟掰成两半用。抵达之要，在于以攻为守。

抵达需要战胜自我。既发扬常年积累的经验，又虚心向时代学习、向同行取经、向群众求教。既始终坚定自信，又不断强化忧患意识，勇于在游泳中学会游泳。

2021年，历史伟业启新程。时代在向前飞奔。建设一个“以内容建设为根本、先进技术为支撑、创新管理为保障的全媒体传播体系”，建设国际一流新型主流媒体，是光荣、艰巨而紧迫的任务。

中央广播电视总台责无旁贷。

撰　　稿：杨　禹
发布日期：2021年1月1日

扫码阅读原文

我们

（代后记）

我们以声音传递力量，

我们以画面彰显震撼。

我们用汗水灌溉青春，

我们用心血致敬百年。

我们默默无闻，

我们勤勤恳恳。

我们勇挑重担，

我们众志成城。

我骄傲，

我们是总台人！

扫码阅读原文

主　编：崔黎黎　班　闻
发布日期：2021年7月10日

图书在版编目（CIP）数据

丹青难写是精神：CMG观察文萃 / 中央广播电视总台创新发展研究中心编著. —北京：中国国际广播出版社，2023.2

ISBN 978-7-5078-5312-4

Ⅰ. ①丹… Ⅱ. ①中… Ⅲ. ①杂文集–中国–当代 Ⅳ. ①I267.1

中国国家版本馆CIP数据核字（2023）第012582号

丹青难写是精神——CMG观察文萃

编　　著	中央广播电视总台创新发展研究中心
出 版 人	张宇清　田利平
执行编辑	张娟平
责任编辑	尹春雪
校　　对	张　娜
设　　计	赵冰波　王　斐　无聊的冰块
制　　作	闫　磊　邢秀娟
出版发行	中国国际广播出版社有限公司［010-89508207（传真）］
社　　址	北京市丰台区榴乡路88号石榴中心2号楼1701 邮编：100079
印　　刷	北京九天鸿程印刷有限责任公司
开　　本	787×1092　1/16
字　　数	450千字
印　　张	27.5
版　　次	2023 年 3 月　北京第一版
印　　次	2023 年 3 月　第一次印刷
定　　价	188.00 元